Michael Paul

Tabun

Lektorat: Evelyn Paul, Bettina Wohlert, Catarina Bothe
Korrektorat: Ev Tschentschel
Continuity: Evelyn Paul
Umschlaggestaltung: Birte Lämmle
Textsatz: Dr. Katrin Scheiding

Verlag: BUNTE HUNDE
ISBN: 987-3-947081-03-5

Website des Verlags: **www.bunte-hunde.de**
Website des Autors: **www.michael-paul.eu**

Bibliografische Information der Deutschen Nachtionalbibliothek: Die Deutsche Nationalbibliothek verzeichnet diese Publikation in der deutschen Bibliografie und ist im Internet über http://dnb.d-nb.de abrufbar.

Er ruft spielt süßer den Tod
der Tod ist ein Meister aus Deutschland
er ruft streicht dunkler die Geigen
dann steigt ihr als Rauch in die Luft
dann habt ihr ein Grab in den Wolken
Da liegt man nicht eng

»Todesfuge«
von
Paul Celan
(1920–1970)

Prolog – 27. Februar

Vergnügt sprang Melanie die Stufen der »Himmelsleiter« hinab. Die steile, breite Holztreppe überwand den Höhenunterschied von der Wilhelmstraße hinunter zum Strand.

»Komm schon!«, rief sie lachend.

Ihr Mann Florian war auf halber Höhe stehen geblieben und hatte ihr nachgesehen. Freudentränen liefen ihm über die Wangen. Es tat so gut, Melanie wieder glücklich zu sehen. Eine harte Zeit lag hinter ihnen. Die Angst um seine Frau hatte ihn nach der Krebsdiagnose fast wahnsinnig werden lassen. Doch die Behandlung hatte schnell angeschlagen und zwei Wochen vor Weihnachten hatte die Klinik Melanie mit einer positiven Prognose entlassen. Sie waren noch nicht sicher, aber voller Hoffnung.

»Ja, Schatz, ich komme!«, rief er und ging los. Er ließ seinen Blick über die Selliner Seebrücke schweifen, dieses herrliche, auf Pfählen vor dem Strand stehende, weiße Gebäude. Sein Blick folgte dem langen Steg, der über das Wasser zum Haus führte und sich auf der Rückseite hinaus bis zum Schiffsanleger zog. Florian krempelte den Kragen seiner warmen Outdoorjacke hoch und zog den Reißverschluss zu. In der letzten Nacht war ein Sturm über die See gezogen, hatte das Meer aufgewühlt und eine Menge Treibgut an den Strand gespült. Rügen war für sie Ende Januar am schönsten; das Wetter rau, der Wind kalt, die See unruhig. Aber vor allem war Rügen dann leer, kaum Touristen, keine Busse, nicht überlaufen wie in den Sommermonaten. Sie brauchten weder Hitze in der Sonne, noch Traumstrände und bunte Cocktails unter Palmen. Sie liebten schon immer den Norden mehr als den Süden. In ihren ersten gemeinsamen Jahren während des Studiums waren sie oft mit seinem alten VW-Bus durch Schweden gereist und hatten an den einsamsten Orten gecampt. An den Abenden zu Hause, als Melanie in der Klinik gewesen war, hatte er oft in den Fotoalben aus diesen glücklichen Tagen geblättert.

In dem Hotel oberhalb der Seebrücke, am Ende der Wilhelmstraße, der Prachtstraße des Ostseebads, hatten Melanies Eltern für sie ein Zimmer gebucht. Der Gutschein hatte unter dem Weihnachtsbaum gelegen. »Eine Woche Rügen, nur ihr zwei, Zeit nur für Euch! Die Kinder kommen so lange zu uns. Wir lieben Euch! Mama und Papa.« Lena und Lisa, ihre fünfjährigen Zwillinge, fuhren immer gerne zu Oma und Opa. Das war eine wertvolle Hilfe für Florian gewesen, als Melanie in die Klinik musste und er überfordert war mit den Kindern, dem Haushalt und seinem Job als freier Werbegrafiker. In dieser Zeit hatte sich alles nur um Melanie gedreht. Sie musste einfach leben, durfte ihn nicht alleine lassen mit den Mädchen.

»Komm, lass uns da hinten auf das gestreifte Kanapee in der Ecke sitzen!«, sagte sie, ergriff seine Hand und zog ihn in das gemütliche, im Stil der Zwanzigerjahre eingerichtete Café hinein. Das Duftgemisch aus Kaffee, Tee, Kuchen und Kerzen wirkte gemütlich und einladend. Vom Restaurant im anderen Flügel des Gebäudes drang durch den Verbindungsgang leise Klaviermusik herüber. Melanie setzte sich auf das weiche Sofa, der unerträgliche Ballast der letzten Monate schien von ihr abgefallen zu sein. Sie bestellten Kaffee und Kuchen und schmiedeten Pläne für das noch junge Jahr. Wohin sie im Sommer in den Urlaub fahren würden, welche Fahrräder sie für die Mädchen kaufen und wann sie in Garmisch seine Eltern besuchen wollten, über ihre Rückkehr in ihren Job als Bibliothekarin und den neuen, großen Auftrag für ihn. Es fühlte sich großartig an, endlich wieder hoffnungsvoll in die Zukunft schauen zu können.

Eine Stunde später gingen sie am Strand spazieren, einem der schönsten auf Rügen. In kleinen Wellen plätscherte das eiskalte Wasser immer wieder nahe an ihre Schuhe heran. Melanie sprang dann mit einem kurzen Kreischen davon, um sich im nächsten Moment erneut bei Florian unterzuhaken. Von Sellin liefen sie nach Süden, rund sechs Kilometer bis Göhren. Unweit des Strandes dort war der Endbahnhof des ›Rasenden Rolands‹, der historischen Schmalspurbahn mit ihren schwarzen, schnaufenden Dampflokomotiven und den alten grünen Wagen der Holzbankklasse. Mit dem romantischen Zug konnte man zurück nach Sellin fahren und, wenn man wollte, über Binz bis Putbus.

»Schau!«, rief Florian plötzlich aufgeregt und bückte sich, als Melanie gerade wieder vor einer heranrollenden Welle geflohen war. Er hob einen braunen Stein in der Größe einer Haselnuss aus dem abfließenden Wasser auf und hielt ihn zwischen Daumen und Zeigefinger hoch gegen die Sonne.

»Sieh nur, ich habe einen Schatz gefunden, einen Bernstein in Herzform!«

Melanie betrachtete begeistert das ungewöhnliche Fundstück. Es schimmerte braun und warm in der Nachmittagssonne.

»Wenn das kein Zeichen ist«, sagte sie liebevoll und stupste ihren Mann mit dem Zeigefinger auf die Nase.

»Daraus lasse ich dir einen Anhänger machen«, sagte er und befreite den Stein vom Sand, in dem er ihn fest und schnell zwischen seinen Handflächen hin und her rollte. Dann steckte er den Stein in seine Hosentasche und küsste sie auf die Stirn. Glücklich schlenderten sie weiter.

»Hast du gesehen, dass der Weg dort oben entlang des Wäldchens ›Bernsteinpromenade‹ heißt?«, fragte Florian.

»Klugscheißer«, lachte Melanie. »Echt jetzt?«

»Ja, wenn ich es dir doch sage!« Er schmunzelte. Zufällig hatte er den Namen auf einem Schild gelesen. Sie legte ihre Arme um ihn, ihren Kopf an seine Schulter. Langsam schlenderten sie den Strand entlang, nur begleitet von leise plätschernden Wellen und schreienden Möwen, die sich im blauen Himmel über dem Wasser gegenseitig jagten. Ein rot-weißes kleines Warnschild hatten sie nicht weiter beachtet.

In Göhren angekommen stand der Zug bereits schnaufend und qualmend im Kopfbahnhof zur Abfahrt bereit. Aus dem alten Gelenkwasserkran lief zischend Wasser in den Kessel der Lokomotive. Florian kam vom Schalter mit zwei kleinen Pappkarten als Fahrscheine zurück.

»Hinten bekommen wir nicht so viel Qualm ab, hat der Schaffner gesagt. Außerdem will ich hinten raus auf die Plattform, ein paar Fotos machen.«

Die Dampfheizung hatte das Abteil vollkommen überhitzt, sodass sie ihre Jacken ausgezogen hatten und er die Abteiltür aufhielt, um etwas Frischluft hereinzulassen. Um diese Jahreszeit war es nicht ungewöhnlich, dass nur wenig Fahrgäste den Zug nutzten und sie sogar diesmal die einzigen Fahrgäste waren. Kurz darauf setzte sich der Zug mit einem lauten Pfeifen in Bewegung.

Die schmalen Gleise führten durch ein Waldstück entlang der Straße. Die Sonne zauberte ein besonderes Licht- und

Schattenspiel durch die kahlen Bäume in die Qualmwolke der alten Dampflok. Florian nahm seinen Fotoapparat und trat hinaus auf die offene Plattform am Zugende.

»Halt dich gut fest, Schatz!«, rief sie ihm hinterher. »Ich brauche dich noch!«

Er lächelte und zog die Tür zu. Dann hauchte er ihr durch die Glasscheibe der Waggontür einen Kuss zu.

Melanie lehnte ihren Kopf an die Fensterscheibe. Die frische Luft, der herrliche Strandspaziergang und nun die Hitze in dem Abteil machten sie müde.

Die Augen waren ihr nur für einen kurzen Moment zugefallen, als sie von einem lauten Geräusch hochschreckte.

»Flo?«, rief sie, erhielt aber keine Antwort. Sie sprang auf und zog die Schiebetür auf. Die Plattform war leer. Als sie aufsah, entdeckte sie auf den Gleisen hinter dem Zug ein gleißendes, helles Feuer. Ihr Mann war nirgends zu sehen. Der Zug fuhr langsam weiter. Offenbar war er mit irgendetwas kollidiert, was dann im Funkenflug Feuer gefangen hatte, erklärte sich Melanie das, was sie sah. Sie drehte den Kopf und sah durch die Glasscheiben der Türen zwischen den Waggons hindurch bis zur Lokomotive, aber sie konnte Florian nicht entdecken. Irgendetwas stimmte hier nicht, sie hatte plötzlich ein mulmiges Gefühl in der Magengegend. Er war nicht mehr im Zug! Wie konnte das sein?

»Halt! Halt! Anhalten!« Doch es war niemand da, der ihre nun panischen Rufe hörte. »Flo? Verdammt noch mal, wo bist du?«, schrie sie, als sie den roten Hebel der Notbremse erblickte und kräftig daran zog. Der Zug kam mit kreischenden Bremsen und blockierenden Rädern zum Stehen. Melanie riss, ohne genau zu wissen, warum, den kleinen Feuerlöscher aus der Halterung, sprang vom Wagen herab und rannte auf den Gleisen zurück.

7. April – Samstag, noch acht Tage

Nervös hob Elias Bechstein seinen Koffer vom Gepäckband und zog ihn hinter sich her in Richtung Ausgang. Zwischen dem Anruf seiner Tante in New York mitten in der Nacht und der Landung in Hamburg lagen gerade einmal zwölf Stunden, ein unruhiger Flug über den Atlantik und einige Stunden nervösen Schlafs in einem vollen Flieger. Am Abend zuvor hatte er noch in ›Sam's Jazz and Soul‹ in der 44. Straße gespielt. Er schaltete sein Handy wieder ein. Sofort piepte es und zeigte ihm den Erhalt einer SMS an.

»Treffe dich in der Bar im Terminal 1!«

»Tante Sarah«, murmelte Elias, zog die Augenbrauen hoch und schob sich durch die Menschen, die wartend auf die Schiebetüren blickten.

Prof. Dr. Dr. Sarah Kohn war eine der führenden Historikerinnen, weltweit ausgezeichnet mit namhaften Preisen, Bestsellerautorin, lange Jahre in der Leitung des Simon-Wiesenthal-Zentrums und stellvertretende Direktorin in Yad Vashem. Sie hätte es nicht notwendig gehabt, mit Mitte siebzig noch zu arbeiten, aber es war ihr ein großes Anliegen, die deutsche Geschichte aufzuarbeiten. Sie reiste immer noch sehr viel um die Welt. In ihren beiden kleinen, eleganten Wohnungen in Berlin und Jerusalem war sie nur selten. Stattdessen hielt sie Vorträge, dozierte an den besten Universitäten der Welt als Gastprofessorin, nahm an Kongressen teil, leitete Forschungsprojekte und beriet Politiker vieler Nationen. Das letzte Mal, dass er sie getroffen hatte, war in New York vor etwas mehr als einem Jahr gewesen. Sie hatte damals vor der UN gesprochen und sich dann mit ihm zum Lunch verabredet. Er hatte sich gewundert, dass sie sich damals die Zeit genommen hatte, denn eigentlich war sie immer auf dem Sprung. Umso mehr hatte es ihn erstaunt, dass seine Tante, die einzige, die ihm als Familienangehörige geblieben war, ihn jetzt treffen wollte.

Vor ihm trödelte eine Familie mit drei kreischenden Kindern. Ein Koffer fiel vom Gepäckwagen, platzte auf und ein Berg zerknäulter Wäsche verteilte sich über den Fußboden.

»Verdammt«, fluchte er genervt und müde. Er wäre jetzt sicher nicht hier, wenn er gewusst hätte, wovon er die nächste Miete für sein schäbiges kleines Appartement hätte bezahlen können. Er hatte auch immer noch keine Ahnung, was er hier sollte, aber dem von Tante Sarah avisierten Honorar »für einen kleinen Gefallen, ein paar Tage nur«, wie sie sich ausgedrückt hatte, hatte er bei ihrem Anruf mitten in der Nacht nichts entgegenzusetzen gehabt.

»Elias! Hier!«, hallte es durch die Bar und Elias entdeckte seine Tante, die ihm zuwinkte, an einem der hinteren Tische, während sie gleichzeitig mit der anderen Hand auf ihrem Handy herumtippte. Elias ging zu ihr hinüber. Neben ihrem Stuhl stand ein großer Koffer und am ausgefahrenen Griff war eine kleine Laptoptasche befestigt. Ihre Designerhandtasche hatte sie neben ihrem Stuhl abgestellt.

»Woody, that's fine. Please send me all these documents by mail. Elias has arrived. I will call you from Buenos Aires tomorrow.«

Sie legte das Smartphone auf den Tisch und kam ihm entgegen.

»Elias! Wie schön, dich wiederzusehen!« Bevor er etwas sagen konnte, umarmte sie ihn und drückte ihn lange und fest. Ihr großer goldener Ohrring drückte sich schmerzhaft in seine Wange.

»Wie geht es dir? Komm, setz dich! Herr Ober, einen Cappuccino für meinen Neffen, bitte!«, rief sie dem Mann hinter dem Tresen zu, bevor Elias überhaupt etwas sagen konnte.

»Ja, Cappuccino, gerne. Mir geht es gut«, stotterte Elias, wie jedes Mal von ihrer unglaublichen Energie überfahren.

»Gut?« Sie sah ihn zweifelnd an. »Heißt das, du tingelst nicht mehr durch die heruntergekommenen Jazzkeller New Yorks und träumst von der großen Karriere? Ist es das, was du mit ›gut‹ meinst?«

Elias zuckte mit den Schultern und sah sich um.

»Junge, Junge! Du musst endlich damit aufhören. Du kannst nicht ewig weglaufen. Das alles macht deinen Vater nicht wieder lebendig. Mach dein Studium doch fertig! Du weißt, dass er es niemals zugelassen hätte, dass du dein Leben vergeudest. Mein Bruder würde platzen vor Stolz, wenn du deinen Abschluss in der Tasche hättest. Auch wenn du schon vierunddreißig bist. Es ist noch nicht zu spät.« Sie zeigte mit dem Finger in Richtung Decke. »Du wärst so ein großartiger Archäologe und ich kann dir so viele Türen öffnen. Verschenke das doch nicht!« Sie legte ihre Hand auf seinen Unterarm. »Du weißt, ich meine es nur gut.« Ihm war klar, dass er sich wieder eine Standpauke würde anhören müssen, aber dieses ›Ich meine es nur gut‹ machte ihn richtig wütend. Trotzdem hielt er sich auch dieses Mal wieder zurück und sagte nichts, denn gleichzeitig freute er sich, seine Tante wiederzusehen. Als er nichts sagte, seufzte sie und fuhr fort:

»Ich leite neben meinen anderen Aktivitäten eine Stiftung mit dem Namen ›ad lucem‹.«

»Licht ins Dunkel bringen?«

Elias sah sie fragend an.

»Ja, genau das versuchen wir. Zusammen mit Dr. Zimmermann aus Berlin und Woody, einem Freund und Anwalt aus

New York überprüfen wir Vorfälle, bei denen vermutet werden darf, dass Justitia versagt, Polizei und Politik nicht genauer hinschauen oder irgendwelche, meist wirtschaftliche Interessen eine ordentliche Ermittlung verhindern. Mehr musst du zum jetzigen Zeitpunkt erst mal nicht wissen. Wir wollen nicht an die Öffentlichkeit geraten.« Elias sah sie erwartungsvoll an. »Da, wo Ermittler, Staatsanwälte oder Richter auf einem Auge blind sind, insbesondere auf dem rechten oder gar beide Augen zudrücken, obwohl großes Unrecht geschieht, schauen wir genauer hin und denen auf die Finger.«

»Du …«, Elias stotterte verunsichert, »du sprichst aber nicht von Selbstjustiz, oder? Ich soll nicht irgendjemanden killen, den ein Richter unberechtigterweise freigesprochen hat?«

Sarah Kohn lachte. »Du siehst definitiv zu viele Krimis! Nein, natürlich sollst du niemanden umbringen. Wir sorgen nur dafür, dass nichts vertuscht wird und die verantwortlichen Täter ihre gerechte Strafe bekommen. Vor Gericht, versteht sich«, ergänzte sie schnell, damit erst gar keine Zweifel aufkommen konnten. Schließlich kannte sie Elias' Vorliebe für Detektiv- und Spionagefilme. Die Liebe zu den Krimiserien der 70er- und 80er-Jahre hatte Elias quasi von seinem Vater geerbt. Der war damals das, was man heute einen ›Serienjunkie‹ nennt. Vielleicht auch aus Melancholie oder in Gedanken an die glückliche Zeit mit seinem Vater liebte er diese Serien.

»Okay, hört sich spannend an. Und was soll ausgerechnet ich dabei tun? Ich bin nicht ›Rockford, Anruf genügt‹, ich bin Musiker!«

»Das bist du ganz sicher nicht, Elias. Du bist Archäologe, mein Junge, ein schlauer Kopf. Und ich kann dir blind vertrauen. Und nur darauf kommt es dabei an! Vertrau mir.«

Er hasste dieses ›vertrau mir‹. Genauso hätte sie ›Ende der Diskussion!‹ sagen können.

Sie sah auf ihre Armbanduhr. »Oh Gott, schon so spät? Elias, ich muss sofort los, mein Boarding schließt in ein paar Minuten. Ich bin die nächsten drei Wochen in Argentinien.« Elias sah sie verdutzt an, während seine Tante ihre Sachen zusammenräumte und aufsprang. Sie zog einen großen, braunen Umschlag aus der Tasche und legte diesen vor ihn auf den Tisch.

»Hier drin findest du noch einige Informationen. Ich hätte Dir gerne alles erklärt, aber ich muss los. Besprich alles Weitere mit Katharina. Sie weiß Bescheid.« Sie nahm ihre Handtasche auf, umarmte ihren Neffen kurz, drückte ihm einen feuchten Kuss auf die Wange und lief, ihren Koffer hinter sich herziehend, eilig davon, noch bevor Elias irgendetwas sagen konnte. Er hob kurz die Hand, als er sah, dass sie sich noch einmal zu ihm umdrehte, bevor sie um die Ecke bog und aus seinem Sichtfeld verschwand. Dann setzte er sich wieder an den Tisch, nippte an dem mittlerweile kalt gewordenen Cappuccino und öffnete den geheimnisvollen Umschlag.

Als Erstes fiel ein Autoschlüssel mit einem ledernen Mini Cooper-Anhänger heraus. Sie kannte seine Vorliebe für den kleinen, flotten Flitzer, auch wenn sie wegen der Bequemlichkeit beim Einsteigen lange mit einem SUV geliebäugelt hatte.

»Tante Sarah, dafür darfst du mir auch beim nächsten Mal wieder auf die Nerven gehen«, schmunzelte er, während er den restlichen Inhalt aus dem Umschlag zog. Es waren nur wenige Blätter. Er las die Bestätigung einer Zimmerreservierung. Das Hotel ›Hegenbarths Strandresidenz‹ lag am Ortsrand des an der Ostküste Rügens gelegenen Binz, fünf Sterne, Meeresblick. Das Zimmer war für sieben Tage reserviert, mit Verlängerungsoption. Elias legte das Papier zur Seite. Dann war da nur noch eine handschriftliche Notiz seiner Tante.

»Katharina König triffst du im Hotel! Sie erwartet dich dort. Ihr zwei werdet ein tolles Team sein. Liebe Grüße, Tante Sarah. PS: Das Geld ist überwiesen!«

Elias sah verwirrt auf den Zettel. »Das ist alles?« Er blätterte die Papiere noch einmal durch und überprüfte auch den Umschlag, aber da war nichts weiter. »Binz? Rügen, was soll ich da, Tante? Wer ist diese Katharina Sowieso, und worum zum Teufel geht es?«, murmelte er vor sich hin und ließ sich enttäuscht in den Stuhl sinken. Die Unterlagen in der Hand schaute er sich um, so als ob er irgendwo im Raum die Antwort auf seine Fragen finden könnte. Und dann fiel ihm Ethan Hunt ein. Schnell legte er die Papiere auf den Tisch, weil er sich vorstellte, dass, wie in einem seiner Lieblingsfilme, gleich Rauch aufsteigen und sich die Nachricht nach fünf Sekunden selbst vernichten würde. Kurz schmunzelte er über sich selbst. Schließlich las er noch einmal die letzten Worte ihrer Notiz.

»… ist überwiesen!«

»Also gut, Tante Sarah, auf nach Binz!« Er bezahlte, steckte den Umschlag mit den Papieren in das Außenfach seines Koffers und nahm den Autoschlüssel.

Katharinas Handy summte.

»Max?«

»Katharina! Wie geht es dir?«

»Danke, mir geht es gut. Nachdem ich länger nichts von dir gehört habe, nehme ich an, dass deine aktuelle Freundin dich auf Trab hält, oder?«, spottete sie.

»Ach, lass das. Das haben wir doch wirklich hinter uns. In der Firma ist gerade die Hölle los.« Schon immer nannte Max das BKA ›die Firma‹.

»Dieser verdammte ESF-Gipfel hier in Köln geht in zwei Tagen los und hier drehen alle komplett durch. Dreißig Regierungschefs, über 250 Top-Manager, Nobelpreisträger, Schauspieler, Musiker, Sportler und was weiß ich nicht, wer noch alles. Ich wollte einfach nur wissen, wie es dir geht.« Das ESF – „European Society Forum" war das erste große Forum dieser Art, bei dem sich gleichzeitig die Eliten aus allen Bereichen der Gesellschaft trafen, getrennt und interdisziplinär diskutierten, über die wichtigen Fragen der Gesellschaft und ihrer Zukunft.

»Entschuldige bitte.« Katharina holte tief Luft. »Mir geht es wirklich gut. Ich sitze gerade im Wintergarten meines Hotels am Strand von Binz und genieße einen Tequila Sunrise.« Sie übertrieb, denn vor ihr stand eine Tasse Tee.

»Auf Rügen?«, fragte Max König überrascht. »Das ist eine gute Idee. Am besten bleibst du dort, bis der ganze Rummel hier in der Stadt vorbei ist. In der gelben Zone zu wohnen macht wirklich keinen Spaß. Nach dem Gottesdienst am Sonntag reisen alle wieder ab, dann kehrt hoffentlich schnell wieder Normalität ein. Bis dahin ist die Kölner Innenstadt vom Messegelände über die Hohenzollernbrücke und rund um den Dom eine Festung, der absolute Wahnsinn. Da geht nichts rein, nichts raus. Die Altstadt unten am Rhein ist gesperrt, da fließt seit Tagen kein einziger Liter Kölsch mehr. Kannst du dir das vorstellen, in Köln?«

Katharina antwortete nicht. Sie wollte es sich selbst nicht eingestehen, aber es tat ihr noch immer gut, Max' Stimme zu hören. Dann fühlte sie sich für einen kurzen Moment in die Zeit zurückversetzt, als sie noch eine ganz normale Familie waren. Vor diesem einen Tag, diesem einen verdammten Tag.

»Was machst du auf Rügen?«

Sie wich seiner Frage aus und lenkte ab. »Erinnerst du dich? Wir waren mal zusammen hier, als Anna noch klein war, noch kein Jahr alt, glaube ich, damals, mit unserem alten Campingbus.«

»Oh, ja, wie Anna am Strand mit dem Gesicht vornüber in den Sand gekippt ist, weil du mir unbedingt zeigen wolltest, wie gut sie schon alleine sitzen kann. Es war eine schöne Zeit.«

Beide schwelgten kurz in ihrer Erinnerung. Auf der einen Seite tat es Katharina gut, sich in glückliche Zeiten zurückzuversetzen, aber gleichzeitig schmerzte es sie ungemein, denn das würde nie wiederkommen.

»Das ist lange her, Max.« Kurz überlegte sie, ihn auch dieses Mal wieder nach Anna zu fragen, aber er würde ihr wieder die gleiche Antwort geben wie jedes Mal. Dass ihre Tochter Zeit brauchte, sie sie nicht anrufen solle, sie Geduld haben müsse und so weiter und so weiter. Sie wusste, dass er damit wahrscheinlich auch recht hatte, aber diese große Sehnsucht quälte sie so sehr. Sie durfte nichts riskieren, musste Anna die Zeit lassen, die sie brauchte, um über alles hinwegzukommen. Und gleichzeitig durfte sie die Hoffnung nicht aufgeben, dass Anna ihr irgendwann verzeihen und sie ihre Tochter wieder in die Arme schließen würde.

»Es kommt mir auch schon ewig vor, aber du weichst mir aus. Was machst du auf Rügen?«

»Ich habe hier zu tun, nur ein paar Tage.«

»Sie hat dich angerufen?« Max war überrascht.

»Wer?«

»Ach komm schon! Die Professorin!«

»Wie kommst du darauf?«

»Weil ich sie gebeten habe, sich die Sache in Göhren genauer anzusehen! Und jetzt bis du auf Rügen. Du willst mir doch nicht erzählen, dass das Zufall ist«, antwortete Max.

»Du?« Jetzt war es an Katharina, überrascht zu sein. »Du hast das angeleiert?«

»Ja, ich wäre gerne selbst nach Göhren gefahren und hätte dort ermittelt, aber sie lassen mich nicht. Es heißt, wegen des ESF brauchen sie jeden Mann in Köln. Aber ich bin sicher, die Sache auf Rügen stinkt zum Himmel. Sie verkaufen es als Unfall, weil sie genau wissen, dass die Proteste in Stralsund und auf Rügen gegen den Pipelinebau eskalieren und diesen am Ende gar in Gefahr bringen. Da steckt massenhaft Geld drin. Es gibt massive Drohungen von radikalen Ökoaktivisten und linken Extremisten. Ich befürchte, die unterschätzen das komplett, denn da geht es nicht um ein paar fliegende Pflastersteine. Die Demos sind schon jetzt ziemlich heftig und wenn unsere Informationen stimmen, sind bereits kriminelle Aktivisten aus Russland und der Ukraine im Land, um die Proteste zu befeuern. Die wollen mit allen Mitteln den Bau der neuen Pipeline verhindern und schrecken vor nichts zurück. Stell dir nur vor, das in Göhren war kein Unfall, sondern Mord, gezielt und sozusagen als erste Warnung. Ich kann nicht verstehen, warum das hier niemanden zu interessieren scheint. Alle schauen weg, dabei sieht das doch ein Blinder.«

»Na, dann bin ich doch die perfekte Besetzung. Ich werde es mir ansehen.« Katharina schmunzelte. »Aber wen meinst du mit ›sie‹? Wer will die Ermittlungen verhindern?«

»Die Pipeline ist ein Milliardenprojekt, ein Politikum, das von ganz oben geschützt wird, aus Berlin und Moskau. Aber da mischen noch ein paar andere mit. Und du kannst mir glauben, wenn was von ›ganz oben‹ kommt, ist immer was faul.«

»Hm, stimmt«, bestätigte Katharina.

»Ich weiß nicht. Meinst du, du bist der Sache gewachsen?« Max wollte ihr nicht zu nahe treten, aber dass er daran seine Zweifel hatte, war unüberhörbar.

»Keine Panik, ich bekomme einen Aufpasser, der mir das Händchen halten soll und darauf achtet, dass ich nicht hinfalle oder mich vollsabbere. Elias ist der Neffe der Professorin.« Katharina konnte ihren Sarkasmus nur schwer verstecken.

»Hm, wenn sie das meint. Ich weiß, dass du eine grandiose Ermittlerin bist, aber ... ich mache mir halt Sorgen«, lenkte Max ein und ergänzte »Sie wird wissen, warum sie dich damit beauftragt. Vielleicht ist das sogar ein genialer Schachzug.«

»Ja, wenn sie meint«, wiederholte Katharina leise.

»Komm schon, du weißt, wie ich das meine.«

»Schon gut, ich möchte nicht streiten. Hast du noch weitere Infos für mich?«

Als Elias eine halbe Stunde später Hamburg hinter sich gelassen hatte und auf die A 20 abbog, lichtete sich der starke Verkehr.

»Noch 2:56 Stunden bis zum Ziel«, zeigte ihm das Navi an. Er wechselte von einem zum anderen Radiosender. Bei keinem lief aber seine bevorzugte Jazzmusik. Aber immerhin »Your latest Trick« von den Dire Straits. Beim Trompetenintro drehte er voll auf. Kurz vor Stralsund kam die bis dahin reibungslose Fahrt in einen Stau zum Halten. Das Navigationssystem informierte ihn plötzlich über eine Sperrung vor der Rügenbrücke. Schon während der Fahrt war im Radio immer wieder über die gewalttätigen Demonstrationen und die heftige Randale in Stralsund berichtet worden. Die Polizei hatte seit einigen Tagen mit Personen- und Fahrzeugkontrollen Stralsund und Rügen hermetisch abgeriegelt. Niemand sollte unbemerkt und nicht registriert die Insel betreten oder verlassen können. Hierfür wurden alle Personen kontrolliert und erfasst. Elias befragte das Navi nach einer alternativen Route. Obwohl das Gerät nicht alle Straßensperren kennen konnte, empfahl es ihm nun den Weg über den alten Damm. So nahm er die nächste Ausfahrt. Doch kaum hatte er die Abfahrt genommen, verhinderten Absperrungen den Weg, den das Gerät ihm vorgab. Vollkommen verwirrt hängte sich der Rechner des Systems kurz darauf auf, plapperte unentwegt „Bitte wenden! Bitte wenden!“ und zeigte sich wild drehende Straßenkarten an. Elias fummelte an dem nun nervenden Gerät herum und schaltete es ab. Dabei fiel ihm nicht auf, dass er an einer Absperrung vorbei ausgerechnet in Richtung Innenstadt abgebogen war. Schon bald bekam er Zweifel, ob das tatsächlich eine so gute Idee gewesen war, eine Abkürzung zu suchen. Wenden war durch den erhöhten Grünstreifen in der Mitte der Straße nicht möglich. Schon bald bewegte er sich mit dem kleinen Wagen nur noch im Schritttempo wie ein Fremdkörper zwischen immer mehr Demonstranten, die mit Transparenten in Richtung Altstadt zogen. Er reckte sich, um zwischen der Menschenmenge um ihn herum nach einem Ausweg, einer Abzweigung zu entdecken. Immer wieder schlugen Demonstranten auf das Autodach. Wenn er stehen blieb, begannen sie an dem Wagen zu rütteln. Langsam stieg in Elias Panik auf.

„Auf dem alten Marktplatz und am Hafen gibt es derzeit heftige Auseinandersetzungen mit der Polizei. Wasserwerfer sind im Einsatz“, berichtete der Reporter passend dazu im Radio. Von brennenden Autos und geplünderten Geschäften wurde berichtet und dass über der Innenstadt mehrere schwarze Rauchsäulen aufstiegen. Die Szenerie sei gespenstisch. Elias sah nach oben, konnte aber keine Rauchsäulen entdecken und redete sich ein, dass das ein gutes Zeichen sei. Am Straßenrand lief eine Gruppe schwarz vermummter Personen und brüllte aggressive Parolen. Polizisten in schwerer Schutzkleidung standen an den Kreuzungen, beobachteten aber nur passiv das Geschehen. Offenbar wollte man jede Art von Provokation vermeiden, die zum sofortigen Ausbruch von weiterer Gewalt führen würde. Über die Frage, warum die Polizei ihn mit dem Wagen nicht herausholte, konnte er in dem Moment nicht nachdenken, war zu sehr damit beschäftigt, nicht stehen zu bleiben und gleichzeitig niemanden zu überfahren. Von hinten näherten sich zwei Feuerwehrwagen mit Martinshorn und rasten an der Menge vorbei. Er entdeckte rechts eine Seitenstraße. Doch diese zu erreichen war unmöglich, denn die nächsten Abzweigungen waren alle bereits mit Menschen verstopft. So trieb es ihn unweigerlich im Schritttempo immer weiter rein ins Chaos der Stadt. Er sah in den Rückspiegel. Er war umzingelt von Demonstranten, weit und breit war kein anderes Auto zu sehen.

»Ich muss anhalten!«, sagte er sich. Vorbeilaufende Demonstranten schlugen erneut auf das Wagendach, pöbelten ihn an. Ein Schlag traf seine Tür und er zuckte zusammen. Panik beschrieb seinen emotionalen Zustand nun absolut treffend.

»Das ist ein echter Albtraum!«, dachte er und krallte sich am Lenkrad fest. Langsam rollte er Richtung Straßenrand und hielt an, ließ den Motor aber laufen.

Eine Gruppe Vermummter kam aus einer Hofeinfahrt direkt auf ihn zugerannt. Manche hatten Knüppel, einer einen brennenden Molotowcocktail, den er hinter sich in eine Gruppe heranstürmender Polizisten warf. Elias duckte sich instinktiv und kniff die Augen zusammen. Immer wieder schlug jemand gegen sein Auto und jedes Mal zuckte er zusammen, als plötzlich die Beifahrertür seines Autos aufgerissen wurde und sich jemand auf den Sitz warf.

»Fahr! Fahr! Los, weg hier! Gib Gas!«, schrie eine aufgeregte Frauenstimme und schlug die Autotür zu. Er konnte gar nicht so schnell reagieren, wie seine Beifahrerin mit ihrem Springerstiefel auf seinen rechten Fuß trat und damit das Gaspedal komplett durchdrückte. Der Motor heulte auf. Vor Schreck rutschte sein anderer Fuß von der Kupplung, sodass das Auto mit einem Satz vorwärts schoss. Elias schrie auf und riss das Lenkrad herum, um nicht mitten in die Gruppe Polizisten zu rasen, dann trat er heftig auf die Bremse. Der Wagen schleuderte und Elias konnte den Wagen nur mit Mühe wenden, ohne irgendwo anzuschlagen. Die Räder quietschten, als er in den zweiten Gang schaltete, während seine Beifahrerin erneut mit voller Wucht auf seinen Fuß und damit auf das Gaspedal trat.

»Runter von meinem Fuß! Sofort!«, schrie Elias und wagte nicht, den Blick von der Straße zu nehmen. Die Demonstranten sprangen fluchend und drohend nach rechts und links, um dem rasenden Auto auszuweichen. Wie durch ein Wunder wurde niemand überfahren und es bildete sich eine Gasse, durch die Elias raste, bis die Straße wieder völlig frei war. Dann bremste er abrupt und kam mit quietschenden Reifen zum Stehen. Sein Herz pochte bis zur Schädeldecke und er war schweißgebadet.

»Bist du verrückt?«, schrie er voller Wut, während er sich seiner ungebetenen Passagierin zuwandte.

»Nein, ganz im Gegenteil.«

Elias blickte entgeistert in die großen dunklen Augen einer wunderschonen jungen Frau. Ihre dunkelbraunen Haare waren halblang und ein bisschen zerzaust. Sie trug eine dunkelgraue Fliegerjacke und Bluejeans über den klobigen Stiefeln. Ihre Sprache hatte einen leicht osteuropäischen Einschlag. Sein Fuß schmerzte heftig, jetzt wusste er, warum die Dinger Springerstiefel heißen. Er hatte das Gefühl, ein Elefant wäre auf seinen Fuß gesprungen. Völlig perplex über ihre Antwort und ihren Anblick saß er sprachlos da und schnappte nach Luft.

Sie zeigte nach vorne durch die Windschutzscheibe.

»Es wäre sehr vernünftig, wenn wir jetzt hier verschwinden würden. Fahr los!«, sagte sie völlig ruhig, als wären sie zu einem gemütlichen Sonntagsausflug unterwegs.

»Wir?« Nun brach es aus Elias heraus. »Wir? Es gibt kein ›wir‹! Ist das klar? Raus aus meinem Wagen!« Er beugte sich über sie und wollte den Türgriff der Beifahrertür ziehen, kippte bei dem Versuch aber vorn über und mit dem Gesicht direkt in ihrem Schoß. Ihre Hand fuhr durch seine Haare.

»Nur nicht so stürmisch«, lachte sie. »Nimm mich einfach noch ein kleines Stück mit und dann bist du mich wieder los«, reagierte sie völlig ruhig auf seinen Ausbruch.

Elias rappelte sich wieder auf und sah sie direkt an. Sie gefiel ihm. Wenn die Umstände nicht so außergewöhnlich gewesen wären, hätte er sie jetzt vielleicht zu einem Kaffee eingeladen. Sie sah atemberaubend aus, ihre Augen funkelten und ihr voller Mund lud buchstäblich zum Küssen ein. Elias schüttelte kaum merklich den Kopf. Wie kam er nur jetzt auf so einen absurden Gedanken?

»Wie heißt du?«, fragte er sie, während er den ersten Gang einlegte und wieder anfuhr. Er wartete nicht auf eine Antwort.

»Worum geht es da?« Er nickte mit dem Kopf über die Schulter in Richtung Altstadt.

»Um die scheiß Pipeline! Die Bonzen stopfen sich zuerst mit dem Bau und dann mit dem Betrieb die Taschen voll. Die Menschen und die Umwelt gehen dabei vor die Hunde«, erklärte sie.

»Aber Erdgas ist doch umweltfreundlich, dachte ich«, warf Elias naiv ein. Er hatte von dem Projekt zwar einmal irgendwo etwas aufgeschnappt, sich aber nicht wirklich dafür interessiert. Er erinnerte sich an ein Zeitungsbild mit Schröder und Putin, die sich vor vielen Jahren zufrieden die Hände schüttelten.

»Fossiler Brennstoff ist nie umweltfreundlich. Hier geht es nur um das große Geld. Und beim Bau wird die Ostsee durchpflügt. Da kommt die ganze Scheiße wieder hoch, die da unten liegt. Es wird viele Tote geben. Und keiner sagt die Wahrheit, sie lügen alle an. Und deshalb sind sie so gefährlich.«

Elias verstand nicht, wovon sie da redete, und schon gar nicht die Zusammenhänge. Das kam ihm eher ziemlich wirr vor.

»Sie? Von wem sprichst du?«

»Die Regierungen, die Konzerne, die Bonzen und Oligarchen! Ein Menschenleben zählt in deren Welt nichts!«

Elias erschienen ihre Ansichten sehr radikal, soweit er das aus den paar Sätzen schließen konnte. Aber sie brannte offensichtlich für ihren Widerstand, war voller Leidenschaft für ihre Sache. Das faszinierte ihn auf wundersame Weise. Er war nie so rebellisch gewesen, nie mutig oder leidenschaftlich für eine Sache eingetreten. Er war stets lieber jedem Streit aus dem Weg gegangen, hatte sich noch nicht einmal für ein Mädchen auf dem Schulhof geprügelt.

Er bog rechts ab in Richtung Fähre und reihte sich am Ende der wartenden Autoschlange ein. Weiter vorne sahen sie Polizisten, die von Wagen zu Wagen gingen, die Papiere kontrollierten und sich den Kofferraum öffnen ließen.

»Zeit für mich, zu verschwinden«, sagte sie, öffnete die Tür und stieg aus. Sie beugte sich noch einmal kurz in das Fahrzeug.

»Sascha – ich bin Sascha.« Sie hauchte ihm einen Kuss auf die Wange. »Danke fürs Mitnehmen, mach's gut.« Bevor Elias reagieren konnte, war sie zwischen den wartenden Autos verschwunden. Kurz darauf konnte er auf die Fähre fahren und übersetzen. Die merkwürdige Begegnung mit der jungen Frau ging ihm noch in Gedanken nach, während er das Navi wieder einschaltete, dass ihn nach Binz zum Hotel leiten sollte.

Im Wintergarten des Hotels waren nur wenige Plätze belegt. Katharina schrak zusammen. Sie war offensichtlich in ihrem Liegestuhl eingenickt, nachdem ihre Verabredung nicht pünktlich gekommen war.

»Frau König?«, wiederholte die Stimme vorsichtig. »Ich bin Elias Bechstein. Wir sind verabredet.«

Seine Stimme klang jünger, als sie erwartet hatte. Allerdings hatte Sarah Kohn ihr auch nicht sehr viel über ihren Neffen mitgeteilt. Schnell richtete Katharina sich auf und streckte ihm ihre Hand zur Begrüßung entgegen, die er ergriff und kurz, aber kräftig drückte.

»Ja, ich bin Katharina König. Schön, dass Sie endlich da sind. Sie sind reichlich spät«, begrüßte sie ihn freundlich, aber mit einem leichten Vorwurf und ergänzte: »Ich mag es nicht, wenn man Termine nicht einhält.« Sie drehte ihren Kopf wieder zurück und blickte hinaus aufs Meer.

»Es tut mir leid«, entschuldigte sich Elias. »In Stralsund herrschte Chaos wegen der Demos, da war kein Durchkommen und ich hatte leider keine Handy-Nummer von Ihnen.« Ja, er war zu spät, aber so schlimm war das auch nicht, dachte er. Ihre kühle Art irritierte ihn. Es trat ein kurzer Moment peinlicher Stille ein.

Beide blickten hinaus, wo sich die Dämmerung über dem Meer ausbreitete. In der Ferne sah man die Lichter einiger vorbeifahrender Schiffe.

»Eine wunderschöne Aussicht hier«, versuchte Elias verunsichert, die Konversation in Gang zu bringen. Die Frau schien ihm seine Verspätung wirklich übel zu nehmen, denn sie machte keine Anstalten, ein Gespräch mit ihm zu führen, wirkte irgendwie abwesend, so als würde sie ihn gar nicht wahrnehmen.

»Ja, sehr schön«, bestätigte sie nach einiger Zeit. Der Liegestuhl knarzte leise, als Elias sich setzte. Er winkte die Bedienung zu sich und bestellte einen Cappuccino. Er sah Katharina prüfend an, ob sie auch noch etwas bestellen wollte, aber sie reagierte nicht. Also nickte er der wartenden Kellnerin dankend zu und wandte sich erneut Katharina zu. Er musterte sie unauffällig.

Katharina spürte seinen prüfenden Blick. Es war merkwürdig, er sagte gar nichts, oder wusste er es wirklich nicht, hatte seine Tante ihm nichts gesagt? Katharina wollte erst einmal abwarten und sehen, ob ihr die Professorin nicht tatsächlich nur einen Aufpasser geschickt hatte. Sie hatte ihr erzählt, dass er ein guter Historiker sei, da hatte Katharina aber noch so ihre Zweifel. Sie hatte gelernt, bei fremden Menschen vorsichtig zu sein.

Elias fand Katharina König ausgesprochen attraktiv, er schätzte sie auf Ende vierzig. Ihre schlanke Statur kam durch die modische Jeans und den schwarzen, eng anliegenden Rollkragenpullover gut zur Geltung. Ihr schönes Gesicht mit den grünen Augen wurde von schulterlangen dunkelbraunen Haaren umrahmt. Ihre nackten Füße wirkten gepflegt und die Fußnägel waren im gleichen Rot wie die Fingernägel lackiert.

Sie hatte seine Musterung wohl bemerkt, denn sie hatte nicht weiter gesprochen. Schnell wandte er den Blick von ihr ab und blickte wieder in Richtung Strand. Die freundliche Bedienung brachte seinen Cappuccino und unterbrach damit die peinliche Stille. »Das Hotel ist wirklich schön«, versuchte Elias, erneut Smalltalk zu betreiben.

»Ja, bestimmt«, antwortete Katharina.

»Frau König …«, begann Elias.

»Bitte sagen Sie Katharina zu mir,« unterbrach sie ihn.

»Gerne«, antwortete er, »ich heiße Elias.«

»Ich weiß.«

Sie lächelte zum ersten Mal.

»Ich habe keine Ahnung, warum ich hier bin oder was ich hier soll. Meine Tante mochte es schon immer gerne geheimnisvoll«, setzte er erneut an. »Verstehen Sie mich bitte nicht falsch, aber ich muss schnellstmöglich wieder zurück nach New York. Ich habe dort ein großes Engagement in Aussicht. Ich bin Musiker – Modern Jazz« ergänzte er noch.

»Jazzmusiker?« Sie lächelte erneut und Elias musste feststellen, dass ihr das ausgesprochen gut stand. »Was spielen Sie?«

»Saxofon und Klarinette«, antworte Elias stolz.

»Schön. Das liebe ich. Kennen Sie in Köln Papa Joe's ›Em Streckstrump‹? Eine kultige Jazzkneipe in der Altstadt unten am Rhein. Dort sollten Sie mal spielen. Das würde ich gerne hören.«

Elias entspannte sich etwas. Wer Jazz mochte, konnte doch gar nicht so schlimm sein. Vielleicht hatten sie einfach einen etwas unglücklichen Anfang.

In seiner Hosentasche brummte leise sein Handy. Er zog es heraus und sah auf dem Display eine amerikanische Nummer.

»Oh, da muss ich kurz ran, bitte entschuldigen Sie.« Elias stand auf und ging ein paar Schritte Richtung Fenster, um ungestört telefonieren zu können.

»Hi, Sam, how are you?« Im Hintergrund hörte Elias die Musik und die typische Geräuschkulisse des Jazzclubs, in dem er so gerne wieder spielen würde. Sam kam gleich zur Sache und bot ihm ein Engagement an, weil einer seiner Musiker ausgefallen war. Ausgerechnet jetzt kam dieses tolle Angebot. Enttäuscht antwortete er »I'm sorry. I'm in Germany for a couple of days. A family thing. I guess, I'll be back next week.«

Schließlich verabschiedete er sich: »Yes, too bad. I'll call you, when I am back in New York. Take care. Bye.«

Elias steckte sein Mobiltelefon in seine Hosentasche und drehte sich zu Katharina um, die ebenfalls telefonierte.

»Anna? Ja, Schatz. Hör mir bitte zu! Wir müssen … Ja, Schatz … Entschuldige … Wir müssen …« Diese Anna schien ganz schön sauer zu sein. Er konnte zwar nichts verstehen, aber sie ließ Katharina überhaupt nicht zu Wort kommen und schrie nur. Das konnte er aus der Entfernung hören. Plötzlich war es still in der Leitung. »Leg nicht auf! Anna? Anna?« Mit einem Seufzer ließ Katharina das Handy in ihren Schoß fallen.

Sie lächelte gezwungen, nahm ihre Teetasse und trank einen Schluck. Mit zittrigen Händen tastete sie dann nach der Untertasse und stellte ihre Tasse darauf ab.

»Ihre Tochter?« Elias kam langsam zu ihr zurück. Er konnte nicht ahnen, dass er damit einen wunden Punkt berührte. Katharina wandte ihm den Kopf zu und antwortete leise: »Ja, meine Tochter. Es ist …«, sie machte eine Pause, »… schwierig zwischen uns.« Ihr Gesichtsausdruck zeigte ihm deutlich, dass sie nicht weiter darüber sprechen wollte.

»Wann sind Sie angereist?«, wechselte Elias das Thema.

»Gestern schon. Mit dem Zug aus Köln«, antwortete Katharina.

»Köln? Da ist doch gerade dieser Gipfel, dieses ESF? Ich habe davon in den Zeitungen gelesen. Da sind Sie sicher froh gewesen, aus der Stadt raus zu kommen, oder?«

»Ja. Am Hauptbahnhof war die Hölle los. Überall Polizei, Absperrungen und Hindernisse, die man nicht kennt. Das war nicht einfach.«

»Hindernisse, die man nicht kennt?«, wunderte sich Elias in Gedanken. Was war das nur für eine merkwürdige Frau?

»Der Gipfel dauert bis Sonntag. Der russische Präsident ist wohl von Anfang an dabei. Ich habe gelesen, dass sogar der amerikanische Präsident am Sonntagmorgen zum Gottesdienst kommt. Er ist gerade in Asien und unterbricht den Rückflug, um wenigstens dann dabei zu sein. Das wird ein Theater«, fasste Elias kurz zusammen, was er am Flughafen in Hamburg auf den Titelblättern der Zeitungen gesehen hatte.

»Meine Wohnung liegt am neuen Hafen, hinter den Kranhäusern. Das ist die ›gelbe Zone‹. Schon seit zwei Wochen wird man dauernd kontrolliert. Ich bin froh, wenn am Sonntagnachmittag der ganze Spuk wieder vorbei ist und endlich wieder Normalität einkehrt«, erklärte ihm Katharina.

Sie zog einen großen Umschlag aus einem Rucksack, der neben ihrem Liegestuhl stand. Dabei stieß sie fast die Teekanne um. Schnell ergriff er das Kuvert und nahm es ihr aus der Hand.

»Sicher sind Sie müde von der langen Reise. Ruhen Sie sich ein bisschen aus. Hier drin finden Sie ein Dossier zu unserem, hm, nennen wir es ›Auftrag‹. Schauen Sie sich das bitte an. Wir treffen uns morgen früh um halb neun zum Frühstück. Bitte seien Sie pünktlich.«

Elias schaute auf den Umschlag und musste wieder an Ethan Hunt denken. Ein belustigtes Grinsen legte sich auf sein Gesicht. Er wandte sich ab, weil er verhindern wollte, dass Katharina es sah und verabschiedete sich.

»Selbstverständlich, dieses Mal werden mir wohl keine wildgewordenen Aktivisten im Weg stehen. Wir sehen uns morgen früh.« Er drehte sich um und ging zum Aufzug.

Auf dem Weg ließ er dieses merkwürdige Treffen Revue passieren. Ja, er war müde und vielleicht hatte er nicht alles richtig mitbekommen, aber hier stimmte irgendetwas nicht.

In seinem Zimmer angekommen, nahm er ein Bier aus der Minibar und trank einen Schluck. Dann zog er sich aus und ging unter die Dusche. Nur das Handtuch um die Hüften gewickelt ließ er sich hinterher auf das weiche Bett fallen und öffnete den Umschlag. Während des Lesens genehmigte er sich noch ein weiteres Bier. Es war ihm immer noch ein Rätsel, warum seine Tante ihn hatte kommen lassen. Er blickte auf seine Uhr. Tante Sarah war wohl noch im Flieger irgendwo über Land, vermutete er und tippte eine Nachricht in sein Handy:

»Bin gut auf Rügen angekommen.«

Die Antwort kam tatsächlich prompt. Ihn wunderte nicht, dass seine Tante das Handyverbot im Flugzeug missachtete, solange sie nicht über dem Atlantik war.

»Katharina getroffen?«

»Ja. Was soll ich hier?«

»Dossier gelesen?« Sie überging seine Frage.

»Ja« Elias erhoffte sich weitere Informationen, aber es kam nur noch ein kurzer Gruß.

»Viel Erfolg!«

Es war zum Verrücktwerden. Von seiner Tante würde er keine weiteren Erklärungen bekommen. Das war schon immer so. Früher als Kind fand er das lustig. Heute konnte er darüber nicht lachen. Sam hatte ihm ein Engagement angeboten, das sein Durchbruch hätte sein können. Stattdessen lag er hier herum und wusste nicht, was sie von ihm wollte. Genervt warf er sein Telefon auf den Nachttisch und nahm sich noch einmal die Unterlagen zur Hand.

Zuerst war da ein kopierter Zeitungsartikel über einen mysteriösen Unfall vier Wochen zuvor in der Nähe von Göhren, südlich von Binz. Ein Familienvater war bei einer Zugfahrt auf ungeklärte Weise zu Tode gekommen. Elias überflog kurz den Artikel und blätterte weiter. Auf dem zweiten Blatt war eine Kurzmeldung kopiert, die dazu vor drei Tagen im Rügener Kurier erschienen war. Die Ermittlungen zu dem tragischen Unglücksfall waren eingestellt worden. Laut dem Abschlussbericht der Polizei und der kriminaltechnischen Untersuchungen hatte sich die Kleidung des Mannes durch einen Stromschlag an einem defekten Kabel entzündet. Er sei beim Sturz vom fahrenden Zug umgekommen, bevor sein Leichnam bis zur Unkenntlichkeit verbrannt sei.

»Gruselig!«, dachte Elias und blätterte weiter. Auf der nächsten Seite fand er eine ausgedruckte E-Mail. Absender und Empfänger waren geschwärzt.

Zuerst brennt ein Mensch,
dann erstickt die ganze Welt!
Sagen Sie der Bevölkerung endlich die Wahrheit!
Stoppt den Pipelinebau! Sofort!
Sonst wird es geschehen!

Als Nächstes hielt er eine Hochglanzbroschüre der »Ostwind AG« in Händen, einen Prospekt über die Gaspipeline durch die Ostsee. Dazu gab es diverse Zeitungsartikel zu den seit Wochen andauernden Demonstrationen gegen das Projekt und weitere Artikel mit Informationen zu den politischen und wirtschaftlichen Fakten der Pipeline.

Mit dem über zehn Jahre alten Spiegel-Artikel über Giftgasmunition aus dem Zweiten Weltkrieg in der Nord- und Ostsee wusste Elias in dem Moment noch nichts anzufangen.

»Der Unfall auf der Bimmelbahn, diese E-Mail, Pipeline, Munitionsschrott«, murmelte er vor sich hin. Noch konnte er keinen Zusammenhang erkennen. Dann fiel ihm wieder ein, was diese Sascha gesagt hatte. »Da kommt die ganze Scheiße wieder hoch.«

Ob sie bei den gewalttätigen Aktionen dabei gewesen war? Würde so eine Frau Pflastersteine oder Molotows auf Polizisten werfen? An ihrer leidenschaftlichen Entschlossenheit hatte er keine Zweifel. Irgendwie beneidete er sie um diese Eigenschaft. Elias sammelte die Unterlagen zusammen und steckte sie zurück in den Umschlag. Dann nahm er sein Laptop und googelte »Katharina König Köln.«

»Oh, mein Gott, ich Idiot!«, sagte er und schlug sich mit der Hand auf die Stirn.

Sonntag – noch sieben Tage

»Guten Morgen, Katharina.« Elias war verunsichert, wie er nach seinem ahnungslosen Auftritt am Vorabend auf sie zugehen sollte.
»Guten Morgen, Elias. Sie sind schon wieder zu spät«, begrüßte sie ihn ohne Vorwurf in der Stimme. Es trat eine Pause ein. Katharina schmunzelte und tastete nach dem Ziffernblatt ihrer Armbanduhr. »Es ist acht Uhr vierunddreißig«, informierte sie ihn.

»Gestern … ich wusste nicht, dass Sie … Bitte entschuldigen Sie.«

»Dass ich blind bin? Ich dachte, Ihre Tante hätte sie vorgewarnt und Sie als meinen Aufpasser engagiert.« Katharina schien sich köstlich zu amüsieren.

»Nein, hat sie natürlich nicht«, antwortete Elias zerknirscht. »Das macht sie mit mir gerne ... lässt mich einfach ins offene Messer laufen.«

»Bitte versuchen Sie, zukünftig pünktlich zu sein«, kam Katharina wieder auf seine Verspätung zurück. »Ich orientiere mich an Uhrzeiten, das ist sehr wichtig für mich. Warten und unerwartete Veränderungen bringen meine Strukturen durcheinander und dann finde ich mich nur schlecht zurecht. Das wird die nächsten Tage sowieso schon schwer genug für mich.«

»Pünktlichkeit steht auf der Liste meiner Stärken ja nicht gerade unter den Top Ten, aber ich versuche es«, versprach Elias. ›Das wird anstrengend‹, dachte er bei sich.

»Ich will ehrlich zu Ihnen sein. Ich habe überhaupt keine Ahnung, wie ich mit Ihnen umgehen soll. Ich habe da keine Erfahrung.«

Katharina lachte. »Das haben die wenigsten Menschen. Deshalb gehen viele Blinden oft sogar aus dem Weg. Sie meinen das meist überhaupt nicht böse, sondern sie sind einfach genauso unsicher wie Sie und wollen peinliche Situationen vermeiden.«

»Man kann sich das als Sehender vielleicht auch nicht so gut vorstellen«, versuchte Elias, vor allem sein eigenes Verhalten zu erklären.

»Sie wollen wissen, wie es ist, blind zu sein?«

Elias stammelte. »Ja, irgendwie schon. Ich möchte es verstehen.«

»Schließen Sie die Augen«, sagte Katharina.

»Was?«

»Schließen Sie die Augen! Los, machen Sie schon«, forderte Katharina ihn erneut auf und Elias schloss die Augen.

»Was sehen Sie?«

»Nichts natürlich«, antwortete Elias verwundert über die Frage.

»Nun, genau genommen sehen Sie jetzt nur nicht mit den Augen.«

»Ich verstehe nicht«, sagte Elias verunsichert.

»Nun, wenn ich Sie bitten würde, sich aus dem Krug Wasser in das Glas einzugießen, könnten Sie mit der Fingerspitze im Glas feststellen, wann es voll ist. Das sind Tricks, Techniken, die man lernen kann.«

»Okay.«

»Gut. Sagen Sie mir jetzt bitte, wie viel Uhr wir haben.«

Elias räusperte sich irritiert.

»Nun, auch das geht nur mit Technik, mit Hilfsmitteln, also dem Handy, das spricht, oder einer Uhr, deren Ziffernblatt Sie abtasten können. Oder Sie warten, bis die Glocke im Kirchturm schlägt.« Sie lachte. »Nun sagen Sie mir bitte, wie viele Personen eben zur Tür hereingekommen sind.«

»Ich habe keine Ahnung, ich habe nicht darauf geachtet.« Elias kniff die Augen fester zusammen und versuchte sich zu erinnern.

»Genau! Aufmerksamkeit und aktive Wahrnehmung ist für Blinde besonders wichtig. Merken Sie sich alles. Hören, fühlen, riechen, dazu aber auch die Erfahrung, das alles wird kombiniert, um sich ein Bild zu machen, was um einen herum passiert.«

»Okay, ich verstehe langsam.«

»Sie haben die Augen weiter geschlossen, ja?«

»Ja.«

»Es kamen doch eben zwei Leute herein und haben sich an den Tisch direkt neben der Tür gesetzt. Ich vermute einen Mann und eine Frau. Die Dauer, wie lange die Tür geöffnet war, das Stühlerücken, das Gemurmel, das ich nicht verstehen, aber vom Klang der Stimmen unterscheiden konnte. Zwei Karten hat die Bedienung gebracht, zweimal dazu ›Bitte‹ gesagt. Kleinigkeiten, die für mich Informationen liefern.«

Elias staunte, auf was Katharina alles achtete, selbst während sie mit ihm gesprochen hatte. Er hatte das hereingekommene Paar gar nicht beachtet.

»Nun sagen Sie, welche Farbe die Schuhe der Dame haben!«

»Was?«, fragte Elias ungläubig. »Wie bitte soll ich ...?«

Katharina lachte. »Schon gut, alles können Blinde eben auch nicht. Sie werden sich an mich gewöhnen. Ich bin ganz normal. Nur meine Augen funktionieren nicht.«

Elias sagte erst einmal gar nichts. Die Beispiele waren anschaulich. Nur das ›Nur meine Augen‹, klang in ihm nach.

»Ganz so einfach kann es ja nicht sein«, dachte er. Er goss sich Kaffee ein und diesmal schaute er dabei genau hin.

»Augen zu und durch« dachte Elias schließlich. Er lächelte über sich selbst, natürlich würde er die Augen offen halten. Er hatte ja gerade erlebt, was sonst passiert.

Aber er wollte sein Verhalten vom Vorabend klären. »Es ist mir wirklich unangenehm. Ich hätte natürlich wissen müssen, wer Sie sind. Katharina König, die berühmte Oberstaatsanwältin aus Köln!«, wagte Elias einen Vorstoß. »Der Mahrfeld-Prozess damals war eine Sensation in allen Medien. Dieser Anlagebetrug hat ja fast die ganze Fußball-Bundesliga in Aufruhr gebracht und ich weiß nicht wie viele Top-Spieler, Trainer und Manager die Karriere gekostet.«

»Berühmt bestimmt nicht«, widersprach Katharina. »Manche betitelten mich eher mit ›berüchtigt‹. Dreiundvierzig Spieler der Ersten und Zweiten Bundesliga waren es, um genau zu sein, und knapp über eine Milliarde Schwarzgeld.«

»Eine Milliarde?« Elias stockte der Atem. Diese Dimension war ihm nicht bewusst gewesen. »Dann gehören Fußballfans seitdem wohl nicht zu ihren Freunden, oder?« Elias war beeindruckt.

»Fußball hat mich noch nie interessiert. Ein ziemlich affiger Sport und noch dazu vollkommen überbezahlt. Dafür hat der Finanzminister sich persönlich bei mir bedankt. Und den bösen Brief von Herrn Hoeneß haben mir meine Kollegen damals wie eine Ehrenurkunde eingerahmt ins Büro gehängt.« Katharina musste bei der Erinnerung lachen, aber man hörte auch etwas Stolz in ihrer Stimme und eine gehörige Portion Wehmut.

Elias stellte seine Tasse ab und musterte sie unauffällig aus dem Augenwinkel heraus. Er wollte nicht, dass sie seine Blicke bemerkte. Ihre Fingernägel waren dunkelrot lackiert, das

Gesicht leicht geschminkt. Elias war sich ziemlich sicher, dass die Fingernägel am Tag zuvor in einem deutlich helleren Rot lackiert gewesen waren. Er fragte sich, wann und vor allem wie eine Blinde das so akkurat hinbekommen konnte.

Katharina ahnte, dass Elias sie wieder betrachtete. Obwohl sie ihn nicht sehen konnte, spürte sie seine Blicke, so wie am Tag zuvor, nur dass er sie da noch als Frau betrachtet hatte, jetzt war sie ›die Blinde‹. Normalerweise war sie durch ihren Stock ja sofort als solche erkennbar, deshalb war sie für die Leute ›besonders‹. Sie hatte sehr lange darüber nachgedacht, mit welcher Bezeichnung sie am besten zurechtkam, denn mit ›behindert‹ wollte sie nichts zu tun haben. Mit ›blind‹ kam sie mittlerweile zurecht. Etwas besser an den guten Tagen, aber selbst an den schlechten war das für sie noch erträglich. Sie hatte noch nicht ergründen können, was oder wer entschied, ob es ein guter oder ein schlechter Tag war. Einen guten Tag hatte sie, wenn sie klarkam, schon mit den kleinen Dingen und Herausforderungen, die der Alltag an eine Blinde stellte. An guten Tagen konnte sie sich ihre Nägel lackieren, ohne dass es aussah, als hätte Anna im Kindergarten ein Bild gezeichnet und die Ränder übermalt. An schlechten Tagen konnte sie nicht einmal die richtige Menge Zahnpasta aus der Tube drücken und auf der Zahnbürste platzieren. Das führt meistens dazu, dass irgendwann jemand sie peinlich berührt darauf aufmerksam machte, dass sie ihre Kleidung verschmiert hatte. Das war dann definitiv ein schlechter Tag, und dann kamen sie hervor, die Depressionen, die sie so hasste und denen sie sich doch nicht entziehen konnte, bis zum nächsten Morgen, wenn sie erneut auf die Tube drückte.

»Meine Fußnägel habe ich übrigens auch neu lackiert«, riss Katharina Elias aus seinen Gedanken.

Elias schnappte nach Luft, griff erschrocken nach seiner Tasse und schlürfte hörbar seinen Kaffee. Katharina war sich sicher, dass sein Gesicht rot angelaufen war, was sie amüsierte. Eine kleine Entlohnung dafür, den prüfenden Blicken so ausgeliefert zu sein, fand sie.

»Es ist gut, Elias«, sagte sie dann, »Sie können ganz normal mit mir umgehen. Wenn ich Hilfe brauche, sage ich es Ihnen«, ergänzte sie.

Elias atmete erleichtert auf. Sie hatte Humor, das gefiel ihm und würde es ihm vielleicht leichter machen, mit der Situation zurechtzukommen.

»Aber Mahrfeld ist schon lange her. Ziemlich genau fünf Jahre«, griff Katharina das Thema wieder auf.

»Ihre Prozesse waren doch immer spektakulär.« Elias erinnerte sich an das, was er am Abend zuvor über sie gelesen hatte. »Unter Politikern und Managern waren Sie wohl die gefürchtetste Anklägerin Deutschlands.«

»Sagen wir hier lieber ›unbequem‹«, korrigierte sie.

»Der Dillmann-Prozess war sicher der Höhepunkt, die Sache mit dem Giftgas in Afrika, oder?«

Katharina wurde kalt, ihr Magen krampfte leicht zusammen und ein Schmerz schoß durch ihren Kopf. »Dillmann!« Wie sie diesen Namen hasste. Sofort waren die Bilder von damals wieder da und liefen wie ein Film vor ihrem inneren Auge ab.

Das Unglück mit über zweihundert Toten vor vier Jahren in Pointe-Noire, der kongolesischen Hafenstadt, war den Medien zunächst kaum eine Meldung wert gewesen. Wen wunderte es schon, wenn in Afrika ein marodes Lagerhaus in einem heruntergekommenen, von der Mafia und anderen Gangs beherrschten Hafen in die Luft flog? Dass dabei giftige Gase freigesetzt worden waren, schreckte auch niemanden wirklich auf. Greenpeace hatte zunächst ein illegales Mülllager vermutet. Erst Hinweise durch das Rote Kreuz, dass dort Giftgasmunition in die Luft geflogen war, ließen vermuten, was und wer dahinter stecken könnte. Die Spur führte zu den ›Julius-Dillmann Chemiewerken‹ vor den Toren Kölns. Katharina hatte den Fall damals aufgegriffen und Vorermittlungen gegen den Vorstand des Chemiekonzerns, die Brüder Lars und Peter Dillmann eingeleitet. Schlagzeilen wie ›200 Tote – Giftgas aus Deutschland!‹ und ›Der Tod – wieder ein Meister aus Deutschland!‹ prangten damals auf den Titelseiten der Zeitungen. Die seriöseren Print- und TV-Magazine hatten sich ebenfalls des Themas angenommen und berichteten in Dokumentationen ausführlich über die Anfänge des Giftgases im Ersten Weltkrieg.

Bis dahin hatte Katharina praktisch nichts über Giftgas gewusst. Doch dann hatte sie erfahren, dass sich fast alle heute auf der Welt bestehenden Giftgasformeln auf deutsche Patente, insbesondere aus der nationalsozialistischen Zeit Deutschlands und den Chemikern der Bayer-Werke zurückverfolgen ließen. Was Wernher von Braun für die Raketentechnologie war, war der Chemiker Gerhard Schrader von Bayer seinerzeit für die Giftgasentwicklung. Die Spur, die dann schließlich von Point-Noire nach Deutschland geführt hatte, war international höchst brisant gewesen. In Berlin gerieten hinter den Kulissen einige namhafte Persönlichkeiten in Panik und es gab kaum einen Politiker, der sich nicht genötigt sah, bei passender und unpassender Gelegenheit seinen Kommentar dazu abzugeben. Natürlich war die Regierung schuld oder die Opposition, eine verfehlte Entwicklungspolitik oder das Gekungel mit der Waffenindustrie. Je nach politischer Couleur war alles zu hören. Rücktrittsforderungen waren an der Tagesordnung gewesen.

Keiner, der nicht eine rückhaltlose Aufklärung verlangt und eine harte Bestrafung der Verantwortlichen gefordert hatte. Katharina hatte immer das Autoradio ausgemacht, wenn wieder ein hohes Tier so zitiert worden war. »Verlogene Gauner!«, hatte sie damals gedacht und genau gewusst, dass letztlich keiner wirklich wollte, dass in dieser Sache die Wahrheit ans Licht kam. Insgeheim hatten sie alle gehofft, dass die Affäre mit einem Bauernopfer aus der zweiten Reihe möglichst schnell wieder aus den Schlagzeilen käme.

Katharina war durch ihre Ermittlungen sehr schnell zu einer der begehrtesten Interviewpartner sämtlicher Fernsehnachrichten, -magazine und Zeitungen geworden. Es war ein Drahtseilakt zwischen Geheimhaltung, Wahrung der Interessen des Verfahrens, dem Schutz von Verdächtigen und der Kooperation mit der Presse gewesen.

Sie hatte damals die Hoffnung gehegt, dass aufgrund der Beweislage einer der Angeklagten angesichts der drohenden Verurteilung zu einer langjährigen Haftstrafe doch noch aussagte und so die Ermittlungen voranbringen würde. Dass es nie zu einer Verurteilung kommen würde, hatte sie zu diesem Zeitpunkt noch nicht ahnen können. Sie wurde immer noch wütend, wenn sie daran dachte. Es war so offensichtlich gewesen, dass alle Angeklagten und Zeugen Angst um ihr Leben gehabt hatten und nur deshalb schwiegen.

Katharina war natürlich vollkommen klar gewesen, welch ein heißes Eisen sie mit der Sache anfasste. Ein Urteil hätte eine Lawine losgetreten, bei der auch im Außen- und Wirtschaftsministerium in Berlin Köpfe gerollt wären. Die gelieferten Chemikalien waren in ihrer Kombination Grundbausteine für eines der gefährlichsten Giftgase, die je entwickelt worden waren. Es gab vage Hinweise, dass jemand aus dem Bundeskanzleramt den Deal gedeckt hatte. Doch dann hatte sich Lars Dillmann in seiner Zelle erhängt. Einer der wichtigen Kronzeugen war einen Tag später spurlos verschwunden und der Prozess wäre beinahe geplatzt. Nur durch Zufall hatte sie dann anonym neue Beweise zugespielt bekommen, die sie weitergebracht hatten. Sie hatte nie erfahren, von wem die wertvollen Hinweise gekommen waren.

Fatalerweise hatte es Katharina überhaupt nicht beeindruckt, als der Polizeipräsident von einer akuten Bedrohungslage für ihre Person gesprochen hatte. Katharina hatte sich nicht einschüchtern lassen wollen und Personenschutz rigoros abgelehnt. Eine verhängnisvolle Fehleinschätzung, die sie sich wohl nie verzeihen würde.

»Katharina?« Elias berührte sie sanft am Arm und holte sie aus ihren Gedanken zurück.

»Hatte das Unglück mit dem Fall damals zu tun?«

»Es war ein Attentat, kein ›Unglück‹!«, widersprach sie aufgebracht. Nach einem kurzen Moment war sie wieder ruhiger geworden: »Es wurde nie aufgeklärt.« Sie nippte an ihrem Kaffee.

Elias hatte gelesen, dass sie dabei schwer am Kopf verletzt worden und erblindet war. Erwähnt wurde in einem Nebensatz auch, dass damals ihre zehnjährige Tochter bei ihr im Auto gesessen hatte.

»Ad lucem also ... Licht ins Dunkel bringen?«, wechselte Elias deshalb etwas unelegant das Thema.

»Genau! Die Stiftung möchte, dass wir beide da genauer hinsehen, wo andere möglicherweise die Augen verschließen oder wegschauen.«

»Genauer hinsehen?« Elias fühlte sich schon wieder unwohl. Sie war blind! Herrgott noch mal!

»Ja, das fand ich zuerst auch fast witzig. Aber das ist es leider überhaupt nicht. Diese Sache hier auf Rügen ist ein Tipp von Max, meinem Ex-Mann. Er arbeitet beim BKA. Es gibt Fälle, da kann oder darf er nicht ermitteln, weil, sagen wir mal, einflussreiche Personen etwas dagegen haben. Da hatte er gemeinsam mit ihrer Tante die Idee, dass die Stiftung das übernehmen könnte, inoffiziell sozusagen. Wir kennen Ihre Tante von früher, als wir noch verheiratet waren. Nach dem Attentat hat sie mir sehr geholfen. Dank ihr konnte ich für ein Jahr in Yad Vashem in der historischen Forschung arbeiten. Ich bin ihr wirklich sehr dankbar. Sie hatte dann die Idee, dass ich mir das einmal genauer anschauen soll. Deshalb sind Sie ja auch hier.«

»Das verstehe ich nicht, warum hat Ihr Ex Sie dann nicht direkt gefragt?«, wunderte sich Elias.

»Es war nicht seine Idee, er hat überhaupt nicht an mich gedacht, vermutlich, weil ich nicht sehen kann. Ihre Tante hat mich gefragt. Max ist eher skeptisch, aber Ihre Tante traut mir bzw. uns beiden das wohl zu.«

»Okay. Aber was soll ich dabei tun? Sorry, aber ich bin kein ...«, er stockte kurz, »... Pfleger oder so was.« Elias wollte nicht unhöflich sein, aber er wusste immer noch nicht, was er hier eigentlich sollte.

»Nein, nein, keine Sorge, ich kümmere mich schon selbst um mich. Sie sollen nur das tun, was ich nicht kann.«

»Aha«, antwortete Elias, unsicher, was er davon halten sollte.

»Dieser Unfall auf der historischen Bahn. Worum ging es da?«

»Das genau sollen wir herausfinden! Die Sache ist merkwürdig und Max ist sich sicher, dass da etwas vertuscht werden soll und vermutlich mehr dahintersteckt. Sie haben ja diese E-Mail gesehen. Die taucht nirgends in den Ermittlungsakten auf. Das ist doch auffällig. Lassen Sie uns am besten gleich anfangen. Können wir losfahren?«

»Wohin?«

»Wir fahren zuerst nach Göhren, dort ist der junge Mann in den Zug gestiegen.«

»Okay, dann mal los.« Elias stand auf und ergriff etwas unbeholfen Katharinas Hand.

»Nein, nein, nicht so bitte. Lassen Sie mich von hinten Ihren rechten Ellenbogen festhalten. So kann ich mich gut orientieren, solange Sie nicht losrennen«, korrigierte Katharina ihn. »Wenn es zu eng wird, ziehen Sie bitte Ihren Arm hinter sich, damit ich nirgends dagegen renne. Zusammen haben wir Überbreite.«

»Überbreite«, murmelte Elias. ›Na, das kann ja heiter werden‹, dachte er und ging betont langsam los. Er staunte nicht schlecht, als Katharina ihn zur Eile aufforderte und ihm in normalen Tempo auf den Parkplatz folgen konnte. Immer noch ein bisschen unbeholfen, begleitete er Katharina bis zur Beifahrerseite seines Wagens. Als Elias sich anschnallte und den Motor startete, griff Katharina nach dem Haltegriff neben ihrem Kopf und krallte sich mit beiden Händen daran fest.

Elias verstand.

»Ich fahre langsam und vorsichtig, versprochen«, sagte er etwas enttäuscht, ließ sich dies aber nicht anmerken. Er hatte sich auf die Fahrt über die kurvigen Straßen Rügens gefreut. Hier war so wenig Verkehr, da hatte er zu gerne mal die PS aus dem Wagen kitzeln wollen.

»Danke.« Katharina atmete tief durch und nahm die linke Hand herunter.

Sie verließen Binz in Richtung Süden.

»Eine schöne alte Allee. Wie toll, dass es die hier noch gibt«, sagte Katharina und Elias schaute sie überrascht an.

»Nun schauen Sie nicht so!«

»Wie jetzt?« Elias war perplex. »Ich denke, Sie können nichts sehen?«

»Tue ich ja auch nicht.«

»Aber woher wissen Sie dann das mit der Allee? Und dass ich Sie anschaue?«

»Man sieht nicht nur mit den Augen«, erklärte Katharina ihm.

»Entschuldigung, ich wollte Ihnen nicht zu nahetreten.« Elias fühlte sich unwohl, weil er noch immer nicht wusste, wie er mit ihr oder der Situation umgehen sollte.

»Schon gut«, sagte Katharina. »Sie brauchen sich nicht dauernd zu entschuldigen. Ich kann das verstehen. Woher sollten Sie auch wissen, wie das geht? Wenn es nicht so traurig wäre, könnte man glatt darüber lachen.«

›Puh, das wird echt manchmal anstrengend‹, dachte Elias und konzentrierte sich wieder auf die Straße.

»Den Straßenbelag spüren Sie doch auch mit ihrem Körper, wenn sie darauf achten, oder?«, fragte Katharina nach einem Moment des Schweigens. »Fühlen Sie mal mit ihrem Hintern!«, forderte sie ihn schmunzelnd auf.

»Die will mich doch auf den Arm nehmen«, Elias kam sich veralbert vor.

»Rügen ist doch bekannt für dieses wellige alte Kopfsteinpflaster und die schönen alten Alleen. Dafür muss ich nicht sehen können und deshalb war diese Schlussfolgerung nicht schwer«, fuhr Katharina mit ihrer Erklärung fort.

»Okay, verstanden. Ich werde mehr auf meinen Hintern achten«, lachte er und entspannte sich wieder.

»Und dass Sie mich erstaunt angesehen haben, ergab sich aus der Situation und der Pause, in der Sie nicht sofort etwas gesagt haben. Ich hätte vermutlich an Ihrer Stelle auch so reagiert.«

»Ich verstehe.« Elias erinnerte sich an eine seiner Ex-Freundinnen. Anja hatte einen vierundzwanzigjährigen perfekten Körper gehabt, den Elias mit allen Sinnen genossen hatte. Doch der Preis dafür war hoch gewesen: Sie studierte Psychologie! Kein Wort, kein Satz, keine Geste, die sie nicht analysiert und gedeutet hatte. Nach einer Woche hatte Elias sich von ihr getrennt, bevor er selbst reif für eine Therapie war. Nun überkam ihn dieses Gefühl wieder. Doch ihm wurde klar, dass Katharina eben nicht mit den Augen sah, sondern alles mit allen Sinnen aufnahm. Sich auf den Hintern konzentrieren, um zu spüren, über was für eine Straße man fuhr? Sie arbeitete mit Geräuschen, Gerüchen, dem Temperaturempfinden auf der Haut, Feuchtigkeit in der Luft, sie tastete mit den Händen oder nahm Dinge mit den Füßen wahr. Jede noch so kleine Veränderung hatte eine Bedeutung und diese Unmenge an Informationen verarbeitete ihr Hirn in Windeseile und kombinierte es mit viel Wissen, Training und Erfahrung. Er ahnte noch nicht, dass sie so manchmal mehr bemerkte, als er sehen konnte. Den Gedanken fand er dann doch irgendwie auch etwas unheimlich.

»Nur die Protestplakate gegen die Pipeline verschandeln das Bild etwas«, sagte Elias.

»Oh, die habe ich nicht gehört«, lachte Katharina. »Sehen Sie, wir ergänzen uns doch schon ganz gut.«

»Ja, scheint so.« Er bog auf die Bundesstraße in südöstliche Richtung ab. Durch die Plakate an den Bäumen wurde Elias an das Mädchen vom Vortag erinnert.

Er erzählte Katharina von seinem ungewöhnlichen Zusammentreffen mit dieser Sascha. Irgendwie beschäftigte sie ihn immer noch. Katharina sagte nichts, hörte aber aufmerksam zu, wohl auch, um sich von der Autofahrt abzulenken. Elias war darüber etwas verwundert und fragte sich, ob sie sich vielleicht gerade wieder auf ihren Po konzentrierte und die Straße fühlte. Bei dem Gedanken musste er grinsen. Gut, dass sie nicht alles sah.

»Warum grinsen Sie?«, traf Katharinas Frage ihn deshalb völlig überraschend.

»Wie machen Sie das?« Elias konnte sich das einfach nicht erklären. Er überlegte kurz, ob die hübsche Psychologiestudentin nicht doch einfacher zu ertragen gewesen wäre als Katharina.

Sie lachte, antwortete ihm aber nicht auf seine Frage. Sie schien sich köstlich zu amüsieren. Kurz darauf erreichten sie den kleinen Bahnhof in Göhren.

Elias stieg aus, ging um den Wagen herum und half Katharina beim Aussteigen. Sie ließ ihren weißen Langstock aus der Hand fallen, hielt den Holzgriff dabei aber geschickt fest. So entfaltete sich der Stock mit der kleinen Kugel am unteren Ende durch den im Inneren der einzelnen Elemente liegenden Gummizug wie von Geisterhand.

Elias drehte sich um und mit großen Augen schaute er auf das Areal vor ihm. Er fühlte sich in seine Kindheit zurückversetzt. Sein Vater hatte ihm zum sechsten Geburtstag eine kleine Märklin-Anlage geschenkt. Es waren damals nur ein paar Häuschen gewesen, ein Fachwerkbahnhof, eine kleine Kirche und ein Zug, eine kleine schwarze Dampflok und drei grüne Wagen aus Blech. Hier fühlte er sich wie eine kleine Figur inmitten einer Modelleisenbahn.

Dieser Zug hier hatte einfach nur mehr Waggons. Die Lok schnaubte, dampfte und zischte, während aus dem Hahn Wasser in den Tank strömte. Der feuchte Boden unter der Lok war kohlrabenschwarz und der Lokschuppen weiter vorne sah aus wie seiner damals auf der kleinen Modellbahnanlage. Die Lok stieß einen Pfiff aus und er zuckte zusammen. Jemand klopfte ihm ungeduldig auf die Schulter und er fuhr erschrocken herum. Katharina! Offensichtlich hatte sie ihn schon mehrfach angesprochen, denn sie sah sehr ungeduldig aus.

»Entschuldigung. Ich hatte als Kind genau so eine Eisenbahn. Schauen Sie nur, ist das nicht toll? Mein Vater hat mir die damals zum Geburtstag geschenkt«, schwärmte Elias und bemerkte nicht seine taktlose Formulierung.

»Oh ja, toll«, bemerkte Katharina spitz, doch er nahm die Ironie darin nicht wahr. »Sie sind doch ein Kind der Achtziger. Hingen Sie da nicht lieber vor dem Computer?«, versuchte sie zu überspielen, dass Elias schon wieder ins Fettnäpfchen getreten war. Doch Elias antwortete nicht darauf.

»Können wir dann?«, fragte Katharina ungeduldig.

»Wohin?«

»Sehen Sie irgendwo einen Schaffner, Bahnhofsbeamten oder etwas in der Art? Eben jemanden, den wir befragen können?«

Elias ließ seinen Blick suchend über das Gelände schweifen und entdeckte einen Mann in blauer Eisenbahneruniform an der Tür des kleinen Bahnhofs. Elias ging auf ihn zu und erst, als er den Mann erreichte, bemerkte er, dass sich Katharina nicht an seinem Ellenbogen festgehalten hatte. Er staunte, als er sah, dass Katharina ihm mit dem Langstock vor sich pendelnd einfach gefolgt war.

»Sorry! Ich muss mich erst noch daran gewöhnen«, entschuldigte sich Elias.

»Schon gut, ich bin ja da«, antwortete Katharina entspannt, klappte ihren Langstock zusammen und hängte sich bei ihm ein.

»Achtung, Gleise«, warnte Elias, damit Katharina nicht stolperte.

»Entschuldigen Sie, sind Sie hier zuständig?«, wandte sich Elias an den Bahnangestellten. ›Ich Trottel, ich tauge offensichtlich nicht zum Detektiv‹, dachte er im selben Moment ›Rockford oder Magnum hätten doch niemals ›Sind Sie hier zuständig?‹ gefragt.‹

»Ich bin der Bahnhofsvorsteher. Der nächste Zug fährt in achtzehn Minuten ab. Bis Putbus.«, antwortete der Mann wie aus der Pistole geschossen, aber ziemlich unfreundlich, ohne zu ihnen aufzusehen, und deutete auf den Zug. Offensichtlich vermutete er in Elias und Katharina Touristen, die die Abfahrtszeit erfragen wollten.

»Vielen Dank für den Hinweis, aber wir haben ein paar andere Fragen«, versuchte Elias, seinen detektivischen Fauxpas wieder gut zu machen. Der Mann in Uniform stutzte und ahnte offensichtlich sofort, worum es ging. Er musterte Katharina unverhohlen von oben bis unten.

»Sind Sie von der Presse? Dann können Sie gleich wieder verschwinden«, brummelte er abweisend und zeigte in Richtung Parkplatz.

»Nein, wir sind nicht von der Presse. Bitte entschuldigen Sie unser unangemeldetes Auftauchen«, mischte sich Katharina ein und schob sich an Elias vorbei. »Mein Name ist Katharina König. Wir ermitteln in dem Fall des verbrannten jungen Mannes. Herr …?«

»Linnemann, Oskar Linnemann, Bahnhofsvorsteher«, antwortete der Mann plötzlich ganz freundlich und hielt ihr seine Hand hin. Bei Frauen schien er zugänglicher zu sein. Allerdings war er irritiert, als Katharina nicht reagierte und statt dessen Elias seine Hand ergriff. »Elias Bechstein.«

»Und Sie sind von der Polizei? Ich habe doch alles schon Ihren Kollegen gesagt.«

»Bitte. Nur ein paar Minuten, Herr Linnemann. Es ist wichtig«, überging Katharina die Frage des Bahnhofsvorstehers. Glücklicherweise beherrschte sie diese Mischung aus freundlicher Verbindlichkeit und amtlichem Auftreten immer noch. Sie wandte sich an Elias.

»Herr Kollege, Sie wollten sich doch diese wunderbare Eisenbahn ansehen. Ich spreche derweil mit Herrn Linnemann.« Elias verstand ihren Hinweis und zog sich zurück, um sich etwas umzusehen.

»Na gut, worum geht es?«, knurrte der Eisenbahner. »Muss doch alles in ihren Protokollen stehen. Und abgeschlossen sind die Ermittlungen doch sowieso.«

»Herr Linnemann«, Katharina stellte ihre Frage betont förmlich, »was genau ist denn da aus Ihrer Sicht passiert? Sie sind doch näher dran als alle anderen.«

»Es hieß doch, der Fall sei abgeschlossen. Was wollen Sie denn jetzt noch?«, versuchte der Mann, ihr auszuweichen.

»Das mag ja sein, aber ich möchte gerne Ihre persönliche Einschätzung wissen.« Katharina ließ nicht locker.

»War einfach ein tragischer Unfall. Traurig. War so ein hübsches Paar. Die haben hier vor der Abfahrt noch Späßchen gemacht. Sie hat mir erzählt, dass sie von Sellin am Strand entlang hierher gelaufen sind, als sie die Abfahrtszeiten wissen wollte. Er hat viele Fotos gemacht. Wenn man das geahnt hätte ...«

»Ist Ihnen denn sonst noch etwas aufgefallen? Andere Fahrgäste, die sich merkwürdig benommen haben, vielleicht auch vorher an dem Tag oder ein auffälliges Fahrzeug? Irgendetwas, was anders war als sonst?«

»Nein, weiß nicht. Hören Sie, das war einfach nur ein Unfall. Sonst hätten doch Ihre Kollegen etwas gefunden. Der Waggon, an dem das passiert ist, wurde ja auch aus dem Verkehr gezogen.« Katharina spürte, dass er weiteren Fragen ausweichen wollte, weil er unruhig wurde.

»Ich muss jetzt wieder an meine Arbeit. Gehen Sie jetzt! Der Zug fährt gleich aus«, beendete er das Gespräch.

»Ja, natürlich. Vielen Dank, dass Sie sich die Zeit genommen haben, Herr Linnemann.«

»Guten Tag!«

Sie hörte an den Schritten, dass er sich von ihr wegbewegte und sie stehen ließ. Katharina blieb stehen und lauschte, ob sie Elias Stimme irgendwo hören konnte. Um sie herum war zu viel Lärm, also entschied sie sich, den Weg zurück zum Auto anzutreten. Sie nahm ihren Stock und damit vor sich pendelnd lief sie langsam in Richtung Parkplatz. Das harte Training in der Reha machte sich bezahlt. Sie konnte sich zwischenzeitlich sehr gut merken, in welche Richtung sie gegangen war und so auch den Rückweg finden. Es war wichtig, dass sie sich gut einprägte, wo Stufen waren, ob es Stolperfallen gab oder wo sie an Straßen vorsichtig sein musste und in welche Richtung sie abgebogen war. Kurz darauf erreichte sie das Auto, wo sie auf Elias wartete. Die meisten Blinden hassen warten, wie auch Katharina.

»Katharina, hier sind Sie!« Elias kam auf sie zu.

»Haben Sie etwas in Erfahrung bringen können?«, wollte sie neugierig wissen.

»Ich habe mir den Wagen angeschen, auf dem es passiert ist und ich habe kurz mit dem Lokführer gesprochen. Aber bitte lassen Sie uns zuerst einsteigen. Wir werden beobachtet.«

Katharina sah ihn fragend an.

»Herr Linnemann!«, erklärte Elias leise.

»Was haben Sie etwas in Erfahrung bringen können?«, wollte Katharina wissen, als sie vom Parkplatz wieder auf die Straße einbogen.

»Zuerst habe ich mir die Waggons vom Zug angesehen, aber da war nichts Ungewöhnliches. Der Lokführer hatte mitbekommen, dass ich mich da umgeschaut habe. Ich hatte den Eindruck, dass er mehr weiß, aber mir nichts sagen wollte. Aber er hat sich verplappert und gesagt, dass der ›Unfallwagen‹ nicht mehr in Betrieb ist, sondern im Lokschuppen steht. Da der offen war, konnte ich mir den Wagen heimlich etwas genauer anschauen. An diesem Wagen hängt auf der Plattform tatsächlich ein Kabel herunter und hat etwa auf Hüfthöhe eine durchgeschmorte Stelle. Knapp über dem Boden endet es, einfach so. Oben verschwindet es unter dem Dach des Wagens. Also wenn Sie mich fragen, wurde das nachträglich angebracht. Kein einziger anderer Waggon hat so ein Kabel. Der Lokführer hat nichts dazu gesagt, ließ aber durchblicken, dass das, was da wirklich passiert ist, nicht mit einem Stromkabel von ›seinem‹ Zug zu tun hat. Er meinte, es sei schon ein Unfall gewesen, aber da würden ›die‹ halt wie immer alles vertuschen. Meine Frage, wer da was vertuschen könnte, wollte er aber lieber nicht mehr beantworten.«

»Hm, interessant. Gut gemacht«, lobte Katharina. »Das hört sich für mich so an, als ob schon öfters so etwas passiert sei, oder?«

»Ja, irgendwie schon«, bestätigte Elias. »Haben Sie aus diesem komischen Kauz etwas rausbekommen?«

»Bei dem war auch offensichtlich, dass er mehr weiß, aber der sagt nichts. So wie die beiden dichtmachen, bin ich sicher, dass da massiv Druck ausgeübt wird, auch wenn ich noch nicht weiß, von wem und warum. Aber nach einem Mord, wie Max das vermutet, hört sich das auch nicht an. Zumindest nicht, wenn der Mann wirklich nur ein harmloser Familienvater war. Ich verstehe die Zusammenhänge noch nicht und ich habe auch noch keine Ahnung, wie diese E-Mail mit der Drohung dazu passt.«

Katharina grübelte noch über die Erkenntnisse, als Elias plötzlich abrupt abbremste und ein Stück zurücksetzte. Katharina schrie auf. Kreidebleich klammerte sie sich an den Griff über ihr und begann am ganzen Körper zu zittern.

Elias wusste nicht, was gerade mit ihr passierte oder was er tun sollte. »Katharina, was ist los?«, fragte er vorsichtig und berührte sie leicht am Arm. Zuerst dachte er, sie würde ihm gar nicht darauf antworten, aber dann sagte sie leise: »Seit damals ...« Dann brach sie ab und atmete tief aus. Elias sah sie an. Schließlich fuhr sie fort. »Ich bekomme Panik, wenn jemand unerwartet bremst!« Wieder legte sie eine Pause ein. »Auch Ausrufe wie ›Mist!, ›Festhalten!‹ oder so kann ich nicht so gut verkraften.« Mit dieser Erklärung war das Thema für sie erledigt.

»Es tut mir leid. Ich werde versuchen, zukünftig daran zu denken.«

»Von hier aus kann man die Stelle sehen, an der das Unglück passiert ist. Wollen wir uns das einmal ansehen?« Katharina lehnte ab. »Gehen Sie ruhig alleine, Ich bleibe hier sitzen.«

Es vergingen nur ein paar Minuten, bis Elias zurückkam.

»Und?«, empfing Katharina ihn neugierig.

»Nichts Auffälliges. Das hätte mich aber auch gewundert. Falls da je irgendetwas zu sehen gewesen war, hätte man das längst beseitigt. Die Schwellen sind an der Oberfläche ein bisschen angekohlt, ansonsten steht am Rand des Bahndamms ein neues Kreuz mit einem Foto, dem Namen des Mannes und dem Datum. Sonst nichts.«

»Ja, das war zu erwarten«, bestätigte Katharina. »Fahren wir erst mal zurück ins Hotel.«

»Meinen Sie nicht, wir sollten die Sache beenden? Verstehen Sie mich nicht falsch, ich fahre gerne mit Ihnen über diese schöne Insel, aber es gibt nicht den geringsten Hinweis auf ein Verbrechen. Vielleicht ist der Unfall etwas anders abgelaufen, als man uns glauben machen will, aber es war kein Mord und es gibt keine Verschwörung! Wir sollten meine Tante anrufen und ihr mitteilen, dass diese ganze Sache reine Zeitverschwendung ist. Ich schreibe ihr auch freiwillig eine ausführliche E-Mail als Bericht. Dann ist das Thema erledigt. Sie können noch ein paar Tage Urlaub dranhängen und ich kann zurück nach New York.«

»Elias!«

»Was?«

»Fahren Sie los!«

Elias ahnte, dass sein Vorstoß jämmerlich gescheitert war. ›Sam's Keller‹ würde wohl noch länger auf ihn warten müssen. Katharina unterbrach seine Gedanken »Wir sollten mit der Witwe sprechen. Morgen versuchen wir, sie anzurufen.«

Etwa zur gleichen Zeit stand Sascha am Fenster des Gartenhauses im Westen von Stralsund. Der Weg am Rande der großen Schrebergartenanlage endete kurz davor. Zweifelsfrei hatte es zu DDR-Zeiten schon bessere Tage erlebt. Durch die rundherum zugezogenen schäbigen Vorhänge und die schiefen, geschlossenen Klappläden drang nur schummriges Licht in den maroden Innenraum. Wegen des langen, kalten Winters war es zu früh zum Gärtnern, sodass die Parzellen noch verlassen da lagen. Der Eigentümer der Hütte war verreist, es war also nicht damit zu rechnen, dass irgendjemand den Weg bis zum Ende ging und sie entdecken würde. Die heimlichen Bewohnerinnen achteten sehr genau darauf, dass niemand von ihrer Anwesenheit Notiz nahm.

Die Hütte bestand aus einem Raum und einer winzigen Kammer, in der ein Chemieklo stand. An der einen Wand standen ein Schrank und ein alter Kohlenherd. An der Abtrennung zur Toilette befand sich eine einfache Dusche mit Kaltwasser. Von der Decke hing ein verschimmelter Duschvorhang, den man im Halbkreis vorziehen konnte. Die Schlafsäcke waren an die Wände geschoben und auf einem kleinen Gaskocher brodelte Kaffee, dessen Duft sich mit dem Zigarettenqualm vermischte.

Sascha schob den Vorhang ein wenig zur Seite und beobachtete durch die Schlitze des Klappladens den Weg. Auf der Rückseite der Hütte stand eine mannshohe Thujahecke, die die Anlage zu einer großen Wiese abgrenzte, über die man zu einem kleinen Wäldchen und zum Sportflugplatz hinüberschauen konnte. Ein rundum ideales Versteck mit ausreichend Fluchtmöglichkeiten, wenn es notwendig werden sollte.

Bernadette, genannte Dette, und Christiane, abgekürzt Chris, waren Mitglieder einer radikalökologischen Gruppe aus Hannover. Sascha hatte sie vor allem wegen ihres nicht unbeträchtlichen Vorstrafenregisters ausgesucht, das neben Hausfriedensbruch, Einbruch und Sachbeschädigung auch Erregung öffentlichen Ärgernisses aufwies. Die ›Erregung‹ hatten sie sich eingehandelt, als sie nackt einen Gottesdienst gestürmt und den Altar bestiegen hatten, um gegen die Privatisierung von Wasser in Afrika durch einen europäischen Großkonzern zu protestieren. Lara kam wie sie aus der Ukraine. Sie waren wie Schwestern, kannten sich schon von der Revolution auf dem Majdan. Sie kämpften europaweit gegen fast jedes System, den Kapitalismus, den Kommunismus und alles, was sich dazwischen bewegte. Besonderes Augenmerk hatten sie dabei stets auf große Konzerne, wie jetzt ›Ostwind‹ gelegt, aber natürlich waren auch Banken, Energie-, Rüstungs-, Lebensmittel- und Chemiekonzerne schon Opfer ihrer Anschläge und Erpressungen geworden. Sascha verstand es, bei ihren Aktionen treue Gefährtinnen um sich zu scharen und dabei geschickt im Hintergrund zu bleiben.

Lara reinigte eine zerlegte Walter PPK, während Dette sich Kaffee eingoß und Chris gelangweilt auf ihrem Smartphone herum wischte.

»Das war heute einfach zu wenig Action!«, fluchte Sascha. »Mich hätten sie beinahe erwischt.« Sie schlug ärgerlich mit der Faust gegen die Wand.

Lara sah sie ernst an. »Wie weit sind die Vorbereitungen?«

Dette und Chris sahen überrascht auf.

»Vorbereitungen? Was für Vorbereitungen? Was habt ihr vor?«, wollte Chris wissen.

»Im Moment kann ich euch noch nicht viel sagen. Aber macht euch keine Sorgen. Das wird eine ganz große Nummer, nicht nur einfach ein paar Molotows. Es wird das Ende der Pipeline und noch von viel mehr sein. Ich verspreche euch, wir kommen in die Geschichtsbücher.« Saschas Augen funkelten, während sie das sagte.

»Ja! Machen wir diesen skrupellosen Arschlöchern endlich den Garaus«, ereiferte sich Dette wie immer, obwohl sie nicht wusste, um was es wirklich ging. »Lassen wir es so richtig knallen!«

Zufrieden und ohne weiter nachzufragen widmete sich Dette wieder ihrem Handy. Sie sahen nicht, dass Lara und Sascha verschwörerische Blicke wechselten.

»Oh ja, das wird so was von knallen«, murmelte Sascha vor sich hin.

Auf dem Weg zurück ins Hotel hielt Elias in Baabe, einem kleinen, schmucken Örtchen, in dem sich der nächstgelegene Polizeiposten zur Unglücksstelle befand. Katharina blieb im Auto sitzen, während Elias versuchte, dem Polizisten Informationen zum Hergang des Unfalls zu entlocken. Dieser schien nicht gewillt zu sein, ihm diesen Gefallen zu tun. Er sei der Erste am Unfallort gewesen und habe noch vergeblich zu löschen versucht. Schließlich hatte er nur noch die schreiende Frau festhalten können, bis der Notarzt eintraf.

»War eine riesige Sauerei da auf den Gleisen«, brummte er. »Für den Rest des Tages war die Bahn gesperrt. Das war ein Theater mit den Touristen, kann ich Ihnen sagen. Aber der Fall ist abgeschlossen. Also gibt es nix herumzuschnüffeln! Machen Sie besser, dass Sie von unserer Insel verschwinden.« Er klang mittlerweile ungehalten und genervt.

»Das geht Sie alles gar nichts an. Wir brauchen hier keine Klugscheißer, die Fragen stellen und alles wieder aufwirbeln. Habe ich mich klar ausgedrückt?« Er baute sich in seiner vollen Größe vor Elias auf und ließ keinen Zweifel daran, dass er durchaus ungemütlich werden konnte.

»Ganz klar!«, antwortete Elias und trollte sich.

»Und, gibt es neue Erkenntnisse?«, empfing ihn Katharina.

»Das hätte ich mir sparen können«, sagte Elias und fuhr los. »Aber er wusste, wer wir sind!«, ergänzte er.

»Interessant«, fand Katharina und fasste mit ihrer rechten Hand wieder den Haltegriff über ihr.

Die Dämmerung legte sich bereits über den Ort, als Elias mit Katharina die breite Treppe, die ›Himmelsleiter‹ genannt wurde, zum Strand und zu der wunderschönen Selliner Seebrücke hinab stieg. Katharina hatte sich nach ihrer Ankunft im Hotel zunächst zurückgezogen und ausgeruht. Sie hatte ihm erzählt, dass sie diese Ruhepausen brauchte, um dem fiesen stechenden Kopfschmerz zu entgehen, der sie immer dann heimsuchte, wenn sie sich übernahm. Die Ärzte hatten ihr damals bescheinigt, dass sie Glück gehabt, eigentlich ein Wunder erlebt hatte, dass die Kugel nur ihr Sehvermögen zerstört hatte und keine weiteren Hirnregionen in Mitleidenschaft gezogen worden waren.

Katharina erinnerte sich an einen Urlaub mit ihrer Familie. Damals hatten sie sich in der Seebrücke von dem Tag am Strand erholt. Aus Sentimentalität hatte sie Elias vorgeschlagen, nun dort zu Abend zu essen.

»Lassen Sie uns vor dem Essen noch etwas am Strand spazieren gehen, ein bisschen die Füße ins Wasser halten«, bat ihn Katharina.

»Sind Sie sicher? Das Wasser ist noch verdammt kalt.«

»Weichei!«, spottete Katharina, stützte sich an ihm ab und zog ihre Schuhe aus. Elias tat es ihr nach. Sie hakte sich bei ihm ein. So gingen sie durch den Sand am Strand entlang und kleine Wellen umspülten immer wieder sanft ihre Füße. Wortlos schlenderten sie nebeneinander her und lauschten nur auf das leise Plätschern der Ostsee. Elias fiel der Artikel aus dem Dossier über die Chemiewaffen der Nazis ein, die die Alliierten damals in unvorstellbaren Mengen auch in der Ostsee entsorgt hatten. Er verstand immer noch nicht, warum Max König diesen Artikel in das Dossier gelegt hatte.

»Nun fragen Sie schon!«, unterbrach Katharina das Schweigen.

»Was soll ich fragen?« Elias war überrascht.

»Sie wollen doch wissen, was damals passiert ist, oder?«

»Ja, schon«, gestand Elias, »aber ich wollte nicht indiskret sein.«

Offensichtlich wollte Katharina darüber sprechen, aber brauchte seine Neugier als Alibi.

»Also gut. Was ist damals passiert?«, tat er ihr den Gefallen, und natürlich wollte er es wissen.

Katharina holte tief Luft, der Druck ihrer Hand an seinem Oberarm wurde deutlich fester, als sie zu erzählen begann.

»Es war ein Donnerstag im Mai, vor fast genau vier Jahren. Der Dillmann-Prozess. Einer der beiden Brüder hatte sich in der Untersuchungshaft in seiner Zelle erhängt und einer der Kronzeugen war kurz darauf verschwunden. Viele der Prozessbeteiligten hatten Morddrohungen erhalten. Ich auch. Es wurde massiv versucht, Einfluss auf den Prozess und seinen Ausgang zu nehmen. Und das war nicht Dillmann, der war eher ein kleines Licht, vermutlich so eine Art Bauernopfer.«

»Und dann?«

»Es war der erste Prozesstag. Ich war nervös, aber das war normal. Dann musste Max plötzlich zu einem Einsatz und ist früher los. Anna, unsere Tochter hatte getrödelt und die S-Bahn verpasst, also wollte ich sie im Auto zur Schule nach

Köln mitnehmen. Ich verstehe bis heute nicht, wie ich das tun konnte.« Sie machte eine kurze Pause. »Ich hätte es besser wissen müssen. Ich hatte die Drohungen doch erhalten. Den Personenschutz hatte ich an diesem Tag abgelehnt, weil ich keine Fotos in der Presse haben wollte. Ich dachte, es macht keinen guten Eindruck, wenn man eine eingeschüchterte Staatsanwältin mit Bodyguards vor dem Gericht auf den Fotos sieht. Mein zweiter Fehler. Als ich von der Zoobrücke runter zu Rhein abgebogen bin, hat mich plötzlich ein Motorrad überholt. Es ist alles ganz schnell gegangen. Ein Schuss traf mich am Kopf. Der Wagen durchbrach die Brüstung und stürzte einige Meter tief auf die Wiese darunter.« Wieder machte sie eine kurze Pause. »Zwei Wochen später bin ich aus dem künstlichen Koma zurückgeholt worden. Doch als ich die Augen aufmachte, ist es schwarz geblieben und ich konnte meine rechte Körperhälfte nicht bewegen. Die Kugel hatte meinen Schädel durchbohrt, eine Blutung hatte das Sehzentrum zerstört. Die Lähmungen gingen in den nächsten Wochen Gott sei Dank zurück, die Blindheit aber blieb.«

»Was war mit Ihrer Tochter? Anna, richtig?«

Katharina hielt die Luft an. Das war offensichtlich der heikle Teil der Geschichte, spürte Elias. Aber dann sprach sie weiter.

»Ja, Anna. Das werde ich mir wohl nie verzeihen können. Und sie mir auch nicht, so wie es aussieht.« Während sie das sagte, liefen Katharina Tränen über die Wangen.

»Als das Auto auf der Wiese aufschlug, wurde sie eingequetscht. Sie mussten ihr das rechte Bein oberhalb des Knies abnehmen.« Sie brachte die Worte kaum noch heraus.

Elias blieb stehen und legte ihr seine Hand auf die Schulter.

»Sie müssen mir das nicht erzählen, wenn Sie nicht wollen.«

»Doch!«, brach es plötzlich aus ihr heraus. Voller Zorn schrie sie über den menschenleeren Strand. »Doch, wir müssen darüber reden. Ich muss darüber reden! Ich habe meine Tochter zum Krüppel gemacht!« Jedes ›Ich‹ schrie sie dabei noch lauter und verzweifelter heraus. Dann verlor sie die Kraft in ihren Beinen und sank in den Sand. Ihr Körper wurde von einem Weinkrampf geschüttelt.

»Verstehen Sie? Wissen Sie«, stammelte sie schluchzend, »was das für ein junges Mädchen bedeutet? Sie ist vierzehn Jahre alt, bildhübsch und hat nur noch ein Bein! Ich würde mein Leben geben, wenn ich es ungeschehen machen könnte. Sie hasst mich. Und ich kann es ihr nicht einmal verdenken.«

Elias setzte sich neben sie in den Sand und ergriff ihre Hand. Einen derart emotionalen Ausbruch hatte er bei Katharina nicht erwartet. Sie war ihm so stark erschienen. Er wusste nicht, wie er sie trösten könnte, und so hielt er nur ihre Hand und wartete schweigend ab, bis Katharina sich wieder beruhigt hatte. Schließlich griff sie in ihren Rucksack und fischte ein Foto heraus. Als sie es ihm hinstreckte, konnte er darauf eine glückliche Familie erkennen.

»Sie haben ein Bild von Ihrer Familie? Aber das können Sie doch gar nicht sehen!« Elias war völlig überrascht.

»Ja, ich kann zwar das Bild nicht mehr anschauen, aber wenn ich es in der Hand halte, sehe ich meinen Ex-Mann, vor allem aber meine Tochter. Als die Aufnahme gemacht wurde, war meine Welt noch in Ordnung. Bitte entschuldigen Sie, Elias, ich wollte Sie damit nicht belasten, das ist sonst gar nicht meine Art. Wir kennen uns ja kaum.« Verlegen vergrub sie ihre Hände vor sich im Sand.

»Das ist in Ordnung, Katharina. Ich kann das verstehen.« Elias wollte ihr die Möglichkeit geben, sich wieder zu fangen.

Kein Wunder, dass ihr das Schicksal ihrer Tochter schwer zu schaffen machte. Er konnte sogar verstehen, dass ihre Tochter ihr das übel nahm.

Mit seiner Frage: »Wen vermuten Sie denn dahinter?«, lenkte er das Thema geschickt auf eine sachliche Ebene.

Es wirkte. Katharina beantwortete seine Frage, als würde sie über irgend einen anderen Fall sprechen. »Das konnte bis jetzt nicht geklärt werden. Max hat natürlich Himmel und Hölle in Bewegung gesetzt, um den Täter und die Auftraggeber zu finden. Aber keine Chance. Dillmann saß in Untersuchungshaft. Der Motorradfahrer war nicht zu ermitteln. Ich bin überzeugt, dass der Prozess heftige Konsequenzen nach sich gezogen hätte. In der Politik, ebenso wie beim Geheimdienst, einem Rüstungskonzern, aber ganz besonders bei einem bekannten Chemieunternehmen mit langer Tradition, wenn es um Giftgas geht. Da wäre einiges ans Licht gekommen und hätte wahrscheinlich ein politisches und juristisches Erdbeben ausgelöst. Dagegen wären die Auschwitz-Prozesse von Fritz Bauer oder die Spiegel-Affäre Kinderkram gewesen. Ich war extrem gut vorbereitet.«

»Und was geschah dann?« Elias war beeindruckt und betroffen zugleich. Sie drehte nun um. Er reichte ihr seinen Arm, damit sie sich für den Rückweg einhaken konnte.

»Nichts! Absolut gar nichts! Die Ermittlungen wegen des Attentats wurden nach achtzehn Monaten ergebnislos eingestellt. Der Dillmann-Prozess platzte natürlich erst mal und musste Monate später neu aufgerollt werden. Er endete mit Freispruch aus Mangel an Beweisen. Nach dem Attentat hatten alle Zeugen ihre Aussagen zurückgezogen, zwei behaupteten sogar das Gegenteil und einige waren plötzlich verschwunden. Man kann es ihnen nicht mal verdenken. Meinem Nachfolger rannen die Zeugen, die Beweise und die Indizien geradezu zwischen den Fingern hindurch. Er hatte keine Chance.«

»Das ist unfassbar«, empörte sich Elias. »Jetzt weiß ich, warum Sie das hier tun. Eine gute Entscheidung.«

»Ja, Ihre Tante hat sich wohl etwas dabei gedacht, als sie mich gefragt hat. Es tut mir gut, wieder eine Aufgabe zu haben, vor allem aber, dass sie mir das zutraut. Auch wenn ich nichts mehr sehen kann, kann ich immer noch recherchieren und Schlüsse ziehen. Mein Verstand ist immer noch hellwach. Ich konnte es noch nie akzeptieren, wenn die Reichen und Mächtigen dieser Welt ihre Spielchen treiben und dabei auf nichts und niemanden Rücksicht nehmen. Deshalb habe ich mich damals für das Jurastudium entschieden. Für mich war von Anfang an klar, dass das mein Weg sein wird. Es war schrecklich für mich, dass ich meinen Beruf aufgeben musste.« Katharina hatte sich offensichtlich wieder beruhigt. Sie fuhr fort, als hätte es ihren Zusammenbruch nicht gegeben. »Aber wie ist es mit Ihnen? Warum sind Sie hier? Zuerst dachte ich, Sie sollten mein Babysitter sein, aber mittlerweile glaube ich, sie will Sie auch irgendwie retten, oder? So wie ich Ihre Tante kenne, macht sie nichts ohne Grund.«

»Ich muss nicht gerettet werden!«, protestierte Elias.

»Sind Sie sicher? Das sieht Ihre Tante offenbar anders.«

»Ich bin Musiker, aber meine Tante will das einfach nicht akzeptieren. Sie möchte, dass ich mein Studium beende. Aber das hat ja nichts mit dem hier zu tun. Ich weiß nicht, was sie von mir in dieser Sache hier erwartet«, wiegelte Elias ab. »Es sieht doch so aus, dass dieser Mann einem tragischen Unfall auf den Gleisen zum Opfer gefallen ist. Was auch immer genau da passiert ist, Mord war das auf keinen Fall. Kein Mord, kein Täter, oder?«

»Das sieht auf den ersten Blick jedenfalls so aus. Da haben Sie recht. Soll es wahrscheinlich ja auch. Solange wir aber das Gefühl haben, dass da irgendetwas vertuscht wird, ist unsere Aufgabe hier noch nicht erledigt. Es tut mir leid, aber ich befürchte, Ihre große Karriere in Amerika muss noch etwas warten«, fasste Katharina zusammen. »Und dann haben wir immer noch diese Mail mit der Drohung. Was ist damit?«

»Der Zusammenhang ist mir auch nicht klar. Warum hat Ihr Ex-Mann diesen Zeitungsartikel über die Chemiewaffen in der Ostsee in das Dossier aufgenommen?«

Elias hielt Katharina die Tür zum Restaurant auf, das sie mittlerweile erreicht hatten. Die Wärme und der Duft luden sie ein, aber Katharina blieb stehen.

»Elias, wegen eben. Das tut mir leid. Normalerweise lasse ich mich nicht so gehen.«

»Schon gut, ich verstehe das, machen Sie sich keine Gedanken.« Elias hatte Verständnis für ihren Gefühlsausbruch. »Lassen Sie uns Essen gehen«, überging er ihre Entschuldigung.

Sie betraten das gemütliche Restaurant im rechten Gebäudeflügel. Ein Kellner begrüßte sie höflich und führte sie zu einem Tisch in einer der Ecken des quadratischen Raums. In der Mitte führte eine alte Holztreppe mit einem verschnörkelten Eisengeländer hinauf zu einer umlaufenden Galerie mit weiteren Plätzen. Der Zugang nach oben war durch eine dicke rote Kordel gesperrt. Noch war Nebensaison, deshalb waren nur wenige der unteren Tische besetzt.

»Sehr gemütlich hier.« Elias sah sich um. Der Kellner brachte zwei Speisekarten und hielt eine davon Katharina hin. »Danke, eine Karte reicht uns.« Der Kellner blicke etwas irritiert und lächelte. »Selbstverständlich, ganz wie Sie wünschen.« Elias bestellte eine Flasche Wasser und sie entschieden sich für einen ›Pinotage‹ aus Südafrika. Ein guter Rotwein erschien Katharina eine angemessene Belohnung für diesen anstrengenden Tag, obwohl sie vermutete, dass Elias ein kühles Pils bevorzugt hätte.

Katharina bat Elias, ihr die Menükarte vorzulesen, nachdem der junge Ober ihren Tisch wieder verlassen hatte. Beide entschieden sich für die Schwarzwurzelsuppe und anschließend für das in Thymian gebratene Knurrhahn-Filet mit Paprika-Olivengemüse.

Sie aßen gerade ihre Suppe, als eine junge Bedienung einen alten Herrn und eine Dame, die seine Tochter sein konnte, an den Nachbartisch geleitete. Elias betrachtete die beiden neugierig, als der Restaurantchef mit einem freundlichen »Guten Abend« an ihm und Katharina vorbei auf den Nachbartisch zuging.

»Herr Dr. Dreesen, es ist uns eine Ehre, Sie und Ihre Tochter wieder einmal bei uns begrüßen zu dürfen. Wie geht es Ihnen?«

»Danke, mein lieber Herr Fuchs, es geht mir gut«, antwortete der alte Mann. »Das Herz macht manchmal ein paar Probleme, aber in meinem Alter darf ich wohl dankbar sein, dass es überhaupt noch schlägt.« Er lachte über seinen eigenen Scherz, was dann aber sogleich in ein angestrengtes Husten überging.

»Aber, aber, Herr Doktor. Fünfundachtzig ist doch kein Alter«, schmeichelte der Restaurantchef. Er dämpfte seine Stimme, was aber nicht verhinderte, dass Elias und Katharina jedes Wort hören konnten.

»Wir sind Ihnen so dankbar«, sagte der Ober. »Sie wissen ja, meine Frau arbeitet in der Kreisverwaltung und sie hat mir berichtet, dass Sie auch dieses Jahr wieder ein so großes Herz für die Insel bewiesen haben. Man erzählt sich, dass Ihre Spende sechsstellig ist. Wissen Sie, ohne dieses Geld könnten die meisten sozialen Einrichtungen gar nicht mehr existieren. Von den Schulen und Schwimmbädern ganz zu schweigen. Meine Frau sagte, dass Sie dieses Jahr aber extra auch auf Umweltprojekte bestanden haben.«

Elias zog erstaunt die Augenbrauen hoch. Er fand dieses indiskrete Verhalten unmöglich, doch der Restaurantchef konnte sich offenbar überhaupt nicht bremsen.

»Das ist wirklich großartig! Ohne Sie, Herr Dr. Dreesen, wäre diese Insel heute nicht das, was sie ist. Einfach großartig. Bitte erweisen Sie mir doch die Ehre, heute mit Ihrer werten Frau Tochter Gäste des Hauses zu sein.«

»Ach mein Lieber, Sie übertreiben, das ist doch selbstverständlich. Hier sind unsere Wurzeln, deshalb ist es unsere Pflicht«, erwiderte der ältere Herr. »Aber die Einladung nehmen wir gerne an, nicht wahr, Monika?« Wieder hustete er gequält.

»Aber ja, Vater, sehr gerne.« Sie nickte dem aufdringlichen und übereifrigen Restaurantchef freundlich zu.

»Getränke wie immer? Stilles Wasser für den Herrn Doktor und ein Glas Bordeaux für Sie, gnädige Frau?«

Mit einem weiteren Kopfnicken bestätigte die Tochter seine Annahme und dieser verschwand in Richtung Küche.

Die junge Bedienung brachte ihren Hauptgang und Katharina bat Elias, ihr zu beschreiben, wo was auf ihrem Teller lag. Elias bewunderte, wie sicher Katharina dann mit Messer und Gabel hantierte.

Beide verzichteten auf das Dessert. Stattdessen wechselten sie vom Restaurant in das benachbarte Café, aus dem schon die ganze Zeit durch den verbindenden Mittelgang leise Musik zu hören gewesen war. Sich setzten sich auf ein gemütliches Sofa, Katharina wählte einen Milchkaffee und Elias bestellte einen Cappuccino. Schweigend, aber zufrieden lauschten sie dem Pianospieler, der unaufdringlich ein Repertoire an klassischer Barmusik spielte. Nach ›Mr. Bojangles‹ folgte Stings ›Englishman in New York‹. Elias wippte begeistert mit dem Fuß mit, musste aber dennoch gleichzeitig herzhaft gähnen.

»Elias, Sie sind sicher müde. Fahren Sie doch ins Hotel. Ich bleibe noch etwas hier sitzen.«

Elias sah sie überrascht an. Er war tatsächlich ziemlich erschöpft, der Jetlag steckte ihm noch gewaltig in den Knochen. Katharina hingegen wollte die Atmosphäre offenbar noch etwas genießen und nach ihrem Zusammenbruch am Strand würde er ihr dieses Vergnügen auch noch gönnen.

»Aber wie kommen Sie dann ins Hotel?«

»Sie rufen sich ein Taxi und lassen mir den Wagen da.« Elias glaubte, sich verhört zu haben, bis Katharina ihn auslachte. »Na gut, ich lasse mir ein Taxi rufen«, lenkte sie ein. Offensichtlich ging es ihr wieder gut und die Krise vom Strand war überwunden. »Gehen Sie ruhig, ich regele das mit der Rechnung.«

»Wirklich?«, fragte er ungläubig, weil er unsicher war, ob er Katharina alleine hier zurücklassen konnte.

»Ja doch, na los, hauen Sie schon ab!« Sie scheuchte ihn regelrecht weg.

Elias stand auf.

»Dann bis morgen früh«, verabschiedete er sich.

»Ja, um acht Uhr zum Frühstück!«

»Ich werde pünktlich sein«, versprach Elias im Gehen. Katharina schmunzelte und murmelte leise: »Wir werden sehen.«

Elias war noch nicht lange fort, als Dr. Dreesen und seine Tochter ebenfalls das gut besuchte Café betraten.

»Entschuldigen Sie bitte. Dürfen wir uns zu Ihnen setzen?« Katharina hob erstaunt den Kopf, als sie direkt angesprochen wurde.

»Ja, bitte, nehmen Sie Platz.« Sie erkannte die Stimme von Monika Dreesen. Die Ablenkung tat Katharina gut, denn nachdem Elias gegangen war, hatte sie plötzlich wieder über Anna und die Situation zu grübeln begonnen.

»Mein Name ist Monika Dreesen. Dies ist mein Vater. Wir saßen eben drüben im Restaurant am Tisch neben Ihnen.«

Dr. Dreesen entschuldigte sich gleich bei den Damen und ging zur Toilette.

»Katharina König«, stellte sich Katharina vor und streckte ihre Hand in Richtung der Frau. Während sie Katharinas Hand ergriff, erklärte Monika Dreesen: »Ich setze mich rechts neben Sie. Ist das in Ordnung?« Katharina bestätigte mit einem Kopfnicken.

Offenbar war Monika Dreesen der Umgang mit Blinden vertraut. Weder sie noch Katharina gingen jedoch weiter darauf ein.

Frau Dreesen bestellte eine Flasche Wasser für sich, für ihren Vater einen Sherry. Katharina bestellte einen weiteren Milchkaffee.

Sie schätzte, dass Monika Dreesen ungefähr so alt war wie sie und lag damit, wie sich im weiteren Gespräch herausstellte, nur ein Jahr daneben.

»Sie leben hier auf Rügen?«, begann Katharina den üblichen Small Talk.

»Ja, ich leite seit einigen Jahren das Unternehmen, das mein Vater aufgebaut hat.«

»Was ist das für ein Unternehmen, wenn ich fragen darf?«

»Wir haben ein Chemieunternehmen. Mein Vater hat in den Siebzigern einige Patente angemeldet im Bereich Polymer-Exploration und damit sind wir bis heute sehr erfolgreich. Vor zehn Jahren hat er sich zurückgezogen und mir die Firmenleitung übergeben.«

In diesem Moment kam ihr Vater zurück und setzte sich auf den Stuhl den beiden Frauen gegenüber.

»Seither widmet er sich nur noch unserer Stiftung. Sie haben vorhin sicherlich mitbekommen, dass wir darüber soziale und kulturelle Projekte auf der Insel fördern«, fuhr Monika Dreesen fort.

»Ja, bitte entschuldigen Sie«, entgegnete Katharina, »das ließ sich leider nicht vermeiden. Dieser Herr Fuchs war nicht besonders diskret. Was sind das für Projekte, die Sie unterstützen?«

»Das ist breit gefächert«, antwortete nun der alte Herr. »Museen, Theater, Kindergärten, Schulen, Altersheime. Letztes Jahr wurden dank unserer Zuwendung einige Fußballplätze in Ordnung gebracht. Das waren die reinsten Äcker. Und der Küsten- und Naturschutz ist mir wichtig.«

»Das hört sich wundervoll an«, bemerkte Katharina anerkennend und war von dem alten Herrn beeindruckt.

»Sogar für unseren Rasenden Roland konnten letztes Jahr dank unserer Stiftung einige der historischen Wagen restauriert werden. Wissen Sie, Frau König, der Tourismus ist die Haupteinnahmequelle dieser Insel. Ohne Touristen gehen hier die Lichter ganz schnell aus. Deshalb tut man auf Rügen alles, um jede Störung zu vermeiden.«

Katharina stutzte. Woher kannte Dr. Dreesen ihren Namen? Sie hatte sich nur Monika Dreesen vorgestellt.

Diese bemerkte die Irritation bei Katharina und versuchte abzulenken.

»Machen Sie hier Urlaub?«

Den ermahnenden Blick, den sie ihrem Vater dabei zuwarf, konnte Katharina nicht sehen.

»Aber Monika«, wagte der alte Herr den Vorstoß, bevor Katharina etwas sagen konnte. »Bitte nehmen Sie es meiner Tochter nicht übel!«

»Frau König ist doch eine bekannte Oberstaatsanwältin aus Köln«, erklärte er seiner Tochter. »Ich habe Ihre Prozesse immer mit großer Bewunderung verfolgt und Sie eben im Restaurant gleich erkannt. Spektakuläre Gerichtsprozesse haben mich schon immer interessiert. Seit der Sache vor ein paar Jahren wurde es still um Sie. Ich habe in der Zeitung gelesen, dass Sie damals erblindet sind und Ihren Beruf aufgeben mussten. Schlimm, so etwas. Und jetzt sitzen wir hier mit Ihnen gemeinsam an einem Tisch. Es freut mich sehr, Sie persönlich kennenzulernen.«

Katharina war erstaunt. Der alte Herr war bestens informiert und offenbar saßen er und seine Tochter doch nicht ganz zufällig bei ihr am Tisch. Sie konnte ihn noch nicht einschätzen. Hier war irgendwas merkwürdig, aber ihr war noch nicht klar, was. Die Tochter erschien ihr sympathisch, aber auch bei ihr wusste Katharina noch nicht, ob und wie weit sie ihr vertrauen konnte. Schon früher hatte sie niemanden so schnell an sich herangelassen und eher abwartend auf Abstand gehalten. Das war in ihrem Beruf wichtig gewesen und inzwischen war es besonders hilfreich.

»Sie ermitteln wieder, aber wohl eher als so eine Art Privatdetektivin, nicht wahr? Sie waren in Göhren und haben dort wegen des tragischen Unfalls recherchiert«, fragte Dr. Dreesen.

Katharina fühlte sich überrumpelt. Sie richtete sich auf, um sich besser konzentrieren zu können. Damit hatte sie nicht gerechnet.

»Sie sind gut informiert, Herr Dr. Dreesen«, konterte sie, ohne auf seine Frage einzugehen. Noch war ihr nicht klar, wohin dieses Gespräch führen würde, aber sie beschloss, sich darauf einzulassen. Es erschien ihr, dass dieser Abend überraschenderweise noch sehr interessant werden könnte.

»Die Insel ist klein und man hört so das eine oder andere«, erwiderte Dr. Dreesen lächelnd. »Es war doch nach aller Erkenntnis eine tragische Sache in Göhren, nur ein schrecklicher Unfall, nicht wahr?«

»Wenn Sie es sagen.« Katharina wollte sich nicht in die Karten schauen lassen.

»Wissen Sie, Frau König, es ist sehr traurig, was diesem Mann passiert ist. Aber wenn man das an die große Glocke hängt, geht das zulasten der ganzen Insel. Die Touristen wollen keine schlimmen Geschichten hören. Die wollen sich hier erholen. Zu viel hängt davon ab, deshalb müssen wir für eine ›heile Welt‹ sorgen. Störungen können wir da nicht gebrauchen.«

»Eine heile Welt? Ist es das denn nicht?« Katharina wusste, dass sie ihn mit ihrer Frage provozierte, aber sie wollte ihn aus der Reserve locken.

»Doch, natürlich, genau das ist es«, bestätigte Dr. Dreesen leise und sehr nachdrücklich.

Katharina verstand. Der alte Mann hatte sie unverhohlen davor gewarnt, mit den Ermittlungen fortzufahren.

»Ich täusche mich nicht, wenn ich behaupte, dass Ihnen der Umgang mit Blinden nicht unbekannt ist?«, wechselte Katharina das Thema und beschloss, sich an die Tochter zu halten. Dem einflussreichen Herrn würde sie sich später noch einmal annehmen, wenn sie mehr über ihn in Erfahrung gebracht hätte. Vermutlich hatte dieser Großmäzen überall auf der Insel seine Finger – und sein Geld – im Spiel. Vielleicht könnte sich diese Bekanntschaft noch als Glücksfall herausstellen. Und vielleicht war es auch gar kein Zufall, dass sie hier zusammensaßen.

»Ja«, antwortete Monika Dreesen, »meine Mutter war die letzten beiden Jahre, bevor sie starb, vollständig erblindet. Ich habe mich um sie gekümmert und dabei sehr viel gelernt. Sie kommen ganz gut zurecht, oder täusche ich mich da?«

»Nun, dann kennen Sie das ja. Es gibt gute und schlechte Tage. Es tut mir gut, wieder zu arbeiten und es lenkt mich ab. Die Zeit im Krankenhaus und danach hat sich ewig hingezogen. Ich musste lernen, ohne meine Augen zurechtzukommen und wieder eine sinnvolle Beschäftigung zu finden.«

»Und deshalb arbeiten Sie jetzt als Ermittlerin?«, fragte Dr. Dreesen dazwischen.

»Was machen Sie, wenn Sie nicht arbeiten?«, überspielte sie die Bemerkung ihres Vaters.

»Ich liebe Musik, Oper, Theater. Und ich male«, gab Katharina preis.

»Sie auch?« Monika Dreesen war erfreut. Diese Gemeinsamkeit ließ ein unverfängliches Gespräch zwischen den beiden Frauen zu. Sie begannen über Farben, Pinsel und Maltechniken zu fachsimpeln. Monika Dreesen interessierte sich sehr dafür, wie eine Blinde das Malen bewerkstelligte. Katharina spürte, dass der alte Mann sie eingehend betrachtete, aber er beteiligte sich nicht mehr an dem Gespräch. Hin und wieder nippte er wohl an seinem Sherry und sie hörte, wenn er sein Glas auf dem Tisch abstellte.

»Das ist so spannend«, sagte Monika Dreesen fasziniert. »Wie funktioniert das, wenn man nicht mehr sieht, was schon auf der Leinwand ist? Das elektronische Farberkennungsgerät ist ja viel zu ungenau dafür, oder?«

»Ja, das kann ich nur morgens beim Anziehen nutzen, damit ich nicht wie ein Clown rumlaufe. Aber ich hatte Glück. In der Kölner Altstadt gibt es einen wundervollen kleinen Laden für Künstlerbedarf. Mit dem alten Inhaber habe ich einige Monate lang mit Acrylfarben experimentiert und jede Farbe bekommt ihren eigenen Duft und jede Farbnuance verändert die Duftnote. Früchte, Kräuter, Nahrungsmittel, wir benutzen alles, was passend riecht. Gelb riecht nach Quitte, Zitrone, aber auch scharfem Senf, dunklere Töne nach Aprikose, Schwarz nach Kohle, Grün nach Gras, Basilikum oder Olive, Rot natürlich nach Rosen, Himbeeren, Kirschen, braune Töne nach Waldboden, Kaffee und Schokolade. Ich liebe die dunklen Zartbitterfarben! Zum Reinbeißen!«

Die beiden Frauen lachten. Während sie weiter über ihre gemeinsame Leidenschaft für die Malerei sprachen, nahm Katharina ein Gefühl wahr, eine Stimmung, wie sie es schon lange nicht mehr erlebt hatte. Es war ein wohliges Gefühl von Vertrauen. Monika Dreesen war eine Frau, die sie sich in dem Moment gut als Freundin vorstellen konnte. Doch gleichzeitig schlug ihre Vernunft Alarm: Nicht zu schnell zu viel Nähe zulassen! Sie wusste nichts über Monika Dreesen. Und was war mit dem Vater? Ihr Bauchgefühl sagte ihr, dass mit ihm irgendetwas nicht stimmte. Inwieweit hatte womöglich die Familie Dreesen in dieser Sache zu tun? Worum ging es wirklich? Es waren zu viele ungeklärte Fragen und Spekulationen. Und Spekulationen hatte sie damals schon bei ihren ermittelnden Kripo-Beamten nie akzeptiert.

Katharina war hin und her gerissen. Ihr Job hatte ihr keine Zeit gelassen für intensive Freundschaften. Sie traute niemandem außerhalb ihrer Familie, aber die gab es nicht mehr, denn drei Monate nach dem Attentat war Max ausgezogen. So war sie alleine, seitdem sie die Reha abgeschlossen hatte. Dabei hätte sie so sehr jemanden gebraucht, mit dem sie reden konnte. Und diese Sehnsucht nach einer Freundin war im Laufe der Zeit immer stärker geworden. Monika Dreesen schien ihr genau die Frau zu sein, die man sich als Freundin wünscht.

Die Stimme von Herrn Dr. Dreesen riss sie aus ihren Grübeleien.

»Frau König, ich möchte mich gerne verabschieden. Ein alter Mann wie ich sollte zusehen, dass er genug Schlaf bekommt. Es war mir eine Freude, Sie kennengelernt zu haben.«

»Selbstverständlich, Herr Doktor Dreesen. Das Vergnügen war ganz auf meiner Seite. Ich wünsche Ihnen eine gute Nacht.«

Katharina war aufgestanden und hatte ihm ihre Hand hingestreckt, die er kurz, aber trotz seines Alters kräftig drückte. Monika Dreesen machte Anstalten, sich ebenfalls zu verabschieden, aber ihr Vater wehrte ab. »Nein, mein Kind, bleib du ruhig hier, ich werde mir ein Taxi nehmen. Ich wünsche den Damen noch einen schönen Abend.« Mit diesen Worten drehte er sich um und ging zum Ober, der an der Theke stand.

Durch den Aufbruch des alten Mannes kehrten Katharinas Gedanken in die Gegenwart zurück und sie entschied sich, diesen Abend und das angenehme Gespräch zu genießen. Monika Dreesen löcherte sie geradezu mit weiteren Fragen zu den aromatisierten Farben und erzählte dann von ihren eigenen Bildern. Bald waren beiden Frauen so in ihr Gespräch vertieft, dass sie den Kellner erst bemerkten, als er sich auffällig räusperte.

»Bitte, entschuldigen Sie, meine Damen. Haben Sie noch einen letzten Wunsch? Wir schließen demnächst.« Monika sah auf ihre teure Armbanduhr und bemerkte, dass es bereits nach zweiundzwanzig Uhr war. Sie waren inzwischen die letzten Gäste. Katharina bat den jungen Mann um ihre Rechnung und darum, ihr ein Taxi zu rufen, worauf Monika Dreesen ihr anbot, sie ins Hotel zu fahren. Als beide ihre Rechnungen beglichen hatten, führte Monika Katharina vorsichtig zu ihrem Auto, half ihr beim Einsteigen und fuhr bis vor die Tür des Hotels. Dort ließ sie es sich nicht nehmen, auszusteigen und Katharina bis zur Rezeption zu führen. Die Hotelangestellte reichte Monika Dreesen den Zimmerschlüssel, den sie Katharina übergab. »Soll ich Sie bis zu Ihrem Zimmer begleiten?«

»Das ist nicht nötig, vielen Dank. Es war ein sehr schöner Abend, und ich habe unser Gespräch sehr genossen«, bedankte sich Katharina.

»Ich ebenfalls, und ich würde es sehr gerne fortsetzen, wenn Sie nichts dagegen haben. Kommen Sie mich doch mal besuchen! Dann zeige ich Ihnen mein Atelier. Hier ist meine Adresse und Telefonnummer.« Sie drückte Katharina eine Visitenkarte in die Hand. »Haben Sie jemanden, der sie Ihnen ins Handy tippt?«

»Ja, habe ich. Danke.«

«Wie wäre es übermorgen Abend? Sagen wir neunzehn Uhr? Wir richten eine Kleinigkeit zu essen her, nichts Großes. Ich freue mich wirklich sehr!«

»Ja, sehr gerne.«

Monika begleitete Katharina noch bis zum Aufzug und verabschiedete sich.

Die Aufzugtüren schlossen sich und Katharina atmete tief ein. Es war merkwürdig. Auf der einen Seite fühlte sie sich rundherum wohl. Sie mochte Monika Dreesen. Auf der anderen Seite spürte sie, dass irgendetwas im Gange war, das sie nicht greifen konnte und sich für sie nicht gut anfühlte.

»Es ist dreiundzwanzig Uhr sechs«, informierte ihr Handy sie.

»Wow, schon so spät!« Katharina konnte sich nicht erinnern, wann sie das letzte Mal so lange aus gewesen war. Vorsichtig tastete sie sich zum Bett, setzte sich und diktierte eine kurze Nachricht für Elias, dass sie wohlbehalten zurück im Hotel war.

›Es ist doch gut, dass er bei mir ist‹, dachte sie. Sie war noch so aufgedreht, dass sie gar nicht bedachte, dass er die Nachricht sowieso erst am nächsten Morgen lesen würde. Dann ließ sie sich auf das Bett fallen und diktierte ihrem Handy: »Anrufen – Max König – Handy«. Kurz darauf meldete er sich.

»Hallo Max, hier ist Katharina. Hast du einen Moment?« Im Hintergrund hörte sie eine junge Frauenstimme. Offenbar war seine derzeitige Freundin nicht begeistert davon, dass er ans Telefon gegangen war, schon gar nicht, dass um diese Zeit auch noch seine Exfrau anrief. Der Gedanke, dass sie die beiden in flagranti gestört haben könnte, amüsierte sie.

»Max, du hast recht, hier ist etwas faul. Allerdings sieht es so aus, als ob es tatsächlich nur ein Unfall war. Vermutlich lief er nur nicht so ab, wie die Ermittlungen dokumentieren. Man bekommt das Gefühl, dass von allen Seiten etwas vertuscht wird. Keiner hier scheint Interesse daran zu haben, dass die Wahrheit ans Licht kommt.« Sie seufzte. »Was ich da allerdings noch nicht unterbringe, ist diese E-Mail mit der Drohung. Könnte das ein Trittbrettfahrer sein? Vielleicht aus der Aktivistenszene?«

»Hm, das wäre denkbar«, überlegte Max laut. »Ich habe mir gestern die Listen der Personenüberwachung aus Stralsund angesehen und einige weitere Analysen. Wir müssen davon ausgehen, dass die Demonstrationen nicht nur von linken Chaoten, radikalen Ökoaktivisten und Autonomen aus Hamburg und Berlin als Bühne für ihre Krawalle genutzt werden. Die richten zwar großen Schaden an und liefern reißerische Bilder für die Medien, aber ehrlich gesagt sind die nicht unser größtes Problem. Es sind ja fast täglich auch bis zu fünftausend friedliche Demonstranten dort, Männer, Frauen, sogar Familien, die einfach nur gegen die Pipeline demonstrieren.« Max hielt die Hand vor das Telefon und sagte etwas zu seiner Geliebten, das Katharina nicht verstand. Dann fuhr er fort. »Die Auswertung der Videoüberwachung läuft noch. Wir gehen die letzten drei Monate Tag für Tag systematisch durch, weil wir sicher sind, dass sich auch Terroristen aus dem Osten unter die Demonstranten gemischt haben. In Russland gibt es so großen Demonstrationen nicht. Dort können sie den Bau der Pipeline auf keinen Fall sabotieren. Das wird ihnen hier bei uns viel leichter fallen und gleichzeitig schaut ihnen dank unserer Medien die ganze Welt dabei zu.«

Im Hintergrund hörte Katharina die junge Frau nörgeln. »Bitte lass uns morgen früh telefonieren. Ich bin müde«, log Max, um sie zu besänftigen. Doch Katharina ignorierte seine Bitte und erzählte von ihrem Treffen mit Dr. Dreesen und seiner verdeckten Warnung, weiter in der Sache zu ermitteln.

»Ich muss mehr über diesen Dr. Dreesen, seine Tochter und das Chemieunternehmen herausfinden. Kannst du mir Informationen darüber zukommen lassen?«

»Katharina, du weißt genau, dass ich das nicht einfach so machen kann. Ich lehne mich jetzt schon weit aus dem Fenster. Aber ich weiß jemanden, der für dich recherchieren kann.«

»Wen?« Katharina ahnte, von wem er sprach. »Du meinst doch nicht …?«

»Doch! Katharina, du weißt, dass Phil die perfekte Rechercheurin für dich ist. Du kennst sie!«

»Ja, in der Tat kenne ich sie! Du allerdings noch viel besser.« Katharina erinnerte sich nur ungern, denn Phil Jacobs war damals nicht nur eine ehemalige Kollegin ihres Mannes gewesen, sondern bis kurz vor ihrem Ausscheiden auch seine Geliebte. Eine von vielen.

»Katharina, das ist schon lange her und es tut auch nichts zur Sache. Weißt du, was sie macht, seit sie nicht mehr beim BKA ist?«

Katharina hatte davon gehört. Deshalb wusste sie, dass Phil die perfekte Unterstützung war, wenn man an Informationen herankommen wollte, auch wenn sie das nur ungern zugab.

»Übrigens, die Professorin hat schon zugestimmt.«

»Max, ich hasse dich!«, fauchte Katharina ins Handy.

»Ich weiß«, lachte er.

Im Hintergrund hörte sie die junge Frauenstimme wütend nach Max rufen. »Ich muss auflegen. Bis bald!«, sagte er und beendete das Gespräch.

»Ausgerechnet Phil!«, schimpfte Katharina und schleuderte wütend ihr Handy auf das Bett. Einen Augenblick später hörte sie, wie es auf den Boden fiel. Katharina schnaubte. Sie war müde und ärgerlich auf Phil und auf sich selbst. Warum wurde sie immer noch so wütend und traurig, wenn sie mit Max' Gespielinnen konfrontiert wurde? Sie waren schon so lange geschieden, da sollte ihr das doch nichts mehr ausmachen. Mit einem resignierten Seufzer ließ sie sich auf die Knie fallen und tastete den Fußboden nach dem Handy ab.

Genau in dem Moment, in dem sie es fand, signalisiert ein Piepston den Eingang von zwei Textnachrichten. Katharina griff nach ihrem wichtigen technischen Helfer, setzte sich gegen das Bett gelehnt auf den Fußboden und ließ sich die Nachrichten vorlesen:

»Nachricht eins – Hier die gesicherte Handynummer.« Es folgte eine fünfzehnstellige Zahlenfolge. »Schicke leere Nachricht. Sie meldet sich dann bei Dir. Max – Ende Nachricht eins«

»Nachricht zwei – Treffen morgen neun Uhr dreißig Informant auf Schloß Granitz. Elias – Ende Nachricht zwei.«

»Hm, ein Informant? Na also, Elias Bechstein, die Sache ist noch nicht vorbei!«, freute sie sich. Sie rappelte sich auf und ging ins Bad.

›Phil! Verdammt, warum ausgerechnet Phil?‹, dachte sie erneut, während sie sich die Zähne putzte. Wenn sie nach Schuldigen für ihr Schicksal und ihre Einsamkeit suchte, fielen ihr merkwürdigerweise nicht der Schütze auf dem Motorrad oder dessen Auftraggeber ein, sondern sie dachte an sich und Max, und an Phil, an Philine Jacobs!

Obwohl das Verhältnis zwischen Max und Phil schon einige Zeit vor dem Attentat vorbei gewesen war, sah Katharina in dieser Frau immer noch den Beginn all ihrer Probleme. Und dann war da natürlich auch noch Max. An guten Tagen war er ihr bester Freund, und sie wusste, dass sie sich sprichwörtlich blind auf ihn verlassen konnte. Aber an schlechten konnte sie nicht verhindern, dass sie ihn nur als ihren Exmann sah, der sie unentwegt betrogen und gedemütigt hatte, und der schließlich dem Druck und den Problemen nicht standgehalten hatte. Natürlich wusste Katharina, dass diese Vorwürfe nicht immer fair waren, aber verdammt noch mal, sie war alleine und er lebte sein Leben einfach weiter. Andererseits kümmerte er sich um Anna und war somit ihre einzige Chance, dass sie vielleicht irgendwann ihrer Tochter wieder näher kommen würde. Schon alleine deshalb versuchte sie auch jetzt, Phil und die anderen Frauen aus ihrem Gedächtnis zu streichen.

Philine Jacobs, genannt ›Phil‹, war eine der talentiertesten Hackerinnen Europas, wenn nicht sogar der ganzen Welt. Sie war zwar erst neunundzwanzig Jahre alt, wurde aber trotzdem von so ziemlich jedem Geheimdienst auf diesem Planeten mit sehr speziellen und heiklen Aufträgen betraut. Ihre Kunden konnten sich darauf verlassen, dass sie die gewünschten Ergebnisse brachte. Bei denen, gegen die sie arbeitete, war sie gefürchtet, weil keine Datenbank, kein Server und keine Firewall vor ihr sicher waren. Neben ihrer Arbeit für Regierungen und Geheimdienste leistete sie sich den Spaß, die größten Whistleblower mit Informationen und Serverkapazitäten zu unterstützen. Ihre Serverfarm voller Hightech war so raffiniert verschlüsselt und geschützt, dass er von keinem Nachrichtendienst bisher lokalisiert oder zurückverfolgt werden konnte. Nur sie alleine wusste, wo ihre virtuelle Basis war. Ihr Handy war abhörsicherer als die der meisten Regierungschefs. So wie auch nie jemand wusste, wo Philine Jacobs sich gerade aufhielt. Das war ihre Lebensversicherung.

Loyalität war für sie kein genereller Grundwert, sondern lediglich eine Zusatzleistung, die nur während eines Auftrags galt und für die teuer bezahlt werden musste. Dafür garantierte sie ihren Auftraggebern für die Dauer des Projekts absolute Exklusivität. War dies abgeschlossen, löschte sie die Daten und verlor nie wieder ein Wort darüber. Dieses Vorgehen ermöglichte es ihr, ohne schlechtes Gewissen im Anschluss ein neues Projekt auch der Gegenseite annehmen zu können. Jeder, der mit ihr arbeiten wollte, wusste um diese Spielregeln und akzeptierte sie. Ebenso selbstverständlich war, dass sie ihr Honorar immer im Voraus bekam. An manchen Tagen berauschte es sie geradezu, welche immense Macht sie dadurch erhielt. Phil wusste, dass viele Regierungen über den offiziellen Weg häufig keine Möglichkeiten hatten, ihre Ziele zu erreichen. Dann führte oft an ihr kein Weg vorbei.

Als ihr wildes Verhältnis zu Max König damals aufflog, weil eine indiskrete Kollegin ihren Mund nicht hatte halten können, hatte das beim BKA für ordentlich Wirbel gesorgt und seiner Karriere einen spürbaren Schaden zugefügt. Keiner hätte ihm, der fast doppelt so alt wie Phil gewesen war, ein Verhältnis zu dieser außergewöhnlichen Frau zugetraut, die seine Mitarbeiterin war. Ihr Gothic-Outfit, ihre schwarzen Schulmädchenzöpfe, ihre Piercings im Gesicht und die düsteren Tattoos auf den Armen, die bis zu den Fingerspitzen hinunter reichten, dazu Minirock und Springerstiefel, täuschten über ihren scharfen Verstand und ihre hohe Intelligenz hinweg.

Katharina hatte schon vor ihrer Hochzeit um die Schwäche ihres Mannes für junge Frauen gewusst. Aber sie hatte gehofft, dass die Affären nach ihrer Hochzeit aufhören würden. Wider besseren Wissens hatte sie gehofft, dass es wenigstens nach Annas Geburt damit anders werden würde. Ein Irrtum, wie sich herausstellte, und schließlich hatte sie sich damit arrangiert und ihre Bestätigung im Beruf gesucht und gefunden. Sie waren als Familie deshalb nicht unglücklich gewesen. Sie wusste, dass Max diese Spielchen brauchte und er versicherte ihr immer wieder, dass das nichts mit ihr und Liebe zu tun hätte. Bis zu dem Verhältnis mit Philine Jacobs. Katharina hatte geahnt, dass diese Geschichte ihr komplettes Leben zerstören könnte. Als es hart auf hart gekommen war, war Max bei seiner Familie geblieben und Phil sollte auf ausdrücklichen Wunsch von ganz oben versetzt werden. Sie hatte darauf mit ihrer Kündigung reagiert, ihren Resturlaub genommen und war von einem auf den anderen Tag spurlos verschwunden. Ein Jahr lang hatte niemand gewusst, wo sie war oder was sie tat. Bis sie sich als ›freie Internet-Dienstleisterin‹ zurückgemeldet hatte.

Max war damals zwar bei Katharina geblieben, aber es war ab da nicht mehr wie vorher. Sie hatte gespürt, dass Max sich immer weiter von ihr entfernte. Und dann war das Attentat passiert. Dieser eine Schuss hatte ihr nicht nur das Augenlicht genommen und ihrer Tochter ein Bein, sondern ihr komplettes Leben zerstört. Ihre Ehe war zu Bruch gegangen, obwohl Max sich am Anfang noch sehr viel Mühe gegeben hatte. Sie hatte ihren Beruf nicht mehr ausüben können und ihre Karriere war zu Ende. Doch am allerschlimmsten war, dass ihre Tochter den Kontakt zu ihr komplett abgebrochen hatte, weil sie ihr nicht verzeihen konnte.

Widerwillig diktierte Katharina den Zahlencode in ihr Handy. Dreißig Sekunden später klingelte es.

Montag – noch sechs Tage

Katharina war überrascht, als sie Punkt acht den Frühstücksraum betrat, sich vorsichtig auf ihren Tisch in der Ecke zubewegte und von Elias mit einem gut gelaunten »Guten Morgen!«, begrüßt wurde. Nur wenige anderen Gäste des Hotels saßen so früh schon beim Frühstück. Es duftete herrlich nach frischen Brötchen und heißem Kaffee.

»Guten Morgen, Elias. Bin ich zu spät?«

»Nur etwa dreißig Sekunden«, triumphierte Elias, stand auf und half ihr auf die Sitzbank in der Ecke.

»Kaffee?«

»Ja, sehr gerne. Bringen Sie mir bitte auch ein wenig Rührei mit, dazu ein Brötchen und etwas von dem Quittengelee. Das wäre wunderbar.«

Elias stand auf und füllte am Buffet den Teller für Katharina und anschließend einen zweiten für sich.

»Es gibt viele Neuigkeiten!«, begann Katharina, als sich Elias wieder zu ihr gesetzt hatte. »Aber Sie zuerst. Wen treffen wir auf diesem Jagdschloss?«

»Das weiß ich nicht. Als ich gestern Abend in Sellin zurück zum Auto kam, stecke ein Zettel unter dem Scheibenwischer.«

Katharina hörte, wie er ein Papier aus der Hosentasche zog und es auf dem Tisch glatt strich.

»Granitz – Turm – Morgen – 9.30 Uhr«, las er vor.

»Und das ist alles?«, fragte Katharina enttäuscht.

»Ja, leider. Ich habe das einmal gegoogelt. Mit ›Granitz‹ ist das kleine Jagdschloss ganz hier in der Nähe gemeint. Wir sind da gestern daran vorbei gefahren. Es liegt im Wald auf einem Hügel und hat einen großen Turm. Das dürfte der

Treffpunkt sein. Wer weiß überhaupt, dass wir hier sind und was wir tun?«

»Oh, das wissen offenbar mittlerweile fast alle, die hier etwas zu melden haben«, antwortete Katharina und erzählte ihm von dem Gespräch mit Dr. Dreesen, und dass sie für Dienstagabend von dessen Tochter zum Essen eingeladen war.

»Bei der Gelegenheit kann ich vielleicht dem alten Herrn auch noch ein bisschen auf den Zahn fühlen. Ich habe das Gefühl, dass der irgendetwas weiß. Ich habe mit Max telefoniert«, berichtete sie Elias schließlich noch von dessen Vermutung bezüglich der Krawalle in Stralsund.

»Meinen Sie, das Treffen nachher ist eine Falle?« Elias hörte sich unsicher an.

»Nein, das glaube ich nicht. Wenn uns jemand ›um die Ecke‹ bringen will, hätte er oder sie das gestern schon getan. Das wäre wesentlich unauffälliger gewesen«, beruhigte Katharina ihn. Geschickt bestrich sie währenddessen die Brötchenhälfte mit Butter und dem Gelee. Offensichtlich war er einen Moment davon abgelenkt, denn Katharina redete weiter und er hatte den Faden verloren.

»Entschuldigung, was sagten Sie eben?«, unterbrach Elias ihren Redefluss. Katharina wiederholte: »Wir bekommen noch Verstärkung. Eine junge Frau, die für uns ein paar Recherchen übernimmt«, fasste sie kurz zusammen. Diese achtlose Beschreibung von Phils Aufgabe war für sie eine kleine innerliche Genugtuung. ›Wie eine Tippse oder Saftschubse‹, dachte sie bei sich. Natürlich erzählte sie Elias nichts von den privaten Hintergründen und warum sie mit Phil lieber nichts zu tun gehabt hätte. »Wir bekommen die Infos über Dr. Dreesen im Laufe des Tages von ihr.«

Nach dem Frühstück stand Elias auf, half ihr um den Tisch herum und führte sie zum Aufzug. »Wir treffen uns in zehn Minuten an der Rezeption. Ist das okay?«

Katharina nickte nur.

Kurz darauf saßen sie im Wagen. Elias fuhr bemüht rücksichtsvoll und fragte, ob er die Seitenfenster öffnen dürfe. Katharina nickte zustimmend, während sie sich aber gleichzeitig so heftig am Türgriff festkrallte, dass ihre Fingerknöchel weiß hervortraten. Obwohl sie sich wirklich Mühe gegeben hatte, hatte sie diese körperliche Reaktion in den letzten Jahren noch immer nicht in den Griff bekommen. Damals vor dem Schuss hatte sie auch das Seitenfenster geöffnet, weil der Morgenwind so herrlich angenehm über ihre Haut gestrichen war. Seither konnte sie den direkten Luftzug nicht mehr ertragen, obwohl sie genau wusste, dass ihre Reaktion völlig überzogen war. Elias schien es bemerkt zu haben, denn er schloss die Fenster wieder, ohne etwas dazu zu sagen.

Nach einer kurzen Fahrt bremste Elias vorsichtig und bog von der Straße auf einen kleinen schmalen Weg ab. Die geschotterte Zufahrt zum Jagdschloss Granitz führte in mehreren Kurven durch ein kleines Waldstück hinauf zu der Anhöhe. Aufmerksam beobachtete Elias die Umgebung, doch er entdeckte nichts Verdächtiges.

Der Parkplatz vor dem Schloss war leer. Offenbar war das schmucke rosa Jagdschloss aus dem 19. Jahrhundert mit seinen vier kleinen Ecktürmen und dem mächtigen runden Hauptturm in der Mitte an diesem Tag noch nicht von Touristen belagert.

»Wir sind da. Der Parkplatz ist leer, weit und breit kein Mensch«, beschrieb Elias die Lage und stellte den Wagen mitten auf dem freien Platz vor dem Schloss ab.

»Das war ja zu erwarten. Es ist noch früh. Dann lassen Sie uns mal schauen, wie wir auf den Turm kommen.« Katharina stieg aus und blieb neben dem Auto stehen.

»In welcher Richtung steht das Schloss?«

»In Wagenrichtung.« Elias drehte sie an den Schultern leicht nach links. Katharina hob den Kopf, als würde sie den Turm mit seinen Zinnen und der darauf wehenden Fahne sehen.

»Sie waren schon mal hier, oder?«, fragte Elias.

Katharina nickte wortlos, und ihre linke Hand suchte nach seinem Ellenbogen.

»Ich bin sicher, das große Transparent zwischen den zwei Fenstern am Turm hing damals noch nicht.«

»Das stimmt. Was steht darauf?«

»Der Tod ist ein Meister aus Deutschland! Stoppt den Pipelinebau!«

»Das müssen die Aktivisten heute Nacht angebracht haben, sonst würde das da sicher schon nicht mehr hängen, vermute ich,« analysierte Katharina, ohne auf den Text einzugehen.

Sie waren überrascht, denn die Eingangstür stand offen, während nirgends Personal zu sehen war. Sie betraten den Vorraum, in dem für die Touristen die üblichen Souvenirs und Postkarten zum Kauf angeboten wurden. Elias führte Katharina durch die Halle zu einem großen zentralen, runden Raum.

Als er nach oben blickte, blieb er erschrocken stehen. Das war gar kein normaler Raum, sondern der Fuß des großen Turms und bis oben hin offen. Lediglich eine schmale Metalltreppe mit kunstvoll geschmiedetem Geländer und aus Gitterrosten bestehenden Stufen führte hinauf zu einer Aussichtsplattform. Sie wand sich jedoch nicht wie eine normale Wendeltreppe um eine zentrale Säule, sondern verlief an der Außenwand entlang bis nach oben.

»Höhe! Das auch noch«, murmelte Elias und sein ganzer Körper verkrampfte sich.

»Elias, was ist los?«, fragte Katharina, die seine plötzliche Unruhe spürte.

»Dieser Turm und die Treppe. Ich kann da nicht hoch.«

»Wieso, ist sie gesperrt? Der Blick von da oben ist wirklich schön, glauben Sie mir! Und wir müssen da hoch!« Katharina hatte ihn völlig falsch verstanden.

»Ich habe Höhenangst«, unterbrach Elias sie.

»Sie leben in New York und haben Höhenangst?«, fragte Katharina ungläubig.

»Ich spiele in den Kellern, nicht auf den Dächern.« Elias fand das nicht witzig. Es war ihm wirklich Ernst, er wusste nicht, wie er das schaffen sollte.

»Wir müssen da hoch, Elias, es führt kein Weg dran vorbei. Ich kann das auf keinen Fall alleine. Reißen Sie sich zusammen. Bitte!«

»Sie haben gut reden, Sie sehen das ja nicht«, antwortete er. »Aber okay, dann mal los.« Elias atmete tief durch, raffte sich auf, nahm allen Mut zusammen und ging auf die erste Stufe zu.

»Sehr gut. Machen Sie langsam. Ich bin ja da und schaue nach Ihnen.«

»Sehr beruhigend.«

Katharina spürte deutlich, wie sich seine Verkrampfung weiter verstärkte.

»Ich erinnere mich, man kann durch die Stufen hindurchsehen, richtig?«, fragte Katharina, als sie spürte, dass Elias immer noch zögerte.

»Ja«, antwortete Elias leise. Hier konnte ihn wohl auch sein Humor nicht mehr retten.

»Machen Sie die Augen zu!«

»Was?«

»Schließen Sie Ihre Augen! Glauben Sie mir, mancher Weg ist leichter, wenn man nichts sieht. Also los, schließen Sie die Augen und gehen Sie einfach weiter. Eine Stufe nach der anderen.«

Zögerlich machte er seine Augen zu, griff mit beiden Händen nach dem Geländer und erklomm die ersten Stufen. Katharina hielt sich an seiner Jacke fest und folgte ihm in seinem Tempo.

»Sie machen das sehr gut! Behalten Sie Ihren Takt. Zählen Sie Ihre Schritte, das lenkt ab.«

»Okay«, antwortete Elias und holte tief Luft. Katharina hörte, wie er leise zählte und ließ ihn das Tempo bestimmen. Sie folgte ihm, aber irgendwann wurde er zu schnell für sie. Sie ließ ihn los und Elias rannte jetzt förmlich die Treppe hinauf. Dabei hörte sie ihn immer noch weiter zählen, bis er offensichtlich oben angekommen war.

»Katharina?«

»Ja, ich komme«, keuchte sie.

»Wo sind Sie?« Zwischenzeitlich hatte auch sie die Plattform erreicht.

»Hier.« Elias saß auf dem Boden und schnappte nach Luft. Sie ging neben ihm in die Hocke.

»Das haben Sie sehr gut gemacht, Elias. War doch gar nicht so schwer, oder? Geht es wieder?«, fragte sie.

»Ja.« Elias saß immer noch auf dem Boden und war außer Atem.

»Gut, also was sehen Sie? Ist hier jemand?«

»Sind Sie irre? Ich mache die Augen hier oben ganz bestimmt nicht auf!«, antwortete Elias fast panisch.

»Nun gut, dann schaue ich mich hier eben etwas um.« So leid es ihr für ihn tat, konnte sie jetzt auf seine Belange keine Rücksicht nehmen.

»Ist ja schon gut, ich schau gleich. Geben Sie mir nur noch einen kleinen Moment«, lenkte Elias ein.

Er blieb sitzen und öffnete seine Augen einen kleinen Spalt. Die Sonne schien von einem wolkenlosen blauen Himmel herab und blendete ihn. Er hob seine Hand über die immer noch zusammengekniffenen Augen und sah sich um.

»Ich sehe nichts«, stellte er fest.

»Haben Sie die Augen auch wirklich offen?«, fragte Katharina schmunzelnd nach.

»Sie sind ja richtig witzig!« Er hatte für ihre Späße gerade überhaupt keinen Sinn. »Hier ist wirklich nichts, kein Mensch, kein Umschlag, kein Zettel, einfach nichts.«

»Okay, dann warten wir noch einen Moment.« In der Tasche drückte sie auf ihr Handy »Es ist neun Uhr zweiundvierzig.«

Von unten hörten sie plötzlichMotorengeräusche, die lauter wurden, bis der Kies vor dem Schloss knirschte, weil das Auto bremste und stehen blieb.

»Elias, da kommt jemand.« Katharina stupste ihn an.

Elias rappelte sich ein wenig auf. Allein der Blick in die Ferne über die Zinnen ließ seinen Adrenalinpegel steigen. Nach unten zu schauen, schien unmöglich.

»Was ist?« Katharina war ungeduldig.

Elias schloss die Augen und beugte sich zwischen zwei Zinnen hindurch.

»Und?«

»Oh verdammt!«

»Was?«

»Mir wird schlecht.«

»Elias, mein Gott, reißen Sie sich zusammen! Was sehen Sie?« Für sanfte Therapie war jetzt keine Zeit, fand sie.

Elias atmete tief ein und sah nach unten. Ihm drohte schwarz vor Augen zu werden.

»Ein kleiner roter Wagen steht da und daneben ein Mann.« Er schloss die Augen, um die aufkommenden Übelkeit zu unterdrücken.

»Okay, Elias, sehr gut. Was macht er?«

Elias öffnete kurz ein Auge und sah nach.

»Er schaut zu uns hoch. Ich glaube, er kommt zu uns.«

»Gut, dann warten wir.« Katharina blieb gefasst.

Elias wollte sich gerade wieder auf den Boden neben sie setzen, als sie erneut laute Motorengeräusche hörten. Dieses Auto bremste scharf und der Kies spritzte auf. Kurz darauf konnten sie lautes Geschrei hören, aber leider nichts verstehen.

Elias ging widerwillig zurück an die Brüstung, drehte sich um, beugte sich vor und blickte nach unten. Ein dunkler SUV stand neben ihrem Auto. Zwei Männer öffneten die Türen und sprangen heraus. Ihr Informant, zumindest ging Elias davon aus, dass er das war, rief etwas zu ihm hinauf, was er jedoch nicht verstand. Dann stieg er in sein Auto und raste davon, bevor die beiden Männer ihn fassen konnten. Beide rannten zu ihrem SUV zurück und nahmen die Verfolgung auf.

Das alles geschah so schnell, dass Elias einen Moment von seiner Angst abgelenkt war, doch nun kehrte die Übelkeit schlagartig zurück. Er konnte nichts dagegen tun. Er würgte und dann übergab er sich.

Katharina hielt sich die Hand vor die Nase, drehte ihr Gesicht weg und wartete einen Moment, bis Elias sich wieder berappelt hatte.

»Was ist passiert, Elias. Geht es Ihnen gut?«

Elias wischte sich den Mund ab und setzte sich wieder neben Katharina. Mit geschlossenen Augen berichtete er, was er beobachtet hatte.

»Dann ist unser Treffen wohl geplatzt«, stellte Katharina fest. »Glauben Sie immer noch, dass es nur um einen tragischen Unfall geht?«

»Nein, offensichtlich nicht«, räumte Elias kleinlaut ein. Katharinas Smartphone piepste. »Ah, Phil hat die Informationen über Dr. Dreesen! Wir rufen sie gleich vom Wagen aus an. Jetzt müssen wir Sie erst mal wieder nach unten schaffen.«

»Eine gute Idee! Darf ich springen?«, versuchte es Elias mit Humor.

»Augen zu und durch! Und das meine ich wortwörtlich!«, feuerte Katharina ihn an.

Elias hatte Katharina ins Auto geholfen. Dann ging er um den Wagen herum, doch als er einsteigen wollte, fiel ihm der Autoschlüssel aus der Hand. Er bückte sich und griff danach. Dabei fiel sein Blick auf eine Zeitung, die halb unter dem Auto lag und hob sie auf.

»Hier lag eine Zeitung unter dem Wagen. Die lag da vorhin noch nicht.«

»Was ist damit?«, fragte Katharina.

»Nichts! Der ›Rügen-Kurier‹, eine Ausgabe von letztem Dezember, merkwürdig.« Elias zuckte mit den Schultern und legte das überraschende Fundstück vor sich auf die Motorhaube.

»Blättern Sie die Zeitung durch. Vielleicht ein wichtiger Artikel. Achten Sie auf handschriftliche Notizen oder sonstige Auffälligkeiten. Irgendeinen Hinweis.«

Elias tat wie geheißen und blätterte sowohl den weltpolitischen und als auch den Wirtschaftsteil durch, ohne dass ihm etwas auffiel. Im Sportteil fand er einen Artikel über Bodenturnen.

»Da ist was!«, rief Elias ganz aufgeregt und fühlte sich wie in einem seiner geliebten Filme. »Ein Artikel über Bodenturnen. Unter dem Bild mit ein paar Mädchen vor einem Schwebebalken ist der Name ›Nicole‹ unterstrichen.«

»Sonst noch etwas?«, fragte Katharina ungeduldig. Elias blätterte weiter.

»Hier, bei den Fußballergebnissen der Regionalliga ist eine ›2‹ eingekreist.« Erst auf einer der letzten Seiten, in einer der schwarz umrandeten Anzeigen, wurde er noch einmal fündig. »Und hier: In einer Todesanzeige für eine Frau Lina Müller ist der Ort ›Sassnitz‹ unterstrichen. Aber nur der Ortsname, nicht der Friedhof.«

»Hm. Nicole – Zwei – Sassnitz«, murmelte Katharina vor sich hin. »Worauf warten Sie noch?. Wir haben alles, was wir brauchen. Fahren Sie los.«

»Ist ja schon gut, ich fahre ja. Jetzt müssen wir es nur noch verstehen«, sagte Elias und fuhr los. »Nicole – Zwei – Sassnitz.« Noch zwei Mal wiederholte er die drei Wörter. Beim Abendessen in der Seebrücke hatte er ihr von seiner Vorliebe für Detektiv- und Spionagegeschichten erzählt und prompt meinte Katharina jetzt zu ihm: »Na los, Sie Superdetektiv, was soll uns das sagen?«

Er bog auf die Landstraße in nördlicher Richtung ab. Plötzlich schlug Elias mit der Faust auf das Lenkrad.

»Ich habe es! Das hört sich an wie ein Boot! ›Nicole 2‹ könnte ein Schiffsname sein, oder? Und ›Sassnitz‹ ist der Hafen, in dem wir es finden.«

»Hey, Ricardo Tubbs, sehr gut, das könnte es sein! Also fahren wir nach Sassnitz. Schauen wir uns dort mal um.«

»Aber wenn schon, dann bitte Sonny Crockett, den fand ich immer cooler«, lachte Elias. Seine Höhenangst und die Übelkeit waren mit einem Schlag vergessen. Das Detektivspiel fing an, ihm Spaß zu machen.

Sie waren nur wenige Kilometer gefahren, als knapp vor ihnen ein Polizeifahrzeug mit Blaulicht auf ihrer Fahrspur stand. Er schaltete den Warnblinker an und bremste. Ein Stück weiter vorne sah er aus einem Wagen unter einem Baum Rauch aufsteigen und aus der entgegengesetzten Richtung hörte man Einsatzfahrzeuge heranrasen.

Ein Polizist signalisierte mit Handzeichen, dass er langsam weiter fahren sollte. Ein weiterer Polizist sperrte die Unglücksstelle mit Bändern ab. Feuerwehrleute waren damit beschäftigt, das brennende Fahrzeug zu löschen. Zwei Sanitäter standen tatenlos neben dem Krankenwagen.

Elias beschrieb Katharina, was er sah. »So, wie das aussieht, hatte der Fahrer keine Chance«, vermutete Elias. Sein Magen krampfte angesichts der dramatischen Bilder. »Es gibt Dinge, die man wirklich nicht sehen will«, sprach er weiter, ohne darüber nachzudenken.

»Das ist richtig, aber es gibt weit mehr Dinge, die man sehr gerne sehen möchte«, konterte Katharina.

»Klar. Entschuldigung, das war blöd.«

Auch das war einer der Momente, in denen sich Elias nach seinem einfachen, beschaulichen Musikerdasein zurücksehnte. Da musste er sich keine Gedanken darüber machen, ob er etwas Falsches sagte; aber vor allem musste er keine Türme hochklettern und nach unten sehen.

»Elias, es ist alles gut. Sie müssen mich nicht mit Samthandschuhen anfassen. Ich komme mit solchen Kommentaren klar. Kommen wir an der Unglücksstelle vorbei?«

»Ja.« Elias fuhr langsam an der Unglücksstelle vorbei.

»Das …«, Elias machte eine Pause, »das gibt es doch nicht!«

»Was?«, fragte Katharina.

»Der Wagen! Er war rot und auf der Heckklappe stand ›Rügen-Kurier‹.«

»Meinen Sie, dass das unser Informant war, den Sie am Schloss gesehen haben?«, fragte Katharina. »Der uns die Zeitung unter den Wagen gelegt hat? Ein Lokalreporter der Zeitung vielleicht?«

»Und der dunkle SUV, die zwei Männer, die ihn verfolgt haben? Dieser Unfall hier ist kein Zufall«, folgerte Elias, »das war eine waschechte Verfolgungsjagd. Vielleicht haben die ihn von der Straße gedrängt. Dann war das glatter Mord.«

»Elias, jetzt sehen Sie aber Gespenster«, versuchte Katharina, seine Verschwörungstheorien zu bremsen.

Elias schnaubte verächtlich.

»Wer waren dann die beiden in dem SUV? Die sahen nicht gerade nach Öko-Spinnern aus, die gegen die Zerstörung der Korallen am Ostseegrund demonstrieren.«

»Korallen in der Ostsee?« Katharina musste kurz lachen.

»Ach, Sie wissen doch, was ich meine.«

Sie hatten die Unfallstelle schon ein Stück hinter sich gelassen, als Elias in den Rückspiegel sah. Hinter ihnen fuhr ein schwarzer SUV mit abgedunkelten Scheiben. Er konnte nicht erkennen, ob ein oder mehrere Personen in dem Wagen saßen, aber er war sich sicher, dass es derselbe Fahrzeugtyp war, den er vom Turm das Jagdschlosses aus gesehen hatte.

»Katharina, halten Sie sich fest, ich erkläre es Ihnen gleich«, warnte Elias und drückte das Gaspedal voll durch. Der Mini machte einen Satz mach vorne und schoss los. Katharina wurde heftig in ihren Sitz gedrückt und, schrie kurz vor Schreck und krallte sich mit beiden Händen am Griff oberhalb ihres Fensters fest. Sie bekam Panik, aber versuchte, Elias zu vertrauen. Plötzlich riss Elias das Lenkrad herum. Katharina wurde gegen die Autotür geschleudert und schrie erneut auf. Genauso plötzlich bremste er ab und das Auto blieb stehen.

Elias hatte einen Moment genutzt, in dem die Verfolger im Rückspiegel nicht zu sehen gewesen waren und in eine Einfahrt abgebogen. Er hatte den Mini so hinter einem Transporter zum Stehen gebracht, dass sie von der Landstraße aus nicht mehr zu sehen waren.

Elias brauchte einen Moment, um sich wieder zu beruhigen, dann wandte er sich Katharina zu. »Ist mit Ihnen alles okay? Dieser schwarze SUV war hinter uns her«, erklärte er, als wäre damit alles Notwendige gesagt.

»Sind sie weg?«, war alles, was Katharina sagen konnte. Sie zitterte am ganzen Körper. Nach einer kleinen Pause schrie sie ihn an »Sagen Sie mir, dass Sie sie abgehängt haben! Los, sofort, sonst bringe ich Sie eigenhändig um!«

Elias atmete erleichtert auf und seine Anspannung entlud sich. Er schlug mit beiden Händen auf das Lenkrad. »Ja, ich habe sie abgehängt! War das cool, oder?«

»Sie erwarten hoffentlich kein Lob von mir«, antwortete Katharina »Trotzdem, danke.« Sie war über sich selbst erstaunt. »Sind Sie sicher, dass es wirklich das Auto vom Schloss war?«

»Ziemlich. So viele schwarze SUVs mit abgedunkelten Scheiben wird es hier nicht geben, oder?«

»Wahrscheinlich nicht. Vielleicht sollten wir weiterfahren. Aber passen Sie bitte auf; noch so eine Aktion, und Sie können alleine weitermachen.«

Elias meinte fast ein Lächeln bei ihr zu hören.

»Und meiden Sie die Hauptstraßen«, sagte Katharina, immer noch blass im Gesicht.

Über Nebenstraßen fuhren sie weiter in Richtung Sassnitz, als rechts von ihnen ›Prora‹ auftauchte. Elias fuhr daran vorbei und murmelte »Was ist denn das?«

Katharina war in Gedanken gewesen und Elias' Frage ließ sie aufschrecken.

»Was ist los?«

»Hier ist ein riesiges Gebäude, das überhaupt nicht mehr aufhört.«

Katharina lachte. »Sie kennen ›Prora‹ nicht? Was sind Sie denn für ein Historiker? Der ›Koloss von Prora‹ war ursprünglich über vier Kilometer lang. Hier sollten zur NS-Zeit mehr als zwanzigtausend Menschen Urlaub machen können. Es wurde aber nie ganz fertiggestellt, weil der Krieg ausbrach.« Nach einer kurzen Pause fuhr sie fort: »Nach dem Krieg haben die Russen einen Teil gesprengt, sodass nur noch zweieinhalb Kilometer Gebäudelänge übrig geblieben sind. Nach der Wende lag es ewig brach, dann haben sich Investoren einen Großteil unter den Nagel gerissen und Luxusappartements reingebaut. Die haben sich vermutlich eine goldene Nase damit verdient. 1a-Lage, nur wenige Meter vom Strand entfernt. Dafür bezahlen die Leute ein Vermögen«, erklärte Katharina, während Elias staunend noch immer an dem schier endlos langen Gebäude vorbeifuhr.

»Natürlich habe ich schon davon gehört«, murmelte er etwas beleidigt, »aber gesehen habe ich es noch nie.«

»Könnten Sie mal bitte irgendwo anhalten? Wir sollten uns bei Phil melden. Sie hat die Informationen über Dr. Dreesen«, sagte Katharina.

Er nahm den etwas abschätzigen Tonfall wahr, wollte aber in dem Moment nicht weiter fragen. Also fuhr er auf den nächstgelegenen Parkplatz und Katharina diktierte den Code in ihr Handy. Kurz darauf meldete ihr Telefon: »Phil ruft an.« Katharina atmete hörbar durch und stellte auf Lautsprecher.

»Hallo, Phil«, grüßte Katharina kurz angebunden.

»Hallo, Darling.« Phil wollte wohl noch mehr sagen, aber Katharina unterbrach sie rüde.

»Was hast du für uns?« Dieses ›Darling‹ war Katharina schon immer auf die Nerven gegangen, aber Phil ließ einfach nicht davon ab. Das lag wohl an ihrem amerikanischen Vater.

»Nun gut, also dann: Dr. Arnold Dreesen«, holte Phil Schwung. Ihre Stimme war angenehm, etwas hoch und gleichzeitig ein bisschen rauchig. Eine interessante Mischung, dachte Elias.

»Da hast du einen dicken Fisch an der Angel, Darling. Arnold Dreesen, geboren am 10. Mai 1933, also fast fünfundachtzig Jahre alt, Doktor der Chemie, verwitwet, eine Tochter, Monika Dreesen, fünfundfünfzig Jahre alt. Er ist Träger des Bundesverdienstkreuzes. In den 1970ern hat er mehrere Patente angemeldet und damit ein Schweinegeld gemacht. Die Firma war damals noch im Rheinland. Nach der Wende zog er mit der Firma in den Osten, hat sie auf Rügen immer weiter ausgebaut. Sein Vermögen dürfte sich oberhalb von einhundert Millionen bewegen. Nicht schlecht, oder? Die Hälfte davon hat er nach dem Tod seiner Frau vor vier Jahren in eine

Stiftung eingebracht und gleichzeitig die Geschäftsleitung der Firma an seine Tochter übertragen. Seitdem ist er der absolute Mäzen der Insel. Und das meine ich echt ernst. Der erste wirklich gute Geldsack, von dem ich höre.«

Phil legte zum ersten Mal eine Atempause ein. Elias klingelten die Ohren. Er hatte noch nie jemanden gehört, der so schnell sprach. Phil fuhr fort: »Darling, das musst du dir vorstellen. Es gibt auf der Insel praktisch nichts und niemanden, der nicht von seinen Spenden profitiert oder sogar abhängig davon ist. Er gilt als enorm einflussreich, lebt aber sehr zurückgezogen in einer protzigen Villa südlich von Binz. Infos zur ›Dreesen Chemie AG‹ maile ich dir, nichts Aufregendes. Sehr rentabel, keine Skandale, nichts. Und wenn ich ›nichts‹ sage, heißt das was, Darling!« Phil holte erneut kurz Luft und lachte. Über das Handy klang das wie ein Quieken.

»Was ist mit Monika Dreesen?«, fragte Katharina betont geschäftsmäßig nach.

»Wohl die typische Tochter im Schatten eines großen Vaters. Chemiestudium, summa cum laude, ein paar Jahre in den USA und Frankreich, dann ins väterliche Unternehmen eingestiegen.«

»Und wie sieht es mit der Vita des alten Herrn aus?«

»Die ist tatsächlich merkwürdig. Über seine Kindheit und seine Eltern habe ich praktisch keine Infos. Ich habe tausend scheiß Server gescannt, aber nichts gefunden, einfach gar nichts, Darling! Aufgewachsen ist er auf Rügen und hat irgendwann in seiner Kindheit an Kinderlähmung oder sowas gelitten. Sein Vater ist wohl im Krieg verschollen, eine andere Quelle spricht davon, dass er vor den Russen nach Südamerika geflohen sein könnte. Es könnte sich also um einen Nazi gehandelt haben. Die Mutter ist Mitte der Fünfzigerjahre gestorben; 1961 hat er geheiratet, zwei Jahre später kam die Tochter zur Welt, 1966 hat er die Firma im Rheinland gegründet und 1991 ist er dann damit nach Rügen umgezogen. Nichts Spektakuläres, außer der Asche, die er damit gemacht hat!«

»Okay, Phil, ich denke, das …«, setzte Katharina an.

»Ich muss Schluss machen. Julien ist in der Leitung. Bye, bye, Darling«, fiel ihr Phil ins Wort und unterbrach die Verbindung.

»Julien?«, fragte Elias.

»Glauben Sie mir, das wollen Sie nicht wissen«, antwortete Katharina und seufzte.

Elias konnte sich trotzdem nicht zurückhalten. »Ich habe noch nie jemanden so schnell reden hören. Ich kam ja fast nicht mit beim Zuhören, geschweige denn, dass ich so schnell denken kann. Wo haben Sie die denn her?«, fragte er, aber Katharina zuckte nur die Schultern und gab keine Antwort.

Elias startete den Wagen und fuhr los.

Obwohl es bis Sassnitz nicht mehr weit war, war Katharina kurz eingenickt. Elias wertete das als kleinen Vertrauensbeweis in seine vorsichtige Fahrweise, legte vorsichtig seine Hand auf ihre Schulter und weckte sie. Katharina setzte sich aufrecht hin und öffnete die Augen.

»Wir sind da«, sagte er zu ihr, und bei sich dachte er »wie tragisch, dass so eine starke und attraktive Frau blind ist.« Im nächsten Moment ärgerte er sich über diesen Gedanken. Als ob die Blindheit ein geringeres Schicksal wäre, wenn sie labil wäre, depressiv oder nicht so gut aussehen würde. Ihre schönen grünen Augen zeigten keinerlei Eintrübung, Verletzung oder Fehlstellung. Deshalb kam zunächst niemand auf die Idee, dass Katharina blind sein könnte, wenn man sie so sah, und Mitleid war sicherlich das Letzte, was sie wollte. Er kannte sie noch nicht lange, aber er hatte bereits großen Respekt davor, wie sie ihr Leben meisterte.

Er stieg aus und ging um das Auto herum, um Katharina aus dem Wagen zu helfen.

»Sie sind ein wahrer Gentleman. Erinnern Sie mich dran, dass ich mich bei Ihrer Tante bedanke, dass sie Sie mir zur Seite gestellt hat«, lobte Katharina.

»Danke.« Elias war peinlich berührt von diesem unerwarteten Kompliment. »Dort drüben ist das Hafenamt. Da können wir fragen, wo wir die ›Nicole 2‹ finden.«

»Gut, so machen wir das.« Katharina hakte sich bei Elias ein und sie gingen gemeinsam hinüber zum Büro des Hafenkapitäns.

»Hier riecht es ganz schön nach Fisch«, bemerkte Katharina.

»Mögen Sie keinen Fisch?«, lachte Elias.

»Doch, doch, lecker.«

»Das hier ist ein schöner, fast schon romantischer Fischerhafen. Soll ich Ihnen so was eigentlich beschreiben?« Elias war bis dahin gar nicht auf die Idee gekommen, sie überhaupt zu fragen.

»Danke, das ist nicht nötig. Wenn ich solche Infos brauche, sage ich Ihnen Bescheid, und hier finde ich mich gut zurecht«, ließ Katharina ihn wissen.

»Wie denn, waren Sie schon mal hier?«, fragte Elias irritiert.

»Nein, ich glaube nicht, aber trotzdem weiß ich, dass wir nur wenige Meter vom Wasser entfernt über ziemlich ausgetretenes Kopfsteinpflaster gehen. Auf der anderen Seite verläuft eine Mauer. Einige Fischkutter liegen im Hafen. Einer davon kam eben erst an und wird gerade noch vertäut. Darüber fliegen Möwen und gieren auf Fischabfälle. Schräg hinter uns ist eine Halle, vor der ein Lkw Paletten ablädt. Ein Stück weiter rechts befindet sich ein Parkplatz. Es scheint die Sonne, ab und zu sind ein paar kleine Schleierwölkchen zu sehen. Vor den Kuttern bieten einige Fischer noch die Reste ihres morgendlichen Fangs zum Kauf an.«

Elias war erstaunt; er hätte die Szenerie nicht besser beschreiben können.

»Und vor einen Kutter sitzt ein Fischer und flickt eines seiner Netze«, beendete Katharina ihre Beschreibung.

Jetzt war Elias sprachlos. Wie machte sie das? Tatsächlich saß ein Mann vollkommen still in ungefähr fünfzehn Metern Entfernung und hantierte mit seinem Netz.

»Sie nehmen mich auf den Arm, Sie waren doch schon mal hier oder? Woher wissen Sie das mit dem Fischer?« Elias war ratlos.

»Okay, das mit dem Fischer war geraten«, lachte Katharina. »Aber in jedem solchen Hafen sitzt doch irgendwo ein Fischer und repariert sein Netz. Den Rest kann ich hören und spüren.«

»Ja, ich weiß schon, Ihr Hintern.« Elias war sich nicht ganz sicher, ob sie ihn nicht auf den Arm nahm. »Das ist echt beeindruckend, wie Sie das machen.«

»Stellen Sie sich nur vor, wie das wäre, wenn ich auch noch sehen könnte«, lachte sie.

»Sie wissen doch, wie ich das meine.« Er ärgerte sich über sich. Warum drückte er sich nur immer so ungeschickt aus? Dabei schienen solche unbedachten Floskeln oder Bemerkungen wie ›Schauen Sie mal!‹ Katharina weit weniger zu stören als ihn. Für sie schien sich das ganz normal anzuhören.

Der Hafenkapitän studierte lange und ausgiebig sein Register. »Tut mir leid«, meinte er schließlich. »Eine ›Nicole‹ gibt es hier nicht, weder bei den Kuttern noch bei den Motorschiffen.

Nicht in Sassnitz noch sonst wo auf Rügen. Das Register hier geht fast fünfzig Jahre zurück. Also ich befürchte, da hat Sie einer verschaukelt.« Mit diesen Worten schloss er das Register. Für ihn war das Gespräch beendet.

»Könnte es gesunken, umgemeldet, umbenannt oder verkauft worden sein?«, fragte Katharina trotzdem noch einmal nach.

»Ganz sicher nicht, denn sonst gäbe es darüber einen Eintrag im Schiffsregister. Sind Sie denn sicher, dass es sich wirklich um ein Schiff handelt?«

Elias war enttäuscht. Er war so stolz darauf gewesen, dass er die Nachricht des Reporters so schnell entschlüsselt hatte. Er überlegte. Vielleicht hatten sie den Hinweis falsch interpretiert, zu einfach gedacht. Aber was sonst könnte der Reporter damit gemeint haben?

»Vielleicht ist es ja nicht hier registriert, sondern legt nur öfters mal an. Vielleicht kommt es aus dem Ausland, aus Schweden oder Russland? Oder es ist hier in der Nähe gesunken?« Katharina ließ nicht locker.

»Nein, ganz sicher nicht. Die großen Schiffe und Fähren fahren vom neuen Terminal Mukran etwas südlich von hier ab. Und eine ›Nicole‹ gibt es da ganz sicher auch nicht, das wüsste ich.«

Katharina bedankte sich ebenfalls und hängte sich etwas enttäuscht bei Elias ein. Auf der Treppe vor dem Büro ließ Elias seinen Blick über den Hafen schweifen. Er führte Katharina zu einer nicht weit entfernten Bank, wo sie sich in die Sonne setzten. Beide grübelten darüber nach, wie sie weitermachen sollten, als Elias auffiel, dass er plötzlich vermehrt auf Geräusche in seiner Umgebung achtete als früher.

»Da!«, sagte er plötzlich, und er zeigte auf ein weißes Gebäude neben dem Lagerhaus.

»Was?«, fragte Katharina.

Elias lachte. »Oh, sorry. Da drüben ist ein ›Fischereimuseum‹. Ich glaube, wir sollten da mal einen Blick reinwerfen.«

»Wenn Sie nichts dagegen haben, bleibe ich hier sitzen, während Sie sich das ansehen. Museen dieser Art üben so gar keinen Reiz mehr auf mich aus.« Katharina hob ihr Gesicht der Sonne entgegen.

»Okay, aber Sie versprechen mir, nicht wegzulaufen. Ich will Sie nachher nicht aus dem Hafenbecken fischen müssen.«

»Versprochen!« Sie wedelte mit den Händen, so als ob sie ihn verscheuchen wollte. Ihr Kopfschmerz war zwischenzeitlich wieder stärker geworden, und sie wollte die Pause nutzen, um eine Tablette zu nehmen und sich etwas zu entspannen.

Ein Schatten fiel auf sie, und eine angenehme Männerstimme fragte »Guten Tag. Darf ich mich zu Ihnen setzen?«

»Bitte.« Katharina dachte einen Moment an die Männer aus dem SUV, verwarf den Gedanken aber gleich wieder. Diese hätten sie wohl nicht so höflich angesprochen, sondern wahrscheinlich einfach gleich mitgenommen oder ihr ein Messer zwischen die Rippen gesteckt. Sie hätte sich schließlich dagegen auch nicht besonders gut wehren können.

»Machen Sie hier Urlaub?«, fragte die freundliche Männerstimme höflich. »Meine Frau und ich sind schon seit drei Wochen hier. Es ist herrlich, wenn es nicht so voll ist. Wir genießen das sehr. Jetzt ist sie gerade beim Friseur und ich wollte nicht im Salon warten. Das Wetter ist ja so schön«, schwadronierte er drauflos. Er erwartete wohl keine Antwort, denn er erzählte ihr, was er und seine Frau schon alles erlebt hatten und was sie sich auch unbedingt noch ansehen sollte.

Katharina hatte die Augen geschlossen, und obwohl sie sich Ruhe gewünscht hatte, folgte sie notgedrungen dem nett gemeinten Monolog. Ein Kopfnicken und ein ›hm‹ ab und zu schienen ihm als Zeichen der Höflichkeit ausreichend.

Katharina hörte, wie ein Fischerboot in den Hafen einlief und nicht weit entfernt anlegte, doch irgendetwas stimmte nicht, auch wenn sie nicht hätte beschreiben können, was. Die Männer auf dem Kutter schrien und einige Männer an Land riefen zurück. Aus einiger Entfernung näherte sich das Geheule eines Martinshorns. Kurz darauf hielt der Rettungswagen direkt an der Anlegestelle des Fischerbootes.

»Was ist denn da passiert?«, fragte Katharina ihren Banknachbarn. »Ich bin blind«, ergänzte sie.

»Ach je! Das tut mir leid. Ich hatte das überhaupt nicht bemerkt. Also, auf dem Kutter liegt einer der Fischer auf dem Boden und zappelt ganz stark am ganzen Körper, wie ein Fisch auf den Trockenen. Der Notarzt ist bei ihm. Die Sanitäter packen den armen Kerl auf eine Liege. Jetzt tragen sie ihn in den Krankenwagen.« Wie bei einer Liveberichterstattung im Radio beschrieb der nette Mann ihr jedes Detail.

Elias hatte eine Karte für das kleine Museum gelöst. Jetzt folgte er dem empfohlenen Rundgang, beschränkte seine Besichtigung allerdings nur auf die Details, die mit Schiffen zu tun hatten. Alles andere ließ er links liegen. Im Obergeschoss saß in einer Ecke eine junge Frau, die auf ihr Handy sah. Sie hatte als Aufsicht nicht viel zu tun, denn er war der einzige Besucher hier oben.

»Entschuldigung. Kennen Sie eine Nicole?«

Die junge Frau sah ihn irritiert an. Offenbar hielt sie die Frage für eine eher plumpe Anmache.

Nachdem er ihr erklärte, dass er damit ein Schiff meinte, lachten Sie beide.

›Sie ist wirklich süß. Vielleicht ein bisschen zu jung für mich, aber echt süß‹, dachte Elias. Sie selbst konnte Elias nicht helfen, aber sie schickte ihn nach unten zum Alten Pit. »Pit kennt wirklich jedes Boot, das hier mal rumgeschippert ist. Er sitzt jeden Tag unten vor dem Museum. Wahrscheinlich kennt er sogar jeden Fisch mit Namen, der ist schon so alt wie manches Ausstellungsstück hier«, meinte sie noch, bevor sie sich wieder dem Display ihres Handys zuwandte. Elias bedankte sich, aber sie hörte ihm schon nicht mehr zu. Er ging eilig die alte Holztreppe hinunter. Auf einer Bank vor dem Museum saß ein alter Mann in historischer Fischerkluft. Aus seinem mit unendlich vielen Falten und Furchen durchzogenen Gesicht schauten kleine dunkle Augen. In rechten Mundwinkel baumelte eine Pfeife, damit auch das letzte Klischee der Touristen erfüllt wurde.

»Sind Sie Pit?«, sprach Elias den alten Mann an.

»Jo! Wer will das wissen?« Der Mann hob den Kopf und schaute Elias freundlich an.

»Elias Bechstein, guten Tag!«, stellte sich Elias vor und streckte zur Begrüßung seine Hand aus. Pit ergriff sie und Elias hatte das Gefühl, seine Hand würde von einem Schraubstock zerquetscht. »Tach, junger Mann. Was wollen Sie denn wissen?«

»Mir wurde gesagt, Sie kennen jedes Schiff hier. Ich suche die ›Nicole 2‹. Gibt oder gab es hier so ein Boot?«

Der alte Mann zog die borstig besetzten Augenbrauen hoch. »Die ›Nicole 2‹ suchen Sie also, so, so«, brummelte er. »Da können Sie aber lange suchen.«

»Heißt das, es gibt ein Schiff mit dem Namen? Wo kann ich es finden?« Elias war begeistert. Endlich ein Treffer!

»Jo! Aber finden können Sie die nicht mehr. Das war ein Kümo, ist ein, zwei Jahre nach dem Krieg irgendwo da draußen gesunken. Keiner weiß genau, wo.«

»Ein ›Kümo‹«?

»Küstenmotorschiff, du Landratte!«, amüsierte sich der Alte.

»Gesunken. Nach dem Krieg«, murmelte Elias enttäuscht. Warum sollte er sich mit diesem Schiff beschäftigen? Was wollte ihnen der vermeintliche Reporter nur damit mitteilen? Das alles fand er doch sehr mysteriös.

»Was können Sie mir zu dem Boot sonst noch sagen?«

»Na denn, mein Junge, setz dich mal zu mir.« Bedächtig fing der alte Mann zu erzählen an.

Derweil herrschte am Kai helle Aufregung. Der Fischer wurde im Notarztwagen von Sanitätern behandelt und man sah an den Schatten auf den matten Scheiben der Türen, dass hektisch gearbeitet wurde. Der Mann schien ernsthaft verletzt zu sein. Der Krankenwagen fuhr nicht los, was kein gutes Zeichen war.

»Immer die gleiche Scheiße!«, schimpfte ein Fischer, der an Katharina und ihrer neuen Urlaubsbekanntschaft vorbeiging. Er zog eine kräftige Alkoholfahne hinter sich her.

»Entschuldigung!« Herr Schmitz, wie er sich zwischenrein bei Katharina vorgestellt hatte, fragte den Fischer: »Was ist denn da passiert?«

»Was da passiert ist?« Der Mann blieb stehen. Seine Stimme klang so wütend, dass Katharina nicht sicher war, ob es eine gute Idee gewesen war, ihn anzusprechen. »Es ist immer das Gleiche! Beifang! Tödlicher Beifang, Giftgasmunition! Verstehen Sie? Ein letzter Gruß von Herrn Hitler und seinen Nazis! Der brät hoffentlich in der Hölle. Der ganze Meeresboden ist voll von dem Dreck! Und wir baden es aus! Wissen Sie, wie viele Millionen Granaten die Briten und Russen damals hier ins Meer gekippt haben? Das kommt alles wieder hoch!«

Katharina horchte auf und dachte nach: ›Meeresboden, Pipeline? Kommt alles hoch‹, da hatte Elias doch erzählt, dass diese Sascha auch so etwas gesagt hatte. ›Hatte sie etwa auch das damit gemeint?‹

»Das hat damals keinen interessiert. Aber seit Jahren kommt der ganze Mist langsam wieder hoch: Senfgas, Sarin, Lost, Phosphor und noch viel mehr. Jedes Jahr gibt es Tote und Schwerverletzte. Nicht nur die Fischer auf den Schiffen, sondern auch die Touristen an den Stränden. Und keiner will es wissen, geschweige denn, dass laut darüber geredet werden darf. Rügen, Usedom, Bornholm und sogar Gotland. Die ganze Ostseeküste müsste längst zum Sperrgebiet erklärt werden! Glauben Sie, dass das einer will?« Mit jedem Wort wurde er lauter und immer mehr Passanten blieben stehen und hörten ihm zu. Einige davon schüttelten den Kopf, weil sie dachten, er sei nur betrunken und pöbelte rum.

»Und ich sag Ihnen noch was!« Katharina hörte gespannt zu.

»Jetzt kommt noch diese scheiß Pipeline! Da könnten die uns still und heimlich alle umbringen, das interessiert niemanden! Beim Bau wühlen sie den ganzen Boden auf. Die ganzen Analysen, Gutachten, Beschwichtigungen, alles dummes Zeug, sag ich Ihnen! Die stecken doch alle unter einer Decke!« Er atmete schwer und machte eine kurze Pause. »Da drin liegt der alte Mattes!« Er zeigte auf den Notarztwagen, in dem immer noch alles versucht wurde, um den verletzten Fischer zu retten. »Der fährt seit über vierzig Jahren zur See. Und heute platzt ihm so ein Ding mit Tabun im Netz auf. So ein höllisches Scheißzeug, dieses Tabun! Da haste keine Chance! Ein ganz kurzer Hautkontakt reicht und du verreckst jämmerlich!«, brüllte der

Mann und klang mittlerweile eher verzweifelt als wütend. Ein anderer Fischer kam und versuchte ihn zu beruhigen.

»Komm, Fredder, lass die Leute!«

»Nein, Jan, die müssen das wissen! Drüben in Mukran werden sie bald wieder die Rohre für die Pipeline in Beton packen und verladen. Da lebt dann für ein paar Jahre wieder die halbe Stadt davon, und deshalb finden da auch keine Proteste statt. Die verkaufen alle ihre Seelen dafür! Alle! Unser Leben ist denen scheißegal!« Den letzten Satz brüllte er in voller Lautstärke über den Hafen. »Scheißegal! Scheißegal! Hört ihr?«, brüllte er immer wieder. Schließlich brach er weinend zusammen. Der Fischer, der schon bei ihm stand, winkte einen weiteren Kollegen heran, und zusammen hakten sie ihn unter und schleppten ihn davon. Fast zeitgleich wurde im Rettungswagen das helle Licht ausgeschaltet. Ohne Blaulicht und Sirene fuhr der Wagen langsam davon.

»Was ist denn hier los?« Elias war außer Atem von seinem kurzen Sprint. Er hatte vom Museum aus nur das Geschrei gehört und war, als er gesehen hatte, dass es von einem Mann kam, der direkt vor Katharina stand, sofort losgelaufen.

Herr Schmitz stellte sich Elias vor und wollte ihm gerade berichten, was sich gerade ereignet hatte, als dieser seine Frau auf der anderen Straßenseite entdeckte. Sie stand hoch erhobenen Hauptes frisch onduliert auf der Promenade und winkte ihm zu. Herr Schmitz verabschiedete sich bedauernd und lief zu seiner Frau hinüber.

Katharina stand auf, ließ ihren Stock sich entfalten.

»Elias, lassen Sie uns gehen.«

»Ja, hier!« Elias hielt ihr seinen Ellenbogen entgegen, so dass sie ihn ertastete und sich einhaken konnte. Sie gingen in Richtung ihres Wagens.

»Betrunkene und Kinder sagen die Wahrheit, heißt es doch, oder?« Katharina erzählte Elias mit wenigen Worten, was der angetrunkene Fischer gerade gesagt hatte.

»Das ist ja interessant. Das passt mit dem zusammen, was ich herausgefunden habe«, meinte Elias.

»Dann sind Sie fündig geworden?«

»Ja, tatsächlich!«, erzählte nun auch Elias. »Ich habe mit Pit gesprochen, einem uralten Fischer, der vor dem Museum herumsitzt, als wäre er nur Deko, der aber wirklich alles über die Schiffe um und auf Rügen weiß. Also die ›Nicole 2‹ war ein Kümo, ist aber 1946 oder etwas später in der Ostsee vor Sassnitz gesunken.«

»Ein Kümo?«, fragte Katharina nach.

»Ein Küstenmotorschiff, Sie Landratte«, witzelte Elias. »Es war nach dem Krieg, wie fast alle Schiffe in der Zeit, von den Russen requiriert worden. Die ›Nicole 2‹ wurde damals dazu eingesetzt, Munition ins Meer rauszubringen und dort zu versenken. Bei einer dieser Fahrten ist sie dann irgendwo da draußen gesunken. Laut Pit weiß aber niemand, wo genau.«

»Hm, das ist interessant«, überlegte Katharina. »Und passt ja auch zu dem, was hier eben passiert ist. Nervengas und eine Gaspipeline, das ist irgendwie keine wirklich gute Kombination, oder?«

»Sie denken an die Drohung in der E-Mail? Die drohen echt mit einem Giftgasanschlag durch die Pipeline?« Elias gruselte bei der Vorstellung.

»Nur Indizien und Hinweise, nichts als reine Spekulation. Aber wir sollten es im Blick behalten. Ich frage mich, warum uns der Reporter ausgerechnet dieses Boot genannt hat?« Katharina runzelte die Stirn. »Haben Sie sonst noch etwas herausfinden können? Dieses Boot lieg seit über siebzig Jahren auf dem Grund der Ostsee. Was hat es mit dieser ›Nicole 2‹ auf sich?«

»Das weiß ich nicht – noch nicht«, sagte Elias und ergänzte triumphierend: »Aber Fritz Zirkow kann uns das wahrscheinlich erklären.«

»Wer ist Fritz Zirkow?«

»Das ist der letzte noch lebende Matrose der ›Nicole 2‹. Er lebt in einem Altersheim in Stralsund und morgen früh dürfen wir ihn besuchen. Hat der alte Pit gleich mit ihm ausgemacht.«

»Der alte Pit? So, so. Gut gemacht, Columbo«, schmunzelte Katharina.

»Wow, Columbo! Das nehme ich jetzt mal als Kompliment«, lachte Elias. »Ach, eine Frage hätte ich da noch, Ma'am«, imitierte er den berühmten TV-Inspektor, machte einen Buckel und kratzte sich mit der Hand an der Stirn. »Haben Sie nicht auch Hunger? Da drüben ist ein Wagen mit vermutlich köstlichen Fischbrötchen und Geräuchertem.«

»Ja, das ist jetzt genau das Richtige. Und dann fahren wir bitte ins Hotel. Meine Kopfschmerzen machen sich wieder bemerkbar und für heute ist es gut. Wir sind ein ganzes Stück vorangekommen,« fasste Katharina die Ereignisse zufrieden zusammen. Sie hakte sich bei Elias ein und gemeinsam liefen siehinüber zum Fischstand. Sie stellten sich in der Reihe an und diskutierten gerade über die bekannten und weniger bekannten Film- und Fernsehdetektive, als Katharina neben sich Getuschel vernahm. Einzelne Wortfetzen wie ›blind‹, ›schrecklich‹, ›junger Pfleger‹ und ›komisches Pärchen‹ in einem mitleidigen Ton konnte sie hören. Wie sie diese Situationen hasste!

Auf dem abgelegenen Bauernhof nördlich von Wiek verschwand der schwarze SUV hinter einem großen Scheunentor.

Schon sechs Wochen zuvor hatte die Firma AZ-Media S.A. aus Kopenhagen den leerstehenden Hof angemietet. Die Mietzeit war auf drei Monate vereinbart worden und ein Dutzend Bewohner waren beim Vermieter angemeldet. Auch die Miete war für die gesamte Zeit im Voraus beglichen worden. Angeblich sollten dort Filmaufnahmen gemacht werden.

Andreas Aschenberg war ein absoluter Perfektionist und ein Großmeister im Verschleiern, Tarnen und Verwischen von Spuren. Weder die Polizei noch das BKA hatten die geringste Ahnung, dass er sich mit einer Spezialtruppe auf der Insel aufhielt. Den Kontrollen hatten sie sich entziehen können, weil er und alle aus seinem Team schon lange vorher angekommen waren, bevor die Krawalle begonnen hatten. Hätten die Sicherheitsbehörden auch nur den geringsten Hinweis bezüglich Aschenbergs Anwesenheit auf Rügen gehabt, wäre sofort Terroralarm ausgelöst worden und mögliche Anschlagsszenarien wären in ganz andere Richtungen gelaufen.

Aschenbergs Werdegang war einzigartig. Er hatte eine militärische Eliteausbildung als Einzelkämpfer bei der Bundeswehr durchlaufen. Nach geheimen Kampfeinsätzen in Afghanistan und Mali hatte er das Militär jedoch verlassen und sein Jurastudium in Rekordzeit absolviert, wobei er sich ausschließlich auf das Strafrecht konzentriert und schließlich mit Auszeichnung abgeschlossen hatte. Seine Kanzlei in Münster war eine der Top-Adressen für Angeklagte aus dem rechtsradikalen Milieu, ehemalige SS-Männer und Neonazis gewesen. Da er nie einen Hehl aus seiner politischen Gesinnung gemacht hatte, stand er unter ständiger Beobachtung des Verfassungsschutzes, der ihn als »hochintelligent, diszipliniert, skrupellos, raffiniert und höchst gefährlich« eingestuft hatte. Er selbst fand diese Charakterisierung so zutreffend wie schmeichelhaft. Und obwohl es immer wieder offensichtlich schien, konnte ihm nie eine Beteiligung an irgendwelchen Straftaten nachgewiesen werden. Dabei war die Liste lang: Mord, Entführung, Erpressung, Körperverletzung, Betrug, nicht zuletzt Führung einer terroristischen Vereinigung. Das Einzige, weswegen die Behörden ihn dann tatsächlich überführen und vor ungefähr zehn Jahren kurzfristig aus dem Verkehr ziehen konnten, war Steuerhinterziehung gewesen. Zwei Jahre hatte er absitzen müssen und seine Anwaltszulassung verloren. Seine Kanzlei behielt er trotzdem als Büro, schon um von dort aus den Verfassungsschutz weiter an der Nase herumführen zu können.

Sämtliche Aktionen plante er akribisch bis ins letzte Detail und sehr lange im Voraus. Nichts überließ er dem Zufall. Aschenberg arbeitete absolut präzise und höchst effektiv. Dabei stellte er sich stets Teams von akribisch ausgewählten Spezialisten zusammen; wissenschaftliche, technische und militärische Profis. Diese Leute unterstützten seine Projekte entweder aus ideologischer Überzeugung oder sie wurden mit unanständig viel Geld dazu überredet. Wenn diese beiden Varianten nicht machbar waren, scheute er auch nicht davor zurück, diejenigen gnadenlos zu erpressen. In solchen Fällen kam es spätestens nach dem erfolgreichen Abschluss einer Aktion nicht selten zu ›tragischen Unfällen‹ und die Mitwisser wurden mundtot gemacht.

Der Hof wurde ununterbrochen bewacht. Niemand konnte unbemerkt näher als auf fünfhundert Meter herankommen, diese Abgeschiedenheit war für das geplante Unternehmen sehr wichtig. Aschenberg konnte keine unliebsamen oder neugierigen Nachbarn gebrauchen. Schon deshalb mussten sie sich alle sehr unauffällig verhalten. Er überquerte den Hof vom Wohnhaus hinüber zur Scheune und überprüfte mit einem krischen Blick, ob die beiden Wachleute auf ihren Posten waren. Dann schlüpfte durch einen schmalen Spalt in die Scheune. Hinter den großen Toren hatten sie schwarze Tücher befestigt, sodass auch nachts kein Licht nach außen dringen konnte. Er ging zwischen dem SUV, weiteren Kombis und zwei schwarzen Kleintransportern hindurch. Dahinter standen zwei silberne, direkt aneinandergestellte Vierzig-Fuß-Seecontainer und ein davor aufgebautes olivgrünes Zelt. Er betrachtete die entstehende Anlage voller Stolz. Durch eine große Sicherheitsglasscheibe konnte man in den Innenraum des rechten Containers schauen. Darin montierten drei Männer eine große Apparatur mit vielen Rohren, Leitungen, Steuer- und Messgeräten. Aus Sicherheitsgründen kannte keiner der hier beteiligte Personen den richtigen Namen eines anderen. Die Decknamen der drei Chemiker und Ingenieure waren Oscar1, 2 und 3. Von ihnen hing der Erfolg maßgeblich ab. Er musste sich zu einhundert Prozent auf sie verlassen können und diese Sicherheit hatte er sich mit sehr viel Geld erkauft. Oscar2 schaute auf und hob den Daumen zum Zeichen, dass alles nach Plan verlief. Aschenberg nickte. Niemand konnte aus seinem Gesicht ablesen, was er dachte oder fühlte, denn er zeigte praktisch nie eine emotionale Regung. Er wandte sich um und ging zu dem anderen Container, der in zwei Kammern aufgeteilt war. In dem einen Raum stand ein großer Tisch in der Mitte. Darüber hing von der Decke ein riesiger Trichter, ähnlich einer Dunstabzugshaube. Schlauch- und Rohrleitungen führten durch die Wand in den anderen Container. Durch weitere Wanddurchlässe führten sie von dort zurück in die zweite Kammer. Die Greifarme eines kleinen roten Industrieroboters ragten in die Höhe. Dahinter war eine Abfüllanlage und daneben standen Kisten mit kleinen, glanzenden Edelstahlkartuschen.

Aschenberg ging in das Zelt. Dort befand sich auf Tischen eine Ansammlung von Monitoren, auf denen man alle Räume aus den Containern aus verschiedenen Perspektiven sehen konnte, sowie die Bilder sämtlicher Überwachungskameras des Bauernhofs und seiner Zufahrtswege.

»Wie ist der aktuelle Stand?«, wandte er sich in militärischem Ton an Romeo1, der vor den Monitoren saß.

»Alles nach Plan«, meldete der Mann und sah nur kurz auf.

»Gut, weitermachen!«

Drei Jahre Vorbereitung hat er in diesen Plan investiert und über eine halbe Million Euro. Nach ›Pandora‹ sollte die Welt nicht mehr sein, wie sie war. Die aus seiner Sicht irregeleitete Weltordnung würde auseinanderbrechen und im Chaos untergehen.

Aschenberg betrachtete sein Team. Da gab es die ›Tangos‹. Sie waren die Wachleute, Fahrer und die Männer fürs Grobe. Dabei war Tango1 der ›Gruppenleiter Wache und Waffen‹. Der ehemalige Leutnant war, wie Aschenberg auch, ausgebildeter Einzelkämpfer. Bei einem gemeinsamen Einsatz in den Bergen um Mazar-e Scharif waren sie in einen Hinterhalt geraten und er hatte Aschenberg das Leben gerettet.

Charlie war der Koch und das ›Mädchen für alles‹. Er war verantwortlich für das funktionierende Zusammenleben auf dem Bauernhof. Romeo1 und 2 waren die EDV-Spezialisten. Die ›Oskars‹ waren die wissenschaftlichen Akteure. Die einzige Frau im Team saß an einem anderen Arbeitstisch und lötete unter einer großen Lupe an einer Platine. Es war ihm nicht gelungen, einen männlichen Elektronikspezialisten zu finden, der Zünder und Steuerungen für ihn so bauen konnte, wie er es brauchte. Nur widerwillig hatte er sie dann ins Team geholt.

»Wann kommt endlich das Zeug, Chef?«, fragte sie schroff. Ihr Tonfall missfiel Aschenberg gewaltig. Und ›das Zeug‹ beleidigte ihn regelrecht. Ihre ganze rebellische Art passte ihm nicht und er hoffte, dass sie keine unnötige Unruhe ins Team brachte.

»Es wird alles pünktlich da sein, November. Kümmern Sie sich um Ihre Aufgaben, der Rest braucht Sie nicht zu interessieren!«

Mit jedem Wortwechsel fühlte er mehr, dass diese Frau nicht ins Team passte. Generell hatten Frauen seiner Ansicht nach bei militärischen Kampfeinsätzen nichts zu suchen und für Aschenberg war die ›Aktion Pandora‹ nichts anderes: ein Kampfeinsatz, um Veränderungen auf der Welt herbeizuführen, die schon längst überfällig waren. Er befand sich mit seiner kleinen ›Armee‹ aus seiner Sicht jetzt in der alles entscheidenden Schlacht.

»Wagen Sie es nicht noch einmal, mich so anzusprechen, ›November! Ich bin ausnahmslos Alpha, ist das klar?«

Aschenberg hatte gerade die Scheune verlassen, als sein Handy klingelte. Jemand stammelte aufgeregt etwas von ›gescheitert – nichts gefunden – kann nicht liefern‹. Aschenberg wurde für einen Bruchteil einer Sekunde blass und fluchte: »Verdammt!« Doch schon gleich darauf hatte er sich wieder gefangen. Er überlegte nur kurz, dann entschied er.

»Okay, dann läuft Plan B! Sie tauchen unter wie besprochen.« Er legte auf, ging zurück in die Scheune. Aschenberg war wie immer auf alle Eventualitäten vorbereitet. Die Information, dass ›das Zeug‹, wie November es genannt hatte, durch eine Fügung des Schicksals auch quasi vor Ort zu bekommen war,

war nun Gold wert. Als er dies damals durch einen Zufall erfahren hatte, hatte er noch nicht ahnen können, dass dies nun seine gesamte Aktion rettete. Er sprach mit Tango1: »Lieferung A ist abgesagt. Da ging etwas schief. Wir beziehen es über Plan B. Sie wissen, was zu tun ist? Noch heute Abend!«

Tango1 nickte, rief seinen Kollegen zu sich und sie zogen sich zur Besprechung und Vorbereitung der notwendigen Ausrüstung zurück.

Schweißgebadet und gleichzeitig frierend schreckte Katharina aus dem Schlaf hoch. Bilder von einer riesigen Menge nackter Toter, die mit weit aufgerissenen Augen und Mündern in einem giftgelben Meer trieben, hatten sie aus dem Schlaf gerissen. Vorsichtig tastete sie sich um das Bett herum ins Bad und wusch sich das Gesicht mit kaltem Wasser. Die Hände auf das Waschbecken abgestützt blieb sie stehen. Wenn man es nicht besser gewusst hätte, hätte man denken können, sie betrachte sich im Spiegel. Schließlich wandte sie den Blick mit einem Seufzer ab und ging zurück zum Bett. Dort setzte sie sich auf die Kante und griff nach ihrem Smartphone. »E-Mail an Phil: Tabun? Ostsee? Danke. Katharina.« Sie schickte die Mail ab und legte das Handy zurück. Ihr war kalt und so kroch sie wieder unter die Decke und zog sie bis zum Kinn hoch. Doch die Ereignisse des Tages und die Frage, wie das alles zusammenpasste, raubten ihr den Schlaf.

Dienstag – noch fünf Tage

Katharina und Elias waren schon früh wieder unterwegs. Wie an den Tagen zuvor wurde im Radio von Straßensperrungen und zu erwartenden Demonstrationen in Stralsund berichtetet. Sie hatten Binz noch nicht verlassen, als Katharinas Handy sich meldete: »Anruf von Phil«. Über die Freisprecheinrichtung konnten sie beide mithören.

»Holy shit, Darling!«, drang Phils aufgeregte Stimme aus dem Lautsprecher. »Was zum Teufel habt ihr denn da ausgegraben?«

»Phil, hast du was für uns?«, unterbrach Katharina sie rüde.

»Ob ich was habe? Hey, ich hab' immer was!« Phil schien die unfreundliche Art von Katharina gar nicht zu bemerken. Sie sprach schnell, und gleichzeitig hörte man im Hintergrund ihre Tastatur klappern.

»Seid ihr im Auto unterwegs? Schalt mich auf laut, dann kann Elias mich auch hören!«

»Hallo, Phil!«, machte Elias sich bemerkbar. »Du bist schon auf laut. Leg los, was hast du herausgefunden?«

»Haltet besser mal an, nicht dass es euch von der Straße haut! Ich sag's euch!«

»Okay. Wir stehen!«, gab Elias zurück, während er auf dem Seitenstreifen anhielt.

»C zwei H elf N zwei O zwei P«

»Hä? Was ist das?« Elias verstand nur Bahnhof.

»Tabun!«, erklärte Katharina zwischenrein leise »Phil, mach weiter. Ich kam noch nicht dazu, Elias davon zu erzählen.«

»Darling, das ist das absolute Teufelszeug. Ich gebe euch jetzt nur eine Kurzfassung, ausführlich folgt das alles per Mail.«

»Hört sich nicht gut an«, murmelte Elias.

»Tabun ist eines der gefährlichsten je produzierten Nervengase«, begann Phil ihren Bericht. »Und ratet mal, wer es erfunden hat!«

»Phil, bitte keine Quizshow«, ermahnte Katharina.

»Na, die Deutschen natürlich! Um genau zu sein: die Nazis! Ihr wisst schon: ›Der Tod ist ein Meister aus Deutschland!‹.«

»Oha!«, warf Elias ein.

»Sämtliche chemischen Kampfstoffe, die es auf dieser Scheißwelt gibt, selbst das VX-Gas der größenwahnsinnigen Amis basieren auf deutschen Patenten. Eigentlich ist es schon im Ersten Weltkrieg damit losgegangen. Agent Orange, das die Arschlöcher in den Siebzigern über Vietnam versprüht haben, ist eine Entwicklung auf Basis von verschiedenen deutschen Patenten. Bis heute werden durch diese Scheiße noch verkrüppelte Kinder geboren. 1988 hat der durchgeknallte Saddam Hussein Giftgas im Iran-Irak-Krieg gegen das eigene Volk eingesetzt, und später auch gegen die Kurden im Nordirak, ihr erinnert euch? Das war Tabun! Es reicht ein Atemzug oder einfach nur ein kurzer Kontakt auf der Haut und das Nervensystem dreht komplett durch, es kommt zu Lähmungen und innerhalb von wenigen Minuten setzt deine Atmung aus. Kein Schwein möchte so qualvoll sterben. Das wünscht man seinem ärgsten Feind nicht.«

»Komm bitte zu den Fakten«, versuchte Katharina, Phils Temperament zu zügeln.

»Tabun ist ein sogenanntes Ester einer zweifach substituierten Phosphorsäure. 1936 hat ein Dr. Gerhard Schrader das Zeug im Chemiewerk in Leverkusen entdeckt, ursprünglich als Pflanzenschutzmittel.«

»Leverkusen?«, fragte Katharina. »Doch nicht etwa …?«

»Doch, genau die, Darling, von 1925 bis nach dem Krieg hieß es IG Farben. Ein schöner Name für die Schweinereien, die da entwickelt wurden. Die Alliierten haben das Werk nach dem Krieg wieder zerschlagen und die Unternehmen wurden wieder eigenständig: Bayer, BASF, Böhringer und so weiter, ihr wisst schon.«

»Okay, Phil, was ist jetzt mit dem Tabun?«

»Da das Zeug so extrem toxisch war, war es nicht einmal als Insektizid zu verwenden. Einige von Schraders Mitarbeiter kamen damit in Berührung und sind daran gestorben. Eigentlich schade, dass es diesen Schrader nicht erwischt hat.«

»Phil!«

»Ja, schon gut. Schließlich wurde das Militär darauf aufmerksam und 1940 wurde mit der industriellen Produktion von Tabun als Kampfstoff begonnen. Dafür bauten sie gemeinsam mit der SS in einem Kaff namens Dyhernfurth, das liegt nördlich von Breslau, das für die damalige Zeit modernste Chemiewerk der Welt. Mit Zwangsarbeitern aus einem KZ natürlich – was sonst! Bis 1944 wurden dort rund zwölftausend Tonnen Tabun produziert und in Granaten und Geschosse abgefüllt. Bei der Produktion kamen reihenweise Arbeiter zu Tode.« Sie machte eine kurze Pause und ergänzte dann sarkastisch: »Für die Nazis war es ja letztlich egal, wie sie die Leute umgebracht haben.«

»Zwölftausend Tonnen?«, wiederholte Katharina erschüttert.

»Ja, Darling, damit hätten die Nazis ohne Probleme locker halb Europa entvölkern können. Sie hatten das Zeug, verstehst du, Darling, sie hatten es! So wie die Amis kurz darauf ihre scheiß Atombomben für Hiroshima und Nagasaki!«

Einen Moment lang saßen Katharina und Elias sprachlos da.

»Aber warum haben sie es damals dann nicht eingesetzt, als der Krieg erkennbar verloren ging?«, fragte Katharina. »Das hätte doch alles auf den Kopf gestellt. Was hatten sie denn noch zu verlieren?«

»Bingo, Darling! Das habe ich mich auch gefragt und sofort weiter gesucht. Aber es gibt keine verlässlichen Quellen. Keiner scheint genau zu wissen, warum sie das nicht eingesetzt haben.« Phil klang etwas enttäuscht, dass sie keine eindeutige Antwort geben konnte. »Aber es gibt natürlich Vermutungen. Eine Theorie besagt, dass Hitler im Ersten Weltkrieg selbst als Gefreiter mit Senfgas verletzt wurde, eine Zeitlang sogar blind war, und deshalb ein Gaseinsatz für ihn tabu war. Er wusste, wie grausam die Folgen für die Menschen waren. Ein wahrer Menschenfreund, nicht wahr? Zyklon B für die Juden in den Gaskammern war okay. Na ja, das waren für ihn ja auch keine Menschen.« Sie schnaubte. »Eine andere Theorie besagt, dass der Führer die Reaktion und den Gegenschlag der Alliierten auch mit Giftgas fürchtete, da diese zu der Zeit ja schon die Lufthoheit hatten. Dabei hatten die so ein Dreckszeug gar nicht, aber das wussten die Deutschen glücklicherweise nicht. So wie übrigens die Alliierten erst nach dem Krieg die Chemiemunition der Deutschen fanden und so feststellten, was für eine tödliche Waffe die Deutschen besessen hatten. Nicht auszudenken, wie es uns heute gehen würde, wenn die jeweils besser Bescheid gewusst hätten. Das ist doch eine Scheiße, oder?«

»Wow, langsam verstehe ich, warum hier keiner drüber reden will.« Elias war schockiert. »Und der ganze Mist landete nach dem Krieg einfach so im Meer?«

»Genau! Die Russen hat das Zeug Gott sei Dank überhaupt nicht interessiert. Die Amis und die Briten stellten zwar die Bestände sicher, aber die wollten den ganzen Mist auch nicht haben. Also haben sie das Zeug einfach ins Meer gekippt. Und da liegt es heute noch: in der Kieler Förde, dem Kleinen Belt, vor Rügen und Usedom, vor Bornholm und Gotland, überall. Die ganze Ostsee ist eine riesige, tödlich kontaminierte Munitions- und Giftmülldeponie.« Phil räusperte sich kurz. »Am Ende haben sie ganze Schiffe damit beladen und diese dann versenkt, auch in der Nordsee und im Atlantik vor Irland und Schottland. Bis heute weiß niemand außer an einigen Stellen wirklich genau, wo das Zeug liegt. Aber natürlich sucht auch keiner ernsthaft danach. Wir reden hier über den größten Umweltskandal, den sich die Welt leistet, vielleicht von dem verdammten Atommüll abgesehen, ach ja und dem ganzen Plastikmüll. Und nur als Beispiel aus der Nordsee: Vier Kilometer südlich von Helgoland liegen in nur fünfzig Meter Tiefe über sechstausend Granaten Tabun-Munition, verstreut auf dem Meeresboden! Angeblich ist das alles ganz harmlos, weil viele der Granaten längst durchgerostet und das Tabun sich im Wasser aufgelöst haben soll. Gleichzeitig ist es aber eine Sperrzone, es gibt dort ein Fischereiverbot und bis heute traut sich da kein Taucher runter. Die Fische um diese Gebiete herum haben fünf- bis zehnmal so viele Tumore als andere Fische. Mahlzeit! Aber alles ganz ›harmlos‹!« Phil hatte sich in Rage geredet und das Tippen auf ihrer Tastatur im Hintergrund war immer schneller und lauter geworden. »Noch Fragen?«

»Ich kann das gar nicht glauben!« Elias sah Katharina an. Auch sie musste das Gehörte erst noch verkraften.

»Dann wartet mal ab, jetzt wird es doch erst interessant«, ereiferte sich Phil. Es hörte sich an wie eine Drohung. »Seit dem Krieg gibt es wegen des versenkten Giftgases an den Nord- und Ostseestränden jedes Jahr immer wieder Schwerverletzte und Tote. Und da rede ich gar nicht von den vielen Fischern, die regelmäßig Granaten und Giftklumpen als Beifang in ihren

Netzen haben. Ich rede von unschuldigen Touristen, manchmal sogar Kindern. Die denken, sie haben einen schönen Bernstein gefunden, dabei ist es weißer Phosphor, verklumpter Kampfstoff, der an den Strand gespült wird und Bernstein täuschend ähnlich sieht. Das Teuflische daran ist, dass er sich bereits bei dreißig Grad selbst entzündet. Da brauchst du nicht mal einen Funken. Die Leute stecken sich das Zeug in die Hosentasche, da trocknet es dann durch die Körperwärme, erwärmt sich und ... ›Bang!‹. Das ist wie eine Explosion. Tausend Grad heiß sind die Flammen und nicht mit Wasser zu löschen. Diese Leute verbrennen qualvoll vor den Augen derer, die helfen wollen.«

Katharina und Elias waren sprachlos. Mit so etwas hatten sie nicht gerechnet.

»Ich verstehe das nicht, warum macht denn da niemand was dagegen?«, löste Elias die Stille wieder auf.

»Wie naiv bist du denn?«, blaffte Phil in den Hörer. »Die Strände der Ostsee sind genau genommen chemisch vermintes Gebiet. Aber welcher Badeort hat schon ein Interesse daran, dass seine Strände gesperrt werden? Was glaubst du, was passiert, wenn das an die große Glocke gehängt wird? Keine Touristen, kein Geld. Also, wer macht was dagegen?« Sie beantwortete ihre Frage selbst. »Niemand!«

»Also das hat der wütende Fischer im Hafen gestern gemeint.« Kathrina verstand langsam die Zusammenhänge.

»Und die Regierungen?«, fragte Elias. »Warum tun die nichts?«

»Schätzchen! Die Bergung von dem Mist würde Milliarden verschlingen und die Zuständigkeit sind strittig! Also vertuschen sie es alle und wenn mal was davon alle paar Jahre als kleine Meldung in der Presse landet, lässt man die Leute glauben, es sei am besten, wenn das Zeug da unten einfach verrottet und sich in Wohlgefallen auflöst. Sie behaupten, das Tabun zum Beispiel würde sich im Wasser verdünnen und dann keine Gefahr mehr darstellen. Aber das ist vollkommener Bullshit! Die Fische nehmen das Gift ja auch auf und unverschämterweise halten die sich nicht an irgendwelche Sperrgebiete. Wenn sie nicht daran verrecken, landen sie auf unserem Teller. Die da oben haben soviel Angst, dass das wahre Ausmaß der Gefahr bekannt wird, dass sie sich nicht einmal trauen, Tauchroboter da runter zu schicken. Stellt euch nur mal vor, die Bilder, die da entstehen, würden in die falschen Hände geraten.« Sie machte eine Pause und man hörte, wie sie etwas trank. Elias tippte auf Energydrinks. Dann fuhr sie fort: »Hier geht es um Geld, um verdammt viel Geld! Da sind ein paar Tote oder schwer verletzte Touristen ein kleiner Preis. Wahrscheinlich müsste mal einer von den ganz Großen dadurch draufgehen. Vielleicht, aber nur vielleicht würde dann etwas unternommen werden. Obwohl ich sogar daran meine Zweifel habe. Einen größeren Umweltskandal hat es noch nie gegeben. Dagegen waren Bhopal und Seveso ein Dreck! Aber keiner sagt was, niemand tut etwas dagegen, und selbst die Presse wird ruhiggestellt. Das kommt von ganz oben! Versteht ihr?« Phil fühlte sich einmal mehr in ihrer Meinung bestätigt. »Ich sag's ja immer: ein Scheißsystem ist das!«

Auch wenn ihr Phils radikales Weltbild zu extrem und zu anstrengend war, fiel es Katharina schwer, ihr in diesem Fall etwas entgegenzusetzen. Und Phil war offenbar immer noch nicht fertig.

»Na, habt ihr schon genug? Ich lege trotzdem noch eins oben drauf! Wisst ihr, was aus Dr. Schrader nach dem Krieg geworden ist?«

»Nein!«, antworteten Katharina und Elias gleichzeitig und ahnten Schreckliches.

»Ich sage nur: Leverkusen!«, fuhr Phil fort. »Zunächst haben die Amis sich alle diese genialen, skrupellosen deutschen Giftmischer gekrallt, in einem Schloss im Taunus interniert und deren geballtes Know-how abgegriffen. Schrader ging sogar in die USA und hat für die Amis gearbeitet, so wie Wernher von Braun, der erst die V1 und V2 für die Nazis gebaut hat und dann die Mondrakete für Kennedy. 1950 kam Schrader aber zurück nach Deutschland. Na, was glaubt ihr, hat der gute Herr Doktor dann gemacht?«

»Phil, bitte!«, ermahnte Katharina sie. »Keine Quizfragen mehr!«

»Okay, okay, sorry. Er wurde Leiter der Pestizidabteilung seines alten Arbeitgebers in Leverkusen. Die hatten überhaupt keine Skrupel, ihn wieder zu beschäftigen. Schließlich verdienen die damit bis heute kräftig Asche. Das ist doch zum Kotzen! Katharina, Darling, denen musst du mal richtig den Arsch aufreißen!«

»Danke, Phil, ich merke es mir.«

»Oh, sorry Darling, ich muss an die andere Leitung, Edward ist dran. Passt auf euch auf! Hear from you! Bye-bye, Elias!« Mit einem Klick war sie weg.

Katharina und Elias blieben einfach sitzen. Sie konnten das beide kaum glauben. Und sie brauchten Zeit, die Fakten zu verdauen.

»Edward? Doch nicht ›der‹ Edward?« Elias konnte sich diese Frage nicht verkneifen.

»Ich weiß es nicht, aber bei Phil möchte ich das definitiv nicht ausschließen. Wir sollten fahren, sonst kommen wir zu spät zu unserem Termin mit dem alten Seemann«, forderte Katharina

Elias auf. »Aber jetzt sind wir auf jeden Fall schlauer. Denn damit dürfte wohl klar sein, was in Göhren wirklich passiert ist. Vermutlich hat der Unglückliche so einen Phosphorklumpen für Bernstein gehalten, es eingesteckt und als es im Zug getrocknet war, hat es sich entzündet.«

»Und jetzt wir wissen auch, warum hier keiner darüber sprechen will«, ergänzte Elias. »Aber war der Verfasser der Drohmail dann tatsächlich nur ein Trittbrettfahrer?«

»Zumindest scheint es so. Aber wir sind wahrscheinlich einer ganz anderen, viel größeren Sache auf der Spur, wenn dafür Menschen umgebracht werden. Denken sie nur an den armen Reporter! Und dann dieser konkrete Hinweis auf das Schiff? Ich bin sehr gespannt, was uns der alte Matrose gleich zu erzählen hat. Geben Sie Gas, Elias!«

»Wirklich?«

»Nein«, lächelte Katharina.

Man musste immer noch durch die Polizeikontrollen vor Stralsund, um Rügen zu verlassen. Erst eine dreiviertel Stunde nach dem Telefonat mit Phil erreichten sie die Rügenbrücke. Der Verkehr zog sich zäh dahin. Sollten die Demonstranten in Stralsund ihre Entschlossenheit beibehalten und die Proteste bis Ostern andauern, würde mit der Eröffnung der Saison das Chaos ausbrechen. Die Medien spekulierten schon heftig, welche alternativen Möglichkeiten es gäbe, um dann auf die Insel zu kommen. Die kleinen Fähren würden den Ansturm nicht verkraften können.

Von der hohen Brücke aus sah man verschiedene Gruppen von Demonstranten, die am Hafen entlang in Richtung Alter Markt zogen, denn dort wollten an diesem Vormittag ein Bundestagsabgeordneter sowie ein Kommunalpolitiker ihre

Standpunkte erläutern. Dieses Mal war Elias klüger und blieb auf der Umgehungsstraße. Auch hier war noch viel Verkehr und man musste gut auf Fußgänger achten, die auf der Straße Richtung Innenstadt unterwegs waren. Hinter einem LKW meinte Elias, für einen kurzen Moment Sascha gesehen zu haben. Sicher war er sich aber nicht, zumal auch noch zwei andere Frauen dabei gewesen waren. Nur wenige Augenblicke später vernahmen sie plötzlich einen lauten Knall hinter sich. Im Rückspiegel sah Elias eine schwarze Rauchwolke in den Himmel aufsteigen.

»Was war das?«, fragte Katharina erschrocken.

»Ich glaube, da ist gerade ein parkendes Auto am Straßenrand explodiert. Die sind echt verrückt! Das ist ja wie Krieg!«, rief Elias, geschockt nicht nur wegen des Knalls, sondern vor allem wegen des unglaublichen Ausmaßes der Gewalt bei den Protesten.

»Geben Sie Gas, damit wir hier wegkommen«, forderte Katharina.

»Wirklich jetzt?«

»Ja!«

Elias beschleunigte erleichtert, soweit der Verkehr es zuließ, und nicht lange danach erreichten sie endlich das Altenheim, in dem der alte Mann lebte.

»Ich kann nicht sagen warum, aber ich habe das Gefühl, dass da noch was anderes dahinter steckt«, sagte Katharina nachdenklich, als sie das Haus betraten und am Empfang nach Fritz Zirkow fragten.

Die freundlich dreinschauende Mitarbeiterin lachte: »Oh, da wird sich der ›Alte Fritz‹ aber freuen.« Elias sah sie überrascht an.

»Wir nennen ihn hier alle so. Er erwartet sie schon und kann wirklich toll Geschichten erzählen. Ich glaube, er sitzt auf der Terrasse beim Kaffee. Gehen Sie einfach gerade durch, der Herr mit Bart und Schiffermütze, Sie können ihn gar nicht verfehlen.«

Sie gingen auf die offenstehende Tür zu. Von dort konnte man auf die weitläufige Terrasse mit den kleinen runden Tischen sehen. Viele davon waren bereits besetzt.

Fritz Zirkow saß an einem Tisch am Rande und paffte an seiner Pfeife. Sein nach Apfel riechender Tabak erfüllte die Luft. Elias führte Katharina vorsichtig zwischen den Tischen und Stühlen hindurch, nickte den daran sitzenden alten Herrschaften freundlich zu und sie erreichten kurz darauf den alten Herrn. Nie im Leben hätte er diesen Mann auf neunzig Jahre geschätzt. Unter der grauen Schiffermütze schauten ihnen zwei zusammengekniffene Augen entgegen. Darunter zeugte die große, rote, knollige Nase von einem Hang zu Schnupftabak. Der Mund war schmallippig und wie die Augen von vielen Falten umrandet. Die riesigen Ohren und ein grauer Vollbart rahmten das Gesicht ein.

»Herr Zirkow? Ich bin Elias Bechstein, das ist Frau König. Pit aus dem Museum in Sassnitz hat unseren Besuch gestern angekündigt.«

»Jo, das hat er wohl getan. Tach!«, begrüßte Herr Zirkow seine beiden Besucher gut gelaunt und erstaunlich agil. »Und Sie, junges Fräulein, haben es nicht so gut mit den Augen, oder?«

»Ja, das kann man so sagen. Vielen Dank für das ›junge Fräulein‹.«

»Mach Sie sich nix draus, Mädchen, schauen Sie mich an! Ich sehe auch alles nur noch wie durch 'ne Nebelbank. Aber gut geht's mir trotzdem.«

Katharina lächelte. Die offenherzige, direkte und charmante Art des alten Herrn gefiel ihr.

»Kaffee? Bitte bedienen Sie sich.« Er zeigte auf die Tassen und die Thermoskanne auf dem Tisch. »Eine furchtbare Plörre, aber immer noch besser als das Bier hier«, lachte er.

»Danke, dass Sie Zeit für uns haben«, sagte Katharina.

Elias goss sich trotz der Warnung des alten Mannes einen Kaffee ein. Katharina lehnte dankend ab. Doch schon nach dem ersten Schluck stellte er die Tasse ab und rührte sie auch während des ganzen Gesprächs nicht mehr an. Hier waren Hopfen und Malz wirklich verloren.

»So, so, Sie interessieren sich also für mein altes Mädchen?«, kam der alte Mann gleich zur Sache. »Was wollen Sie denn wissen?«

»Können Sie uns etwas darüber sagen, was die ›Nicole 2‹ nach dem Krieg transportierte?«, fragte Katharina. »Warum ist sie gesunken? Was ist da genau passiert?«

»Jo, das sind ja mal eine Menge Fragen! Dann hören Sie mal gut zu.« Er zog noch einmal kräftig an seiner Pfeife und trank anschließend in aller Seelenruhe noch einen Schluck Kaffee. Schließlich verschränkte er die Arme vor seiner Brust und lehnte sich in seinem Stuhl zurück. Dann fing er an zu erzählen.

»Ich zählte gerade mal vierzehn Lenze, als ich 1941 auf die ›Nicole 2‹ kam. Das war ein tolles Schiff. Warum es die ›2‹ war, wusste keiner, denn es gab vorher nirgends in der Umgebung einen Kahn mit dem Namen ›Nicole‹. Die Russen waren nach Stalingrad schon wieder auf den Vormarsch. Wir fuhren Kohle, Sand und Schotter für den Straßenbau, Pferde und Nachschub für die Wehrmacht, einfach alles, was man so brauchte. Im Westen ging es bis Wismar, Rostock, Lübeck, manchmal sogar bis Kiel. Und im Osten fuhren wir die Linie Stettin, Kolberg, Danzig, Königsberg und hoch bis Memel. Es ist ein Jammer, das waren damals so wunderschöne Städte. In Königsberg hatte ich ein Mädchen, Marianne hieß sie. Mein Gott, war die hübsch! Na ja, wie das so kommt, irgendwann wurde sie schwanger. Gottlob nicht von mir!« Sein Lachen klang angestrengt heiser, aber sehr sympathisch.

»Aber überall tobte ja schon der Krieg. Irgendwann waren im Reich fast alle Städte kaputt, und auch Ostpreußen kam ja am Ende noch dran. Als damals die Gustloff sank, sind wir von Kolberg aus auch rausgefahren und haben nach Schiffbrüchigen gesucht. Das war furchtbar. Wir konnten niemanden retten, hatten am Ende nur Leichen an Bord.« Zirkow atmete tief ein, dann zog er lange an seiner Pfeife und stieß eine große Dampfwolke aus.

Elias holte Luft und wollte eine Frage stellen, doch Katharina legte ihre Hand auf seinen Arm und signalisierte ihm, den alten Mann nicht zu unterbrechen.

»Dann stand der Russe vor Königsberg. Wir haben die Leute über Pillau rausgeholt. Randvoll war unser Schiff, bis obenhin nur verzweifelte Mütter und halb erfrorene Alte, schreiende Kinder, Es war ein einziges Durcheinander. Mehr als einmal haben uns russische Torpedos nur knapp verfehlt. Aber wir hatten immer Glück. Ein riesiges Glück!«

Elias und Katharina hörten ihm gespannt und erwartungsvoll zu. Katharina spürte, dass sie hier richtig waren.

»Ich hatte wohl das meiste Glück. Sonst würde ich jetzt nicht hier sitzen. Ich weiß nicht, wie er das geschafft hat, aber während der ganzen Zeit hielt unser Kapitän seine schützende

Hand über mich und die anderen Jungs. Irgendwie mochte er mich wohl besonders gerne. Bis zuletzt war ich ›UK‹ gestellt, ›unabkömmlich als kriegswichtige Arbeitskraft‹, das hat mich vor der Front und dem Volkssturm gerettet. Wissen Sie, viele von meinen Freunden sind damals nicht mehr nach Hause gekommen. Gott hab ihn selig, das werde ich ihm nie vergessen.« Man spürte deutlich, dass ihn die Erinnerung anstrengte, er atmete schwer und paffte immer wieder an seiner Pfeife.

»Was geschah, als der Krieg zu Ende war?«, versuchte Elias die Erzählungen mehr auf ihre Fragestellung zu lenken.

Der alte Mann stieß einen tiefen Seufzer aus.

»Eine unglaubliche Stimmung war das, zwischen großer Hoffnung und wahnsinniger Angst. Hoffnung, dass es nun endlich vorbei war und Angst vor den Russen. Die meisten Nazis und SS-Männer waren entweder schon längst abgehauen oder tot. Also hat die Bevölkerung die Wut der Russen abbekommen; die Frauen und Kinder, unsere Häuser. Die wüteten nach der Einnahme der Stadt erst einmal tagelang wie die Vandalen. Später ließen uns hungern und behandelten uns wie Sklaven. Wir konnten es ihnen nicht einmal verdenken.« Er macht eine Pause, in Erinnerungen versunken.

»Herr Zirkow?«, fragte Katharina.

»Ja. Oh, Entschuldigung«, fuhr er fort. »Ich hatte mich die ersten Tage im Schiff versteckt, tief unten im Motorraum hinter einer unauffälligen Klappe in einem kleinen Schacht. Bis dahin war ich ja immerhin schon zum Mechaniker aufgestiegen und für die Maschine zuständig. Das war eine tolle Maschine.« Seine Augen funkelten für einen Moment. »Wenn der Motor angeworfen wurde, die Kolben stampfend in Bewegung kamen und die Welle sich zu drehen begann. Das war wie Musik für mich.« Immer wieder machte er nun kurze Pausen. »Den alten

Mechaniker hatten sie Anfang 1945 noch zum Volkssturm eingezogen. Zwei Wochen später war er tot. So war das damals.« Seine Stimme wurde wieder schwermütig, und er sprach langsamer. Es war offensichtlich, dass die Erinnerung und die Bilder, die dabei hochkamen, ihn viel Kraft kosteten.

»Wollen wir mal eine Pause machen?«, fragte Katharina besorgt. Elias goss für alle Wasser in die Gläser, die eine nette Pflegerin zwischendurch gebracht hatte.

»Nein, nein, schon gut, Mädchen, geht gleich wieder. Es wird mir nur schwer um's Herz, wenn ich daran denke. Ich habe sehr lange nicht darüber sprechen können. Aber jetzt muss ich das machen, sonst ist es bald zu spät. Aber so ist das eben. Drei Tage lang habe ich mich dort versteckt, ohne Essen und nur das modrige Wasser aus der Bilge getrunken. Schließlich traute ich mich wieder aus dem Schacht und lief in der Dunkelheit nach Hause. Dort war alles verwüstet, meine Mutter und meine Schwester waren weg. Meine Großmutter fand ich auf dem Dachboden.« Seine Hand zitterte, als er nach der Pfeife griff und seine Stimme wurde noch leiser. »Sie sah furchtbar aus. Ich weiß nicht, was sie ihr alles angetan haben. Sie starb noch in der selben Nacht. Meine Mutter und meine Schwester haben sie wohl in den Osten verschleppt. Ich habe sie nie wiedergesehen.«

Elias war sichtlich berührt. Trotzdem wurde er allmählich ungeduldig und wollte endlich wissen, was es mit dem Kutter auf sich hatte. »Was war dann mit dem Boot?« Elias konnte sich nicht bremsen. Katharina trat ihm unter dem Tisch gegen sein Schienbein.

»Erzählen Sie einfach weiter, Herr Zirkow«, sagte sie ganz ruhig und leise zu dem alten Mann.

»Meine ›Nicole‹ wurde schließlich wie alle anderen Boote von den Russen requiriert. Das war zwar schlimm, rettete uns aber erst einmal das Leben, denn sie brauchten uns als Besatzung. Zuerst fuhren wir weiter die Ostroute, eben halt nur für die Russen. Es war immer ein Rotarmist mit an Bord. Und dann ging das eines Tages los mit dieser verdammten Munition. Ich glaube, das war im Frühjahr '46. Wissen Sie, mit Zahlen hat es mein altes Hirn nicht mehr so. Aber auf jeden Fall war das Eis schon wieder weg.«

Elias richtete sich auf und rückte etwas näher.

»Das war so ein Teufelszeug, da fuhr nicht mal mehr der Russe mit raus. Verladen mussten es Kriegsgefangene, ehemalige Wehrmachtsleute aus einem nahen Lager. Hauptsache das Zeug war hinterher weg, der Rest war den Russen egal. Und ganz ehrlich; uns auch.«

Aufmerksam lauschten Katharina und Elias seinen Worten.

»Mit Lkws haben sie die Kisten direkt bis zur Kaimauer gebracht. Das hörte gar nicht mehr auf, immer frühmorgens, wenn es noch dunkel war, mussten sie die Kisten auf unser Schiff schleppen. Beim ersten Mal hat uns niemand gesagt, was da in den Kisten war. Bis beim Verladen eine Kiste runterfiel und zerbrach. Dann rollten plötzlich Granaten über den Boden. Die meisten von uns standen nur da und starrten die Dinger an. Tabun! Damals das Tödlichste, was man sich nur vorstellen konnte. Ich, und ich glaube auch die anderen, hatte bis dahin noch nie welche gesehen. Mann, war das ein Schock!« Er stockte.

»Einer der älteren Kriegsgefangenen kannte sich damit aus und der hat uns gesagt, dass das Tabun sei, ein verdammtes Nervengift. Es hatte damals zwar immer Gerüchte gegeben, aber bis dahin hatte wohl keiner wahr haben wollen, dass die Wehrmacht es wirklich hatte. Und dann lag es plötzlich vor uns, auf unserem Schiff. Dieser Alte erzählte uns dann, wie höllisch gefährlich und tödlich das Zeug sei. Sein Vater und Großvater waren in Verdun gewesen. Beide waren bei einem Angriff der Franzmänner jämmerlich verreckt, im eigenen Gasnebel, weil der Wind plötzlich gedreht hatte. Senfgas! Glauben Sie mir, ab da haben wir die Kisten wie rohe Eier behandelt.«

»Was passierte mit der Munition?« Katharina hatte eine Ahnung, wollte es aber hören.

»Wir hatten auf jeder Fahrt sechs Kriegsgefangene mit an Bord. In einer Seekarte hatten uns die Russen ein Gebiet weit draußen auf hoher See eingezeichnet, wo dann die sechs armen Schweine die Kisten ins Meer werfen mussten. Dann ging es schnurstracks zurück nach Sassnitz, wo schon die nächsten Kisten warteten. Das ging über Wochen so.«

»Aber dann weiß man doch, wo das Zeug liegt.« Elias konnte das alles fast nicht glauben.

»Tja, das sollte man meinen. Aber wissen Sie, wir wollten die Kisten so schnell wie möglich loswerden, deshalb sind wir nicht immer so weit rausgefahren. Den Russen war das egal, Hauptsache, das Teufelszeug war weg. Zudem waren die morgens oft noch viel zu besoffen, um zu zählen, wie viele Kisten wir geladen hatten.« Er paffte an seiner Pfeife. »Es war unglaublich, ständig kamen neue Lkws, das hörte überhaupt nicht auf. Von anderen Fischern hatten wir gehört, dass sie anderenorts die Schiffe am Ende gleich mit der Ladung und Besatzung versenkt haben. Da können Sie sich sicherlich vorstellen, was für eine Angst wir bei jeder Fahrt hatten! Wir hatten unsere ›Nicole 2‹ immer gut in Schuss gehalten, und deshalb gehofft, dass die Russen das Schiff auch nach dieser ›Aktion‹ würden gut gebrauchen können. Und tatsächlich rettete mir dieses Boot so zum zweiten Mal das Leben.«

»Wie lange dauerte diese ganze ›Aktion‹?«, fragte Katharina. Es gruselte sie, dass diese hochgiftigen Granaten seit zig Jahren auf dem Meeresgrund vor sich hinrosteten und sich der tödliche Kampfstoff somit langsam im Meer verteilte und an Land geraten konnte.

»Bis ungefähr Oktober oder November '46«, meinte der alte Mann. »Dann wurde ich krank, bekam hohes Fieber und einen richtig heftigen Husten. Trotzdem habe ich mich auf's Schiff geschleppt. Unser Kapitän wollte mich heimschicken, aber einer der russischen Offiziere schrie ihn an und wollte es nicht zulassen. Denen war doch völlig egal, was mit uns passierte. Ob wir an dem Gift starben oder uns zu Tode quälten, spielte für die doch keine Rolle. Einmal hat derselbe Offizier vor unseren Augen zwei Arbeiter erschossen, einfach so und ohne Vorwarnung, nur weil sie eine Kiste abgestellt hatten und er darüber gestolpert war.« Gedankenverloren zog der alte Mann wieder an seiner Pfeife, die aber zwischenzeitlich ausgegangen war.

»Und obwohl unser Kapitän wusste, wie unberechenbar die Russen waren, hatte er sich auf die Hinterfüße gestellt und verhindert, dass ich an dem Tag mit rausfuhr. Er hat mit dem Offizier gestritten, sie haben sich furchtbar angeschrien. Der Russe hielt ihm irgendwann sogar die Pistole unter die Nase. Trotzdem hat unser Kapitän nicht nachgegeben. Er hat sich schließlich wirklich durchgesetzt, denn ich wurde plötzlich heimgeschickt. Ich weiß nicht, wie er das geschafft hat, aber ich glaube, der hat was geahnt. Bevor ich den Hafen verlassen habe, habe ich noch einmal zurückgeschaut und gesehen, wie der Kapitän als Letzter an Bord gegangen ist. Ich konnte doch nicht wissen, dass das die letzte Fahrt meiner ›Nicole 2‹ war.«

»Nein, das konnten Sie nicht. Was ist an dem Tag passiert?« Katharina traf genau den richtigen Ton, damit der Mann sich nicht bedrängt fühlte und weiter erzählte.

»Niemand weiß das genau. Vielleicht sind sie da draußen auf eine alte Seemine gefahren. Allerdings hat später jemand erzählt, dass die Kriegsgefangenen gemeutert hätten und nach Schweden abhauen wollten. Bei den Kämpfen zwischen ihnen und der Besatzung haben sie entweder absichtlich oder versehentlich den üblichen Kurs verlassen, und dann ist es an Bord zu einer Explosion gekommen, und die ›Nicole 2‹ ist gesunken. Für diese Version spricht, dass man nie etwas von dem Schiff gefunden hat. Aber alles nur Gerüchte.« Er seufzte schwer. »Das war auf jeden Fall das traurige Ende von meinem Mädchen.«

Elias fühlte, dass Fritz Zirkow dieser Rückblick nicht leicht gefallen war. Gleichzeitig war er aber auch enttäuscht, denn er hatte sich irgendwie mehr von dessen Geschichte versprochen.

Katharina konnte hören, wie erschöpft der alte Mann war, aber sie musste trotzdem nachfragen.

»Herr Zirkow, ich kann mir vorstellen, wie sehr es sie belastet, uns das alles zu erzählen. Wir sind Ihnen wirklich sehr dankbar. Bitte erlauben Sie mir aber noch eine Frage. Ist Ihnen in dieser Zeit irgendetwas Auffälliges oder Ungewöhnliches aufgefallen? Etwas, das – wie soll ich es sagen? – aus dem Rahmen gefallen ist?« Gespannt wartete sie auf seine Antwort. Die Hände des alten Manns zitterten. Mit der einen strich er beruhigend über die andere, während er intensiv nachdachte.

»Nein. Tut mir leid, da weiß ich nichts«, antwortete er schließlich.

»Nun, dann wollen wir Sie nicht länger stören. Nochmals herzlichen Dank und alles Gute für Sie, Herr Zirkow. Auf Wiedersehen.« Katharina stand auf.

Elias konnte kaum glauben, dass Katharina so schnell aufgab. Der tote Reporter hatte ihnen den Hinweis doch nicht umsonst gegeben. Da musste noch etwas sein! Er wollte unbedingt noch länger mit dem alten Mann sprechen, aber Katharina fasste ihn am Arm und zog ihn weg.

»Elias, Herr Zirkow muss sich jetzt ein bisschen ausruhen.« Katharina ließ ihm keine Wahl, also verabschiedete er sich ebenfalls.

»Ja, vielen Dank für Ihre Zeit, Herr Zirkow. Ich wünsche Ihnen ebenfalls alles Gute. Auf Wiedersehen.«

»Es tut mir leid, wenn ich Ihnen nicht helfen konnte. Hoffentlich finden Sie, was Sie suchen. Passen Sie gut auf sich auf, besonders Sie, junges Fräulein.« Herr Zirkow nickte ihnen zu und lehnte seinen Kopf an die Lehne seines Stuhls. Elias bot Katharina seinen Ellenbogen und führte sie über die Terrasse zum Haus zurück. Als sie am Empfang vorbei gingen, nickte Elias der Mitarbeiterin zu, die auch bei ihrem Kommen dort gesessen hatte. Sie waren gerade am Auto angekommen, als hinter ihnen jemand nach ihnen rief.

Elias drehte sich irritiert um.

»Sie sollen bitte noch mal reinkommen. Der Alte Fritz will Ihnen noch etwas sagen. Es ist ihm wohl doch noch was eingefallen.«

Die Pflegerin deutete mit dem Kopf in Richtung Garten. Elias ging mit Katharina im Schlepptau zu dem barocken Brunnen im Garten, wo der alte Mann auf seinen Stock gestützt, stand.

»So eine Scheiße!«, fluchte Sascha und mit einem lauten Scheppern zerbarst die Kaffeetasse an der Wand.

»Was willst du denn? Das war doch ein ordentlicher Rums«, hielt Dette dagegen.

»Genau, hat doch ganz schön geknallt«, pflichtete Chris ihr bei.

»Ach, das ist doch Kinderkram.« Sascha war unzufrieden. »Das nervt, wisst ihr. Die Besitzer melden das ihren Versicherungen und wir werden von den Bullen gejagt. Wen interessiert's?«

Lara zuckte mit den Schultern.

Dette, die ihre Aktionen von der intellektuellen Seite her bewertete, versuchte auf Sascha beruhigend einzuwirken.

»Schaut euch an, was sie in den Nachrichten zeigen! Seit Tagen sind unsere Aktionen und Proteste die erste Meldung. Die Bilder gehen um die Welt! Und man sieht sie auch in Russland. Nur darauf kommt es an!«

Mit funkelnden Augen keifte Sascha zurück und zeigte mit dem Finger auf sie: »Glaubst du wirklich, dass das auch nur irgendetwas ändert? Dass sie die Pipeline nicht bauen, wegen ein paar brennender Autos und kaputter Fensterscheiben?« Sie machte eine verächtliche Geste und drehte sich zum Fenster.

»Aber ja! Brokdorf, Mutlangen, Gorleben, Startbahn West! Protest bewirkt was, gerade heute mit den sozialen Netzwerken! Die Bilder sind sofort online«, argumentierte Dette.

»Und?« Sascha sprang wütend auf Dette zu und packte sie am Kragen. »Was habt ihr erreicht? Starten etwa keine Flieger von der verfluchten Startbahn? Ist das Problem mit dem Atommüll gelöst? Tschernobyl, Fukushima? Ist die Welt sicherer geworden, gibt es weniger Kriege? Bei euren Ostermärschen könnt ihr doch jeden mit Handschlag begrüßen und seinen

Rollstuhl schieben. Ich lache mich tot! Wach auf, Mädchen! Nichts, absolut gar nichts habt ihr erreicht!« Mit diesen Worten stieß sie Dette von sich, die mitsamt ihrem Stuhl nach hinten kippte. Chris half Dette auf, während Sascha etwas ruhiger fortfuhr:

»Was wir brauchen, sind keine Reformen. Die dienen doch nur dazu, dem Volk Sand in die Augen zu streuen. Und diese Lämmer glauben jedes Mal, sie würden irgendetwas bewirken. Da seid ihr im Westen genauso dumm wie wir im Osten. Immer und immer wieder lassen wir uns von denen anlügen und hinhalten. Dabei geht es denen nur um Macht und Geld. Die stecken sich und den Konzernen die Taschen voll und erzählen gleichzeitig, dass für die Alten, die Schulen und Krankenhäuser kein Geld da ist!« Sascha hatte sich richtig in Rage geredet. Die anderen jungen Frauen hörten ihr gebannt zu. »Da führen sie den Mindestlohn ein und rühmen sich, wie sozial sie doch sind, dabei wissen sie genau, dass niemand davon leben kann. Das sind doch alles nur billige Betäubungsmittel! Der alte Marx würde sich im Grab umdrehen, wenn der wüsste, wie sehr ihr euch immer noch ausbeuten lasst! Wir brauchen keine Alibi-Reformen mehr, wir brauchen eine weltweite Revolution! Nur das hat Gesellschaften in der Vergangenheit wirklich verändert! Und ich verspreche euch, schon bald wird es einen echten Knall geben, einen richtig großen Bumms!« Mit ihren Armen holte sie weit aus und beschrieb einen weiten Kreis über ihrem Kopf. »Der wird die Welt verändern, glaubt mir! Der hebt alles aus den Angeln!« Sascha war völlig außer Atem. Sie setzte sich an den Tisch und nahm einen Schluck aus der Lambruscoflasche, die dort stand. Ihr von ihrem Kampf gezeichneter Körper bebte unter ihrem schweißnassen Tanktop und die hässlich verwachsene runde Narbe knapp oberhalb des Schlüsselbeins, die ein Durchschuss hinterlassen hatte, zuckte nervös.

Chris und Dette hatten sich während ihres Studiums an der Uni einer radikalen linken Umweltschutz-Gruppe angeschlossen. Über das Werfen von Mollis und Pflastersteine waren sie bei ihren Protesten nie hinausgegangen. Sie fühlten sich nicht wohl, wenn sie an Saschas und Laras Pistolen dachten, aber sie hofften, dass die beiden diese niemals einsetzen würden.

Lara dagegen schien von Saschas Vortrag nicht besonders beeindruckt. Sie putzte unbeteiligt weiter den Lauf ihrer Pistole.

Die Tragweite von Saschas Ankündigung konnten die beiden deutschen Frauen nicht erahnen. Sie wussten nicht, wovon Sascha sprach, aber sie fühlten sich nicht wohl bei dem Gedanken, in eine Sache reingezogen zu werden, deren Reichweite sie nicht abschätzen konnten.

Chris sah auf die Waffe in Laras Hand, als diese das Magazin in die Pistole einsetzte und durchlud. Das Klingeln von Saschas Handy ließ sie vor Schreck zusammenzucken.

»Andrej?« Schlagartig erhellte sich Saschas Gesichtsausdruck. Sie stand auf und verließ die Hütte.

»Herr Zirkow«, sprach Elias den alten Mann an. »Sie wollten uns noch etwas sagen?«

Fritz Zirkow drehte sich um und ging zwei Schritte auf eine der grünen Bänke zu, die um den Brunnen herum standen. Er setzte sich und deutete Elias an, dass Katharina sich neben ihn setzen sollte. Elias setzte sich auf den Rand des Brunnens.

»Mir ist noch etwas eingefallen. Wissen Sie, mein Denkapparat da oben braucht manchmal ein bisschen länger«, kicherte er und tippte sich an die Stirn. »Ich hatte es schon fast vergessen. Es muss etwa im Mai gewesen sein, da hat unser Kapitän eines Nachts Besuch von einem sehr geheimnisvollen Mann bekommen. Wenn der Krieg nicht schon vorbei gewesen wäre, hätte ich vermutet, er sei von der Gestapo oder der SS. Wissen Sie, er hatte einen langen dunklen Mantel an und einen tief ins Gesicht gezogenen Hut auf, keine Uniform. Er war mit seiner schwarzen Limousine bis ganz an unsere ›Nicole 2‹ rangefahren und ist direkt in der Kajüte des Kapitäns verschwunden. Er ist erst kurz bevor wir ablegten von Bord gegangen. Und dann sind wir wieder vollgeladen mit diesem Mistzeug rausgefahren, aber es war früher als sonst. Ich habe ein paar Tage später den Kapitän auf den Mann angesprochen, aber er meinte zunächst, ich solle das einfach vergessen, es sei besser für mich. Na ja, das hätte ja fast geklappt. Bis heute.« Er lachte über seinen Witz.

»Was hatte es mit diesem Mann auf sich?«, fragte Katharina.

»Nun ja. Das war die einzige Fahrt raus auf See, von der wir nicht leer zurückkamen. Ungefähr zwanzig Kisten sind an Bord geblieben. Es war ja ganz früh am Tag und immer noch dunkel, als wir zurückgekommen sind. Da stand der Mann mit zwei anderen zusammen an der Hafenmauer. Die beiden anderen Männer luden die Kisten vom Schiff auf den LKW, den sie wohl mitgebracht hatten. Es war sehr merkwürdig, denn an diesem Morgen war kein russischer Soldat im gesamten Hafengebiet zu sehen.«

»Was geschah dann?«, fragte Elias ungeduldig.

»Als der Lkw an unserem Boot vorbeifuhr, sah ich für einen kurzen Moment, dass im LKW noch jemand saß. Wir haben danach wie immer das Boot geputzt, als der LKW wieder zurückkam. Die Ladefläche war leer. Also haben die die Kisten nicht weit von Sassnitz irgendwo abgeladen oder versteckt.

Ich fühlte mich damals nicht wohl bei dem Gedanken, dass das Zeug irgendwo in der Nähe lagerte und heute erst recht nicht. Ich möchte mir gar nicht vorstellen, dass es noch immer irgendwo rumliegt.«

Elias war schockiert. Darum ging es also! Waren sie jetzt etwa auf das gestoßen, worüber der Reporter mit ihnen hatte sprechen wollen und warum er sie zur ›Nicole 2‹ gelotst hatte? »Das kann doch nicht sein«, flüsterte er Katharina zu, die mit ebenso ernstem Gesicht zugehört hatte.

»Sie glauben tatsächlich, dass diese Kisten immer noch hier in der Gegend sind?«, fragte Katharina.

»Davon gehe ich aus, ja. Wenn die später irgendwann gefunden worden wären, hätte man das mitbekommen. In der DDR wurde viel vertuscht, aber so etwas wäre bekannt geworden, glauben Sie mir.«

»Vielleicht hat man es damals nur umgeladen und dann von der Insel gebracht.« Elias wollte diese Möglichkeit nicht außer Acht lassen und die Einschätzung des alten Mannes dazu hören.

»Nein, das glaube ich nicht. Man fand damals am selben Tag noch den Lastwagen. Er war im Norden die Steilküste hinuntergestürzt und am Strand ausgebrannt. Die zwei verkohlten Leichen, da bin ich mir sicher, waren die beiden Männer, die die Kisten umgeladen hatten. Später stand in der Zeitung, dass beide Toten ein Loch im Kopf hatten. Wenn Sie mich fragen, hat der geheimnisvolle Fremde im langen Mantel die beiden erschossen und so die einzigen Mitwisser aus dem Weg geschafft. Damit war er der Einzige, der wusste, wo die Kisten lagerten.«

»Aber wofür brauchte er das?«, fragte Elias.

»Vielleicht war es tatsächlich ein ehemaliger SS-Mann. Himmler hat in den letzten Kriegsjahren versucht, eine Partisanengruppe aufzubauen, die sich ›Werwölfe‹ nannte. Sie sollten nach einer möglichen Kapitulation den Kampf aus dem Untergrund weiterführen. Für so einen Zweck wäre das Tabun natürlich perfekt gewesen«, überlegte Katharina laut.

»Das stimmt! Die Russen wollten das Zeug nicht und waren froh um jede Kiste, die wir im Meer versenkt haben.«

»Wissen Sie sonst noch etwas über den Mann? Irgendetwas, das uns bei der Suche helfen könnte?«, fragte Elias nach.

»Nein, leider nicht. Sie wollen doch nicht ernsthaft nach dem Zeug suchen, oder?«

»Herr Zirkow, Sie haben uns sehr geholfen!« Katharina wich der Frage aus, räusperte sich und streckte ihm die Hand entgegen, die er ergriff und mit beiden Händen umfasste.

»Passen Sie gut auf sich auf«, sagte der alte Mann.

»Elias, gibt Herrn Zirkow bitte meine Handynummer. Rufen Sie mich bitte an, wenn Ihnen noch etwas einfällt. Jedes noch so kleine Detail kann uns helfen. Machen Sie es gut.«

»Es ist schon ewig her, dass mir eine Dame ihre Telefonnummer gegeben hat«, witzelte er.

Katharina griff nach Elias Arm und sie wandten sich ab. Kaum waren sie jedoch ein paar Schritte gegangen, als Fritz Zirkow sie nochmals zurückrief.

»Mir ist gerade noch etwas eingefallen!« Er tippte sich an die Stirn.

»Als der Mann sich vom Kapitän damals verabschiedet hat, habe ich zufällig seinen Namen aufgeschnappt. Ich glaube, er hieß Isenberg, nein warten Sie, sogar ›von Isenberg‹. Ich habe Ihnen ja gesagt, in meinem Stübchen da oben geht alles etwas langsamer. Aber in einem ordentlichen Haushalt geht nie etwas verloren, hat meine Frau immer gesagt. Gott hab sie selig.« Sein lachendes Husten klang ihnen schon fast vertraut. »Dieser geheimnisvolle Mann, dieser von Isenberg … Ich habe ihn noch einmal gesehen, ganz zufällig. Ungefähr eine Woche nach diesem mysteriösen Vorkommnis. Ich war auf dem Heimweg, als er mir entgegenkam. Er sah ganz anders aus als in der Nacht am Hafen, trug einen feinen Anzug mit elegantem Hut. Aber er war es, da bin ich ganz sicher. An seinem Arm hatte sich eine attraktive und elegant gekleidete Frau eingehakt. Er sah mich direkt an, als wir auf gleicher Höhe waren. Ich bin mir ziemlich sicher, dass er mich erkannt hat. Sein Blick war eiskalt und hatte etwas sehr Bedrohliches. Ich ließ mir nichts anmerken und ging schnell weiter. Und dann hörte ich, wie sie einen Namen gerufen hat. Ein Junge kam mir entgegengelaufen. Er hat gehumpelt, weil er an einem Bein eine Metallschiene trug. So eine über das ganze Bein mit einem Scharnier am Knie, das sah man damals öfter bei Kindern. Er humpelte mit dem rasselnden Gestell an mir vorbei, lächelte mich an und ging zu seinem Vater, der fürchterlich mit ihm schimpfte. Und erst da habe ich gemerkt, dass dieser Junge in der Nacht dabei gewesen war. Er war derjenige, den ich am Hafen im LKW gesehen hatte.«

»Meinen Sie, die Familie war hier aus der Gegend?«, fragte Katharina.

»Nee, das glaube ich nicht. Die waren so piekfein, ich würde sagen, die waren aus der Großstadt. Sie hatte einen Dialekt, der nicht von hier war, und er wirkte auch ganz anders als in der Nacht am Hafen.«

»Wissen Sie noch, wie die Mutter den Jungen gerufen hat?«, wollte Katharina wissen.

»Warten Sie, gleich fällt es mir ein.« Der alte Mann rieb sich mit einer Hand über sein Kinn, während er grübelte. »›Jupp‹!« Er strahlte. »›Jupp‹ hat sie ihn gerufen. Ja, ich bin ganz sicher.«

»Das ist die kölsche Abkürzung für Josef«, erläuterte Katharina. »Dann kamen sie wahrscheinlich aus dem Rheinland, vielleicht sogar aus Köln. Herr Zirkow, nochmals ganz lieben Dank! Sie haben uns sehr geholfen. Und wenn Ihnen noch etwas einfällt, haben Sie ja meine Nummer«, verabschiedete sich Katharina.

»Gerne, Fräulein, gerne«, hustete der alte Mann mehr, als er sprach.

»Habe ich das wirklich richtig verstanden?« Elias wollte es nicht glauben. Seit sie von dem Altersheim losgefahren waren, hatte keiner ein Wort gesagt. Sie mussten beide das Gehörte erst mal verarbeiten. »Es gibt womöglich hier auf der Insel ein Lager mit Tabun, mit Kisten mit einem der gefährlichsten Nervenkampfstoffe der Welt?«

»Ja, so sieht es zumindest aus. Offenbar war auch der Reporter der Sache auf der Spur. Aber ihm waren sie schon auf den Fersen, bevor er mit Zirkow sprechen konnte. Offensichtlich kam er nicht mehr dazu. Vielelicht kannte er die Bedrohung und wollte uns deshalb einweihen. Aber wir haben noch ein ganz anderes Problem. Ich denke über diese Drohmail nach. Man könnte sie nämlich nun auch so interpretieren, dass der Verfasser Kenntnis von dem Tabun hat und damit etwas plant.«

»Aber wer? Bisher haben wir …«, er räusperte sich kurz, »ich meine, ich habe nur die beiden Typen mit dem schwarzen Wagen gesehen. Also radikale Ökofuzzies waren das nicht. Die sahen eher nach militärisch gedrillten Agenten aus.«

Beide hingen wieder ihren Gedanken nach.

»Ich will mir das gar nicht vorstellen!«, durchbrach Elias dann die Stille. »Da reden wir im Ernstfall über Tausende, vielleicht sogar Zehntausende von Toten. Wer weiß, was diese Spinner vorhaben. Und wer noch von diesem Lager weiß. Verschweigen sie das auch einfach und hoffen, dass es sich in Luft auflöst? Diese Typen schrecken doch scheinbar vor nichts zurück.«

»Ja, aber haben ›die‹ was mit den Demonstrationen und dem Kampf gegen die Pipeline zu tun? Und vor allem, wer sind ›die‹? Sie haben recht, irgendwie passt das alles noch nicht zusammen. Mein Bauch sagt mir, dass da noch mehr dahintersteckt. Wir übersehen immer noch etwas.« Katharinas Gedanken überschlugen sich.

»Wir sollten die Polizei informieren. Die müssen doch Bescheid wissen«, schlug Elias vor, aber Katharina wehrte ab.

»Sie erwarten doch nicht ernsthaft, dass die uns glauben? Wir haben bisher keinerlei Beweise und ich befürchte, die Nachkriegsanekdoten des netten alten Herrn werden sie auch nicht überzeugen. Und erschwerend kommt hinzu, dass es hier offensichtlich einige einflussreiche Leute gibt, die sowieso alles unter den Teppich kehren wollen und dafür sorgen, dass alle hier den Mund halten.«

Aber Elias wollte nicht klein beigeben. »Ja, aber ...«

»Wissen Sie, was aus dieser Insel wird, wenn in der Zeitung steht, dass hier eine Bombe tickt, die jederzeit hochgehen und dadurch innerhalb kürzester Zeit die gesamte Bevölkerung ausgelöscht werden kann?«, fragte Katharina. »Wenn der Wind passend bläst, entvölkert das Gas auch gleich noch die Hälfte von Mecklenburg-Vorpommern.«

Elias wollte sich das gar nicht vorstellen.

»Wenn herauskäme, dass irgendwelche Terroristen oder gewaltbereite Aktivisten hinter dem Tabun her sind, gäbe das eine unkalkulierbare Panik«, malte Katharina das düstere Szenario weiter aus.

»Ich werde mit Max sprechen, und Phil soll schauen, was sie über diesen von Isenberg herausfindet. Vielleicht hilft uns das weiter.« Katharina rieb sich die Schläfen. »Lassen Sie uns ins Hotel zurückfahren. Ich habe heute Abend doch noch die Verabredung im Hause Dreesen. Und ich würde mich vorher gerne noch ein bisschen ausruhen. Ich habe schon wieder diese verflixten Kopfschmerzen.«

»Aber Sie wollen doch nicht allen Ernstes dieses Giftlager suchen?« Elias war fassungslos und kannte die Antwort bereits.

»Aber nein, wie kommen Sie denn auf die Idee?«, antwortete Katharina ironisch.

»Sie sind völlig verrückt geworden!«, seufzte Elias und ergab sich seinem Schicksal.

Während Elias das Fahrzeug steuerte, diktierte Katharina eine Nachricht für Phil: »Recherche ›von Isenberg‹, eventuell SS oder Gestapo. Vermutlich verheiratet und mindestens einen Sohn, Name Jupp oder Josef. 1946 war die Familie auf Rügen, kam aber vermutlich aus dem Rheinland.« Das Handy bestätigte »E-Mail gesendet«. Danach gab sie die Anweisung »Max anrufen«.

Er nahm gleich nach dem ersten Klingeln ab und sie berichtete ihm, was sie in Erfahrung gebracht hatten. Max bestätigte, dass es in den Sechzigerjahren tatsächlich schon einmal Gerüchte über ein Lager mit unterschlagener Munition gegeben hatte, die Nazi-Partisanen für Anschläge hatten nutzen wollen. Soweit er darüber Bescheid wusste, war Rügen diesbezüglich auch im Gespräch gewesen. Max erinnerte sich aber dunkel an die Erzählungen eines Kollegen, ein betrunkener russischer Veteran habe einmal lautstark herausposaunt, damals von einem reichen Deutschen bestochen worden zu sein, damit nicht die ganze Munition vernichtet wurde. Man sei diesem Hinweis zwar nachgegangen, aber es seien keine Spuren gefunden worden. Auch Untersuchungen der Stasi zu Beginn der Achtzigerjahre und in der jüngeren Vergangenheit, die im Rahmen einer internationalen Studie angestellt worden waren, waren ergebnislos geblieben. Wie sollten auch Ergebnisse erzielt werden, wenn niemand genau wusste, wie viele Tabun-Granaten es überhaupt gegeben hatte? Somit konnte auch niemand überprüfen, wie viele dieser Granaten versenkt worden waren und – genau wie es Fritz Zirkow gesagt hatte – wo das passiert war. Keiner hatte sich damals die Mühe gemacht und Buch darüber geführt. Aus verschiedensten Gründen hatten damals einfach alle nur gewollt, dass das Zeug auf nimmer Wiedersehen verschwindet. Was sich jetzt als Trugschluss erweisen könnte, wenn Fritz Zirkow die Wahrheit gesagt hatte.

Elias hoffte darauf, dass Max aktiv werden würde.

»Was ist, wenn es in die falschen Hände gerät?«, fragte er aufgeregt.

Doch Max erklärte ihm ruhig, dass es bisher keine Beweise für das Vorhandensein der Tabunbestände gebe. Auch die Erinnerungen des alten Mannes reichten da nicht aus. Außerdem seien ihm momentan die Hände gebunden.

»Aber ich maile euch mal ein paar Bilder rüber. Das sind Leute auf der Fahndungsliste. Vielleicht fällt euch ja jemand auf. Man weiß ja nie.«

Als sie gerade das Auto auf dem Parkplatz vor dem Hotel abstellten, klingelte Katharinas Handy. Elias machte den Motor aus und nahm das Gespräch über den Knopf am Lenkrad an.

»Hallo, Darling!«

Katharina Miene verfinsterte sich. Warum konnte Phil das nicht sein lassen, fragte sie sich verärgert.

»Was hast du für uns?«

»Dieser ›von Isenberg‹ hieß tatsächlich Hermann Teichmann und kam ursprünglich aus Köln, wie seine Frau Isolde auch. Einen Sohn gab es, Josef, wie du schon gesagt hast. Sein lieber Papa war allerdings ein ganz schlimmer Finger. Holy Shit! Ein hohes Tier bei der SS, muss ein ziemlich fanatischer und fieser Nazi gewesen sein. Er galt als einer von Himmlers Lieblingen. Man munkelte, Himmler hätte damals Teichmann und noch ein paar andere damit beauftragt, die ›Werwölfe‹ aufzubauen, ihr wisst schon, diese sagenumwobene Partisanengruppe. Total irre, oder?« Phil erwartete offensichtlich wieder keine Antwort, denn sie referierte gleich weiter. »Scheinbar hat es diese Truppe tatsächlich gegeben, aber wirklich aktiv sind sie dann wohl doch nicht mehr geworden.«

»Was ist aus Teichmann geworden?«, fragte Elias.

»Soweit ich das auf die Schnelle rausfinden konnte, haben sie diesen Teichmann alias von Isenberg nie gefasst. Es gab Gerüchte, dass er sich nach dem Krieg noch zwei Jahre in Deutschland, konkreter gesagt, an der Ostsee versteckt gehalten haben soll. Da taucht auch der Name ›von Isenberg‹ in den Ermittlungsakten auf.«

»Ermittlungsakten?«, hakte Katharina nach.

»Klar, Honey! Für die Nazi-Ermittlungen wurde mittlerweile alles digitalisiert. Feine Sache«, lachte Phil. »Danach verliert sich die Spur. In diesen Akten steht, dass damals davon ausgegangen wurde, dass er über die sogenannte ›Rattenlinie‹ nach Argentinien abgehauen ist, als es zu heiß für ihn geworden war. Der Name taucht auch auf einer Passagierliste auf, aber der Dampfer ist vor Brasilien abgesoffen. Knapp die Hälfte der Passagiere wurde zwar gerettet, aber in so einem Chaos kann man natürlich gut abtauchen und Spuren verwischen. Ob er dabei wirklich ertrunken ist, oder die Chance zum Untertauchen genutzt hat, weiß niemand. Auf jeden Fall enden da die Ermittlungen und auch sonst taucht der Name nirgends mehr auf.«

»Was ist mit Frau und Kind?« Katharina war wieder ganz die Ermittlerin.

»Die waren auf jeden Fall nicht auf der Passagierliste, aber auch sonst taucht weder der Name ›von Isenberg‹ noch ›Teichmann‹ noch einmal in dem ganzen Zusammenhang irgendwo auf. Entweder sind sie dem feinen Herrn später hinterhergereist oder sie haben sich unter neuer Identität in Deutschland einfach wieder ins System eingereiht. Falls der Sohn noch lebt, müsste er so Mitte Achtzig sein.«

»Okay, danke Phil, tolle Arbeit!«, bedankte sich Elias. »Bis dann!«

»Jederzeit gerne wieder«, lachte sie keck. »Ciao Honey! Ciao Darling!«

»Sie macht einen guten Job, finden Sie nicht?« Elias war neugierig, was zwischen Katharina und Phil nicht stimmte, aber außer einem kurz angebundenen »ja, sicher« war aus Katharina nichts heraus zu bekommen.

»Ihr Max hat doch auch von diesen Partisanen gesprochen, diesen Werwölfen, vielleicht …«

»Das ist nicht ›mein Max‹!«, warf Katharina genervt ein. »… nicht mehr«, ergänzte sie nach einem kleinen Seufzer.

»Ich muss mich jetzt hinlegen. Wir sehen uns morgen früh, neun Uhr.« Sie ging auf seine Frage gar nicht ein, sondern stieg aus und pendelte mit ihrem Stock den Weg entlang zum Eingang. Elias sah ihr, noch ganz in Gedanken versunken, nach, bevor er auch ausstieg und ihr folgte.

In seinem Zimmer nahm er sich ein Bier aus der Minibar. Es war vielleicht gar keine so schlechte Idee, wenn er sich auch ein bisschen ausruhte. Der Jetlag steckte ihm immer noch in den Knochen. Er zog sich aus und ging unter die Dusche.

Danach wollte er versuchen, seine Tante zu erreichen, um sie auf den aktuellen Stand zu bringen.

»Natürlich die Mailbox«, murmelte er und hinterließ nur eine kurze Mitteilung, dass alles ›im grünen Bereich‹ sei und er mit Katharina gut zurechtkäme.

Er legte sich nackt aufs Bett und nahm sein Laptop zur Hand. Die Mail von Max war angekommen. Er öffnete die angehängten Fotos und noch während er sie überflog, fielen ihm die Augen zu. Er sank in einen erholsamen und tiefen Schlaf.

Das Taxi erreichte die vornehme Villa. Der Taxifahrer drückte die kunstvoll verzierte Messingklingel und verabschiedete sich dann von Katharina, die er zur Tür geführt hatte. Monika Dreesen öffnete und begrüßte sie wie eine gute Freundin. Katharina war über sich selbst erstaunt, denn sie empfand die Umarmung und die herzliche Begrüßung keineswegs als unangenehm, im Gegenteil, auch sie hatte schon beim ersten Treffen dieses Gefühl der Vertrautheit verspürt. Monika Dreesen führte sie behutsam weiter in eine große Eingangshalle, wo Dr. Dreesen ihr entgegenkam und sie freundlich, aber distanziert begrüßte.

»Frau König. Es ist uns eine Ehre, Sie in unserem zu Hause begrüßen zu dürfen.«

Katharina streckte ihm ihre Hand entgegen, die er nach einem kurzen Zögern ergriff. Die schmale, kleine Hand und der schwache Händedruck entsprachen so gar nicht der mächtigen Persönlichkeit des alten Herrn.

Beim Aperitif bot Monika ihr das Du an, worauf Katharina sich gerne einließ. Zum Essen wurde sie von Monika in den Wintergarten geführt. Dort empfing sie ein Duftpotpourri aus Lachs, Kräutern, Tomaten und einigem mehr.

»Wir haben nur eine Kleinigkeit vorbereitet, einfach ein paar Kanapees. Ist es dir recht, wenn ich einen Teller für dich zusammenstelle?«

»Sehr gerne. Bitte nur keinen Meerrettich«, bedankte sich Katharina. Dreesen bot ihr einen Weißwein an, den sie jedoch dankend ablehnte. Ihre Kopfschmerzen waren immer noch nicht ganz abgeklungen, deshalb entschied sie sich für Wasser. Monika setzte sich ihrem Vater gegenüber auf das Sofa, während Katharina in dem Sessel links von ihr saß.

»Es ist aufregend, so eine berühmte Persönlichkeit in unserem Haus begrüßen zu dürfen«, begann Dr. Dreesen die Unterhaltung.

»Vielen Dank für das Kompliment, aber das ist lange her. Die Presse schrieb damals auch ›gefürchtet‹, was mir besser gefällt als ›berühmt‹ und bei meinem Klientel durchaus nicht unangebracht war«, erwiderte Katharina freundlich.

Sie plauderten über ihre Arbeit als Staatsanwältin, Katharina erzählte Anekdoten und besondere Aspekte, die sie bei ihren Fällen damals erlebt hatte, ohne Details zu offenbaren, und sie fühlte sich zum ersten Mal seit langer Zeit in Gesellschaft anderer wieder richtig wohl. Fast vergaß sie in dem Moment, dass sie der Einladung nicht ohne Hintergedanken gefolgt war.

Monika lenkte das Gespräch unauffällig von Katharinas Vergangenheit weg, weil sie verhindern wollte, dass nur ihre neue Freundin von sich und ihrer Vergangenheit erzählen konnte.

Sie sprachen angeregt über die Situation auf Rügen, den Tourismus, die Stiftung und deren bisherige und zukünftige Projekte.

Nach dem Essen reichte Monika allen Tee und Dr. Dreesen lenkte das Gespräch direkt auf sein eigentliches Interesse.

»Mir ist zu Ohren gekommen, dass Sie heute viele Fragen gestellt haben. Was haben Ihre Ermittlungen ergeben? Sind Sie nun endlich überzeugt, dass diese traurige Sache in Göhren nichts anderes als ein Unfall war?«

Dr. Dreesen hielt sich nicht lange mit Geplänkel auf, sondern kam gleich zur Sache und Katharina hatte plötzlich das Gefühl, verhört zu werden. Es bestand kein Zweifel, dass Dr. Dreesen mehr wusste, also musste sie vorsichtig sein.

»Ermitteln möchte ich das nicht nennen. Sagen wir lieber, ich schaue mich etwas um«, antwortete Katharina, um der Situation die Schärfe zu nehmen. Monika musste lachen und legte ihre Hand auf Katharinas Arm. »Sehr gut! Wer könnte das besser? Vater, ich bitte dich, hör auf, Katharina Löcher in den Bauch zu fragen!«

»Lass nur, Monika, ich wüsste gerne, was dein Vater dazu meint. Fakt ist nämlich, dass diese spezielle Art von Unfällen hier regelmäßig passieren, und dass deren Ursachen ebenso regelmäßig vertuscht werden. Habe ich nicht recht, Herr Dr. Dreesen?«

»Sagen wir, die Zahl dieser Unfälle ist recht gering und solche mit Todesfolge eher selten. Vor allem ist es aber kein Problem nur auf Rügen, sondern es betrifft die gesamte Ostseeküste, mehr oder weniger.«

»Sie meinen, weil man sich durch das Aufstellen unauffälliger Warnschilder meist aus der Verantwortung ziehen kann, ist es für die Betroffenen weniger tragisch?« Die Ironie in Katharinas Stimme war nicht zu überhören. »Ich verstehe natürlich, dass diese ›Problematik‹ massive wirtschaftliche Folgen haben kann, wenn sie in den Fokus der Öffentlichkeit gerät, aber jeder einzelne ›Unfall‹, wie Sie es nennen, ist doch einer zu viel. Schlimm finde ich es, dass sich niemand dafür verantwortlich fühlt.«

»Ja, so kann man das natürlich auch sehen«, konstatierte der alte Herr. Obwohl sie extrem unterschiedliche Standpunkte vertraten, gefiel Katharina der äußerst respektvolle Umgang miteinander. Trotzdem mussten sie aufhören, um den heißen Brei herumzureden.

»Das Tabun – und Sie wissen, dass das nur einer von vielen tödlichen Stoffen dort unten am Meeresboden ist – kann heftigen Schaden anrichten. Es ist doch naiv und gleichzeitig skandalös, darauf zu hoffen, dass es sich im Wasser auflösen und dann kein Problem mehr darstellt. Nach dem Motto: Was in den letzten mehr als sechzig Jahren nicht passiert ist, wird auch in Zukunft nicht geschehen? Und das wissen Sie ganz genau. Die Fische halten sich nicht an Sperrzonen, ebenso wenig, wie man verhindern kann, dass die Strömung ihr Übriges dazu tut, dass dieses Gift an die Strände gespült wird. Die Fische landen auf unseren Tellern, und am Strand riskieren wir das Leben unserer Kinder oder, wie im aktuellen Fall, eines Familienvaters.« Katharina musste vorsichtig sein, aber vielleicht war das genau der richtige Augenblick für ihren Versuchsballon. Daher fuhr sie fort: »Ich möchte mir gar nicht vorstellen, welch ungeahnte Katastrophe das auslösen könnte, wenn sich Giftgas auch an Land befinden würde.« Katharina lauschte gespannt, aber sie konnte nichts Außergewöhnliches hören. Vielleicht war ihre Vermutung, dass dieser Mann etwas über das abgezweigte Tabun wusste, doch falsch. Nach einer kurzen Pause kam seine Antwort.

»Soweit ich informiert bin, haben die Alliierten damals alles im Meer verklappt.«

Hörte sie Verunsicherung in seiner Stimme, oder bildete sie sich das nur ein? Sie musste das unbedingt herausfinden, deshalb legte sie noch einmal nach.

»Das sagte man, aber seit heute habe ich da meine Zweifel.«

Man hätte eine Stecknadel fallen hören können. Sie hatte ihn. Er selbst hatte den Kontakt zu ihr gesucht, und nun hatte sie ihn mit seinen eigenen Waffen geschlagen. Er hatte sie unterschätzt. Plötzlich begann er zu husten, aber ob der Anfall echt war oder er ihn nur vortäuschte, konnte Katharina nicht mit Bestimmtheit sagen. Der alte Mann stand auf und verließ schlurfend den Raum. Irgendetwas war merkwürdig, aber sie konnte nicht greifen, was es war.

»Monika, es tut mir leid, ich wollte deinen Vater nicht aufregen.«

»Bitte mache dir keine Gedanken. Er hat damit angefangen, dann muss er auch damit fertig werden, wenn er Gegenwind bekommt«, beruhigte Monika ihren Gast. »Ich habe keine Ahnung warum, aber seit ich denken kann, beschäftigt ihn dieses Thema. Und schließlich hast du recht, niemand hier unternimmt etwas.«

Monika schien entweder tatsächlich nichts weiter zu den ganzen Hintergründen zu wissen oder aber sie war eine hervorragende Schauspielerin. Katharina glaubte auch nicht, dass der alte Dreesen, sollte er überhaupt in dieser Sache mit drinstecken, seine Tochter eingeweiht hatte. Selbst für seine Beteiligung gab es bisher keine Beweise; da war nur ihr verflixtes Bauchgefühl, dass er mehr wusste.

»Entschuldige mich einen Augenblick, ich sehe mal schnell nach meinem Vater. Und anschließend zeige ich dir mein Atelier. Es ist draußen im Gartenhaus.«

Monika stand auf und verließ den Wintergarten.

Nur ein paar Minuten später kam sie zurück und entschuldigte ihren Vater. »Es geht ihm nicht besonders gut und er legt sich lieber hin«, ließ Monika sie wissen.

Sie bot Katharina ihren Arm und gemeinsam gingen sie über die Terrasse zwei Stufen hinab in den Garten. Unter den Schuhsohlen spürte Katharina einen gepflegten Rasen. Rechts vermutete sie einen Brunnen oder einen kleinen Bach. Sie orientierte sich an Richtung und Laufstärke des Plätscherns. Darauf angesprochen, antwortete Monika: »Ja, ein Wasserbecken mit ein paar Kois. Keine Ahnung, was mein Vater an diesen dicken hässlichen Fischen findet.«

Beide Frauen lachten, und Katharina hakte sich richtig bei ihrer neuen Freundin unter.

Kurz darauf öffnete Monika die Tür des Gartenhauses, und sofort nahm Katharina den typischen Geruch von Farben, Holz, Papier und Verdünnungsmitteln wahr. Sie fühlte sich sofort in ihr früheres Leben zurückversetzt. Genauso hatte es früher bei ihr auch immer gerochen.

Monika führte sie zur Staffelei und hob Katharinas Hand an die Leinwand.

»Die Farbe ist trocken, du kannst es dir ansehen.« Beiden wussten, was sie damit meinte.

Katharinas Finger tasteten vorsichtig alles ab, die Strukturen der Pinselstriche, die Farbdicke und die erkennbaren Kanten. In ihrem Kopf entstand das Bild, welches ihre Finger ertasteten. Monika sagte nichts und ließ sie einfach gewähren. Diese

Frau war der erste Mensch seit dem Attentat, der offensichtlich genau wusste, wie sie sich ihr gegenüber verhalten sollte. Katharina fühlte sich in ihrer Gegenwart völlig unbeschwert, und es tat ihr gut, kein Mitleid zu spüren, denn damit konnte sie immer noch nicht umgehen. Katharina ließ ihre Hand sinken und drehte sich um. Monika führte sie zu einem einfachen Holzstuhl und Katharina hörte das lauter werdende Brodeln eines Wasserkochers.

»Tee?«

»Oh, ja gerne. Grünen, wenn du hast.« Katharina versuchte sich den Raum anhand des Dufts, dem Widerhall der gesprochenen Worte und der Geräusche bildlich vorzustellen.

»Welche Farben hast du verwendet?«, fragte Katharina, und sie fachsimpelten über Pinsel, Farben, Maltechniken im Speziellen und Kunst im Allgemeinen. Katharina schwärmte über ihre Duftfarben, und dass es in ihrem Atelier in Köln ganz anders roch. Sie verabredeten, dass Monika sie unbedingt bald in Köln besuchen müsse. Die beiden Frauen lachten, staunten, erzählten, vergaßen die Zeit, die wie im Flug verging.

Einige Zeit später begann Katharina zu frösteln und wollte aufbrechen, als aus der Villa plötzlich Lärm zu ihnen herüberdrang.

Eine Tür schlug laut zu und ein Aufschrei folgte. Beide Frauen erkannten die Stimme von Dr. Dreesen. Eine fremde aggressive Männerstimme rief etwas, was die beiden jedoch nicht verstehen konnten, und dann rumpelte es laut.

»Vater?«, rief Monika aufgeregt und rannte durch den Garten zurück ins Haus. Katharina klappte ihren Stock aus und folgte ihr langsam. Warum sie in dem Moment nicht sofort die Polizei gerufen hatte, konnte sie sich später selbst nicht erklären.

Es sollte sich jedoch als verhängnisvoller Fehler erweisen. An den Stufen zur Terrasse blieb sie stehen und lauschte. Katharina spürte die Gefahr, denn aus dem Haus drang kein einziges Geräusch mehr nach draußen. Es war gespenstisch still. Sie schlich die Stufen hinauf in Richtung Tür und benutzte dabei ihren Blindenstock nicht, damit die Kugel am Stockende auf dem Boden keine Geräusche machte. Also musste sie sich nur aus ihrer Erinnerung heraus orientieren. An der Terrassentür blieb sie stehen. Sie konnte immer noch absolut nichts hören. Panische Angst stieg in ihr hoch, denn Monika hätte sie doch nicht einfach so stehen lassen. Und jetzt hörte sie gar nichts mehr! Oder doch? War da ein Geräusch, ein Rascheln? Waren das leise Schritte?

»Hallo? Monika? Ist alles in Ordnung?«, rief sie dann doch mit zittriger Stimme.

Benommen öffnete Elias die Augen. Wie spät war es? Er musste tatsächlich länger geschlafen haben, denn draußen legte sich schon langsam die Dunkelheit über die Insel. Er sah sich um und sein Blick blieb an dem Foto auf dem Bildschirm seines Laptops hängen, das Max ihm geschickt hatte.

»Sascha?«, murmelte er. Sie starrte ihn mit ernstem, emotionslosem Blick an. Er schreckte hoch und sah sich das Bild genauer an. Dann scrollte er weiter. Sascha war nicht ›Sascha‹! Ihr richtiger Name lautete Nadja Kulizhnikova, sie war neunundzwanzig Jahre alt und zuletzt als Studentin unter falschem Namen an der Humboldt-Universität in Berlin eingeschrieben gewesen. Sie stammte aus der Ukraine und wurde wegen Mordversuch an einem Polizisten auf dem Maidan mit internationalem Haftbefehl gesucht. Die Liste ihrer weiteren Straftaten war beeindruckend. Mehrere Banküberfälle, die Beteiligung an diversen Sprengstoffanschlägen, Erpressungen gegen diverse internationale Konzerne und noch einige kleinere Delikte reihten sich aneinander. Offenbar kämpfte sie radikal gegen alles, was mit Geld und Macht zu tun hatte, aber einen Hinweis auf ökologische Beweggründe fand er nicht. Das kam ihm ziemlich merkwürdig vor, und er nahm sich vor, am nächsten Tag mit Katharina darüber zu sprechen. Er legte das Laptop zur Seite, stand auf und zog sich an. Sein Magen knurrte und er hatte von Binz noch so gut wie nichts gesehen. Vielleicht ließe sich eine nette kleine Bar mit Livemusik finden, dann könnte er den Abend gemütlich ausklingen lassen.

Der Ober brachte Andreas Aschenberg die Karte und empfahl die ›Jakobsmuscheln an der Seite von Blumenkohl im Dialog mit Liebstöckel- und Haselnussjus‹. Dazu habe er einen ausgezeichneten Chablis, dessen fruchtige Säure den Geschmack der Jakobsmuscheln hervorragend unterstreiche. Aschenberg bestellte stattdessen zunächst nur eine Flasche Wasser und bat um ein weiteres Gedeck, da er noch einen Gast erwarte. Die angebotene Karte ignorierte er. Der Kellner verbeugte sich und zog sich zurück. Er wies eine junge Kollegin an, das gewünschte Gedeck am Tisch aufzulegen. Aschenberg hasste dieses übertrieben feine Getue im ›Petite Rosalie‹, aber er wusste durchaus die fantastische Küche des Hauses zu genießen. Seit dem Erbe des beträchtlichen elterlichen Vermögens konnte er sich diesen Luxus erlauben. Früher hatte er sich bei dieser Gelegenheit zum Nachtisch auch gleich noch mit der Besitzerin Rosalie vergnügt, deren bürgerliche Name Juliane Wanger ihr selbst nicht wohlklingend genug gewesen war. Sie hatte sich viele Jahre zuvor als Sterneköchin mit ihrer französischen Edelküche auf Rügen etabliert. Er hatte sich immer, wenn es seine Zeit erlaubte, das Vergnügen gegönnt und war mit seiner Cessna von Münster nach Rügen geflogen. Ihr sensationelles ›Coq au Vin à la Rosalie‹ war, ebenso wie sie selbst, jede Sünde wert gewesen. Irgendwann hatte sie sich jedoch zu alt für solch eine zwanglose Verbindung gefühlt und einen reichen Unternehmer von der Insel geheiratet. Ihren hervorragenden Kochkünsten hatte dies glücklicherweise nicht geschadet.

Mitten in seine Gedanken drängte sich das Vibrieren seines Mobiltelefons auf dem Tisch. Auf dem Display las er die Nachricht.

»Dringend! Tango1!« Sein Gesichtsausdruck verfinsterte sich. Diese Meldung verhieß nichts Gutes und konnte nur bedeuten, dass etwas schief gelaufen war. Er stand auf und ging ruhig hinaus. Dort wählte er die Nummer und sofort nach dem ersten Klingelton wurde abgenommen.

»Was ist passiert?«, fragte er kurz angebunden.

»Es lief nicht ganz wie geplant. Der Alte wäre fast abgenippelt. Der hat einen Herzkasper gekriegt. Wir haben ihn dann da gelassen und stattdessen die beiden Töchter mitgenommen. Wir hatten keine Wahl, aber ich bin sicher, das wird den Alten auch so zum Reden bringen.« Man merkte Tango1 seine Unsicherheit an. Er wusste, dass Aschenberg Abweichungen von seinem Plan nicht ausstehen konnte, gerade jetzt, wo sie schon Plan B benötigten.

»Idiot! Er hat nur eine Tochter«, fluchte er ins Telefon »Wo sind sie?«

»Hier im Keller. Die machen uns keinen Ärger.« Es klang, als hätte er alles im Griff.

Aschenberg sah auf die Uhr. »Ich bin in neunzig Minuten da.« Ohne Verabschiedung legte er auf.

»Diese Stümper, Geiseln machen nur Ärger«, schimpfte er leise vor sich hin. Dann ging er wieder ins Restaurant, trank das Glas Wasser leer und tippte eine SMS ins Handy. Seine Verabredung konnte er vergessen.

Pünktlich auf die Minute kam Aschenberg am Bauernhof in Wiek an und ging direkt zu dem kleinen, unscheinbaren Gebäude gegenüber dem Wohnhaus und Scheune hinüber. Tango2 öffnete die Metalltür. Kurze Zeit später betrat Aschenberg den langen, kühlen und düsteren Raum. Direkt über der Tür hing eine schwache Lampe, der Rest des Raumes versank in Dunkelheit. Auf zwei dünnen, völlig verdreckten Matratzen lagen die beiden Geiseln. Sie hatten ihnen die Augen verbunden und die Hände in Handschellen gelegt. Aschenberg ging zu der Frau auf der linken Matratze, kniete sich nieder und fuhr mit den Fingern vorsichtig, fast zärtlich an der Augenbinde entlang. Er streifte ihr sanft die Haare aus dem Gesicht und löste dann den Knoten der Augenbinde. Monika Dreesen war immer noch betäubt, ihre Hände hinter dem Rücken gefesselt und an einem ihrer Fußgelenke war eine Metallschelle, die mit einer kurzen Kette an der Wand befestigt war.

Der Wachmann war unsicher an der Tür stehen geblieben und beobachtete verwundert Aschenbergs Vorgehen.

»Diese Idioten! Na dann halt das Töchterchen«, murmelte der. »Der Alte wird es mir ganz sicher sagen. Seine Tochter ist sicher sein Ein und Alles.«

Aschenberg legte die Augenbinde zur Seite und ging hinüber zur anderen Matratze. Auch die zweite Geisel war gefesselt und durch eine Kette am Fußgelenk an der Flucht gehindert. Sie lag mit dem Gesicht zur Wand. Er drehte sie zu sich um und nahm auch ihr die Augenbinde ab.

»Sie an!« Er war überrascht, und seine Augen funkelten. »Katharina König!« Er lachte laut, dass es durch den Raum hallte.

»Die Frau Oberstaatsanwältin. Da haben wir ja noch einen dicken Fisch an der Angel.«

Der Wachmann verstand nicht, was Aschenberg meinte, aber ihm sollte es recht sein, dass er so erfreut über die zweite Geisel war.

»Das ist ja noch viel besser als der Alte.« Mit diesen Worten verließ Aschenberg den Raum und zog die Tür hinter sich zu. Im Vorraum blieb er stehen und drückte dem anderen die Augenbinden in die Hand.

»Die Augenbinden brauchen wir nicht. Sie werden uns nicht verraten. Ab morgen bekommen beide ordentliches Essen und ausreichend zu trinken, und schaffen Sie Eimer mit Deckeln und Toilettenpapier her. Die beiden dürfen auf keinen Fall losgemacht werden. Ist das klar?«

»Ja, Alpha, alles klar!« Tango2 verstand die Welt nicht mehr, aber natürlich würden sie alles genau so machen. Man sollte sein Glück kein zweites Mal herausfordern, dachte er, als er Aschenbergs diabolisches Lachen hörte.

Aschenberg betrat die Stube mit dem großen Kachelofen, die ihm als Zentrale diente. Obwohl er üblicherweise Abweichungen verabscheute, konnte er ihnen dieses Mal sehr viel abgewinnen. Wenn er es genau bedachte, waren die zwei Frauen viel wertvoller als der alte Mann. Und mit Katharina König hatte er ohnehin noch eine alte Rechnung offen.

Mittwoch – noch vier Tage

Viertel nach acht. Elias sah schon Katharinas Gesicht vor sich, als er eilig den Frühstücksraum betrat. Die Bar gestern Abend war erstaunlich gemütlich gewesen, und die heiße Blondine an der Bar hatte dafür gesorgt, dass seine Nacht sehr kurz geworden war. Umso überraschter war er nun, als Katharinas Platz leer war, Teller und Tasse noch unbenutzt. Er atmete erleichtert auf und schmunzelte.

»Sieh an, Frau Katharina König ist zu spät.«

Er ging zum Buffet, nahm sich Rührei und Speck, setzte sich dann an den Tisch und goss sich Kaffee ein. Was für ein Genuss! Sie würde sich bei ihm entschuldigen müssen. Er würde sie erst einmal zappeln lassen, so wie sie es bei ihm am ersten Tag gemacht hatte.

Doch Katharina König kam nicht. Elias hatte sein Frühstück beendet und wartete immer noch. Er trank seinen Kaffee aus und ging kurzerhand zu ihrem Zimmer. Laut klopfte er an die Tür.

»Katharina?«

Keine Antwort. Er wurde energischer und rief lauter:

»Katharina?«

Immer noch keine Reaktion.

Elias sah sich um und ging dann auf das Zimmermädchen zu, welches am Ende des Ganges damit beschäftigt war, die Zimmer in Ordnung zu bringen. Es kostete ihn einige Überredungskünste und erst die Begründung, dass Katharina blind ist und sie wahrscheinlich Hilfe benötige, veranlasste die junge Frau dazu, ihm die Tür zu öffnen.

»Katharina? Sind Sie da?«

Elias betrat den Raum und sah sich um. Das Bett war leer und unbenutzt. Ein Blick ins Bad bestätigte: Es war ebenfalls unbenutzt, Katharina war gestern Abend nicht nach Hause gekommen. Er bedankte sich bei der Hausangestellten, die im Flur gewartet hatte und verließ das Zimmer wieder. Elias beschlich ein ungutes Gefühl, doch er versuchte ruhig zu bleiben. ›Sicher gibt es eine ganz einfache Erklärung. Vielleicht haben sich die zwei Frauen am Abend zuvor verquatscht, und es war einfach zu spät geworden, sodass Katharina in der Villa übernachtet hat‹, dachte Elias. Das erschien ihm die einleuchtendste, noch dazu eine beruhigende Erklärung. Sie hätte dann zwar eine SMS schreiben können, aber er wollte mal nicht kleinlich sein. Elias wählte die Nummer ihres Handys.

»The person you've called is temporarily not available.«

Elias stutzte. Katharina schaltete ihr Handy nie aus und achtete immer peinlich genau darauf, dass das Akku geladen war. Sie hatte ihm erzählt, dass es ihr Helfer in allen Lebenslagen und im Notfall sogar Lebensretter sei. Ein Funkloch konnte er bei der Villa am Ortsrand auch ausschließen. Nun begann Elias doch, sich Sorgen zu machen und beschloss, zur Villa Dreesen zu fahren.

Schon von Weitem war zu sehen, dass hier irgendetwas ganz und gar nicht in Ordnung war. Die ganze Villa war hell erleuchtet, die Haustür stand weit offen, und offenbar war eingebrochen worden. Doch nirgends war jemand zu sehen. Elias hielt direkt vor dem Eingang und stieg aus. Ohne zu klingeln betrat er das Haus.

»Hallo? Ist hier jemand?«

Keine Antwort.

»Hallo?«

Er betrat das großzügige Wohnzimmer und sah, dass die Terrassentür offenstand. Als er darauf zuging, konnte er sehen, dass auch die Tür des Gartenhauses am anderen Ende des Rasens offen war. Dann entdeckte er Katharinas Stock. Er lag im Wohnzimmer zwischen den Sesseln. Am Esstisch waren zwei Stühle umgefallen, die Tischdecke hing halb herunter und zerbrochenes Geschirr lag auf dem Boden. Zweifelsfrei hatte hier ein Kampf stattgefunden. Was war nur passiert? Katharina hätte ihren Langstock niemals irgendwo vergessen.

Elias kehrte in die Eingangshalle zurück und rief nochmals laut. Wiederum erhielt er keine Antwort. Obwohl es ihm blödsinnig vorkam, nahm er aus dem Schirmständer einen Spazierstock mit silbernem Löwenkopf. Nur für den Fall, dass er sich wehren müsste, fand er. Irgendwo musste doch jemand sein! Dann ging er die Treppe hoch und er erreichte die Empore, von der mehrere Zimmertüren abgingen. Elias öffnete eine nach der anderen, aber die Räume waren leer und erst hinter der letzten Tür entdeckte er ihn.

Der alte Mann war an einen Stuhl gefesselt worden, der umgefallen war. Elias ließ den Stock fallen, lief zu ihm hinüber und beugte sich über ihn. Dr. Dreesen war nicht bei Bewusstsein, aber ein schwacher Puls war zu spüren. An einer Wunde am Kopf klebte angetrocknetes Blut.

»Herr Dr. Dreesen! Können Sie mich hören?« Aber außer einem Röcheln bekam Elias keine Antwort. Er holte sein Handy aus der Hosentasche und wählte den Notruf.

Schließlich nahm er ein Kissen von der Couch, das er dem alten Mann unter den Kopf legte. Dann holte er ein feuchtes Handtuch aus dem Bad und wischte ihm die Blutspuren aus dem Gesicht. Dr. Dreesen stöhnte leise und kam zu sich, war allerdings sehr verwirrt. Elias versorgte ihn, so gut er konnte.

Elias beschloss, lieber zu verschwinden, bevor die Polizei eintraf. Es gab zu viel zu erklären und die Suche nach Katharina ließ keine Verzögerungen zu.

Elias stieg in sein Auto und fuhr ein Stück bis zu einer Stelle, wo er unauffällig am Straßenrand anhalten konnte. Er wartete, bis der Notarzt an ihm vorbei zur Villa fuhr. Da er sicher sein konnte, dass sich nun gut um den alten Herrn gekümmert werden würde, fuhr er wieder los. Auf keinen Fall wollte er der Polizei in die Arme laufen. Beim Notruf hatte er ganz bewusst seinen Namen nicht genannt. Und falls sie seine Nummer nachverfolgen würden, würde das zumindest ein, zwei Tage dauern. Katharina und Monika Dreesen waren verschwunden, möglicherweise entführt worden oder vor den Eindringlingen geflohen. Das war ein gezielter Angriff gewesen, da war sich Elias sicher. War Katharina da zufällig hineingeraten? Oder war sie vielleicht sogar das Ziel gewesen? War das Ganze eine Falle? In seinem Kopf drehte sich alles. Das passte alles nicht richtig zusammen. Er musste dringend mit Max König reden, brauche seine Hilfe!

Aschenberg genoss den Gedanken, dass die Frau, die für seine schlimmste Niederlage verantwortlich war, nun in dem modrigen Keller an der Kette lag und in seiner Gewalt war. Wie oft hatte er sich das in den letzten Jahren gewünscht? Seit dem spektakulären Prozess gegen die »P33« damals in Köln. Wie alle anderen war Aschenberg damals davon überzeugt gewesen, dass die angeklagten Neonazis schuldig gewesen waren. Er hatte seine Mandanten für schwachsinnige, hirnlose und gemeingefährliche Mörder gehalten, alle miteinander. Doch schließlich war er Strafverteidiger, und seine Mandanten bezahlten ihn meist verdammt gut. Dass er fast nur rechtsradikale Gewalttäter verteidigte, hatte ihm einen zweifelhaften Ruf eingebracht, ebenso wie die kontinuierliche Beobachtung durch den Verfassungsschutz. Mehr als einmal war seine Kanzlei in Münster durchsucht worden, hatte das LKA versucht, ihm was anzuhängen. Noch heute musste er über den Dilettantismus der Ermittler schmunzeln. Bis ihm Katharina König im Prozess gegenübergestanden hatte. Gnadenlos hatte sie jede seiner Verteidigungsstrategien zerlegt oder überzeugend in Zweifel gezogen. Die Zeugen waren so gut geschützt gewesen, dass die üblichen ›Gegenmaßnahmen‹ nicht möglich gewesen waren. Am Ende waren einige seiner Mandanten eingeknickt und hatten ausgepackt. Der Prozess hatte mit einem Desaster für Aschenberg geendet, denn Katharina König hatte sich die zwei entscheidenden Angeklagten herausgepickt, ihnen eine Kronzeugenregelung und anschließenden Zeugenschutz angeboten. Die verbleibenden Angeklagten der ›P33‹ waren für mindestens zehn Jahre ins Gefängnis gewandert. Durch die Aussagen der Kronzeugen war plötzlich auch Aschenbergs Schutzschild wie ein Kartenhaus zusammengefallen. Innerhalb von vier Wochen war gegen ihn wegen Beteiligung an einer terroristischen Vereinigung und der Mittäterschaft an mehreren Gewaltverbrechen ermittelt worden. Sie hatten ihm zwar nichts nachweisen können, aber der Stachel steckte tief. Die beiden Kronzeugen waren ins Zeugenschutzprogramm aufgenommen worden, aber Aschenberg hatte gute Kontakte in einflussreichen Stellen. Nur vier Monate nach dem Prozess waren beide Zeugen innerhalb von einer Woche bei ungeklärten Verkehrsunfällen ums Leben gekommen.

Dass Aschenberg sich einer Anklage entziehen konnte, war für Katharina eine der wenigen Niederlagen in ihrer Karriere als Staatsanwältin gewesen. Umso mehr hatte es sie gefreut, als sie erfahren hatte, dass ihn wenigstens die Steuerfahndung hatte dingfest machen können und er seine Anwaltszulassung verloren hatte. Als Aschenberg seine zwei Jahre abgesessen hatte, war er dazu übergangen, seine Kanzlei offiziell als Beratungsunternehmen weiterzuführen. Beim Verfassungsschutz war er natürlich weiter auf der Kundenliste gestanden, aber er war so raffiniert und geschickt, dass niemand von seinen wahren Aktivitäten Kenntnis bekam. ›Die Kanzlei‹, wie er sein Büro weiter nannte, war die perfekte Tarnungorganisation, jedes Beratungsmandat eine weitere Nebelkerze. Aschenberg beherrschte die perfekten Ablenkungsstrategien.

Und nun war sie in seiner Hand. Er zündete sich eine Zigarette an und lächelte siegessicher. Jetzt war die Stunde seiner Rache gekommen.

Max König war auf dem Weg nach Rügen. Er hatte Elias eingebläut, sein Hotelzimmer unter keinen Umständen zu verlassen und erst einmal nichts weiter zu unternehmen, bis er bei ihm angekommen sei.

Elias schreckte vom Klingeln des Telefons hoch und nahm den Hörer ab.

»Katharina?«

Doch er wurde enttäuscht, denn eine verzerrte Männerstimme am anderen Ende der Leitung lachte zur Antwort.

»Aber nicht doch, Herr Bechstein.«

Elias war schlagartig hellwach und tastete nach dem Lichtschalter der Nachttischlampe. Dabei fiel ihm fast das Handy aus der Hand.

»Warum sind Sie denn so schnell aus der Villa Dreesen verschwunden, wenn der gute Dreesen noch lebt?«, fragte die verzerrte Stimme.

»Woher wissen Sie das?«, fragte Elias überrascht. Dann schoß es ihm durch den Kopf: ›Sie beobachten mich!‹ Er sprang auf und zog die Vorhänge am Fenster zu.

»Elias? Ich darf doch Elias sagen?«

Elias schwieg.

»Schön, Elias. Sie haben den alten Herrn gefunden, nicht wahr? Ich möchte gerne von Ihnen wissen, wie es Dr. Dreesen geht.«

»Wer sind Sie? Wo ist Katharina?« Langsam wurde Elias wütend, aber gleichzeitig schüchterte ihndie überhebliche Art des Anrufers auch ein. »Er lebte, als ich ihn gefunden hatte. Mehr erfahren Sie von mir nicht«, schrie Elias in sein Handy. »Ich will jetzt wissen, wo Katharina und Dr. Dreesens Tochter sind!«

»Gut, das ist sehr gut, dass er lebt. Das macht alles einfacher. Elias, bleiben Sie ruhig!«

»Hey, du Arschloch! Ich will wissen, wo Katharina ist! Was hast du mit ihr gemacht?« Elias hatte die Nase voll. Er wollte sich nicht mehr so vorführen lassen. Am anderen Ende blieb es still, aber Elias hörte den Anrufer atmen. War er zu weit gegangen?

»Hallo, sind Sie noch dran?« Er sah aufs Display; die Leitung war noch aktiv, aber er konnte nichts hören.

Dann meldete sich die Stimme plötzlich wieder: »Haben Sie sich wieder beruhigt?« Der Unbekannte klang völlig kontrolliert und emotionslos..

»Ja!« Elias riss sich zusammen. »Was wollen Sie von mir?«

»Hören Sie mir gut zu. Ich sage das kein zweites Mal. Sie verlassen das Hotel ab sofort nicht mehr. Sollten Sie diese Anordnung missachten, haben Sie Frau König auf dem Gewissen. Haben Sie das verstanden?« Der Fremde ließ keinen Zweifel aufkommen, dass er die Drohung wahr machen würde.

»Ja, ich habe verstanden«, bestätigte Elias.

»Ich meine, was ich sage! Bleiben Sie im Hotel! Sie telefonieren mit niemanden mehr. Ihr Handy behalten Sie bei sich, wir werden uns bei Ihnen melden. Verlassen Sie das Hotel, ist Katharina König tot! Telefonieren Sie, ist sie tot. Wenn Sie sonst irgendwie was versuchen, mit jemandem Kontakt aufzunehmen, ist sie tot! Versuchen Sie, mich zu linken, verlässt Frau König die Insel in einem Sarg. Ist das klar?«

Elias verschlug es die Sprache. »Ja«, stammelte er.

Der Mann am anderen Ende der Leitung legte auf.

»Was ist das nur für ein verdammter Albtraum? Was ist denn hier nur los?«, fluchte Elias. Er hatte keine Ahnung, was er nun machen sollte. Natürlich durfte er auf keinen Fall Katharinas Leben gefährden. Er tigerte durch sein Zimmer, als plötzlich sein Mobiltelefon klingelte. Auf dem Display stand ›Max‹.

»Verdammt!« Elias überlegte, ob er den roten oder grünen Button drücken sollte.

»Monika?«

Katharina kam langsam wieder zu sich. Ihr Schädel brummte, ihr Mund war trocken und die Zunge klebte am Gaumen. Das Mittel, das man ihr gespritzt hatte, wirkte noch nach. Sie versuchte zu schlucken, um die aufkommende Übelkeit zu unterdrücken.

Katharina versuchte, sich zu orientieren. Sie lag auf einer dünnen Matratze, die auf dem Fußboden lag, der steinhart und kalt war. Sie war bekleidet, wahrscheinlich trug sie noch immer die Bluse und die Jeans, die sie am Abend der Entführung angezogen hatte. Aber ihre Füße waren nackt. Ihr linkes Fußgelenk umschloss etwas kaltes, metallisches, dass unangenehm am Knöchel drückte. Es roch muffig und feucht, nach Staub, Erde und Holz, und es war kühl. Links von ihr tropfte ein Wasserhahn, und der Raum musste recht groß sein, denn das leise Geräusch des Wassertropfens hatte einen langen Nachhall. Sie schnalzte mit der Zunge, um ihre Einschätzung zu überprüfen. Die Technik des Klicksonars nutzten manche Blinde, um sich anhand des Echos des Schnalzens ihre Umgebung vorstellen zu können. Geübte konnten sich damit so sogar Gegenstände vor ihnen fast bildlich vorstellen. Katharina hatte trotz intensiven Trainings nie diese Perfektion erreicht, um sich darauf fest verlassen zu können. Doch zur Erfassung des Raumes hatte sie nun keine andere Möglichkeit.

Die eng anliegenden Handschellen schnitten ihr bei jeder Bewegung unangenehm in die Handgelenke der auf ihrem Rücken gefesselten Hände. Sie bewegte ihren Fuß und hörte eine Kette rasseln. Sie hatte sich einmal mit einem Psychologen über die verschiedenen Arten der Fixierung der Opfer unterhalten; über Panzertape, Kabelbinder, Seile, Ketten. Ein hoher Prozentsatz von Entführungsopfern berichtete, dass sie bei Klebeband und Seilen stets die kleine Hoffnung gehabt hatten, sich irgendwann daraus befreien zu können. Bei Kabelbindern sank die Quote auf klapp ein Viertel. Handschellen und Ketten begruben jegliche Hoffnung. Entführer, die ihre Opfer in Ketten legen, machen von Beginn an klar, dass es keine Hoffnung auf Entkommen gibt. Metallfesseln wurden in der Regel nur von drei Typen von Entführern benutzt: Machtbesessenen, Psychopathen und Profis. Katharina vermutete, dass ihr Entführer zur letzten Kategorie gehörte. Dann spürte sie noch etwas Irritierendes. Sie brauchte aber einen Moment, um auszumachen, was es war. Sie spürte auf den Augenlidern einen leichten Druck. Man hatten ihr also bei der Entführung die Augen verbunden, nachdem sie sie mit dem Tuch vor der Nase betäubt hatten. Sie schloss daraus, dass ihre Entführer in der Aufregung sogar trotz ihres Stocks nicht erkannt hatten, dass sie nichts sehen konnte und sie auf sie nicht vorbereitet gewesen waren, sondern eher versehentlich mitgenommen worden war. Unglücklicherweise kannte Katharina die Statistiken der Überlebenschancen von Entführungsopfern, wenn diese die Gesichter ihrer Entführer gesehen hatten. Sie wollte sich aber davon nicht aus der Ruhe bringen lassen, sondern musste sich auf ihre Umgebung konzentrieren und herausfinden, wo sie hingebracht worden war. Außer dem Tropfen des Wasserhahns war absolut nichts zu hören. Keine Stimmen, keine Tiere, keine Kirchenglocken, Bahn- oder Verkehrsgeräusche oder sonst irgendetwas, das ihr helfen konnte. Sie schloss daraus, dass der Raum möglicherweise unter der Erde lag und sehr wahrscheinlich hatte der auch keine Fenster. Einzig der Geruch war ungewöhnlich. Es roch nach frischer Farbe und Öl. In ihrer Erinnerung regte sich etwas. Sie war sich sicher, dass sie diese Kombination schon einmal genauso irgendwo gerochen hatte, aber konnte sich in dem Moment nicht mehr daran erinnern, wo das war. Es war eher unwahrscheinlich, dass sie sie von der Insel gebracht hatten, denn die Gefahr wäre zu groß gewesen, dass sie bei einer der Polizeikontrollen entdeckt worden wären.

Vorsichtig zog sie das Bein an, denn sie musste wissen, wie groß ihr Bewegungsradius war. Schon nach etwa einem halben Meter spürte sie den Widerstand der gespannten Kette. Damit war sie ihren Entführern hilflos ausgeliefert. Wie sie das hasste! Seit dem Verlust ihres Augenlichts tat sie sich schwer damit, über ihre eigenen Grenzen hinaus eingeschränkt zu sein. Und jetzt konnte sie hier nur warten. Geduld hatte früher schon nicht zu ihren größten Stärken gehört, aber seit sie nicht mehr sehen konnte, war Warten für sie Folter.

Plötzlich fiel ihr ein, woher sie den Geruch kannte. Sie hatte vor vielen Jahren mit der Polizei im Rahmen von Ermittlungen in einer alten, teilweise unterirdischen Festungsanlage aus dem 19. Jahrhundert ein geheimes Waffenlager ausgehoben. Dort hatte es genauso gerochen.

Es war zum Verrücktwerden. Sie war zum Warten verurteilt und das führte dazu, dass ihr alles einfiel, was sie im Laufe ihrer Zeit als Staatsanwältin über Entführungen gehört und gelesen hatte. Wie die Opfer hofften, dass ihre Entführer zu ihnen kämen, war es doch eine Abwechslung zum stupiden Nichtstun. Und gleichzeitig war da diese furchtbare Angst, dass es dann vorbei sein könnte, dass man getötet würde, denn merkwürdigerweise hofften immer alle auf eine Freilassung, aber keiner glaubte daran. Sie musste sich unbedingt ablenken, sonst würde sie noch verrückt werden.

»Monika? Monika, bist du da? Hörst du mich? Hallo?«, rief Katharina in die Dunkelheit, erst leise und nachdem keine Reaktion kam, lauter.

Es war nach vier Uhr nachmittags, als es an seiner Tür klopfte. Elias erschrak. Waren das die Entführer? Sein Pulsschlag beschleunigte sich. Vorsichtig ging er zur Zimmertür und öffnete sie einen Spalt. Erleichtert erkannte er das markante Gesicht von Max König. Wie gut, dass Katharina ihm vor ein paar Tagen das Foto gezeigt hatte. Das ausgesprochen männliche Gesicht mit der hohen Stirn und dem leichten Ansatz von Geheimratsecken, die Lachfältchen an den dunklen Augen, dazu

Falten wie Furchen, die seinen Mund einrahmten über einem kantigen Kinn. Das war er, unverkennbar.

»Schnell, kommen Sie herein«, flüsterte er, zog Max förmlich durch die Tür und gab ihm eindringlich ein Zeichen, dass sie nicht reden dürften. Zur Erklärung reichte Elias Max einen Zettel. Da er befürchtete, dass der Entführer sein Zimmer verwanzt hatte, wollte er kein Risiko eingehen und hatte, während er auf Max gewartet hatte, alles aufgeschrieben. Das hatte ihn zudem abgelenkt, sonst wäre er durchgedreht.

Max las die Nachricht, presste den Zeigefinger gegen seine Lippen, nahm Elias' Handy vom Tisch und hielt es ihm hin. Elias entsperrte es mit seinem Fingerabdruck. Und dann war es wie in den Filmen, die er so gerne sah. Wenn die Lage nicht so ernst gewesen wäre, hätte Elias das regelrecht genossen. Katharinas Exmann verband sein Handy über ein Kabel mit dem von Elias und installierte eine App. Danach machte er mit dem Handy ein paar gezielte Fotos und ein Video vom Zimmer und ließ Elias ein paar Selfies von sich machen. Zum Schluss hatte er noch einige Sätze aufgeschrieben, die Elias laut in sein Handy diktierte. Max bedeutete Elias, in seinem Zimmer zu bleiben und zu warten, bis er wiederkäme, dann war er auch schon wieder weg.

Geduldig zu sein, fiel Elias in dem Moment wahnsinnig schwer. Er wollte endlich etwas tun, er wollte Katharina suchen und dann schnellstmöglich wieder zurück nach New York. Diese ganze Sache hier war ihm unheimlich, er auf Abenteuer nicht eingerichtet, auch wenn er bereits mittendrin steckte. Im Film war das eben anders.

Es waren nicht mehr als dreißig Minuten vergangen, als Max zurückkam. Elias hatte wieder Blatt und Stift in der Hand, aber

Max winkte ab und teilte ihm mit, dass sie jetzt frei sprechen könnten.

»Wir gehen davon aus, dass Ihr Handy überwacht und eventuell Ihr Zimmer abgehört wird, aber wir sind auch nicht von gestern. Meine Mannschaft hat ein Zimmer im Hotel gegenüber bezogen und alles so vorbereitet, dass wir beide jetzt gehen können. Wir können die Geodaten Ihres Smartphones so beeinflussen, dass es so aussieht, als wären Sie schön brav hier im Hotel. Für Sie ist wichtig zu wissen, dass wir über Ihr Handy ab jetzt alles hören und sehen können, was in einem Umkreis von fünf bis zehn Metern passiert.«

»Funktioniert das wirklich wie im Film? Sie können denen jetzt vorspielen, dass ich hier sitze und warte?« Elias war begeistert.

»So ähnlich«, sagte Max nur kurz, dann wollte er von Elias alles wissen, was bisher geschehen war. Auch die kleinsten Details fragte er ab, nichts durfte Elias auslassen.

»Wenn die mitbekommen, dass ich mich nicht an die Anweisungen halte, werden sie Katharina töten und Frau Dreesen auch«, sorgte sich Elias.

»Elias, bleiben Sie ganz ruhig! Die werden es nicht mitbekommen. Wir haben es mit Profis zu tun, aber genau für so einen Fall sind wir ja da. Katharina war ganz sicher nicht Ziel der Entführung. Ich befürchte, sie ist da eher zufällig hineingeraten. Vielleicht haben wir Glück und sie lassen sie gehen, wenn sie merken, dass von ihr keine Gefahr ausgeht, immerhin kann sie ja keinen der Kerle beschreiben.« Max wusste, wie unwahrscheinlich das war, aber er wollte Elias beruhigen.

»Was wollen die denn?«

»Wir werden es erfahren.«

Max' Handy signalisierte den Eingang einer Nachricht. »Dr. Dreesen liegt in der Klinik in Stralsund. Es geht ihm leider nicht besonders gut. Die Ärzte machen sich sowohl über seine Kopfverletzung als auch sein Herz Sorgen und haben ihn vorsorglich in ein künstliches Koma versetzt. Wenn wir Glück haben, können sie ihn morgen schon daraus zurückholen. und dann reden wir mit ihm. Ich glaube, er ist der Schlüssel zu der ganzen Sache.«

»Sind Sie sich sicher, dass die nichts merken, wenn ich ihre Anweisung missachte?«

Elias machte sich ernsthaft Sorgen um Katharina.

»Wir machen das nicht zum ersten Mal. Glauben Sie mir. Auch wenn Katharina meine Exfrau ist, will ich sie lebend da rausholen, okay?«

Elias nickte. »Was soll ich tun?«

»Bleiben Sie ruhig. Gehen Sie von mir aus an die Bar, aber übertreiben Sie es nicht. Und nehmen Sie immer das Handy mit. Ich melde mich, sobald ich mehr weiß. Bitte verlassen Sie aber auf keinen Fall alleine das Hotel«, wies Max ihn an.

Elias legte sich auf sein Bett, nachdem Max König gegangen war, und zappte durch die verschiedenen Fernsehkanäle. Er blieb kurz bei den aktuellen Nachrichten hängen, aber es waren nur die gleichen Themen wie schon an den Tagen zuvor: Zig Tote bei einem Erdrutsch in Bangladesch, der bevorstehende ESF-Gipfel in Köln, die Demonstrationen in Stralsund. Das einzig Positive war am Ende der Wetterbericht.

Seine innere Unruhe quälte ihn. Elias schaltete den Fernseher aus und ging zum Fenster. Er versuchte herauszufinden, in welchem Zimmer sich Max' Mitarbeiter eingerichtet hatten, aber er konnte nichts erkennen. Und dann fiel ihm ein, dass er vergessen hatte, Max etwas zu erzählen. Unwichtig vielleicht, aber Max hatte gesagt, auch vermeintlich Unwichtiges könnte sich als entscheidend erweisen. Also tippte er eine Nachricht in sein Handy und schickte sie an Max. Im Zimmer hielt er es nicht mehr aus, also befolgte er Max' Rat und ging hinunter an die Hotelbar. Im Laufe des Abends trank er drei Bier und grübelte vor sich hin. Wenn einer es schaffen konnte, Katharina zu retten, dann Max. An diesen Gedanken klammerte sich Elias mit aller Macht.

Nadja Kulizhnikova schob sich an den Hausfassaden in den Gassen der Altstadt entlang. Die Kapuze ihres Shirts sorgte dafür, dass das Licht der Straßenlaternen ihr Gesicht nicht erreichen konnte. Es war ruhig in der Stadt, einen Auszeit, eine Verschnaufpause für die Stadt, aber für den nächsten Tag war schon wieder eine Großdemonstration am Hafen angekündigt. Sie schaute sich immer wieder um, denn sie musste vorsichtig sein, damit sie nicht erkannt wurde. Sie schlich vorbei am Stadttheater und durch das Kniepertor hinauf zum Alten Markt. Bevor sie den großen Platz zwischen Rathaus, Nikolaikirche und den alten, restaurierten Stadthäusern betrat, schaute sie sich erneut nach allen Seiten um. Dann schloss sie sich einer Gruppe junger Frauen an, die an ihr vorbeigingen, um den Polizisten im Streifenwagen ausweichen zu können. In den Arkaden des Rathauses bog sie dann in eine der kleinen Altstadtgassen ab. Sie wollte hinüber zum ehemaligen Dominikanerkloster, in dessen Kirchengebäude sich das Meeresmuseum befand. Denn um diese Zeit war es in diesem Winkel der Altstadt ruhig. Normalerweise trafen sie sich in modernen und stylishen Restaurants unten am Hafen. Doch in diesen unruhigen Zeiten hatten einige Lokale bis auf Weiteres geschlossen. Nadja schlüpfte in die kleine, unscheinbare Pizzeria ›Di Angelo‹ und zog sich dort an einen Tisch in der hintersten Ecke zurück, von dem aus sie den Eingang gut im Blick hatte. Es waren nicht sehr viele Gäste in dem Lokal, nur am Stammtisch diskutierten einige alte Italiener über irgendein Fußballspiel. Nadja tippte eine Nachricht in ihr Handy, während sie, ohne aufzusehen, beim Kellner einen Espresso bestellte. Als er den Espresso brachte, bestellte sie ein kleines Risotto und ein Bier.

Während Nadja aß, schaute sie immer wieder ungeduldig auf ihr Handy. Erst als sie mit dem Essen fast fertig war, vibrierte das Gerät. Sie las die Textnachricht, stand auf und ging schmunzelnd durch die Tür in Richtung der Toiletten. Allerdings ging sie an der Tür mit der Aufschrift ›Damen‹ vorbei und sah sich kurz um, bevor sie die Tür zur Herrentoilette öffnete. Zielstrebig ging sie in die hinterste Toilettenkabine, verschloss die Tür und wartete. Nur kurze Zeit später hörte sie, wie jemand die Kabine neben ihrer betrat. Ein brauner Umschlag wurde unter der Kabinentrennung hindurchgeschoben. Nadja legte die Hand an die Trennwand. War er es selbst? Sie holte tief Luft und hoffte, sein Parfum zu riechen. Doch der Geruch von Urin und Chlor überdeckte alles.

Der Umschlag enthielt ein Flugticket und einen estländischen Reisepass mit ihrem Foto, eine Kreditkarte mit passenden Namen und ein Bündel mit fünftausend Euro. Sie faltete den Umschlag und steckte ihn in die Innentasche ihrer Jacke.

Nadja hörte die Kabine nebenan klappern, dass Wasser am Waschbecken lief und wie anschließend Papierhandtücher aus dem Spender gerupft wurden. Dann war es plötzlich still. Sie wartete noch einige Minuten. Als sie die Tür öffnete, stand er vor ihr. Im nächsten Moment ergriff er sie an den Schultern, drehte sie um und drückte sie zurück in die Kabine. Grob drückte er sie über das WC an die Wand und sie musste sich mit beiden Handen abstützen, um nicht zu stürzen. Dann spürte sie seine kräftige Hand, die unter ihrem Shirt brutal ihre Brust umfasste. Er zog sie zurück, so dass sie ihre Hände wieder frei hatte und ihre Jeans öffnete und zusammen mit dem Slip zu Boden gleiten ließ. Jetzt konnte sie sein Rassierwasser riechen und nur mit Mühe ihr Stöhnen unterdrücken, während er seinen Reißverschluß öffnete. Sie stieg mit einem Fuß aus der am Boden liegenden Hose und stelle ihr Bein auf das WC. Die Einladung nahm er gerne an und während seine Hände ihre Brüste erneut rücksichtslos kneteten, drang er immer tiefer und schneller in sie ein, Nadja liebte den schnellen, harten Sex mit ihm, wenn er sie auf dem Grat zwischen Lust und Schmerz zum Höhepunkt brachte. Sie stellte ein Bein auf die Klobrille, um ihm dem Zugang zu erleichtern und innerhalb von wenigen Minuten kamen beide zu einem erlösenden Orgasmus. Er sah ihr kurz in die Augen, als er seine Hose hochzog und schloss. Dann drückte er ihr einen Kuss auf die Lippen, drehte sich um und ging, ohne ein Wort zu sagen.

»Andrej!«, flüsterte sie leise. Dann richtete sie ihre Kleidung wieder und verließ ebenfalls die Toilette. Im Restaurant legte sie zwanzig Euro auf den Tisch und verließ das Lokal.

»Katharina?«

Das Rasseln einer Kette war zu hören und ein schmerzvolles Stöhnen. Katharina erwachte aus ihrem Dämmerschlaf, in den sie wahrscheinlich durch das Betäubungsmittel, das man ihr gespritzt hatte, immer wieder fiel.

»Monika?«

»Ja, ich bin hier«, antwortete diese.

»Kannst du sehen, wo wir hier sind?«

Katharina richtete sich auf.

»Es sieht aus wie ein Gewölbekeller. Ohne Fenster, eine Tür, und über ihr eine schwache Funzel an der Wand. Hier hinten bei uns ist es recht dunkel. Die Tür ist rechts von dir etwa vier Meter entfernt. Sie scheint sehr dick zu sein, wie eine Tresortür, und hat ein kleines Fenster mit einer Klappe drin. An den Wänden hängen Reste irgendwelcher Geräte und Kabel. Links von dir geht der Raum noch einige Meter weiter, das Ende sehe ich nicht genau, es ist zu dunkel. Aber da scheinen Bänke zu stehen und dreistöckige Bettgestelle aus Metall. Der Raum ist riesengroß.«

»Das könnte ein alter Luftschutzraum sein, ein Bunker oder sowas«, sagte Katharina. »Wollen wir mal sehen«, sagte sie, drehte sich nach links und rief laut und scharf: »Ha!«

Der Hall lief das Gewölbe entlang, bis er sich in der Dunkelheit ohne Echo auflöste.

»Das hier dürfte eine ziemlich große Anlage sein, vielleicht ein Stollen?« Katharina überlegte weiter. »Noch aus Kriegszeiten oder von der NVA? Das kann überall sein und im schlimmsten Fall sogar richtig tief unter der Erde.«

Monika riss an ihren Fesseln, doch der Schmerz durchfuhr sie so stark, dass sie sofort innehielt.

»Was sind das für Leute? Und was wollen die von Euch?«, wollte Katharina wissen. »Ich glaube, ich war einfach nur zur falschen Zeit am falschen Ort. Die hatten es auf dich und deinen Vater abgesehen, mich haben die wohl nur versehentlich mitgenommen«, schlussfolgerte sie. Langsam wurde sie wieder klarer im Kopf.

»Ist doch klar. Die wollen Geld erpressen. Davor hatte Vater schon sein Leben lang Angst. Er wird ganz bestimmt bezahlen, dann sind wir bald wieder frei.«

»Ja, sicher«, bestätigte Katharina Monikas Vermutung, obwohl sie ahnte, dass es nicht so einfach sein würde. Beide Frauen hatten sich aufgerichtet und saßen sich jetzt gegenüber. Jede versuchte eine Position zu finden, in der ihnen die Hände und Füße nicht einschliefen.

»Und wenn es gar nicht um Geld geht?« Katharina sprach ihre Gedanken laut aus. Das waren einfach zu viele Zufälle, fand sie. Natürlich war Dr. Dreesen als einer der reichsten Männer auf Rügen und damit eine potenziell gefährdete Person. Es kam oft vor, dass Kinder entführt wurden, um die reichen Familien zu erpressen. Sie dachte an die Entführungen von Oetker oder Getty junior in den Siebzigern. Das funktionierte für die Erpresser auch dann, wenn die Söhne oder Töchter schon erwachsen waren. Aber mit kleinen Kindern war das Risiko geringer. Trotzdem hatte sie an einer normalen Erpressung erhebliche Zweifel.

»Aber um was soll es denn sonst gehen?«, fragte Monika verunsichert.

Katharina fand es noch zu früh, einen anderen Verdacht zu äußern.

»Wir haben hier weder Wasser noch etwas zu essen. Was ist, wenn die uns hier einfach verhungern oder verdursten lassen?« Monikas Stimme wurde panisch. Völlig unvernünftig zerrte sie an der Kette. »Verdammt, ich will nicht sterben!«

»Monika, beruhige dich, wir werden nicht sterben«, beruhigte Katharina sie. »Wenn die uns hätten umbringen wollen, hätten sie es doch sofort getan. Die brauchen uns noch.«

»Ja, ›noch‹ brauchen sie uns«, wiederholte Monika immer noch ängstlich, aber sie beruhigte sich wieder. Sie legte sich auf ihre Matratze.

»Überleg mal, war in letzter Zeit irgendetwas anders? Hat sich dein Vater merkwürdig verhalten, gab es vielleicht Drohbriefe oder ungewöhnliche Anrufe oder sonst irgendetwas, das dir aufgefallen ist?«

Monika dachte angestrengt nach.

»Nun, ich bin ja fast den ganzen Tag in der Firma, aber da war tatsächlich etwas merkwürdig. Mein Vater hatte in den letzten Tagen mehrere Anrufe. Sie waren immer sehr kurz, und danach hat er sich jedes Mal irgendwie komisch benommen. Aber jedes Mal, wenn ich ihn darauf angesprochen habe, hat er mir gesagt, dass irgendwelche Kinder ihre Scherze mit ihm treiben würden. Ich habe das deshalb nicht ernst genommen«, erzählte Monika ihr.

»Es geht um deinem Vater, da bin ich ganz sicher, Monika. Irgendetwas wollen die Entführer von ihm, und ich glaube, du, oder eigentlich jetzt wir sind nur das Druckmittel«, vermutete Katharina. Sie versuchte, sich so wenig wie möglich zu bewegen, denn ihre Schultern taten ihr weh und ihr Fuß war unter der Metallschelle bereits aufgescheuert. Sie hatte Durst, und in ihrem Kopf machte sich ein heftiger Druck bemerkbar. Sie hoffte sehr, dass sie keine ihrer üblichen Kopfschmerzattacken bekam, denn die bekam sie ohne Medikamente normalerweise nicht in den Griff, und es war wichtig, dass sie jetzt klar denken konnte. Monika schien unter der Nachwirkung des Betäubungsmittels wieder eingenickt zu sein, denn Katharina hörte sie nur noch gleichmäßig atmen. Vielleicht sollte sie auch versuchen, sich nochmals auszuruhen. Auch sie spürte, wie es sie anstrengte und das Mittel noch eine Restwirkung entfaltete. Sie legte sich so hin, dass ihre Schultern entlastet wurden und der angekettete Fuß nahe zur Wand lag, damit die offene Stelle nicht weiter aufgerieben wurde. Sie versuchte, sich durch Atemübungen etwas zu entspannen.

Der Regen prasselte heftig nieder. Das seltsam leuchtende Wasser im Hafenbecken war vom Wind stark aufgewühlt. Die mit Tauen festgemachten Schiffe schaukelten kräftig auf und nieder und schlugen mit ihren Fendern immer wieder gegen die Kaimauer. Durch die Gewitterwolken strahlte immer wieder die Sonne und tauchte die Szenerie in ein unheimliches gelbes Licht, das alle anderen Farben überdeckte. Der Hafen präsentierte sich wie auf alten vergilbten Fotos. Weit und breit war keine Menschenseele zu sehen. Der tosende Wind trieb leere Fässer durch die Luft, bis sie schließlich über die Kaimauer hinab ins Wasser stürzten.

In der Ferne war auf dem Meer trotz des unleidlichen Wetters ein roter Punkt zu erkennen, der unaufhaltsam näher kam. Das Stampfen des Schiffsdiesels zeugte vom schweren Kampf eines Schiffs gegen den Sturm. Der Bug des Schiffes tanzte auf dem Wasser, wurde mit den Wellen immer wieder auf und nieder getrieben. Um das Schiff lag ein leuchtender giftgrüner Schimmer. Es kam immer näher und war viel zu schnell. Auf dem Deck standen viele Männer, die sich nicht bewegten. Dann waren durch die aufgepeitschte Gischt hindurch plötzlich die Gesichter der Seeleute zu erkennen. Die großen Augenhöhlen waren entsetzlich tiefe schwarze Löcher. Die Haut ihrer kahlen Köpfe war giftgrün und mit riesigen eitrigen Blasen übersäht, die brodelten und pochten. Aus den zahnlosen Mündern quoll dickes, dunkles Blut. Das Schiffshorn ertönte und kündigte eine Katastrophe an.

»Halt! Nein! Halt«, rief ein Junge panisch, der wild mit beiden Armen gestikulierend plötzlich über den Platz humpelte. »Nicht! Nicht! Das dürft ihr nicht!«

Sein Köper war merkwürdig unförmig, die linke Körperhälfte viel kleiner als die rechte und die Gliedmaßen waren ungleich lang. Das Knie des längeren Beines schien steif und glänzte strahlend goldfarben bis zur Hüfte, als wäre es aus Metall. Die linke Hand, an der statt Finger nur drei kleine Stümpfe lose baumelten, schien aus Metall zu sein. Den Kopf hielt er schief zur Seite. Das Gesicht des Jungen hingegen passte nicht zu diesem entstellten, verkrüppelten Körper, denn unter dem blonden Schopf sah er so rein, schön und unschuldig aus wie ein Engel. Seine Augen strahlten wie helle Diamanten.

Bevor das Geisterschiff mit einem ohrenbetäubenden Krach an der Kaimauer zerschellte, war für einen kurzen Moment der Name des Schiffs zu lesen: ›Nicole 2‹. Das entsetzte Gesicht des Jungen alterte innerhalb von Sekunden und zerfiel dann langsam zu Staub. Das Bein und die Hand aus Metall landeten scheppernd auf dem Boden. Das Klirren schallte über das ganze Hafengelände und kam als Echo von allen Seiten immer wieder zurück, als wolle es nie enden, bis es den Lärm des zerschellenden Schiffs übertönte.

Katharina schreckte schweißgebadet hoch.

Er hatte den Wagen in der Scheune abgestellt und machte sich wie jeden Abend auf seine letzte Runde. Die Hände hinter dem Rücken verschränkt, schritt Andreas Aschenberg langsam und nachdenklich um alle Gebäude. Er nickte Tango4 zu, der von einem Fenster im Obergeschoß des Haupthauses das Gelände rund um den Bauernhof im Blick hatte. Auf Tango4 konnte er sich verlassen. Diese Loyalität und Zuverlässigkeit fand er leider nicht bei allen Crewmitgliedern. Aschenberg hatte Tango4, den ehemaligen Schiffskoch aufgefangen, nachdem dieser bei einem Autounfall seine Frau und Tochter verloren und sich fast den Verstand weggesoffen hatte. Nach der unehrenhaften Entlassung aus der Marine hatte Aschenberg ihm wieder eine Aufgabe gegeben, der er gewachsen war und ihm damit das Leben gerettet. Nach und nach fing er sich wieder und nun war Tango4 sein loyalster Mann. Er war Aschenberg allemal lieber als die technischen Spezialisten, auf die er angewiesen war. Die Abhängigkeit von ihnen und der komplexen und hochsensiblen Technik waren für ihn nur ein notwendiges Übel. Er hasste es, wenn er vom Wissen anderer Personen abhängig war. Doch ohne sie konnte die Aktion nicht gelingen, und so gehörten sie notgedrungen zu seinem Plan.

Nachdenklich betrat er die Scheune. Das Licht in den Containern war erloschen. Lediglich die Monitore am Steuerpult tauchten das Zelt in einen unwirklichen, weiß-blauen Schein. Es war sehr still. Einer der beiden Romeos nahm noch eine Konfiguration an einem der Rechner vor, ansonsten war niemand mehr da.

»Guten Abend. Alles im Plan?«, sprach Aschenberg ihn an.

»Ja, Alpha, alles im Zeitplan, keine Probleme«, vermeldete der junge Computerspezialist, den Aschenberg aus einem gescheiterten Internet-Start-up herausgekauft hatte.

»Machen Sie für heute Schluss«, forderte er den Mann auf und klopfte ihm auf die Schulter.

Max König löschte das Licht und versuchte einzuschlafen. Es war alles installiert, und die notwendigen Leitungen waren angezapft.

Glücklicherweise hatte auch die Ermittlungsarbeit in den letzten Jahren Fortschritte gemacht. Die Zeiten, als Hundertschaften Waldstücke durchsuchten oder mit Tonbändern neben einem Telefon saßen, waren längst vorbei. Heutzutage suchen Computer, Netzwerke und Algorithmen nach Opfern und Tätern. Sie sammelten Daten, verknüpften diese intelligent miteinander und verglichen sie mit Standardprofilen. Phil ließ alle Daten zu Personen, die in den letzten vier Monaten einen Fuß auf Rügen gesetzt hatten, analysieren. In der Gewissheit, dass ihr Computer über Nacht diese ganze verdammte Insel nach Katharina abscannen würde, fielen Max schließlich die Augen zu.

Katharina lag lange grübelnd auf ihrer Matratze, nachdem sie aus ihrem furchtbaren Traum erwacht war. Dann schreckte sie hoch.

»Monika?« Sie musste sich vergewissern, dass ihre Vermutung und Schlussfolgerungen stimmten. Dazu brauchte sie ihre neue Freundin.

»Ja«, kam die Antwort. Monika Dreesen war hörbar geschwächt.

»Ich glaube, ich weiß, worum es geht«, sagte Katharina und setzte sich auf.

»Was? Wie? Was meinst du?«

»Sagt dir der Name ›Isenberg‹ oder ›von Isenberg‹ etwas?«

Monika überlegte lange, und dann antwortete sie zaghaft.

»Ja, aber das ist schon ewig her.«

»Erzähl mir, was du weißt«, drängte Katharina sie.

»Komisch, erst jetzt, als du den Namen erwähnst, erinnere ich mich daran. Ich war noch ein Kind. Meine Großmutter erzählte mir von einem Mann, der so geheißen hatte. An diesem Tag stand in der Zeitung ein Bericht über irgendein Schiffsunglück. Und da hat sich meine Großmutter wohl an ihn erinnert, weil er bei einem Schiffsunglück ums Leben gekommen war. Während meine Großmutter davon erzählte, kam mein Vater in den Raum. Als er mitbekommen hat, wovon sie sprach, wurde er sehr böse und hat ihr verboten, je wieder darüber zu reden. Wahrscheinlich kann ich mich nur deshalb überhaupt daran erinnern, weil ich meinen Vater weder davor noch danach jemals so wütend erlebt habe.«

»Was hat sie dir sonst noch über diesen Isenberg erzählt? Bitte, versuche dich zu erinnern! Hatte er Familie? Kinder? Was hat er gemacht, wo wollte er hin?«

»Das ist schon so lange her. Warum ist das denn wichtig?« Monikas Stimme klang weinerlich.

»Bitte, Monika, es ist wichtig!«

»Ich kann mich nicht mehr erinnern«, jammerte sie, doch dann fiel es ihr wieder ein. »Doch, warte, da fällt mir noch was ein. Sie hat gesagt, dass er damals seine Frau und seinen Sohn hatte zurücklassen müssen und erst einmal alleine an Bord gegangen sei. Und dass die beiden nur deshalb überlebt hätten.«

»Weißt du noch, wie der Junge hieß?«, fasste Katharina nach.

»Nein. Nein, ich glaube nicht«, antwortete Monika unleidig. Es ging ihr nicht gut.

»Hat sie vielleicht etwas von einem ›Josef‹ erzählt, oder hat sie ihn ›Jupp‹ genannt?« Katharina ließ nicht locker. Sie musste das unbedingt wissen.

»Bitte, Katharina, was soll das?«

»Monika, bitte, ich muss das wissen!«

Monika dachte angestrengt nach.

»Oh ja, du hast recht. So nannte sie ihn. Katharina, du machst mir Angst. Woher weißt du das alles?«

Für Katharina fügten sich die einzelnen Puzzleteile jetzt zu einem Bild zusammen. Doch leider beruhigte sie diese Erkenntnis keineswegs, ganz im Gegenteil, ihre schlimmsten Befürchtungen bewahrheiteten sich gerade. Sie überlegte, ob es einen Weg gab, ihrer Freundin alles schonend zu erklären. Denn Monika wollte nun wissen, warum Katharina ihr all diese Fragen gestellt hatte, woher sie das wusste und vor allem, was das alles mit ihrer Entführung zu tun hatte.

»Monika, dieser Isenberg war nicht einfach irgendein Bekannter, wie es dir deine Großmutter erzählt hat. Das war dein Großvater.« Katharina wusste keinen Weg, wie sie die Wahrheit schön hätte verpacken können.

»Was?«

Katharina erzählte Monika in wenigen Worten, was sie von Fritz Zirkow erfahren hatten und was Phil über ›von Isenberg‹ in Erfahrung gebracht hatte.

»Und dieser ›Jupp, dieser Josef‹ ist dein Vater,« sagte Katharina zum Abschluss.

»Oh, mein Gott«, stammelte Monika.

»Hat denn dein Vater nie über seine Kindheit gesprochen oder über seinen Vater?«

»Nein, nie. Er sagte, dass mein Großvater nicht aus dem Krieg zurückgekommen sei, und meine Großmutter hat auch nie etwas anderes erzählt. Sie ist ja dann auch gestorben, als ich noch ein Kind war. Wenn ich jetzt so darüber nachdenke, wurde bei uns eigentlich nie über die Zeit vor meiner Geburt gesprochen.« Sie seufzte tief. »Dann ist das also unser großes Familiengeheimnis. Als Kind habe ich mich manchmal darüber gewundert, aber später war es so normal für mich, dass ich nicht mehr nachgefragt habe. Und bis du mich jetzt gefragt hast, hatte ich das alles vergessen.« Enttäuschung klang aus ihrer Stimme.

»Monika, es tut mir leid.«

»Aber ich verstehe immer noch nicht, was das alles mit der Entführung zu tun hat.« Monika schluchzte.

»Es geht um das Tabun. Ich bin mir jetzt ganz sicher, dass es dieses Lager noch gibt. Dein Großvater hat es vor seiner Flucht nicht mehr beseitigen können. Und der Einzige, der sonst noch weiß, wo dieses Giftzeug lagert, ist vermutlich dein Vater. Er war damals dabei, als es versteckt wurde, warum auch immer dein Großvater ihn mitgenommen hatte.«

»Aber warum sollte er so ein furchtbares Geheimnis die ganzen Jahre für sich behalten? Weißt du, er liebt diese Insel, und die Menschen hier sind ihm wichtig. Er hätte das alles doch niemals in Gefahr gebracht.«

»Ja, das glaube ich eigentlich auch. Das verstehe ich selbst noch nicht, aber vielleicht wusste er genauso wenig wie die Politiker, wohin mit dem Zeug, und hoffte, dass sich das Problem von alleine lösen würde. Und dann wollte er wahrscheinlich auch seinen Vater, eure Firma und seine eigene Familie schützen.« Katharina hoffte für Monika, dass es so war.

»Dann erpressen die meinen Vater, damit er ihnen sagt, wo das Tabun ist?«

»Ja, alles spricht dafür. Wahrscheinlich wollen sie mit dem Nervengas die Regierung erpressen, um den Bau der Pipeline zu verhindern. Oder sie planen einen Anschlag auf die Pipeline. Egal was, wir müssen das auf jeden Fall verhindern.« Katharina klang entschlossen.

Monika rasselte mit der Kette. »Ja, eine gute Idee! Wenn du mir noch sagst, wie du das machen willst. Du hast es vielleicht vergessen, aber wir sind hier angekettet in irgendeinem gruseligen Bunker.«

Der Sarkasmus in Monikas Äußerung war nicht zu überhören. Darauf hatte Katharina keine Antwort, zumal sie mittlerweile wahnsinnigen Durst hatte und ihre Kopfschmerzen so stark geworden waren, dass ihr das Denken schwerfiel. Längst hatte sie jegliches Zeitgefühl verloren. Durch die Schlafpausen konnte sie nicht abschätzen, ob sie erst Stunden oder schon Tage hier unten festgehalten wurden. Sie hatte keine Ahnung, ob sich überhaupt irgendjemand um sie kümmern würde oder ob dies hier ihr Grab werden sollte. Ihr letzter Gedanke, bevor sie wieder in einen unruhigen Dämmerschlaf fiel, galt ihrer Tochter Anna.

Donnerstag – noch drei Tage

Die beiden Frauen schreckten aus dem Schlaf hoch, als der Riegel an der Tür mit einem Ruck bewegt wurde. Die schwere Tür wurde geöffnet.

»Guten Morgen, die Damen! Ich hoffe, Sie haben gut geschlafen«, erklang eine Männerstimme. Die Frage passte so gar nicht zu seinem schroffen Ton.

Katharina roch eine üble Mischung aus Schweiß und derben Zigarillo-Tabak. Sie blieb regungslos liegen, konnte aber hören, wie Monika sich aufrichtete.

»Wer sind Sie und was wollen Sie von uns?«, brüllte Monika dem Mann entgegen. Der lachte nur, und im nächsten Moment hörte sie den Schlag seiner Hand in Monikas Gesicht. Monika schrie auf und schlug dumpf mit dem Kopf an die Wand.

»Das werdet ihr noch früh genug erfahren.«

Seine Stimme hallte von den Mauern zurück. Katharina bewegte sich nicht und stellte sich schlafend. Doch plötzlich und unerwartet kippte der Mann ihr kaltes Wasser ins Gesicht. Katharina schrie erschrocken auf. Dann goss er ihr langsam Wasser über den Kopf und Katharina versuchte mit dem Mund und ihrer Zunge möglichst viel davon aufzufangen. Der Kerl schien das zu genießen, denn er änderte immer wieder die Richtung des dünnen Wasserstrahls, sodass sie nur wenige Schlucke erhaschen konnte und der Rest an ihr herunter auf die Matratze lief und dort kleine Pfützen bildete. Dann kramte er herum und sie erschrak, als er ihr etwas grob gegen die Lippen drückte. Als sie merkte, dass es Brot war, biss sie fest in den Kanten, damit er ihr nicht herunterfallen konnte. Sie ließ den Kopf auf die Matratze sinken und drehte sich so, dass das trockene Stück Brot zwischen ihren Zähnen sich mit Wasser vollsog. Wie ein Hund versuchte sie, möglichst viel von dem Brot abzunagen. Wenn sie möglichst lange überleben wollte, musste sie diese fast unerträgliche Demütigung ertragen.

Der Wachmann stand lachend über ihr.

»Ja, friss schneller! So schnell gibt's nichts mehr.«

Katharina blieb regungslos in der Pfütze unter ihrem Gesicht liegen und versuchte mit den Lippen noch etwas Wasser aufzusaugen. Gleichzeitig spürte sie, wie ihre Beine und Hände anfingen, unkontrolliert zu zittern. Ihr fröstelte, und das Schütteln erfasste schnell ihren ganzen Körper. Kälte und Hunger! ›Das sind Profis, selbst im Quälen ihrer Opfer‹, schoss es ihr durch den Kopf. Sie hörte, wie er einen Blecheimer neben ihr abstellte, während die kleine Pfütze unter ihrem Gesicht in der Matratze versickerte.

»Du weißt schon, wofür«, lachte der Mann. Dann ging er zu Monika hinüber, die verängstigt alles beobachtet hatte. Er beugte sich über sie.

»So, Süße, jetzt zu dir!« Seine Stimme hörte sich gefährlich kalt an. Trotzdem wirkte er auf Katharina nicht wie ein intelligenter Entführer, der einen großen Plan hatte. Diese Sache mit dem Tabun war eine Nummer zu groß für diesen Sadist, so wie er Spaß daran hatte, sie zu demütigen und zu quälen.

Monika schrie laut auf, als er ihren Kopf an den Haaren nach hinten riss und ihr die andere Hand auf Mund und Nase presste. Katharina konnte anhand der Geräusche nur ahnen, was passierte. Sie hörte, wie Monika strampelte, um sich trat und offensichtlich versuchte, sich aus dem Griff zu befreien, um wieder atmen zu können. Sie hörte die Panik, mit der Monika unter seiner Hand röchelte. Die Kette und die Handschellen rasselten heftig und plötzlich hörte Katharina, wie Stoff riss.

Schließlich nahm der Peiniger seine Hand von Monikas Mund, und Monika schnappte heulend und keuchend nach Luft. Schließlich hörte sie ihn laut stöhnen.

Gerade als beide Frauen dachten, dass das Martyrium vorbei sei, zuckten sie zusammen, als ein dumpfer Schlag gegen die Wand durch den Raum hallte. Holz traf auf Stein und der nächste Schlag mit einem Knüppel traf Monika. Katharina rollte sich entsetzt zusammen. Zitternd auf der nassen und kalten Matratze liegend musste sie mit anhören, wie Schlag um Schlag ihre Freundin traf. Die schmerzerfüllten Schreie ihrer Freundin fuhren ihr durch Mark und Bein. Sie fühlte den Schmerz der Schläge fast körperlich, die Monika trafen. Bald darauf wandelten sich Monikas Schreie in ein jämmerliches Winseln. Wenn sie Glück hatte, dachte Katharina, würde sie in eine befreiende Ohnmacht fallen.

»Lassen Sie sie endlich in Ruhe!«, schrie Katharina ihn an. Sie konnte es nicht länger ertragen. Tatsächlich ließ der Mann von Monika ab, doch wandte sich nun ihr zu.

»Wenn du willst, kannst du das gerne für die da übernehmen«, bot er ihr an.

Katharina krümmte sich voller Angst noch weiter zusammen, um ihren eigenen Körper so gut wie möglich zu schützen. Der Schlag traf den Mittelfuß und die Schelle an ihrem Fußgelenk. Ihr Schrei war noch nicht verklungen, als in schneller Folge weitere Schläge genau auf die selbe Stelle folgten, immer auf den schweren, eng anliegenden Metallring, der ihr Fußgelenk umschloss. Sie zog an der Kette und versuchte damit, den Schlägen auszuweichen, aber die Kette war nicht lang genug. Sie erreichte dadurch nur, dass er auch mehrfach ihren Fuß traf. Also versuchte sie doch, das Bein möglichst still zu halten. Sie bemühte sich, an etwas anderes zu denken, damit sie die Schmerzen etwas besser ertragen könnte. Sie vermutete, dass er keine Erlaubnis hatte, sie auch zu schlagen und deshalb nur auf die Metallschelle schlug. Beim nächsten Treffer durchfuhr sie ein derart intensiver Schmerz, dass sie glaubte, ihr Fuß würde verbrennen. Trotzdem unterdrückte sie einen Schrei, denn weder wollte sie ihn zu weiteren Schlägen animieren, noch wollte sie ihm zeigen, wie sehr seine Folter sie quälte. Katharina zitterte inzwischen am ganzen Körper und der Schmerz drohte ihr dass Bewusstsein zu nehmen.

Ebenso plötzlich, wie er begonnen hatte, ließ er von ihr ab, sie hörte, wie er sich einige Schritte entfernte. Er hantierte mit irgendwas, aber sie konnte aus den Geräuschen nicht deuten, was. Kurz darauf verließ er wortlos das Verlies und die schwere Tür wurde von außen verriegelt.

Dunkelheit war sie gewohnt. Aber die Stille, Kälte und die unerträglichen Schmerzen im Fuß, denen sie nicht entrinnen konnte, marterten sie. Katharina liefen Tränen über das Gesicht. Sie versuchte, ihren geschundenen Fuß vorsichtig auf die feuchte Matte zu ziehen, um ihn wenigstens ein bisschen zu kühlen. Die Schmerzen explodierten in ihrem Körper bis in die letzten Nervenenden. Sie spürte, dass Blut unter der Metallfessel an ihrem Fuß herabtropfte, aber sie konnte weder die Zehen noch den Fuß bewegen. Durch die starke Schwellung am Gelenk drückte sich die Metallschelle schmerzhaft in ihr Fleisch. Ihre nasse Kleidung klebte eng an ihrem zitternden Körper.

»Monika?« Ihr Rufen klang wie ein Wimmern. Sie musste sich sehr anstrengen, um lauter zu werden.

»Monika?«

Es kam keine Antwort, aber sie glaubte, ein leises Röcheln gehört zu haben. Bis Katharina dann selbst vom Schmerz und den Strapazen überfordert wieder in einen leichten Dämmerzustand fiel, musste sie daran denken, dass der Schläger ausgerechnet ihren linken Fuß malträtiert hatte. Den, den sie sich damals beim Sturz von der Brücke auch mehrfach gebrochen hatte.

Elias konnte nichts essen. Daher trank nur schnell zwei Tassen Kaffee. Man sah ihm seine kurze und unruhige Nacht an. Seine müden Augen waren von dunklen Schatten umringt. Sein Handy klingelte.

»Max König hier, guten Morgen!«

»Morgen.«

»Kommen Sie zum Hinterausgang. Gehen Sie durch die Küche, ich stehe mit meinem Wagen direkt davor. Vergessen Sie Ihr Handy nicht!«

Jetzt war Elias hellwach.

Max fuhr gerade über die Rügenbrücke, als Elias etwas einfiel.

»Ich habe übrigens eine der Frauen auf den Bildern erkannt. Sie ist hier.«

Max trat auf die Bremse.

»Was? Das sagen Sie erst jetzt! Wen?«

»Sascha. Also ich meine diese Nadja Ku… Ku… Dingsbums. Mir hat sie sich allerdings als Sascha vorgestellt.«

»Nadja Kulizhnikova? Sie ist hier, und Sie haben mit ihr gesprochen?« Max warf ihm einen Blick zu, den Elias lieber nicht zu deuten wagte.

»Verdammt!«, fluchte Max und tippte hektisch eine Nummer in sein Handy.

»Hallo, Mäxchen!«, meldete sich Phils Stimme über die Freisprecheinrichtung. Er hasste es, dass sie ihn noch immer so nannte.

»Phil, hör zu. Katharina wurde entführt! Ich habe das dumpfe Gefühl, dass hier etwas ganz anderes läuft, als wir die ganze Zeit denken. Nadja Kulizhnikova ist hier!«

»Shit, die Kulizhnikova?« Es war tatsächlich für einen Moment Stille in der Leitung. Gleich darauf hörten sie wieder ihr Tastaturgeklapper, und kurz darauf erschien auf dem großen Mediadisplay des Wagens ein Foto der Ukrainerin.

»Das ist Sascha«, rief Elias, der keine Ahnung hatte, warum Max durch die Anwesenheit der hübschen Aktivistin mit dem falschen Namen so beunruhigt war und was das alles mit Katharinas Entführung zu tun haben sollte.

»Phil, du weißt, was das heißt? Hier ist ein Riesending am Laufen, sonst würde sie dieses Risiko nicht eingehen. Hier sind massenweise Polizeikontrollen.«

»Ja, verdammte Scheiße!«, bestätigte Phil.

Max schien Elias völlig vergessen zu haben und fuhr in Richtung Innenstadt.

»Beeil dich, Phil, ich brauche dringend weitere Infos!« Max klang in Elias Ohren beunruhigend hektisch.

»Okay, ich leg' gleich los und melde mich, so schnell als möglich bei dir.« Und wie gewohnt legte sie einfach auf.

»Was bedeutet das alles?«, fragte Elias verunsichert.

»Wenn meine Vermutung zutrifft, denken wir die ganze Zeit in eine völlig falsche Richtung. Das gehört aber genau zu Kulizhnikovas Plan«, erklärte Max ärgerlich, weil sie mit dieser Finte auch noch erfolgreich gewesen waren. Er bog auf den Parkplatz der Ostsee-Klinik ein.

»Ich verstehe das immer noch nicht ganz«, versuchte Elias noch einmal, eine klare Antwort zu bekommen. Das Telefonat zwischen Max und Phil hatte nicht gerade dazu beigetragen, dass er sich weniger Sorgen um Katharina machte.

»Später! Warten wir zunächst ab, was Phil herausfindet«, war alles, was Max dazu sagte.

Mit schnellen Schritten folgte Elias ihm zur Intensivstation, vor deren Tür sie nach einem ungeduldigen Klingeln von einem jungen Oberarzt in Empfang genommen wurden. Erst nachdem Max sich ausgewiesen hatte, klärte Dr. Wagner sie über den kritischen Gesundheitszustand von Dr. Dreesen auf. Ihm zufolge konnte jede noch so kleine Aufregung den alten Mann umbringen.

»Das verstehe ich gut, aber wir müssen unbedingt mit Dr. Dreesen sprechen«, beharrte Max auf seiner Absicht. »Wir haben es mit der Entführung zweier Frauen zu tun, und wenn unsere Befürchtungen zutreffen, ist ein Attentat geplant, das wir verhindern müssen. Wir brauchen die Hilfe von Dr. Dreesen, denn er ist eine vermutlich eine Schlüsselfigur in der Sache. Doktor, Sie können gerne dabei bleiben; ich befürchte nämlich, ohne Aufregung wird es nicht ganz gehen.«

Der Arzt sah in mit ernstem Blick an.

»Nun, wenn er tot ist, hilft Ihnen das auch nicht. Ich kann einen Besuch nicht zulassen, tut mir leid. Er hatte heute Morgen schon einen Zusammenbruch. Kommen Sie morgen wieder, dann geht es vielleicht ein paar Minuten. Guten Tag!«, entschied der Mediziner und wollte sie stehen lassen. Doch Max hielt ihn am Arm fest. »Morgen kann es zu spät sein. Es geht hier um Leben und Tod. Wenn wir nicht mit Dr. Dreesen sprechen, könnten viele Tausend Menschen jämmerlich sterben. Es zählt also jede Minute.« Als Max den Blick des Arztes sah, ließ er dessen Arm los. »Bitte! Nur ein paar Minuten! Eine der entführten Frauen ist seine Tochter!«

»Okay«, gab der Arzt klein bei. »Drei Minuten, aber nicht länger. Und ich bin dabei!«

Max nickte dankbar.

Als Tango2 die Baracke über dem Bunker verließ, kam ihm Aschenberg entgegen.

»Wie geht es unseren beiden Gästen?«, fragte er.

»Sie sind ›vorbereitet‹«, antwortete der Wachmann grinsend. »Die Tochter habe ich hübsch gemacht und schlafen gelegt, so wie Sie es wollten.«

»Und die andere?«

»Sie wollte unbedingt die Heldin spielen. Also, sagen wir so, mit ihrem süßen Füßchen wird sie uns nicht mehr weglaufen.« Er lachte hämisch.

Aschenberg fluchte.

»Idiot! Ich habe gesagt, ihr wird kein Haar gekrümmt!«

»Ich glaube, die hatte keine Haare an den Füßen, sondern eher auf den Zähnen.« Er erkannte seinen Fehler zu spät, denn Aschenbergs Faust traf ihn völlig unerwartet mitten ins Gesicht. Der Mann taumelte rückwärts gegen die Wand und blieb benommen liegen.

»Du wirst die Frauen nicht mehr anfassen. Ist das klar?«, zischte Aschenberg den Mann am Boden an. »Das ist meine letzte Warnung, haben wir uns verstanden?«

Benommen nickte der Geschlagene kleinlaut.

»Schick November runter. Sie soll sich um die König kümmern und die Bewachung übernehmen Es ist besser, wenn das eine Frau macht«, befahl Aschenberg.

Er atmete tief durch und wandte sich noch einmal an den am Boden liegenden Wachmann. »Und du hältst dich bereit. Ich melde mich, wenn es so weit ist. Du weißt dann hoffentlich, was du dann zu tun hast.«

»Ja, Alpha, natürlich«, antwortete Tango2 kleinlaut und rappelte sich erst wieder auf, nachdem Aschenberg weitergegangen war.

»Dr. Dreesen? Können Sie mich hören?«, sprach der Arzt den Patienten an.

»Ja.«Dreesens Stimme kam schwach, aber er öffnete die Augen ein klein wenig. Er war an diverse Schläuche und Geräte angeschlossen und auf mehreren Displays flimmerten die Kurven seiner Vitalwerte.

»Hier sind zwei Herren, die unbedingt mit Ihnen sprechen müssen. Ist das für Sie okay?«

Dr. Dreesen sah am Arzt vorbei und erkannte im Hintergrund das Gesicht von Elias. Er nickte und bat den Arzt dann mit schwacher Stimme: »Bitte, lassen Sie mich mit den beiden Herren allein.«

Der Arzt war davon nicht begeistert und drehte sich zu Max König um.

»Drei Minuten! Ich warte draußen.«

»Ich habe furchtbare Angst um meine Tochter«, sagte der alten Mann leise mit zittriger Stimme.

»Mein Name ist Max König, ich bin vom BKA. Das ist Elias Bechstein. Sie haben sich schon mal gesehen, vielleicht erinnern Sie sich?«

»In der Seebrücke.« Dr. Dreesen nickte schwach. »Was ist mit Monika?«

»Das wissen wir noch nicht. Erzählen Sie mir bitte genau, was geschehen ist.«

»Ich wollte gerade ins Bett gehen, ich fühlte mich nicht gut. Monika war mit Frau König ins Gartenhaus hinaus gegangen, dort hat sie ihr Atelier. Plötzlich hörte ich Lärm an der Eingangstür. Im Salon kamen mir dann schon zwei vermummte Männer entgegen. An mehr kann ich mich nicht mehr erinnern. Aufgewacht bin ich dann hier.«

Er atmete schwer und schloss die Augen.

»Was wollen die Männer von Ihnen?«

Dr. Dreesen schwieg und sah Elias an. Das Blutdruckmessgerät zeigte einen rapiden Anstieg des Pulses und des Blutdrucks an.

»Herr Dr. Dreesen? Was wollen die Männer von Ihnen?« Max rüttelte leicht am Arm des alten Mannes, der das Bewusstsein zu verlieren drohte.

»… nicht die Pipeline-Gegner«, hauchte dieser schwach.

Er öffnete noch einmal den Mund, als wolle er noch etwas sagen, als das Messgerät Alarm schlug. Die Tür wurde aufgerissen, der Arzt stürzte herein und schob Max forsch zur Seite.

»Gehen Sie!«

»Nur noch eine Frage, Herr Doktor. Er wollte gerade noch etwas sagen«, bat Elias.

»Raus hier, sofort!«, rief der Arzt und kümmerte sich gleichzeitig um den Patienten. Eine Schwester schob Max und Elias energisch aus dem Zimmer.

Als sich die Tür das nächste Mal öffnete, zuckte Katharina angsterfüllt zusammen. Die Schmerzen in ihrem Fuß nahmen ihr sämtliche Kraft. Bei der kleinsten Bewegung schien der Schmerz in ihrem Körper förmlich zu explodieren. Schritte näherten sich ihr. Eine Hand strich über ihren Unterschenkel und dann wurde an der Fußschelle hantiert. Wortlos wurde das Schloss aufgesperrt, und die Eisenmanschette schlug scheppernd gegen die Wand. Für eine Millisekunde erschien es wie eine Erleichterung, als der Druck an ihrem Fußgelenk nachließ. Doch dann schoss der Schmerz mit Wucht in ihren Fuß, als das Blut wieder ungehindert zu zirkulieren begann. Trotzdem winkelte Katharina ihr Bein vorsichtig an, damit es bequemer lag. Jemand beugte sich lautlos über sie und löste die Fesseln ihrer Hände auf dem Rücken. Katharina wusste nicht, was dieses völlig veränderte Verhalten zu bedeuten hatte, aber irgendetwas kam ihr merkwürdig vor. Sie spürte weder Angst noch Bedrohung. Und dann roch sie es und war sich ganz sicher, dass dies kein Mann war. Auch der Griff der Hände an ihren Schultern war sanfter gewesen.

Langsam und dankbar nahm Katharina ihre tauben Arme nach vorne und rieb sich vorsichtig die wundgescheuerten Handgelenke.

»Sie sollten sich so wenig wie möglich bewegen«, sagte plötzlich die Frauenstimme. »Hier, trinken Sie erst einmal etwas.« Sie führte Katharina einen Becher mit Wasser vorsichtig an die Hand.

»Ich sehe mir mal Ihren Fuß an.« Die Stimme war klar und ungewöhnlich tief und die Frau sprach ohne Dialekt oder Akzent, aber auch völlig emotionslos. Fast klang sie monoton, unbeteiligt, aber sie wirkte nicht wirklich gefährlich. Unter Schmerzen streckte Katharina ihre Beine aus. Sie konnte spüren, wie zwei Hände ihren geschwollenen Fuß abtasteten und sie zuckte mehrfach zusammen.

Ohne Erklarung stand die Frau auf und verließ den Raum. Nur kurze Zeit später kam sie zurück und legte Katharina feuchtkalte Tücher um den Fuß.

»Strecken sie ihre Hände nach vorne«, befahl sie, und kaum hatte Katharina die Aufforderung befolgt, rasteten die Handschellen ein, doch zumindest hatte sie die Hände nun vorne und die Fesseln waren auch nicht so eng zugedrückt. Noch einmal verließ die Frau den Raum und kam kurz darauf erneut zurück. Sie drückte Katharina eine dicke Scheibe Brot und ein großzügiges Stück Salami in die Hand.

»Hier, essen Sie!«

»Danke.« Katharina empfand zu ihrer eigenen Verwunderung so etwas wie Vertrauen zu der Frau, auch wenn sie nicht erklären konnte, warum.

»Was ist mit Frau Dreesen? Was haben Sie mit uns vor?«, wagte Katharina einen Vorstoß.

»Sie hat ein Schlafmittel bekommen. Sie sollte um jede Minute dankbar sein, die sie ohne Bewusstsein ist. Ich denke, sie wird vor morgen sicher nicht aufwachen. Und wenn Sie sich ruhig verhalten, wird Aschenberg Ihnen nichts tun. Sie standen nicht auf seinem Plan.«

»Aschenberg?« Katharina war überrascht.

»Shit! Vergessen Sie das ganz schnell wieder. Hören Sie! Vergessen Sie es, wenn sie das hier überleben wollen.«

Katharina hörte die plötzliche Nervosität in der Stimme der neuen Bewacherin.

»Ich lasse die Kette am Fuß jetzt erst mal weg, sonst bekommen Sie noch eine Blutvergiftung. Machen Sie aber keine Dummheiten.« Die Frau stand auf und ging hinaus.

Katharina war unsicher, wie sie die neue Situation einschätzen sollte. Die fast fürsorgliche Art, wie diese Frau mit ihren Verletzungen umgegangen war, standen in krassem Gegensatz zum Verhalten ihres Peinigers zuvor. Trotzdem arbeiteten sie zusammen an einem offensichtlich höllischen Plan. Sie hörte, wie die Tür geschlossen wurde, doch das Kratzen des Riegels blieb aus. Oder hatte sie es nur überhört, weil sie die Hoffnung auf eine Flucht haben wollte? Katharina schöpfte einen Moment lang Hoffnung, bis ihr einfiel, dass sie weder Monika allein lassen konnte, noch in der Lage war, auch nur einen Schritt zu gehen.

Die kühlenden Handtücher auf ihrem Fuß linderten den Schmerz auf ein einigermaßen erträgliches Maß, und auch ihre Schultern entspannten sich langsam. Und nachdem sie sowohl Brot als auch Wurst verschlungen hatte, kehrten ihre Gedanken zur Analyse ihrer Situation zurück.

»Aschenberg! Warum ausgerechnet Aschenberg!«, dachte sie besorgt.

In Bergen bogen sie ab und folgten dann der Landstraße in Richtung Binz. Max ärgerte sich. Wenn sie noch einen Moment länger Zeit gehabt hätten, da war er sich sicher, hätte Dreesen ihnen gesagt, worum es ging. Elias unterbrach seine Gedanken.

»Was ist jetzt mit ›Sascha‹?«

Max brauchte einen Moment, um zu begreifen, was er meinte.

»Nadja?«, fragte er. »Nadja Kulizhnikova? Sie ist eine international gesuchte Terroristin.«

»Ja, das habe ich gelesen. Aber jetzt mal ehrlich, das ist nicht der Grund, weshalb Sie der Name so erschreckt hat. Warum haben Sie gesagt, dass wir in eine falsche Richtung denken?«

Max verlangsamte die Fahrt, stoppte an einem Feldweg und stieg aus. Elias sah ihm verwundert hinterher und stieg dann ebenfalls aus.

»Nadja Kulizhnikova steht seit vielen Jahren auf unserer Fahndungsliste. Sie hat auf dem Maidan auf Polizisten geschossen, diverse Banken überfallen und war an mehreren Bombenanschlägen beteiligt. Die Liste ist schier unendlich. Wenn man genauer darüber nachdenkt, ist es nicht mal verwunderlich, dass sie hier ist. Ihr Kampf richtet sich immer gegen Regierungen und Großkonzerne.«

»Ja, aber dann passt es doch«, bestätigte Elias, noch unsicher, was Max ihm eigentlich sagen wollte. Er sah immer noch das hübsche Gesicht von Sascha vor sich, als sie in seinen Wagen gesprungen war, ihr Lächeln, ihre Wildheit, ihre Leidenschaft. Nur wenige Minuten hatte sie neben ihm gesessen, doch er war sicher, er hätte sich in sie verlieben können. Und diese Frau sollte eine gefährliche Terroristin sein?

»Auf den ersten Blick betrachtet stimmt das, aber die Arbeitsweise hier passt nicht zu ihr. Sie arbeitet immer mit kleinen Teams, unauffällig, aus einer sicheren Position heraus und ihre Aktionen sind gut geplant. Ihre Beteiligung an diesen Krawallen, das passt einfach nicht«, erläuterte Max.

»Dann ist das Chaos in Stralsund sicher nicht ihre Spielwiese«, bestätigte Elias, immer noch hoffend, dass Max sich täuschte und gar nicht diese Frau meinte.

»Falsch! Ich glaube, sie will mit diesen Aktionen nur vom eigentlichen Coup ablenken«, korrigierte Max. Er lehnte an der Motorhaube und sah in die Ferne über die Felder auf eine lange Baumreihe am Horizont. »Wir haben Hinweise, dass sie mit Andreas Aschenberg kooperiert. Das ist einer der schlimmsten Köpfe der rechten Szene. Er ist hochintelligent, hat eine militärische Spezialausbildung und ist ein brillanter Jurist.«

»Wow, was für eine explosive Mischung«, stellte Elias fest, ohne einen Zusammenhang zu erkennen.

»Er ist unglaublich raffiniert. Seit Jahren tanzt er uns auf der Nase herum. Leider konnten wir ihn bisher nie richtig dingfest machen. Er hat von seinen Eltern ein Riesenvermögen geerbt, deshalb interessieren ihn weder Kapital noch Konzerne. Er greift mit allem, was er tut, den Staat und das System an. Und genau da kreuzen sich die Wege von ihm und Nadja Kulizhnikova!«

»Also so eine Art modernes Pärchen wie Bonnie und Clyde?«, fragte Elias. »Aber was bedeutet das für uns und vor allem für Katharina und die Tochter von Dr. Dreesen?«

Max schaute Elias ernst an und erklärte ihm, dass seiner Ansicht nach Katharina in ernsthafter Gefahr sei, da Aschenberg noch eine alte persönliche Rechnung mit Katharina offen hatte.

»Also entweder haben sie Monika Dreesen einfach wegen Geld entführt oder es geht um etwas anders, was sie von Dr. Dreesen wollen.« Schon während er es sagte, begann er selbst wieder an seiner Theorie mit dem Geld zu zweifeln.

Max sah in nachdenklich an und meinte dann »Ja, das wird es sein.«

»Was meinen Sie damit?«

»Nun, Aschenberg ist ein Fanatiker. Seine Aktionen sind immer extrem gefährlich, Menschen sind ihm völlig egal. Ihm geht es immer um die Sache und meiner Meinung nach hat er ein sehr verqueres, faschistisches Weltbild. Aber er denkt groß, vielleicht sogar ganz groß. Kleine Aktionen interessieren ihn nicht. Kulizhnikova ist für ihn eine perfekte Mitstreiterin. Sie ist skrupellos und nicht weniger fanatisch. Die beiden passen hervorragend zusammen. Es gibt Vermutungen, dass sie eine Beziehung haben, aber hierzu wissen wir nichts Genaues. Sicher ist aber, dass wenn die beiden zusammenarbeiten, Aschenberg der Kopf ist.« Max König kam ein Gedanke. »Was meinen Sie, kann Dreesen etwas mit dem Tabun zu tun haben? Vielleicht wollte er uns dazu etwas sagen. Das wäre Aschenbergs Kragenweite.«

»Wir müssen unbedingt noch einmal mit Dreesen sprechen!« Max' Theorie erschien Elias ebenso gruselig wie schlüssig. Er sprang auf und lief zum Auto.

»Los! Lassen Sie uns noch mal zurückfahren.«

Genau in diesem Moment klingelte Max' Mobiltelefon. Max blieb stehen und hörte aufmerksam zu. Sein Gesicht verfinsterte sich.

»Okay, Phil, danke.«

An Elias gewandt, bestätigte er: »Es ist Aschenberg! Phil hat ihn auf diversen Aufnahmen von Überwachungskameras auf Rügen entdeckt. Die Bilder sind aber schon sechs Wochen alt. Er ist also schon länger hier. Das bedeutet, dass er tatsächlich etwas Großes vorhat.« Sie stiegen in den Wagen und fuhren zurück nach Stralsund.

Katharina robbte hinüber zu Monika Dreesen. Es waren nur wenige Meter, aber die Schmerzen in ihrem Fuß sorgten dafür, dass sie sich neben Monikas Matratze legte und kurz ausruhen musste.

Mit den gefesselten Händen tastete sie an Monikas Kopf und Körper entlang. Der Kerl hatte sie übel zugerichtet. Zuerst dachte sie sogar, dass Monika tot sei, doch dann spürte sie deren schwachen Atem an ihren Händen. Offenbar schlief fest. Katharina war erleichtert, zum einen, weil ihre Freundin noch lebte und auch, weil sie sich mit ihr nicht so alleine fühlte. Trotzdem erschien ihr die Situation aussichtslos. Sie war blind und gefesselt in einem unbekannten Raum unter der Erde eingesperrt. Ihr Fuß war so stark angeschwollen, dass sie nicht laufen konnte, selbst wenn sie gewusst hätte, wohin. Aber sie fragte sich, welche Chancen sie wohl hätten, diese Tortur zu überleben, wenn sie nichts unternehmen würde. Sie versuchte, analytisch an die Sache heranzugehen, und kam zu dem Schluss, dass sie irgendwie versuchen musste, aus dem Verlies herauszukommen. Alles Weitere würde sich dann zeigen.

Vorsichtig stellte sie ihre Füße auf und versuchte aufzustehen. Der stechende Schmerz, der durch ihren Körper schoss, trieb ihr die Tränen in die Augen und ihr kurzer Schrei verhallte im Raum. Sie ging in die Knie und setzte sich wieder.

Früher als Oberstaatsanwältin war sie die Jägerin, die sich nie und nimmer geschlagen gegeben hätte, aber nun war sie das Opfer, wehrlos und gezwungen, einfach abzuwarten. Während sie dasaß und darauf wartete, dass der Schmerz etwas nachließ, sah sie plötzlich ihre Tochter vor ihrem inneren Auge. Sie konnte nicht von dieser Welt abtreten, ohne das mit Anna in Ordnung gebracht zu haben! Katharina hatte keine Ahnung, wie lange sie schon in diesem Verlies gefangen waren, und ob es jetzt Tag oder Nacht war. Sie wusste auch nicht, mit wie vielen Gegnern sie sich anlegen würde. Genau genommen wusste sie gar nichts, außer, dass sie irgendwas versuchen musste, egal wie aussichtslos es auch aussehen mochte. Sonst wären sie hier lebendig begraben.

Seit dem Attentat hatte sie ihre Tochter nicht mehr gesehen. Ihr Bild von Anna war bei dem Aussehen ihrer zwölfjährigen Tochter stehen geblieben. Sie wusste nicht, wie Anna jetzt aussah, und hatte sie genauso lange nicht mehr im Arm gehabt. Anna hatte alle Versuche einer Kontaktaufnahme im Keim erstickt. Selbst die wenigen Telefonate – wenn sie sie mal ans Telefon bekam – waren von ihrer Tochter meist sofort beendet worden. Sie durfte auf keinen Fall zulassen, dass diese Verbrecher ihre Chance auf eine Versöhnung verhinderten. Diese Gedanken gaben ihr die Kraft und den Mut, allen Widrigkeiten zum Trotz die Flucht zu versuchen.

Der schwarze SUV, ein Kleinbus und zwei Transporter erreichten den Bauernhof. Der heftige Regen und die deshalb früher einsetzende Dunkelheit hatten ihr Übriges getan, dass niemand die Kolonne bemerkt hatte. Die Fahrzeuge fuhren auf dem aufgeweichten Feldweg sehr vorsichtig, um den vom Regen tief ausgespülten Schlaglöchern auszuweichen. Ihre Fracht war extrem empfindlich, und keiner der Fahrer hatte ein Interesse daran, dass etwas schief ging. Kaum hatten die Fahrer den Innenhof des Bauernhofs erreicht, öffnete Tango3 das große Schiebetor. Diesem kleinen untersetzten Mann traute man kriminelle Machenschaften eigentlich gar nicht zu. Mit runder Brille und dem freundlichen Mondgesicht mit Glatze sah er eher aus wie der nette Onkel von nebenan, dem man auch völlig bedenkenlos seine Kinder anvertrauen konnte. Alle ankommenden Fahrzeuge verschwanden in der Scheune und zügig wurde das große Scheunentor wieder geschlossen. Aschenberg war noch nicht ausgestiegen, als einige seiner Männer die Hecktüren der beiden Transporter bereits aufgezogen hatten und die Kisten im Laderaum entladen wollten.

»Stopp!«, schrie er und sofort traten alle von den beiden Wagen zurück. Aschenberg betrachtete mit leuchtenden Augen die zehn Holzkisten, die in jedem der Transporter geladen waren. Alle trugen eingebrannte Reichsadler und Hakenkreuze als Embleme. Er lachte laut, breitete seine Arme aus und drehte sich zu seinem Team um.

»Das ist es!«, stieß er laut aus. »Das ist es! Wir werden die Welt verändern! Schaut euch das an!«, brüllte er frenetisch, lief von einem zum anderen Wagen und klopfte auf die vordersten Kisten. Keiner im Team hatte ihn jemals so euphorisch erlebt. Einen solch emotionalen Ausbruch hatte ihm niemand zugetraut.

Katharina strich Monika über das Haar.

»Ich komme wieder, verlass dich darauf«, versprach sie leise und dann stützte sie sich mit den gefesselten Händen an den kalten Steinquadern der Wand ab und versuchte aufzustehen. Der Schmerz im Fußgelenk ließ sie fast wieder aufgeben, aber sie sagte sich immer wieder: »Ich muss mit Anna reden, ich muss mit Anna reden.« Wie ein Mantra murmelte sie diesen Satz, dann biss sie die Zähne zusammen. Ihre Lippen bebten, und ein kleines Wimmern entschlüpfte ihrem Mund, als sie sich mehr hüpfend als gehend die ersten Meter in Richtung Tür bewegte. Sie stützte sich an der Wand ab und versuchte, ihr Gewicht auf den unverletzten Fuß zu verlagern. So tastete sie sich langsam bis zum Ausgang. Dort blieb sie stehen und lauschte, gleichzeitig tasteten ihre Hände nach dem Türgriff. Sie verharrte, presste ein Ohr an das kalte Metall. Würde sie womöglich sofort einem Wachposten auf der anderen Seite in die Arme laufen, wenn sie hier überhaupt rauskommen sollte? Warum auch sollte die Tür nicht verriegelt sein? Ihre Hände fuhren langsam die Tür hinab bis zu der Stelle, an der sie eine Klinke vermutete. Doch da war nichts. Sie lehnte sich gegen die Tür und tastete die Fläche ab. Schließlich spürte sie etwas weiter unten in der Mitte einen Griff, den sie mit beiden Händen umfasste und zog kräftig daran. Doch er gab keinen Millimeter nach.

Katharina wurde wütend. Natürlich war es Unsinn, dass sie gedacht hatte, dass die Frau nicht alles verriegelt hätte. Offenbar war sie als Gefangene schon soweit, dass sie sich Dinge nur eingebildet hatte. Trotzig zog sie nochmals an dem Hebel und presste dabei stoßweise die Luft aus ihren Lungen. Und plötzlich bewegte sich die Tür tatsächlich, wobei sie aber metallische Kratzgeräusche machte, die Katharina unendlich laut vorkamen. Sie befürchtete, dass der Lärm nicht zu überhören war und sie von ihren Entführern sofort entdeckt und wieder an die Kette gelegt würde.

Als der Spalt breit genug war, zwängte sie sich hindurch, blieb direkt dahinter an der Wand stehen und wartete. Aber nichts geschah, niemand kam. Sie konnte auch nichts hören. Absolut kein Geräusch, es war gespenstisch still. Lediglich ihr eigener Atem und ihr Herzklopfen kamen ihr unendlich laut vor. Also zog sie mit den beiden aneinandergefesselten Händen die Tür wieder zu. Sie war massiv und schwer, deshalb war Katharina sich ziemlich sicher, dass ihr Gefängnis ein Luftschutzbunker war. Kurz sorgte sie sich um Monika, die sie hier nun ganz alleine zurücklassen musste, und fragte sich, wie sie reagieren würde, wenn sie aufwachte und feststellen musste, dass Katharina fort war. Aber sie musste diese gebotene Chance nutzen, um ihrer beider willen, auch wenn es für sie ohne Orientierungshilfe sehr schwer werden würde. Sie hatte keine Ahnung, wo genau sie war, sie hatte keinen Stock oder sonst keinen Anhaltspunkt, der ihr hätte helfen können. Ihre Erfolgsaussichten waren, das war ihr klar, nahezu null. Es war vollkommen verrückt zu glauben, das sie würde fliehen können. Und trotzdem musste sie es versuchen. Sie unterdrückte eine aufsteigende Panikattacke und atmete tief durch. Auf keinen Fall durfte sie jetzt die Nerven verlieren.

»Kurz durchatmen und dann los. Ganz ruhig, bleib ganz ruhig«, ermunterte sie sich selbst. Dann schnalzte sie mit der Zunge, um herauszufinden, wie groß der Vorraum war. Die Decke musste ziemlich niedrig sein, und auch flächenmäßig war der Raum durchaus überschaubar. Von links und rechts kam das Echo hart und klar zurück. Von der gegenüberliegenden Seite klang es anders, diffuser. ›Ein Fenster oder eine Nische? Vielleicht auch eine weitere Tür‹, dachte sie und schätzte die Entfernung auf drei bis vier Meter. Sie streckte ihre Arme schützend vor sich aus, um nicht unvermittelt gegen ein Hindernis zu laufen. Nach einigen kleinen Schritten stieß sie plötzlich mit dem Oberschenkel einen Stuhl um, der krachend zu Boden stürzte. Katharina blieb wie angewurzelt stehen und horchte, ob sie sich verraten hatte. Ihr linker Fuß pochte, mit jedem Pulsschlag schoss der Schmerz durch das ganze Bein. Trotzdem schleppte sie sich einige Schritte weiter, bis sie mit den Händen an ein Metallgitter stieß. Von oben spürte sie einen kühlen Luftzug, der durch das Gitter strömte. Das war keine Treppe! Das war ein Aufzug! Nun wurde ihr auch klar, warum die Wächterin die Tür nicht mehr verriegelt hatte. Schließlich brauchten sie den Aufzug nur oben zu blockieren und damit waren ihre Geiseln hier unten festgesetzt. Katharina wunderte sich über den Aufzug. Ein klassischer Bunker hatte eine Treppe und ganz sicher keinen Aufzug. Sie schloss daraus, dass dies kein normaler Luftschutzbunker. Vielleicht ein geheimes früheres NVA-Munitionslager? Ein teuflisches Verlies! ›Aschenberg, du verdammter Perfektionist‹, dachte sie.

Sie tastete die Gittertür ab, zog an einem Griff, aber nichts bewegte sich. Dann ertastete sie einen Knopf. Sie überlegte nur kurz, bevor sie ihn drückte. Die Aufzugskabine setzte sich surrend und rumpelnd in Bewegung, bis sie vor ihr zum Stehen kam. Die Gittertür ließ sich verblüffend leicht öffnen. Katharina betrat den Aufzug, zog das Gitter wieder zu und tastete nach den Knöpfen. Was würde sie oben erwarten, wenn sie oben ankäme? Erst einmal losgefahren, gab es kein Entrinnen mehr. Doch welche Alternative hatte sie? Noch schlimmer als jetzt konnte es nicht werden. Außer sie würden sie töten. Doch das hätten sie längst tun können. Aschenberg hatte etwas anders mit ihr vor. Kurzerhand drückte sie den oberen der zwei Knöpfe und die Kabine setzte sich wieder in Bewegung.

»Hallo, Phil, was hast du für uns?« Der Anruf erreichte sie kurz vor Binz.

»Hallo, Mäxchen! Ich glaube, ich habe einen Treffer! Ich habe mal alle Fahrzeug- und Handybewegungsdaten der letzten Wochen gescannt und nach auffälligen Mustern gesucht.«

»Ja, und?« Elias war zwar von Phils Fähigkeiten beeindruckt, aber ihre ausführlichen Einleitungen dauerten ihm zu lange.

»Hey Honey, nur Geduld! Also passt auf: Auf einem Bauernhof im Norden gab es in den letzten vier Wochen auffällige Bewegungen. Verschiedene Fahrzeuge, auch Transporter, ein ständiges Kommen und Gehen. Die Daten sind nicht vollständig, Navis und Handys werden auch regelmäßig ausgeschaltet. Das macht kein normaler Mensch. Also irgendwas läuft da.«

»Gute Arbeit, Phil, danke«, sagte Max anerkennend.

»Ich weiß, Sweetheart! Der Bauernhof liegt in der Nähe von Wiek. Ziemlich einsames Gehöft. Die GPS-Koordinaten schicke ich dir gerade aufs Handy. Viel Erfolg.«

Sie hatte bereits wieder aufgelegt, bevor einer der beiden Männer etwas erwidern konnte.

Max wählte umgehend eine andere Nummer und hielt sich nicht mit einer Begrüßung auf.

»Charly, es gibt einen Einsatzort! Ich maile gleich die Koordinaten. In fünfundvierzig Minuten brauche ich dort das SEK.«

»Bist du verrückt! SEK, fünfundvierzig Minuten? Soll ich die herbeamen?«, hörte Elias, obwohl Max ohne Lautsprecher telefoniert hatte.

»Das würde helfen. Mach einfach! Ich bin bereits unterwegs und erwarte das Team dort.« Max legte auf, riss das Lenkrad hart herum und raste in die entgegengesetzte Richtung.

Katharina schätzte, dass der Aufzug etwa acht bis zehn Meter in die Höhe gefahren war, bis er mit einem Ruck wieder zum Stehen kam und sie vorsichtig das Gitter öffnete. Sie war sich ziemlich sicher, dass sie immer noch in einem Gebäude war. Sie lauschte angestrengt auf irgendwelche Geräusche, konnte aber nichts verdächtiges hören. Erneut schnalzte sie mehrfach, um sich zu orientieren und gleichzeitig den Raum zu vermessen. Dieser hier war noch kleiner als der unten, vielleicht zwei mal zwei Meter, vielleicht nur ein Schutzraum für den Aufzug. Dann hörte sie in einiger Entfernung Stimmen, jemand schrie laut herum und lachte. Katharina tastete sich an der Wand entlang und gelangte bis zu einem Fenster. Von außen würde man sie sicher gut sehen können. Sie wusste ja nicht, ob im Raum Licht brannt. Und es womöglich draußen dunkel war. Dann würde sie im Fenster auf dem Präsentierteller stehen, ohne es zu bemerken. Deshalb duckte sie sich und huschte sie so schnell wie möglich weiter. Ihr Fuß protestierte mit heftigem Schmerz gegen die schnellen Schritte, auch wenn sie humpelte und den angeschlagenen Fuß so wenig wie möglich belastete. Immer wieder verließ sie die Kraft, und sie versuchte, sich irgendwo abzustützen. Ihre Hand fuhr an der Wand entlang, dann spürte sie einen Türrahmen und gleich danach eine Türklinke. Diese Tür musste ins Freie führen. An den Füßen spürte sie einen leichten Luftzug kalter, frischer Luft. Vorsichtig wollte sie die Tür öffnen, doch diese war wohl nur angelehnt, denn sie schwenkte ohne Widerstand nach außen auf und Katharina zog es überrascht hinterher. Unsanft landete sie auf kaltem Betonboden. Sie erschrak und blieb regungslos liegen, versuchte zu hören, ob jemand sie entdeckt hatte, aber die Stimmen veränderten sich nicht. Sie rieb sich die gefesselten, schmerzenden Hände, mit denen sie sich beim Sturz notdürftig aufgefangen hatte, um nicht mit dem Kopf aufzuschlagen.

Zwanzig Meter, vielleicht fünfundzwanzig, schätzte sie die Entfernung. Katharina lauschte auf die Kommandos, offenbar wurde etwas von Fahrzeugen abgeladen.

»Das Tabun!«, schoß es ihr durch den Kopf. »Sie haben das Tabun!«

Auf allen vieren kroch sie an der Holzwand entlang, weg von den Stimmen. Von dort, so entschied sie, würde sie einfach geradeaus weglaufen, wohin das auch immer führen würde. Dennoch kauerte sie am Boden, ohne loszugehen, so, als wartete sie auf etwas. Doch niemand würde ihr zu Hilfe kommen, eher im Gegenteil, sie musste schnellstens weg. Also musste sie sich überwinden, völlig orientierungslos und ohne Hilfsmittel auf einem unbekannten Gelände loszulaufen, in ein schwarzes Nichts, und das möglichst schnell. Der Horror für jeden Blinden. Aber dem wahren Horror wollte sie damit ja nun entkommen. Sie biss die Zähne zusammen, presste langsam die Luft durch die Lippen heraus und lief los. Nach wenigen Schritten änderte sich der Boden unter ihren Füßen und die kleinen spitzen Steinchen auf dem geschotterten Weg bereiteten ihr zusätzliche Qualen. Trotzdem humpelte sie weiter, die Hände in den Handschellen streckte sie vor sich aus. Sie musste sich beeilen, auch wenn sie dadurch riskierte, dass sie Hindernisse nicht oder zu spät wahrnahm, darüber stolperte oder dagegen lief. Die Angst, von ihren Entführern doch noch entdeckt zu werden, war um ein Vielfaches größer und das Adrenalin in ihrem Körper sorgte jetzt dafür, dass sie die Schmerzen fast gar nicht mehr spürte.

Nach einigen Metern fühlte sie Gras unter den Fußsohlen. Sie hatte den Wegrand erreicht, blieb kurz stehen und versuchte sich zu orientieren. Die Stimmen lagen hinter ihr und waren leiser geworden. Demnach war sie bis jetzt in eine richtige Richtung gelaufen. Sie lief wieder los, stieß aber nach wenigen Schritten mit dem nackten Fuß gegen einen Stein und stürzte. Die Zehen schmerzten, als sei ihr ein schwerer Hammer darauf gefallen. Sie unterdrückte einen lauten Schrei, atmete tief durch und blieb einen Moment benommen auf dem kalten Boden liegen, bis der Schmerz wieder etwas nachließ. Katharina war der Verzweiflung nahe und ihre Hilflosigkeit drohte sie zu übermannen. Doch dann kam die frühere Oberstaatsanwältin wieder in ihr durch.

»Steh auf und geh weiter!«, sagte sie leise, aber bestimmt zu sich selbst. Mit den Händen tastete sie um sich herum den Boden ab, um den Stein und den Grasstreifen zu finden. Es wäre fatal, wenn sie in die falsche Richtung weiterlaufen würde. Nach wenigen Schritten änderte sich die Beschaffenheit des Untergrunds erneut. Die Erde war feucht, wirkte lehmig und rechts und links neben ihren Füßen erhob sie sich ein bisschen. »Ein Acker!« Katharina war erleichtert. Sie brauchte einfach nur der Furche zu folgen, in der Hoffnung, dass der Bauer kein Freund von Spiralen war, wenn er seinen Acker umpflügte. Ansonsten würden die Furchen sie auf direktem Wege und schnellstmöglich von ihren Peinigern wegführen. Plötzlich hörte sie hinter sich lautes Geschrei und aufgeregtes Rufen. Sie humpelte schneller, stolperte, fiel hin, rappelte sich wieder auf und rannte weiter, immer weiter, einfach nur weg, so schnell es ging.

Unweit des Hofes, den Phil ausfindig gemacht hatte, in der Deckung eines kleinen Waldstücks, trafen die schwarzen Limousinen des SEK bei Max und Elias ein, die dort warteten. Max trat zum Einsatzleiter. Elias beobachtete im Rückspiegel, wie er und der Einsatzleiter des SEK auf der Motorhaube einer Limousine über einen ausgebreiteten Plan gebeugt standen. Sie besprachen offensichtlich, wie sie den Hof stürmen wollten. Elias spürte die Aufregung in sich. Das alles in Realität mitzuerleben war viel spannender als im Film, aber überhaupt nicht unterhaltsam. Er dachte voller Unbehagen an Katharina und dann an seine Tante Sarah, die von all dem überhaupt noch keine Ahnung hatte. Er hoffte so sehr, dass es Katharina gut ging. Natürlich war sie eine starke Frau, aber ihre Blindheit hatte sie auch sehr verunsichert und verletzlich gemacht. Sie kannten sich noch nicht lange, und vielleicht war er auch nicht immer der Sensibelste; aber dass Katharina noch einige Päckchen mehr mit sich herumtrug, die sie sehr belasteten und die ihr das Leben zusätzlich erschwerten, hatte er trotzdem gespürt. Und auch Tante Sarah musste er endlich informieren. Er würde ihr, sobald Katharina befreit war, eine E-Mail schreiben und berichten, was alles passiert war.

Über Funk erhielten die Männer ihre Anweisungen. Auch Max stieg wieder in den Wagen, und sie fuhren vorsichtig und ohne Licht in den Feldweg ein, der zum Hof führte. Knapp einhundert Meter vor den Gebäuden stoppte die Kolonne und alle stiegen aus. Elias musste eine schusssichere Weste anziehen. Der Gedanke, dass tatsächlich auf ihn geschossen werden könnte, wurde ihm in diesem Moment erst richtig bewusst und sein Puls wurde spürbar schneller. Das hier war kein Spiel und es gab kein Drehbuch mit garantiertem Happy End.

»Sie ist weg«, brüllte Tango1 und rannte mit hochrotem Kopf auf Aschenberg zu.

»Was?«, fragte Aschenberg irritiert.

»Sie ist weg!«, wiederholte der Sicherheitsoffizier und sah den Teamchef entgeistert an. Es war ihm unbegreiflich, und er fühlte sich nicht wohl dabei, dass gerade er diese unglaubliche Nachricht überbringen musste.

»Wer ist weg?«, fauchte Aschenberg.

»Die Blinde! Sie ist nicht mehr unten.«

»Das kann überhaupt nicht sein. Sie liegt in einem Bunker unter der Erde, ist mit einer Kette an der Wand fixiert, und ihre Hände sind mit Handschellen gefesselt. Der Bunker ist durch eine bombenfeste Metalltür versperrt, und der einzige Aufgang, der Aufzug, ist blockiert. Ach ja, und zu all dem ist sie auch noch blind. Alcatraz war ein Dreck dagegen! Wie bitte soll sie da herausgekommen sein?«

Aschenbergs Augen funkelten gefährlich. Es war unmöglich! Eine Blinde! Er packte den Wachmann mit einer Hand am Hals und drückte zu. Der Mann röchelte und seine Augen traten hervor. Dann schleuderte Aschenberg ihn zu Boden.

»Tango3, Tango4, mitkommen!«

Ohne seinen Sicherheitschef eines weiteren Blickes zu würdigen, rannten die drei Männer hinüber zu der Baracke und fuhren mit dem kleinen Gitterkorb abwärts.

Sie war tatsächlich weg! Die Matratze war leer, Monika Dreesen lag dagegen immer noch an der Kette und regungslos auf ihrer Seite. Aschenberg bückte sich und untersuchte die offene Fußfessel. Das Vorhängeschloss war nicht gewaltsam geöffnet worden, also hatte jemand die Fessel aufgeschlossen. Tango1 kam mit dem Aufzug herunter.

»Die Tür war nicht verschlossen, der Aufzug in Betrieb, die Tür oben nicht blockiert, und die Fußfessel nicht angelegt«, zählte er auf. »Ich verstehe das nicht! Wer war zuletzt bei ihr hier unten?« Aschenberg fragte ganz ruhig, obwohl es in ihm tobte. Und alle Männer wussten, was die Antwort für denjenigen bedeutete.

»November, so wie Sie befohlen hatten«, antwortete Tango2.

Aschenberg krallte wütend seine Hand in die Matratze.

»Los, alles absuchen! Weit kann eine verdammte Blinde ja nicht kommen«, befahl er. »Tango1, Sie bringen November zu mir, sofort.«

Die Männer zwängten sich alle zusammen in den Aufzugskorb und fuhren nach oben. Dort schwärmten sie mit Taschenlampen aus, durchsuchten die Gebäude und verteilten sich in verschiedene Richtungen. Alle wussten, dass sie auf keinen Fall ohne Katharina König zurückkommen sollten.

Leise und mit angelegten Maschinenpistolen näherten sich die Männer des SEK den verschiedenen Gebäuden. Max und Elias folgten in einigem Abstand. Einige Männer hatten ihr Nachtsichtgerät heruntergeklappt, um in der Dämmerung Zielpersonen schneller erkennen zu können. Von der unbeleuchteten Rückseite des Haupthauses aus schlich die Gruppe an der Hauswand entlang um das Haus herum zum Eingang, der auf der Innenseite des Hofs lag. Während das Wohnhaus unbeleuchtet war, schien aus der Scheune auf der anderen Seite des Innenhofs Licht herüber. Dort hörte man Stimmen und Schatten huschten an den kleinen Stallfenstern vorbei. Drei der SEK-Männer betraten leise das Wohnhaus und durchsuchten es. Der Rest der Truppe lief hinüber zum Schuppen.

Elias wurde angewiesen, sich im Hintergrund zu halten und die SEK-Männer ungestört arbeiten zu lassen.

Zivilisten haben hier nichts zu suchen, hatte ihm der Einsatzleiter mitgeteilt. Das konnte Elias zwar nachvollziehen, aber die Sache dauerte ihm einfach schon zu lange. Er mochte sich gar nicht vorstellen, wie Katharina hier gefangen gehalten wurde.

»Hey, nicht rumstehen, weiter ausladen«, erklang aus dem Inneren der Scheune eine laute Stimme. Mit einer Minikamera hatte einer der SEK-Leute durch das Fenster den Inneraum ausgespäht und dann fünf Finger hochgehalten. Plötzlich krachte es hinter ihnen. Dann ging alles ganz schnell. Im Wohnhaus wurde geschrien und ein Schuss fiel.

»Zugriff, Zugriff!«, befahl der Einsatzleiter, woraufhin Blendgranaten durch die Fenster in die Scheune geworfen wurden und im Inneren detonierten, das Scheunentor zur Seite geschoben wurde und ein Teil des SEK-Teams die Scheune stürmten, während die anderen Teammitglieder im Wohnhaus verschwanden. Max und Elias blieben in Deckung, bis ein »Sicher!«, von allen Männern bestätigt worden war. Zwei der Verhafteten wurden in Unterhosen aus dem Wohnhaus gebracht; sie waren vom Zugriff im Schlaf überrascht worden. Der Nebel der Blendgranaten in der Scheune hatte sich langsam gelichtet, als Max in die Scheune trat. Dort standen zwei kleine Autotransporter mit teuren Sportwagen und Luxuslimousinen auf den Ladeflächen.

»Die Autoschieber sucht das LKA in Schwerin seit zwei Jahren«, sagte der Einsatzleiter zu Max, der ihn frustriert ansah. Was für das SEK, wenn auch ein unerwarteter Erfolg war, war für ihn eine Katastrophe.

Max schlug mit der Faust gegen das Scheunentor und fluchte.

»Scheiße, Phil! Scheiße! Verdammter Algorithmus!«, brüllte er, und die Polizisten des SEK sahen ihn verwundert an, während sie die festgenommenen Autodiebe abführten. Max drehte sich um und sein entsetzter Blick kreuzte den von Elias. Beide dachten dasselbe: Katharina!

Zur gleichen Zeit waren Nadja und ihre Mitstreiterinnen in Stralsund bereits wieder losgezogen, um bei der Demo erneut mächtig Stimmung zu machen.

Die Situation eskalierte schnell und gewalttätige Gruppen und Autonome aus der ganzen Republik randalierten am Hafen. Die Polizei hatte größte Mühe, die aufgebrachte Menge von der Altstadt fernzuhalten. Dette hatte einen Molotowcocktail in eine Kneipe geworfen, die dann fast vollständig ausgebrannt war, und Chris hatte zwei Polizeifahrzeuge angezündet. Obwohl in den kleinen, engen Gässchen der Mob nur schwer zu kontrollieren war, hatte die Polizei sich jetzt taktisch besser auf die Proteste eingestellt. So hatte man die aufgebrachte Menschenmenge unauffällig und mit ausreichend Hundertschaften, Straßensperren, Wasserwerfern und gepanzerten Fahrzeugen zum Hafen dirigiert. Mit der neuen Strategie hatte die Polizei einen Coup gelandet und die Menge überrascht. Die Sicherheitskräfte waren entschlossen, diesen ausufernden Demonstrationen an diesem Abend ein Ende zu bereiten. Zu groß war mittlerweile der Druck von Politik und Presse geworden.

Das gesamte Hafenviertel vom Kai der Gorch Fock, die man zum Schutz ein Stück ins Hafenbecken hinausgezogen hatte, am Ozeaneum vorbei bis hinunter zur alten Werft war voll mit schwarz Vermummten, nachdem die Polizei die Zugangsstraßen abgesperrt und den Mob so eingekesselt hatte. Die Wasserschutzpolizei sperrte von der Wasserseite her den Fluchtweg ab und von schnellen Schlauchbooten aus wurden immer wieder Personen festgenommen, die mit einem Sprung ins Wasser aus dem Kessel fliehen wollten. Mit Lautsprecherdurchsagen wurde die Menge immer wieder aufgefordert, sich ruhig zu verhalten und alle Waffen oder das. Was die Polizei dafür halten könnte, auf den Boden zu legen und sich den Kontrollen nicht zu entziehen.

An einem Kontrollposten in einer engen Gasse stürmten plötzlich rund zweihundert vermummte Demonstranten auf die Straßensperre zu. Auch Nadja und ihr Team wollten sich dabei so der Erfassung durch die Polizei und damit ihrer Verhaftung entziehen.

Der schrille und laute Pfiff einer Trillerpfeife ließ die Polizisten noch enger zusammenrücken. Das Chaos brach los und in dem Höllenlärm zwischen den hohen Speicherhäusern gingen auch mehrere Schüsse unter. Auch der Einsatz eines Wasserwerfers und Pfefferspray konnten einen Durchbruch der anstürmenden Menge nicht verhindern. Etwa die Hälfte dieser Horde von wild losstürmenden Demonstranten konnte sich so der Festnahme entziehen, bevor die Gasse von den Sicherheitskräften wieder abgeriegelt werden konnte. Nadja und Lara konnten zunächst im Eingang eines Wohnhauses verschwinden. Sie liefen zwei Stockwerke hinauf und konnten so durch das Treppenhausfenster das Geschehen aus sicherer Deckung unauffällig beobachten. Die Festgenommenen hockten von je zwei Polizisten in Schach gehalten auf dem Boden und wurden einzeln zu den Polizeibussen gebracht. Nach der Feststellung der Personalien und den notwendigen Aufnahmen wurden sie mit Mannschaftstransportern der Bereitschaftspolizei weggebracht.

An der Stelle, an der vor kurzem noch das Chaos herrschte, lagen nun zwei Tote und Polizisten sicherten den Tatort ab.

Lara sah Nadja überrascht an, doch ihr eiskalter Blick ließ sie erahnen, was eben auf der Straße mitten in dem Chaos geschehen war.

»Es war Zeit, Abschied zu nehmen«, sagte Nadja kühl. »Unsere Mission hier ist beendet.«

Sie umarmte Lara kurz und fest.

»Bis zum nächsten Mal, Schwester. Pass auf dich auf!« Während Lara über die Dächer verschwand, wartete Nadja noch ein paar Minuten ab, bevor sie ihr folgte.

Aufgewühlt, aber vor allem enttäuscht trafen Elias und Max im Hotel ein. Sie standen im Aufzug, als Elias einfiel, dass er den ganzen Tag über noch keinen Kontrollanruf bekommen hatte. Panisch holte er das Handy aus seiner Hosentasche. Vielleicht hatte er es in der Aufregung nur nicht gehört? Erleichtert sah er, dass weder Anrufe noch SMS eingegangen waren.

Max ärgerte sich maßlos über den Fehlschlag auf dem Bauernhof. So etwas hätte einfach nicht passieren dürfen! Jede Minute zählte und noch immer hatte er keine Ahnung, wo sich Katharina und Monika Dreesen aufhielten.

Die Aufzugtüren öffneten sich.

»Sie bleiben im Hotel, bis ich mich bei Ihnen melde«, wies er Elias kurz angebunden an. Der trat auf den Flur und bevor er etwas erwidern konnte, hatten sich die Türen hinter ihm schon wieder geschlossen. Müde, erschöpft, aber zugleich innerlich aufgedreht, betrat er sein Zimmer. Dort warf er sich auf sein Bett, schaltete den Fernseher und seinen Laptop an.

Erneut erschien das Fahndungsfoto von Nadja wieder auf dem Display.

»Sascha!«, sagte er abfällig, klappte das Laptop zu und ging für eine ausgiebige heiße Dusche ins Bad. Aus seinem Handy tönte dazu Till Brönners Jazztrompete.

Als er ins Zimmer zurückkehrte, lief im Fernseher gerade der Wetterbericht. Am Freitag sollte es trocken, leicht bewölkt werden und die Temperaturen noch bis zu fünf Grad zulegen. Elias zog sich bequeme Freizeitkleidung an, nahm erneut seinen Laptop zur Hand und legte sich wieder auf das Bett. Er musste endlich seine Tante informieren. Genaugenommen war es sehr verwunderlich, dass sie sich noch nicht gemeldet hatte. Wahrscheinlich war sie wie immer bei dem Kongress sehr eingespannt und hatte gar keinen Kopf für irgendetwas anders. Er tippte »Liebe Tante« in die Mail und begann mit einer Schilderung der Ereignisse der letzten Tage. Als er fast fertig war, fragte er sich, ob es sinnvoll sei, wenn seine Tante sich aufgrund der E-Mail ebenfalls Sorgen machte. Er wusste nicht, wo Katharina war, ob sie überhaupt noch lebte, und die Sache mit dem Tabun war auch alles andere als klar. Er konnte genau genommen nichts Definitives berichten. Und Tante Sarah würde ihm sowieso nicht helfen können. Also löschte er seinen kompletten Text wieder und schrieb stattdessen »Hier alles gut. Wir sind dran. Melde mich nächste Woche. Liebe Grüße.« Schnell drückte er auf den ›Senden‹-Button, bevor er es sich doch noch einmal anders überlegen konnte.

Im Fernsehen lief inzwischen ein ›Spezial‹ über die Krawalle in Stralsund und den erfolgreichen Polizeieinsatz an diesem Tag. Der Innenminister und der Polizeipräsident lobten die überaus erfolgreiche Aktion. Es waren fast zweihundert gewalttätige Aktivisten festgenommen worden. Nach Auswertung des Videomaterials, so schilderte der Kommentator, gingen die Behörden davon aus, dass noch bis zu eintausend Anzeigen wegen verschiedener Delikte hinzukommen könnten. Dann gab es neue Nachrichten und es erfolgte eine Schaltung zu einem Reporter vor Ort. Dieser berichtete aufgeregt davon, dass es zwei Tote gegeben hatte.

»Bernadette Schuster und Christiane Schulz waren in der Szene als gewaltbereite Ökoaktivistinnen bekannt.« Bilder mit den Gesichtern der beiden jungen Frauen wurden eingeblendet.

»Die beiden Frauen wurden während eines Ausbruchsversuch aus dem Kessel von Kugeln aus nächster Nähe getroffen und sind noch am Tatort verstorben. Wie die Polizei mitteilt, läuft die Fahndung nach einer Frau, die auf Videoaufnahmen direkt neben den beiden zu sehen ist. Nach ersten Informationen handelt es sich um eine polizeibekannte Terroristin aus der Ukraine.«

Elias erschrak.

»Ob es sich dabei um die Täterin oder eine Zeugin handelt, ist bisher unklar«, berichtete der Reporter und gab zu seinem Kollegen im Studio zurück.

Elias schaltete verstört den Fernseher aus. Sollte es sich bei der gesuchten Frau um Sascha handeln, um diese Nadja? Die Gedanken schwirrten in seinem Kopf umher. Er musste an Katharina denken und fragte sich, wie es ihr wohl gerade ging. Diese Ungewissheit und die ihm auferlegtes Untätigkeit machten ihn verrückt. Er holte sich ein Bier aus der Minibar und startete die Musik im Handy wieder. ›Ich muss irgendwie runterkommen‹, dachte er. ›sonst drehe ich noch durch vor Angst‹.

Freitag – noch zwei Tage

Wie in Trance war Katharina immer weiter über das Feld gerannt. Sie nahm den schmerzenden Fuß kaum noch wahr, solange sie in Bewegung war. Das Adrenalin sorgte dafür, dass sie überhaupt nicht darüber nachdachte, ob vor ihr ein Hindernis auftauchen könnte. Mitten auf einem Feld gab es keine Deckung, aber eben auch keine Hindernisse. Die Angst, dass die Entführer sie finden und wieder einsperren würden, ließ alles andere unwichtig werden. Sie wusste nicht, wie weit sie mittlerweile gelaufen war. Es kam ihr unendlich vor. Dass sie den Rand des großen Feldes bereits erreicht hatte und nur wenige Meter neben einer Straße lief, ahnte sie nicht, denn seit sie geflohen war, war dort kein Auto gefahren. Es fehlte ihr jegliche Orientierung und trotzdem lief sie weiter. Durch die Strapazen, die Erschöpfung und die Schmerzen konnte sie sich längst nicht mehr richtig konzentrieren, hatte die Arme vor sich hängen lassen. Plötzlich spürte sie weiches, feuchtes Gras unter ihren Füßen und wähnte sich auf besserem Terrain. Doch das war ein Fehler, denn ohne Vorwarnung prallte sie ungebremst mit dem Kopf gegen einen Baum. Ein greller Blitz schoß ihr durch den Schädel. Mit den gefesselten Händen konnte sie sich nicht schnell genug abstützen und sie stürzte seitlich in einen Graben. Katharina konnte den Schrei nicht unterdrücken. Sie landete in einer Senke mit einem kalten, stinkenden Rinnsal. Die Überbleibsel eines maroden, längst nicht mehr genutzten Stacheldrahtzauns hatte sie beim Sturz mit sich gerissen. Die Stacheln des wilden Stachdrahtknäuls wickelten sich um sie, bohrten sich in ihre Kleidung und Ihren Körper. Die stechenden Schmerzen nahm sie durch den Schreck zunächst gar nicht wahr. Als sie mit dem Kopf auf einen Stein schlug, verlor sie für einen Moment das Bewusstsein und ihr Gesicht wurde von dem kalten Wasser umspült.

Mit einem Stöhnen erwachte sie wieder. Katharina konnte nicht einschätzen, wie lange sie ohnmächtig gewesen war. Der Stacheldraht hatte sich in ihrer Kleidung verfangen, in ihren Rücken gekrallt und sich mehrfach um ihren rechten Oberschenkel gewickelt. Ihr Fußgelenk schmerzte so höllisch, dass sie es unmöglich weiter belasten konnte. Die Schmerzen drohten, ihr erneut das Bewusstsein zu rauben und sie wagte nicht, sich zu bewegen. Sie war klitschnass und fror jämmerlich. Katharina versuchte ihre Atmung unter Kontrolle zu bringen, um der Panikattacke zu entkommen. Sie musste versuchen, sich zu orientieren, doch dazu brauchte sie ihre ganze Konzentration. Einatmen, ausatmen, immer wieder ganz ruhig ein- und ausatmen, sie zählte mit, um einen Rhythmus zu finden. Trotzdem dauerte es recht lange, bis sie spürte, dass sie ruhiger wurde. In einiger Entfernung konnte sie plötzlich den Gesang einer Amsel hören. Für April und hoch im Norden war es fast noch etwas früh dafür, aber sie schloss daraus auf die Tageszeit. Es musste noch vor der Morgendämmerung sein, vielleicht gegen fünf Uhr. Früher war sie oft schon morgens um vier Uhr aufgestanden, wenn ihr ein Fall durch den Kopf gegangen war und sie nicht mehr hatte einschlafen können. Dann hatte sie sich mit der Akte und einem Kaffee auf die Terrasse gesetzt, in eine Decke gewickelt und den Amseln zugehört. Das hatte etwas herrlich Beruhigendes, fand sie damals schon und es verfehlte sogar in der ausweglos erscheinenden Situation jetzt nicht seine Wirkung. Sie wusste genau, dass ihre einzige, sogar ihre letzte Chance war, jetzt ruhig zu bleiben.

Sie überlegte: Ihre Flucht hatte also in der Nacht stattgefunden. Es war dunkel gewesen. Wahrscheinlich war sie deshalb nicht von ihren Entführern entdeckt worden. Die Dunkelheit hatte sie geschützt, als sie aus der Baracke gekrochen war.

Katharina versuchte vorsichtig, sich zu bewegen, doch das war keine gute Idee. Der Draht bohrte seine Stacheln nur noch tiefer in ihr Fleisch. Es war sinnlos. Schon nach kurzer Zeit brach sie den Befreiungsversuch ab. Erschöpft blieb sie liegen und hatte keine Idee, wie sie von hier noch einmal wegkommen sollte. So blieb sie regungslos liegen und hoffte, ohne zu wissen, worauf. Dabei fielen ihr vor Erschöpfung irgendwann die Augen zu.

Katharina schreckte hoch und wusste nicht, wie lange sie zwischenzeitlich schon in diesem Graben lag. Sie zitterte am ganzen Körper. Die Amseln hatten aufgehört zu singen, es musste in der Zwischenzeit hell geworden sein. Der Stacheldraht hatte weiter in ihren Körper gearbeitet und sie spürte das klebrige Blut, das ihre zerrissene Hose getränkt hatte.

Plötzlich hörte sie schnell näherkommende Motorengeräusche. Ein Fahrzeug fuhr direkt in ihre Richtung. Katharina lauschte angestrengt und bemerkte, dass die Straße direkt neben dem Graben verlief und der Wagen keine zwei Meter an ihr vorbeigefahren war. Eine Straße! Menschen! Das war ihre Rettung! Schlagartig war sie hellwach.

Bald darauf hörte sie wieder einen näherkommenden Wagen. Sie reckte ihre gefesselten Hände, so weit sie konnte, nach oben und winkte, doch der Wagen fuhr an ihr vorbei, ebenso auch die nächsten beiden. Katharina drohte zu verzweifeln und Tränen liefen ihr über das Gesicht. Dann überlegte sie, wie sie sich besser bemerkbar machen könnte, als sie erneut Motorgeräusche hörte, die zunehmend lauter wurden. Sie streckte sich und winkte, so kräftig sie konnte. Und sie konnte ihr Glück kaum fassen, als der Wagen bremste und anhielt. Eine Autotür ging auf und Schritte näherten sich.

»Hallo, Hilfe!«, rief Katharina erleichtert und wedelte mit den Armen.

»Warten Sie, ich komme. Ich helfe Ihnen!«, antwortete eine freundliche Frauenstimme. Kaum bei ihr angekommen, versuchte die Frau vorsichtig, Katharina aus dem Stacheldraht zu befreien.

»Ich bin entführt worden. Ich muss dringend telefonieren!«, erklärte Katharina zitternd und völlig entkräftet, aber erleichtert darüber, dass sie es geschafft hatte. Elias hatte sicher Max zu Hilfe geholt. Sie musste die beiden schnellstmöglich informieren. Monika musste befreit und Aschenberg und seine ganze Gruppe verhaftet werden.

Die Türen des Krankenhausaufzugs öffneten sich und der Oberarzt kam ihnen entgegen.

Max hielt sich nicht mit Förmlichkeiten auf.

»Guten Morgen. Wie geht es Dr. Dreesen? Können wir noch einmal mit ihm sprechen?«

»Guten Morgen, die Herren. Er hatte eine unruhige Nacht, aber wir konnten ihn stabilisieren. Es geht ihm den Umständen entsprechend gut.«

»Können wir mit ihm reden?«, fragte Max ungeduldig.

Der Oberarzt sah ihn ernst an.

»Ich sagte, den Umständen entsprechend gut, die Umstände sind aber nicht gut. Also, dieses Mal nur, wenn ich die ganze Zeit dabei bin. Und absolut keine Aufregung! Ich weiß nicht, ob Sie sonst noch einmal eine Gelegenheit haben werden. Habe ich mich deutlich genug ausgedrückt?«, mahnte der Arzt.

»Ja, das haben Sie. Hat er nach seiner Tochter gefragt?«, erwiderte Max.

»Ja, heute Morgen. Ich hoffe, Sie können ihm gute Neuigkeiten mitteilen, das könnte seinen Genesungsprozess sehr positiv beeinflussen.«

»Wir wissen immer noch nicht, wo seine Tochter ist, aber ich lasse mir etwas einfallen«, antwortete Max nachdenklich.

Sie betraten gemeinsam das Zimmer. Dr. Dreesen hing immer noch an diversen Kabeln und Schläuchen. Der alte Mann öffnete die Augen und drehte den Kopf zu seinen Besuchern.

Max nahm einen Stuhl und setzte sich zu dem alten Mann ans Bett.

»Guten Morgen, Dr. Dreesen. Wie geht es Ihnen?«

»Was ist mit meiner Tochter? Ist sie wieder frei?«, fragte er mit schwacher Stimme statt einer Begrüßung. Elias war neben dem Arzt am Fußende des Betts stehen geblieben.

»Herr Dr. Dreesen, bitte sagen Sie uns, was geschehen ist. Wir brauchen Ihre Hilfe«, bat Max.

Dr. Dreesen drehte den Kopf weg und sah aus dem Fenster.

»Wenn ich Ihnen etwas sage, bringt er meine Tochter um«, hustete er schwach, ohne Max anzusehen.

»Dr. Dreesen, bitte! Sie müssen uns sagen, was passiert ist. Die haben nicht nur Ihre Tochter, sondern auch meine Frau. Bitte, die Zeit drängt!«, appellierte Max.

Dr. Dreesen schaute schweigend weiter zum Fenster, dann schloss er die Augen. Einer der Monitore piepte laut und durchdringend.

Der Arzt zwängte sich an Max vorbei.

»Sie müssen jetzt gehen«, sagte er, ohne einen Blick von seinem Patienten zu nehmen.

Dr. Dreesen hob eine Hand und winkte ganz leicht. Max stürzte sofort zurück ans Bett.

»Was? Was haben Sie gesagt?«

»Gehen Sie! Ich rufe Sie an, wenn es ihm wieder besser geht«, sagte der Arzt und legte eine weitere Infusion an. Sein Patient hatte dass Bewusstsein verloren, aber die Maschinen hatten aufgehört zu piepen.

»›Dwasieden‹, er hat nur dieses eine Wort gesagt und das habe ich vielleicht nicht einmal richtig verstanden. Was bedeutet das?«, fragte Max nachdenklich, während sie zusammen das Krankenhaus verließen. Sie stiegen ins Auto und Max fuhr los. Elias gab das Wort in die Suchmaschine seines Handys ein.

»Dwasieden, seit dem Zweiten Weltkrieg eine Schlossruine südlich von Sassnitz. Früher war das ein prächtiges Schloss …«, las Elias vor.

»Haben wir die Koordinaten?«, unterbrach Max ihn harsch.

Elias gab die Daten ins Navi ein.

»Glauben Sie, dass wir dort Katharina finden werden?«

»Nein, wahrscheinlich nicht. Ich bin mir mittlerweile ziemlich sicher, dass Aschenberg und die Kulizhnikova hinter dem Tabun her sind. Ich tippe darauf, dass sie den alten Dreesen erpresst haben, weil der wusste, wo das Zeug ist. Vielleicht haben wir Glück und sind vor ihnen da«, dachte Max laut.

An diese Variante hatte Elias noch gar nicht gedacht. Die todbringende Munition lag doch schließlich auch für versierte Taucher einigermaßen frei zugänglich in der Nord- und Ostsee. Ihm fiel ein, was Phil zu Helgoland gesagt hatte. Nur vier Kilometer vor der Küste und in nur fünfzig Metern Tiefe lag der Tod. Keine ernsthafte Herausforderung für entsprechend ausgerüstete Taucher. Selbst wenn es das Lager an Land nicht gegeben hätte, hätten Terroristen jederzeit die alte Munition einfach überall aus dem Meer fischen können.

Elias wusste nicht, was ihn mehr beunruhigte: dass sie Katharina nicht fanden oder dass das Tabun sich tatsächlich dort befand.

»Es tut mir leid, mein Handyakku ist leer, aber gleich da vorne können Sie telefonieren«, munterte die Frau sie auf. Katharina konnte sich kaum noch aufrecht halten und nahm nur teilweise wahr, was um sie herum passierte. Sie spürte, wie der Wagen von der Straße auf einen holprigen Schotterweg abbog. Als die Fahrerin anhielt, wurde die Beifahrertür aufgerissen und eine kräftige Männerhand packte Katharina fest am Oberarm.

»Wen haben wir denn da? Die Frau Oberstaatsanwältin«, erkannte Katharina die triumphierende Stimme Aschenbergs, der sie rücksichtslos aus dem Auto zerrte. Im nächsten Moment schlug er sie mit dem Handrücken ins Gesicht.

»Das war Ihr letzter Fall, glauben Sie mir, Frau Oberstaatsanwältin!«, fauchte er Katharina hasserfüllt an. Sie spürte seinen Atem auf ihrem Gesicht. Trotz ihrer Angst rührte sie sich nicht. Er wandte sich von ihr ab und der anderen Frau zu.

»Ein wunderbares Mitbringsel.« Katharina hörte, wie er dabei zufrieden schmunzelte. »Wo hast du …?«

»Reiner Zufall, sie winkte mir am Straßenrand zu«, lachte ihre vermeintliche Retterin. Katharina stand an das Auto gelehnt und hörte, dass die beiden sich einige Schritte von ihr entfernten. Sie lauschte angestrengt, um zu verstehen, was gesprochen wurde.

»Ach, Andrej, ich bin so froh. Du hast mir gefehlt. Jetzt ist das alles bald vorbei. Nur noch zwei Tage.« Die junge Frau war freudig aufgeregt. Doch Aschenberg zischte sie an.

»Ich bin Alpha, du Beta, klar? Wir müssen vorsichtig sein.« Er unterschätzte, dass Katharina sie mit ihrem trainierten Gehör gut verstehen konnte, obwohl sie gebeugt über der Autotür hing.

»Okay, Boss. Klingt ja nicht sehr romantisch. Zu Befehl, Alpha«, lachte die junge Frau. Erstmals nahm Katharina dabei auch einen osteuropäischen Einschlag in ihrer Sprache wahr.

Sie hörte, dass die Schritte wieder auf sie zukamen.

»Nun kommen wir wieder zu Ihnen, werte Frau Oberstaatsanwältin. Hat Ihnen unser Service nicht gefallen?«, fragte Aschenberg ironisch. »Abzureisen, ohne sich zu verabschieden. Das war sehr unhöflich von Ihnen. Was haben Sie zu Ihrer Verteidigung vorzubringen?«

Er erwartete wohl nicht wirklich eine Antwort, denn er griff nach ihren Haaren und zog sie grob hinter sich her. Katharina knickte mit dem verletzten Knöchel immer wieder weg, aber Aschenberg nahm darauf keine Rücksicht. Er hielt sie am Haarschopf fest und immer, wenn sie zusammensackte, riss er sie daran wieder hoch. Katharina schrie auf, aber ihr Peiniger ignorierte es und schleifte sie über den Hof. Dann hörte sie, wie er das Gitter der Aufzugskabine öffnete und hinter ihr wieder schloss. Schon im nächsten Moment setzte sich die Kabine in Bewegung und fuhr nach unten. Katharina spürte die Beklemmung und Angst, und wie sich ihr Hals langsam zuzog. ›Bitte nicht wieder in das Verlies an die Kette!‹, flehte sie in Gedanken.

»Herzlich willkommen zurück, Frau Oberstaatsanwältin!« Sein Ton jagte ihr einen eiskalten Schauer über den Rücken, als er die Gittertür der Kabine öffnete.

Katharina schwieg und hielt den Kopf gesenkt.

»Sie verstehen sicher, dass Ihr Fluchtversuch ...« Aschenberg macht eine kurze Pause, dann fuhr er fort, »... nun sagen wir, als unfreundlicher Akt gewertet werden muss und nicht ungestraft bleiben kann.« Wieder lachte er kalt. »Wer versteht das besser als Sie?«

Er zerrte sie an den Handschellen durch den Vorraum zurück in den Bunker. Katharina stolperte über die Matratze und konnte sich nur mühsam auf den Beinen halten. Es grenzte an ein Wunder, dass sie die Schmerzen immer noch ertragen konnte und nicht einfach zusammenbrach. Doch ihre Hoffnung, dass sie sich wenigstens gleich hinlegen könnte, sollte sich nicht erfüllen. Aschenberg wollte sie quälen. Er fixierte die Handschellen an einem schweren Ring, der etwas oberhalb ihres Kopfes in der Wand befestigt war. Sie stand mit dem Gesicht zur Wand, nur die angewinkelten Arme zwischen sich und dem kalten Stein.

»Genießen Sie Ihren erneuten Aufenthalt hier unten.« spottete Aschenberg genüsslich. Ein Schwall eiskalten Wassers traf Katharina, doch sie war zu erschöpft, um darauf zu reagieren. Ein letztes Quäntchen Stolz in ihr hielt sie aufrecht und still. Sie wollte ihm diese Genugtuung einfach nicht gönnen, dass sie um ihr Leben bettelte. Max und Anna fielen ihr ein und auch an Elias dachte sie. Die Erschöpfung, die Schmerzen und die Kälte forderten allerdings ihren Tribut, lange würde sie sich nicht mehr halten können. Katharina hörte, wie Aschenberg die schwere Tür zuwarf und den Riegel vorschob. Dann trat absolute Stille ein. ›War Monika noch hier?‹, fragte sie sich. Sie konnte sie nicht hören.

»Monika?«, rief sie. »Monika? Hörst du mich?«

Sie bekam keine Antwort. Die Fixierung der Hände auf Kopfhöhe ließ nicht zu, dass sie sich wenigstens hinknien oder setzen konnte. So trat sie immer wieder von einem Fuß auf den anderen, um diese abwechselnd zu entlasten. Doch schon bald wurden die Schmerzen in dem von den Schlägen und der Flucht schwer geschundenen Fuß unerträglich. Und auch das andere Bein konnte sie bald schon nicht mehr halten. Sie schrie laut auf und der Schrei verhallte im Gewölbe. Dann gaben die Beine nach und ihr Körper sacke zusammen, bis ihr ganzes Gewicht an den Handgelenken hing und die Handschellen sich ins Fleisch einschnitten. Erneut schrie sie vor Schmerz auf. Und wieder blieb ihr Schrei ungehört.

Max König überschritt jede Geschwindigkeitsbegrenzung auf ihrem Weg, denn nicht mal fünfunddreißig Minuten später erreichten er und Elias die Ruine des einst herrschaftlichen Schlosses Dwasieden. Jetzt stand nur noch die Fassade des ehemaligen Marstalls, und hin und wieder fand man zwischen wild wuchernder Natur Überreste von Grundmauern der anderen Gebäude. Überall wuchsen längst wieder Bäume und hohe Büsche, sodass auch der wunderschöne Blick hinunter zum Meer längst zugewachsen war.

»Was genau suchen wir?«, wollte Elias wissen.

»Was weiß ich, einen Schacht, einen Keller, einen Bunker, ich habe keine Ahnung. Irgendetwas, wo man Giftgas lagern kann.«

Max war ungewöhnlich nervös. Während der Fahrt hatte er ein ATF-Team angefordert, eine Spezialeinheit der Feuerwehr, die sich mit so höchstgefährlichen Substanzen auskannte. Allerdings würde es noch mindestens drei bis vier Stunden dauern, bis die Spezialisten aus Berlin da wären. Das war aber nicht der Grund für seine Unruhe.

»Herr König, was tun wir eigentlich, wenn wir etwas finden?«, fragte Elias unsicher. »Sie wissen schon, was wir da suchen, oder? Das ist schlimmer als alles, was ich je gehört habe. Sollten wir nicht lieber auf die Spezialeinheit warten?«

»Klar weiß ich das. Bitte nennen sie mich bitte Max, ja?«

»Gerne. Elias.« Max nickte ihm zu.

»Aber was wollen Sie tun? Hier vier Stunden Gänseblümchen pflücken und riskieren, dass es dann für Katharina spät ist? Das ist unsere einzige Spur.« Max zeigte auf das Waldstück vor sich. »Also los, aber vorsichtig. Gehen Sie dort rüber, ich suche hier«, wies Max ihn an.

Elias ging in die angewiesene Richtung, obwohl er keine Ahnung hatte, was er tun sollte, falls er das Giftgas finden würde. Er hörte, wie Max mit jemandem aus seinem Team in Binz telefonierte, das allerdings auch keine neue Spur hatte und auch das Telefonat mit dem Krankenhaus ergab keine erfreulichen Neuigkeiten. Dr. Dreesen war seit ihrem Besuch noch nicht wieder aufgewacht.

»Hier!«, rief Elias plötzlich. Beinahe hätte er die frischen Reifenspuren übersehen.

Max eilte zu ihm und prüfte die Spuren. Den Maßen nach stammen sie von mindestens zwei Transportern oder kleinen Lkws. »Schauen Sie hier, diese Spuren kommen von dort hinten und sind viel tiefer als die hier. Die Fahrzeuge sind leer hierher gekommen und beladen wieder weggefahren.« Max' Gesicht verfinsterte sich. Sie folgten den Spuren, die hinter einer Ruinenmauer endeten. Dort waren neben den Reifenabdrücken auch viele Schuhabdrücke zu erkennen, und ein Stück weiter war das Gras niedergetrampelt. Hinter einem Busch fanden sie einen frischen Erdhaufen und daneben eine freigelegte Stahlplatte.

»Das muss es sein!« Max bückte sich und fasste an den Griff, um die Platte aufzuziehen.

»Halt!«, schrie Elias panisch. »Was, wenn …?«

»Wenn was?«, herrschte Max zurück. »Auf was wollen Sie warten?«

Elias blieb eine Antwort entgeistert schuldig. Er machte sich fast in die Hose vor Angst, als Max die Klappe hochzog und zur Seite umlegte. Und dann geschah … nichts! Elias atmete erleichtert aus. Max kniete über der Öffnung und versuchte in dem schwarzen Loch etwas zu sehen. Elias schaltete die Taschenlampe an seinem Handy an und hielt es in die Öffnung. Rostige Steigeisen führte an einer Mauer entlang nach unten. In einer Ecke entdeckte Max im schwachen Licht des Handys leere Holzkisten, denen einmal mit einem Brenneisen ein Hakenkreuz eingebrannt worden war. Mitten im Raum lagen ein Stemmeisen und ein Seil. Am Abdruck im Staub am Boden war zu erkennen, dass dort bis vor kurzem noch viele Kisten gestanden haben mussten.

»Verdammt«, fluchte Max, »Wir sind zu spät!«

»Wie lange noch?« Aschenberg wurde langsam ungeduldig.

Oscar1 und 2 arbeiteten auf Hochtouren. Durch die große Glasscheibe konnte er dem roten Tischroboter zusehen, der präzise seine Aufgabe erledigte. Über dem Roboter arbeitete eine große Absauganlage. Die Werte der abgesaugten Luft wurden fortlaufend von Oscar3 überwacht.

»Läuft alles nach Plan«, antwortete Oscar1. »In sechzig Minuten ist auch das zweite Baby fertig. Keinerlei Probleme.« Er deutete zu den zwei silbernen Kisten auf Metallpaletten. Während die eine bereits mit einem Deckel verschlossen war, stand die zweite noch offen. Der Roboter ließ immer wieder vorsichtig und ganz langsam lange, dünne Edelstahlkartuschen in die Transportröhren der Kiste gleiten. Aschenberg war zufrieden.

»Tango1, wie weit sind wir?«

»Es ist alles vorbereitet, Alpha«, antwortete der Sicherheitsoffizier und zeigte auf seine beiden Männer, die mit der Verkabelung beschäftigt waren.

»Sehr gut, weitermachen.«

»Was passiert mit den beiden Damen?«, fragte Tango1 und zeigte mit seiner Hand nach unten. »Die brauchen wir doch nicht mehr, oder?« In seiner Phantasie malte er sich schon genüsslich aus, wie er sich den wehrlosen Frauen ein letztes Mal annehmen würde.

»Für unsere Gäste habe ich mir etwas ganz Besonderes einfallen lassen. Das übernimmt Tango2, wenn wir weg sind«, antwortete Aschenberg, und die Vorstellung, dass er selbst nicht dabei sein konnte, betrübte ihn ein wenig. Er hätte zu gerne dabei zugesehen, vor allem bei Katharina König. Auch Tango1 war enttäuscht, wenn auch aus anderen Gründen.

Aschenberg ging hinüber in das Zelt zu den Computerspezialisten.

»November, wie weit sind Sie mit den Zündern?«, wollte er wissen.

»Alles fertig, Alpha«, antwortete sie und zeigte auf zwei Koffer. »Reinstecken, anschalten, und die Sache ist scharf. Der Zeitzünder ist bereits programmiert. Außerdem habe ich auf den Handys von Tango1 und 3 und natürlich auf Ihrem eine App zum manuellen Auslösen installiert. Sicher ist sicher«, ergänzte sie.

»Ja, sicher ist sicher.« Aschenberg lächelte spöttisch.

»Gut gemacht, November. Bitte übergeben Sie jetzt alles an Tango1.«

Der Sicherheitsoffizier nickte und November sah ihn überrascht an.

»Instruieren Sie ihn bitte genau, was zu tun ist und kommen Sie dann zu mir.« Als die Kolonne eine Stunde später den Hof verließ, war November bereits tot.

Katharina hing noch immer an den Handschellen über ihrem Kopf und sie schreckte hoch, als sie den Riegel an der Tür hörte.

»So, ihr zwei Hübschen. Wir drei machen jetzt einen schönen kleinen Ausflug«, verkündete die Stimme.

»Monika lebt«, schoss es Katharina durch den Kopf, als sie einen kleinen Stich im Oberarm spürte.

Max und Elias saßen auf einem Mauerrest der Ruinen von Dwasieden. Sie waren zu spät gekommen. Die Spuren waren frisch, was bedeutete, dass das Tabun tatsächlich hier gewesen war und sich jetzt in den Händen dieses teuflischen Fanatikers befand.

»Dreesen hat es ihnen verraten«, sagte Max frustriert.

Max hatte umgehend die Insel hermetisch abriegeln lassen; keine Maus kam von der Insel herunter, ohne kontrolliert zu werden. Und trotzdem hatte er ein ungutes Gefühl. Er überlegte krampfhaft, was er tun konnte, um dieses Verbrechers habhaft zu werden und Katharina zu finden. Noch während er darüber nachdachte, fragte Elias: »Was ist mit den Frauen? Sie haben doch jetzt, was sie wollen.«

Max sah ihn an. Beide wussten, wie gering Katharinas und Monika Dreesens Chancen nun noch waren, aber keiner wollte es laut aussprechen. Schweigend gingen sie zum Auto zurück.

Das Klingeln des Handys erlöste Max.

»Phil! Was gibt es Neues?«

»Leider keine guten Nachrichten, Max!«

»Warte einen Moment, Phil.«

Max schaltete den Lautsprecher aus und ging ein paar Schritte vom Auto weg. Elias sah ihm voller Sorge hinterher. Als Max zurückkam und sich ans Steuer setzte, sah er zu Elias' Entsetzen noch schlechter aus.

»Was ist mit Katharina? Los, sagen Sie schon!«

»Ich weiß es nicht.« Max startete den Motor und fuhr los.

»Was hat Phil gesagt?« Elias ließ nicht locker.

»Andreas Aschenberg! Er hat das Tabun. Nadja Kulizhnikova war nur eine Finte, sie sollte mit dem Anheizen der Krawalle nur ablenken. Es geht überhaupt nicht um diese verdammte Pipeline. Ich habe von Anfang an gespürt, dass da irgendetwas faul ist.«

Max redete sich in Rage, während er die Landstraße erreichte. Als er nicht weitersprach, fragte Elias verwirrt nach: »Was bedeutet das?«

»Aschenberg plant einen Anschlag. Er hat Katharina. Das war zwar nicht geplant, aber der Zufall hat sie ihm in die Hände gespielt. Und er kennt sie. Er macht sie dafür verantwortlich, dass er damals hinter Gitter gebracht wurde, und das hat ihn damals seine Anwaltszulassung gekostet.«

Er erklärte Elias gerade so viel über Aschenberg, damit er verstand, wie ernst die Lage war. Das waren tatsächlich keine guten Nachrichten, damit hatte Phil leider recht, fand Elias.

Doch er war von den Nachrichten und der Angst um Katharina jetzt auch überfordert. »Wohin fahren wir jetzt?«

»Phils Zauberkiste hat noch eine zweite Location ausgespuckt, nur zehn Minuten von hier. Das schauen wir uns jetzt an.«

Max hatte zwar Zweifel, ob das nach dem ersten Fehlschlag tatsächlich etwas brachte, aber er durfte nichts unversucht lassen.

Das SEK traf gerade bei der verdächtigen Adresse ein und hatte in sicherer Entfernung hinter Max' Auto am Straßenrand angehalten, als es auf einmal laut krachte. Alle zogen die Köpfe ein. Als sie wieder aufsahen, gab es anstelle des Bauernhofs mit seinen Nebengebäuden nur noch einen großen Krater. Rauch und Feuer lagen über dem Gelände und Steine prasselten auf sie nieder.

Max und Elias starrten auf die mit Rissen überzogene Windschutzscheibe ihres Wagens. Ein Steinbrocken war durch die Explosion gegen die Scheibe geschleudert worden.

Plötzlich brüllte Max: »Verdammte Scheiße!« Er raste rückwärts an den Fahrzeugen des SEK vorbei zurück auf die Landstraße. Elias wurde übel, als Max mit einer Schleuderwende den Wagen gekonnt in Fahrtrichtung drehte und dann beschleunigte, bis er über die Landstraße in Richtung Binz raste.

Elias brauchte etwas länger, bis er die Zusammenhänge verstand: »Wenn es nicht um die Pipeline geht, um was geht es dann?«

»Köln! Es geht um Köln! Aschenberg interessiert sich einen Dreck für die Pipeline! Mit dem Tabun will er die Regierungs- und Wirtschaftsbosse dieser Welt alle auf einmal auslöschen! So eine Chance bekommt er nie wieder!«

»Oh mein Gott! Und Katharina?«

»Elias. Ich weiß es nicht.«

»Und wenn sie auf dem Bauernhof ...?« Er traute sich nicht, den Gedanken auszusprechen.

»Nein, sicher nicht. Das wäre nicht Aschenbergs Stil. Mit Katharina hat er irgendetwas anders vor«, antwortete Max. Ein beruhigender Gedanken war das für beide allerdings auch nicht, allenfalls eine Hoffnung, dass Katharina noch lebte.

Für einen Moment verlor Max durch den Gedanken die Fassung. Doch sofort fing er sich wieder und war voll konzentriert, wofür Elias sehr dankbar war, denn inzwischen flogen sie fast über die Straße.

»Was jetzt?« Elias war entmutigt. Wenn nicht einmal Max wusste, was zu tun war.

»Ich muss zurück nach Köln.«

»Was?«, protestierte Elias. »Und was ist mit Katharina? Sie können doch nicht …«

Max antwortete ihm nicht, sondern wählte auf seinem Handy die geheime Handynummer des BKA-Chefs.

Aschenberg hatte wie immer alle Eventualitäten berücksichtigt. Katharina König war zwar als Geisel nicht geplant gewesen, aber diese Zugabe krönte seinen Triumph.

Der alte einheimische Fischkutter, mit dem er und seine Mannschaft die Insel verließen, fiel niemand weiter auf und wurde auch nicht kontrolliert. Bis Max König erfahren würde, wo er seine widerborstige Exfrau finden würde, wären Nadja und er längst untergetaucht, und für die Oberstaatsanwältin käme jede Hilfe zu spät. Aschenberg schickte eine zeitversetzte Nachricht mit einen Link auf Max Königs Handy, die dieser aber erst am nächsten Morgen erhalten würde.

»Ihr sollt schließlich beide was davon haben«, lächelte er schadenfroh, während er die gleiche Nachricht ebenfalls zeitversetzt an eine zweite Nummer verschickte. Das zu der Nummer gehörende Handy hatte er in Dr. Dreesens Krankenzimmer schmuggeln lassen. Schlechtbezahlte Pflegekräfte waren so leicht mit Geld zu kaufen. Aschenberg schmunzelte. So war er sicher, dass auch Dr. Dreesen die Nachricht dann sofort sehen würde. Dann steckte Aschenberg sein Handy ein und genoss die frische Seeluft. Er hatte mindestens eine ganze Nacht Vorsprung.

Max' Telefonat mit dem BKA-Chef verlief nicht so, wie er sich das erhofft hatte. Dabei hätte er damit rechnen müssen. Max war Direktor Gruninger seit längerem wegen seiner eigenwilligen Arbeitsweise ein Dorn im Auge, endgültig aber seit seiner unrühmlichen Trennung von Katharina, die Gruninger sehr geschätzt hatte. Da war es nicht hilfreich gewesen, dass er ihn jetzt ausgerechnet während des Empfangs für den französischen Ministerpräsidenten störte. Ruhig und sachlich versuchte Max, ihm die Gefahr durch Andreas Aschenberg und das Tabun klar zu machen. Er bat ihn, den Gottesdienst am Sonntag im Dom abzusagen. Max war sich mittlerweile sicher, dass der Anschlag am Sonntag während der Messe im Dom geschehen würde. Nur dort waren alle Teilnehmer des ESF an einem Ort, noch dazu in einem geschlossenen, wenn auch sehr großen Raum. Dr. Gruninger hatte Max für verrückt erklärt, dann aber nach Beweisen gefragt. Doch er hatte nichts Handfestes, womit er jetzt überzeugen konnte.

»Sie wollen also, dass ich aufgrund Ihres Bauchgefühls den Gottesdienst am Sonntag absage und sämtliche Regierungschefs und Wirtschaftsbosse nach Hause schicke?«

»Haben Sie völlig den Verstand verloren, König? Ich glaube, es ist besser, wenn Sie die Zeit nutzen und sich auf Rügen noch etwas erholen. Sie sind offensichtlich geisteskrank. Das ist übrigens keine Bitte, sondern eine klare Anweisung. Ich will Sie hier in den nächsten Tagen nicht sehen.«

Damit legte der BKA-Chef auf.

Max fluchte. Er hatte nicht einmal die Gelegenheit gehabt, seinem Vorgesetzten von der Entführung Katharinas zu berichten. Gleichzeitig hatte er keine Idee, wie Aschenberg und seine Handlanger das Giftgas in den Dom bringen wollten. Er war sich aber sicher, dass der Gottesdienst im Kölner Dom die einzige Option war, die einen Sinn ergab. Dort konnte dieser Wahnsinnige alle wichtigen Regierungschefs und hunderte von Wirtschaftsbossen auf einmal erwischen. Es musste schnell gehen, so schnell, dass niemand mehr reagieren konnte. Und es sollte sicherer sein als jede Bombe. Auf Sprengstoff war der Dom mit Sicherheit mehrfach überprüft worden, aber mit einem chemischen Nervengas aus dem Zweiten Weltkrieg rechnete niemand. Seit Tagen war der Dom jedoch besser bewacht als die Bank von England und Fort Knox zusammen, und bis jetzt konnte das Tabun noch nicht dort sein.

»Ich fliege sofort nach Köln. Die haben keine Ahnung, mit wem sie es zu tun haben und was ihnen bevorsteht.« Elias sah ihn entgeistert an.

»Und was ist mit Katharina?«

Samstag – noch ein Tag

Elias hatte eine weitere unruhige Nacht hinter sich, als ihn das Brummeln seines Handys auf dem Nachttisch weckte. Er schaute auf sein Handy: vier Uhr! Und eine SMS von Max.

»Bin in fünf Minuten da!« Darunter war ein Link zu einer Website eingefügt.

›Wollte er nicht längst in Köln sein?‹, dachte Elias. ›Da ist was passiert!‹. Ein ungutes Gefühl beschlich ihn.

Elias klickte darauf, der Browser öffnete sich und der Livestream einer Wärmebild-Webcam erschien. Was er sah, ließ ihn innerhalb einer Zehntelsekunde hellwach werden und aus dem Bett springen.

Als Katharina zu sich kam, spürte sie eine laue Brise auf ihrem Gesicht, und sie hörte das Rauschen in den Bäumen. Vögel sangen, irgendwo krächzte ein Eichelhäher und zwei Elstern stritten sich lautstark. Sie waren definitiv nicht mehr im Bunker.

In ihrem Rücken fühlte sie die raue Rinde eines Baumes und ihre Hände waren hinter dem Baumstamm mit Handschellen gefesselt. Sie konnte diese weder nach unten ziehen, noch konnte sie in die Knie gehen oder sich setzen, deshalb vermutete sie, dass die Handschellen irgendwie am Baumstamm fixiert worden waren. Unter ihren Fußsohlen spürte sie den weichen Waldboden. Als sie, um ihren verletzten Fuß zu entlasten, ihre Haltung verändern wollte, spürte sie, dass mit einem Seil ihre Fußgelenke eng gefesselt waren. Sie konnte sich praktisch nicht bewegen und musste in dieser Haltung ausharren.

Wie war sie hierher gekommen? Der Wachmann hatte sie offensichtlich mit einer Spritze betäubt, denn der Stich in ihren Hals fiel ihr wieder ein.

»Eindeutig Aschenbergs Handschrift, dieser ekelhafte Sadist.« ›Warum hat er mich nicht einfach getötet?‹, fragte sie sich. ›Mit etwas Glück wird man mich schon bald finden‹.

»Katharina«, hörte sie plötzlich Monikas Stimme.

»Ja! Ich bin hier!«

»Gott sei Dank.«

»Monika, wie geht es dir?«

»Ich bin an einen Baum gekettet. Ich kann mich kaum bewegen. Und sie haben mir die Augen verbunden, ich kann nichts sehen.«

Monika Dreesens Stimme klang erschöpft und schwach.

»So geht es mir auch. Ich sehe auch nichts«, sagte Katharina und obwohl ihre Situation nicht lustig war, mussten sie kurz lachen. Für einen kurzen Moment fiel der Druck der letzten Tage von ihnen ab. Sie waren nicht mehr lebendig in diesem schrecklichen Bunker begraben. Hier im Freien würde sie früher oder später jemand entdecken. Sie mussten einfach noch ein bisschen Geduld haben. Bald würde alles gut werden.

»Und ich stehe irgendwie auf einer Kiste oder so was«, sagte Monika.

Katharina stutzte. Was war das für eine Kiste? Warum hatten sie nur Monika auf eine Kiste gestellt?

»Mach dir keine Sorgen, Monika. Die haben uns hier ausgesetzt, damit man uns findet. Die schinden nur Zeit. Wenn sie uns hätten umbringen wollen, hätten sie es schon längst getan.«

»Wo ist das?« Elias zeigte auf sein Handy und stieg ohne eine Begrüßung zu Max König in den Wagen.

»Das wissen wir noch nicht. Phil verfolgt den Link zu der Kamera. Auf dem Sportplatz wartet der Heli auf uns. Wir fliegen Richtung Norden. Wir sind sicher, dass dieser Bauernhof gestern ihre Basis war und sie werden die beiden Frauen nicht weit davon ausgesetzt haben. Alles andere hätte sonst viel zu viel Zeit gekostet«, vermutete Max.

»Wollten sie nicht längst in Köln sein?«

»Wir waren schon fast dort, als wir die Nachricht mit dem Link bekamen.«

»Aber warum haben sie die Frauen nicht gleich freigelassen oder uns einfach gesagt, wo wir sie finden?«

»Sie wollten Zeit gewinnen. Aber keine Sorge, wir finden sie. Die Kamera und Phil werden uns hinführen.«

Elias stieg mit einem flauen Bauchgefühl in den Hubschrauber und bemühte sich nicht daran zu denken, dass es gleich in die Höhe gehen sollte. Max gab ihm ein Headset. Kaum hatte Elias den Gurt angelegt, da hob der Hubschrauber auch schon ab. Er blickte mit Unbehagen aus dem Fenster. Die Häuser von Binz wurden immer kleiner, und nach kurzer Zeit hatten sie bereits ihre Flughöhe von sechshundert Fuß erreicht.

Max deutete auf drei Monitore über ihren Köpfen. »Das da rechts sind die Aufnahmen einer Wärmebildkamera, die unter dem Heli hängt. In der Mitte sind unsere Flugdaten auf einer Karte, so können wir sehen, wo wir sind.« Auf dem linken Bildschirm lief die Übertragung der Webcam. Sie sahen die beiden Frauen, etwa acht bis zehn Meter voneinander entfernt jeweils an einen Baum gefesselt. Die Bildqualität war ziemlich schlecht, sodass sie keine Hinweise auf den Ort erkennen konnten.

Wie gebannt schauten beide Männer auf die Monitore.

»Sie bewegen sich, Max«, rief Elias plötzlich. »Sie leben! Da, schauen Sie.«

Er zeigte auf den linken Monitor, auf dem zu erkennen war, dass eine der Frauen ihren Körper hin und herbewegte.

»Ja, sieht so aus. Wer weiß, wie lange sie da schon hängen. Das muss verflixt anstrengend sein. Aschenberg, dieses Schwein schreckt vor nichts zurück«, fluchte Max.

Es war noch immer dunkel und ziemlich kühl. Die Dämmerung hatte gerade erst eingesetzt und außer ein paar orangefarbenen Rehen und Wildschweinen hatten sie die ganze Zeit über nur die lilabläulich gefärbten Bäume auf dem Bildschirm der Wärmebildkamera gesehen. Quälende zwei Stunden starrten die beide Männer fast ununterbrochen auf die Monitore.

Zwischenzeitlich war die Sonne aufgegangen und Elias taten vom angestrengten Beobachten der Monitorbilder die Augen weh. Die einzigen Menschen, die sie in der ganzen Zeit entdeckt hatten, waren zwei Jäger, die von der angeforderten Streife kontrolliert und erfolglos befragt worden waren. Max schaute immer wieder ungeduldig auf sein Handy. ›Warum meldete sich Phil denn nicht?‹ Dann endlich klingelte es. Max riss sich das Headset vom Kopf und brüllte ins Handy.

»Phil? Wie sieht es aus? Hast du endlich die GPS-Daten?« Elias beobachtete Max, aber dessen Gesichtsausdruck verhieß nichts Gutes.

Die Rheinuferstraße in Köln war mit schweren Betonelementen als Straßensperren so blockierten, dass selbst für einen Lkw ein Durchbrechen unmöglich gewesen wäre. Die Sicherheitskräfte in Europa hatten aus den Anschlägen früherer Jahre in Berlin, Barcelona, Paris und London ihre Lehren gezogen. Kleine Fahrzeuge konnten im Schritttempo zwischen den versetzt aufgestellter Begrenzungen hindurchfahren und Nagelketten verhinderten unkontrolliertes Passieren eines Fahrzeuges.

Mehrere Polizisten standen zusätzlich mit Maschinenpistolen bereit und beobachteten aufmerksam die Kontrollen. Ausnahmslos jedes Fahrzeug wurde penibel durchsucht. Der Unterboden wurde mit Spiegeln abgesucht und Spürhunde umkreisten die Fahrzeuge. Sämtliche Insassen mussten aussteigen und sich einer Leibesvisitation unterziehen. Pro Fahrzeug brauchten die Sicherheitskräfte mindestens fünfzehn Minuten, was zu entsprechend langen Staus führte. Insgesamt gab es nur vier Zufahrten in die abgesperrte ›Rote Zone‹, davon war eine ausschließlich für Fahrzeuge der Gäste und eine nur für Polizeifahrzeuge reserviert. Die Sperrzone zog sich vom Rheinufer südlich von der Philharmonie und dem Römisch-Germanischen Museum vorbei am Roncalliplatz im Bogen einen Block weit um die Domplatte herum bis zum Hauptbahnhof. Sämtliche Ein- und Ausgänge des Bahnhofs waren bereits am Samstag seit 14 Uhr verschlossen, was bei der rheinländischen Bevölkerung entweder für große Empörung oder für typisch rheinländische Belustigung sorgte. Immerhin hatte es das straffe Sicherheitskonzept geschafft, den randalierenden Mob auf die andere Rheinseite zu konzentrieren und so Krawalle und Zerstörung aus der Innenstadt fernzuhalten.

Der Fahrer eines schwarzen Transporters reichte dem kontrollierenden Polizisten seine Papiere.

»Das ist bestimmt nicht leicht heute?«, fragte der Fahrer freundlich.

»Jo, dat kannse gleuve«, antwortete der Polizist auf Kölsch, während er den schwarzen Kleintransporter zu sich in die erste Kontrollstelle winkte. »Für uns jibbet nit ens nen Halven Hahn in d'r Kantin. Un em Dom weet alles op Huuhjlanz poleet. Joldschmiede hatte mer hück, Maler, Caterer, Beleuchter, Bühnen- un Tontechnik un so wigger. Wat für ene Quatsch, alles för de driss Joddesdens! Un wat maachen Sie?«

Er las die Werbeschrift auf der Seite des Fahrzeugs. »Oh, Orjelbauer.« Er schmunzelte und gab die Papiere zur Überprüfung an seinen Kollegen.

»Tut mir leid, mit ›Halve Hahn‹ und Champagner kann ich nicht dienen, Herr Wachtmeister«, lachte der Fahrer, während nun auch sein Beifahrer ausstieg und beide sich zu dem Zelt begaben, in dem der Ganzkörperscanner sie durchleuchten würde.

Katharina versuchte immer wieder, mit wippenden Bewegungen die Schmerzen in den Schultern erträglicher zu machen, aber der verletzte Fuß und die Fixierung am Baum ließen kaum eine Entlastung zu. Obwohl es sie anstrengente, unterhielten sich die zwei Frauen, denn das Schweigen und Warten war noch viel schwerer zu ertragen.

Monika erzählte von der Firma, ihrer Mutter und schließlich von ihrer schönen und behüteten Kindheit. Katharina berichtete von ihrem früheren Job als Oberstaatsanwältin, von Max, und natürlich von Anna.

In ihren Augen standen Tränen, als sie darüber nachdachte, dass sie vielleicht doch keine Gelegenheit mehr haben sollte, ihre Tochter zu treffen. Was, wenn sie doch niemand finden würde? Doch dann schüttelte sie über sich selbst den Kopf. Warum war sie denn ausgerechnet jetzt so verzweifelt? Plötzlich stutzte sie und bewegte ihren Kopf noch einmal hin und her. Da baumelte etwas an ihren Hals! Es fühlte sich an wie eine Kunststoffkugel, rund, glatt und kühl, wie ein Anhänger an einer Kette.

»Monika, ich glaube, die haben mir etwas um den Hals gehängt, hast du das auch?«, wandte sich Katharina an ihre Freundin.

Monika wackelte ebenfalls mit dem Kopf. »Ja, du hast recht. Ich spüre das auch. Hast du eine Ahnung, was das ist? Die haben uns ja sicher kein Abschiedsgeschenk gemacht?«

Katharina überkam ein Unbehagen angesichts des merkwürdigen Halsschmucks. Sie hatte eine ganz andere, schreckliche Vermutung, die sie jedoch vorsorglich für sich behielt.

»Es fühlt sich an wie ein Kinderspielzeug oder vielleicht so eine Art GPS-Peilsender, damit sie kontrollieren können, wo wir sind.«

Sie wollte Monika auf keinen Fall beunruhigen, aber sie selbst ahnte, dass sie mit jeder Minute dem Tod ein Stückchen näher kamen.

Der Tag brach an, die Sonne war aufgegangen und langsam wurde es wärmer. Monika spürte, wie die Sonnenstrahlen ihre Stirn erreichten.

»Spürst du auch die Sonne?«, fragte Monika.

»Nein, noch nicht. Du?«

»Ja, auf der Stirn.«

Katharina durchfuhr es. Jetzt wurde ihr klar, warum Monika auf einer Kiste stand.

»Ja, wunderbar, wenigstens nicht mehr frieren. Dann wird es jetzt endlich mal wieder wärmer«, antwortete Monika arglos.

Katharina gruselte es angesichts Aschenbergs perfidem Plan. Dies hier war seine grausame Rache. Sie war sich sicher, dass er wollte, dass sie miterlebte, wie bei Monika Dreesen die Sonnenuhr zuerst ablief und anschließend auch bei ihr selbst, ohne dass sie etwas dagegen tun konnte. Für den Zeitunterschied sorgte die Kiste, auf der Monika stand. Panik stieg in ihr auf, doch sie versuchte, sich nichts anmerken zu lassen. Noch war etwas Zeit.

Die beiden Männer trugen schicke, dunkelblaue Overalls mit goldgefassten Nähten und in Gold aufgesticktem Firmenlogo auf dem Rücken und der Brusttasche. Sie luden zwei schmale, lange Aluminiumkisten aus dem Laderaum des Transporters auf Rollbretter um, stellten zwei Werkzeugkisten obendrauf und schoben alles ratternd vor sich her über den Roncalliplatz. Vor dem mächtigen Portal unter den beiden Domtürmen wurden sie von zwei Polizisten angehalten, die erneut ihre Papiere und Zugangsberechtigungen prüften und Einblick in die beiden Kisten verlangten. Tango1 und 3 warfen sich einen kurzen Blick zu, dann öffneten sie die obere Kiste und erklärten den beiden Sicherheitsleuten, wofür sie das Material benötigten.

Nach wenigen Minuten konnten sie ihren Weg um den Nordturm herum fortsetzen. Tango1 sah von der Domplatte hinunter auf den schon fast menschenleeren Bahnhofsvorplatz. Die letzten Vorbereitungen für die Komplettsperrung des Hauptbahnhofs liefen noch und man konnte Unmengen zusätzlicher Überwachungskameras sehen. Kein Winkel blieb uneinsehbar. Schließlich erreichten sie dem Nordeingang des Doms und passierten die nächste Kontrolle. Wie immer war ein Teil des Doms eingerüstet. Der Zugang zum Bauaufzug war mit einer hohen Bretterwand unzugänglich gemacht und seit mehreren Tagen zusätzlich mit Stacheldraht auf der Oberkante gesichert. Tango1 und 3 blieben vor der Tür in der Bretterwand stehen.

Wie selbstverständlich hielten sie dem Wachmann ihre Ausweise hin. Der nickte bloß und sie schoben die Kisten in den

Bauaufzug. Doch nur einer der beiden Männer stieg mit ein und fuhr nach oben. Der andere betrat das Seitenschiff des Doms, blieb stehen und sah zum gegenüberliegenden Südquerhaus, hinauf zu dem von der Sonne erleuchteten ›Richter-Fenster‹.

Wie oft war er schon hier gestanden und hatte dieses moderne Kirchenfenster aus rund elftausend farbigen Glasplättchen bewundert? Dieses Mal war Tango1 aber nicht hier, um in einer der Bänke für ein Gebet Platz zu nehmen oder den Dom zu bewundern. Er wandte sich statt dessen nach links zu der kleinen Spendenbox, zündete eine Gedenkkerze an und stellte sie auf eines der dafür vorgesehenen Gestelle, auf denen normalerweise hunderte brannten. Jetzt stand seine ganz alleine da.

Er bekreuzigte sich, ging zu der reich verzierten Holztür in der Ecke des Nordquerhauses und stieg die dahinterliegende enge Wendeltreppe hinauf zum Triforium.

»Was heißt das, auf einmal hast du das GPS-Signal offen gesehen? Du meinst, es ist Absicht, dass wir sie jetzt finden? Ja! Ja! Okay!« Max sah verständnislos auf sein Handydisplay und reichte dann sein Telefon nach vorne zum Co-Piloten. »Hier, das sind die Koordinaten der Kamera. Schnell! Da finden wir sie!«

Elias konnte gar nicht so schnell reagieren, wie der Pilot den Steuerhebel herumriss, den Helikopter über die rechte Seite mit der Nase nach unten gekippt und beschleunigte. Max reichte Elias eine Papiertüte, weil dieser bei dem Manöver ganz grün im Gesicht geworden war.

»Zehn Minuten bis zum Ziel«, informierte der Pilot über den Bordfunk.

Max sprach leise zu Elias »Ganz ruhig, wir haben sie gleich!«

Katharina spürte, dass die wärmenden Sonnenstrahlen nun auch schon auf ihrem Gesicht lagen.

»Monika, ist dir immer noch kalt?«, wollte Katharina wissen.

»Nein, es ist alles gut, ich stehe seit einigen Minuten mit dem Oberkörper voll in der Sonne. Sie wärmt mich auf.«

Katharina zuckte zusammen, denn Monika ahnte nicht, in welcher Gefahr sie war. Und auch bei Katharina krochen die wärmenden Sonnenstrahlen unaufhörlich weiter abwärts. Sie schätzte, dass es keine fünfzehn Minuten mehr dauern würde, bis sie auch voll der Sonne ausgesetzt sein würde.

»Monika, wir müssen uns bemerkbar machen, ich weiß nicht, wie weit abseits von Wegen die uns hier abgeladen haben«, erklärte Katharina und fing laut an zu rufen.

»Hilfe, hört uns jemand? Wir sind hier! Hilfe!«, riefen beide Frauen so laut sie konnten. Dann lauschten sie, ob irgendjemand sie gehört hatte. Doch ihre Rufe verklangen ungehört zwischen den Bäumen.

»Max, verdammt! Wo bist du?«, schrie Katharina verzweifelt, obwohl ihre Stimme langsam versagte. Es fiel ihr zunehmend schwerer, gegen die aufkommende Panik anzukämpfen.

Die Sonnenstrahlen wanderten stetig ihrem mörderischen Ziel näher.

»Da vorne!«, rief Elias plötzlich und zeigte auf den Monitor der Wärmebildkamera. Unweit einer Lichtung sahen sie zwei orange-gelb leuchtende Flecke auf dem Bildschirm.

»Da! Schnell, runter!«, rief Elias aufgeregt.

Der Pilot steuerte den Helikopter zu der Lichtung und verringerte die Höhe.

»Gott sei Dank!«, rief Elias, »Endlich!«

Auf dem Monitor konnten sie erkennen, dass beide Körper sich leicht bewegten. Sie hatten offensichtlich schon den herannahenden Helikopter gehört. Elias bemerkte in seiner Aufregung nicht, dass Max auffällig ruhig blieb.

»Landen Sie auf der Lichtung! Wir müssen vorsichtig sein«, wies Max den Piloten an. Sein Bauchgefühl sagte ihm, dass hier irgendetwas nicht stimmen konnte. Phils Bemerkung, dass das Signal mit den GPS-Daten plötzlich öffentlich sichtbar gewesen war, machte ihn misstrauisch. Aschenberg tat nichts ohne Grund. Max vermutete, dass Aschenberg noch ein Ass im Ärmel hatte, das er noch nicht ausgespielt hatte. Dass es jetzt so einfach sein sollte, passte nicht zusammen. Max war sich sicher, dass Aschenberg Katharina nicht einfach laufen lassen würde.

Seine Befürchtung bewahrheitete sich schneller, als ihm lieb war. Plötzlich sahen sie auf dem Monitor einen Blitz und dann nur noch einen gleißend weißen Fleck.

»Verdammt! Runter! Runter, schnell!«, schrie Max und öffnete bereits die Schiebetür, bevor der Helikopter unsanft auf der Wiese aufgesetzt hatte. Er riss den Feuerlöscher aus der Halterung und sprang heraus. Elias schnappte sich den zweiten Löscher und folgte ihm, so schnell er konnte.

Von der Lichtung aus, auf der sie gelandet waren, waren es noch gut dreißig Meter durch dicht bewachsenes Gehölz. Doch sie hörten bereits die entsetzlichen Schreie und auch das extrem helle, fast weiß brennende Feuer konnten sie sehen. Der schreckliche Gestank von verbranntem Fleisch schlug ihnen entgegen.

Max erreichte als Erster die Stelle, an der ein Körper wie eine Fackel brannte. Die Flammen schlugen an dem Baum empor.

Er richtete den Strahl seines Feuerlöschers auf den Rumpf, aber es zeigte sich keinerlei Wirkung. Das Feuer fauchte und loderte unbeeindruckt weiter und fraß sich den Baumstamm weiter hinauf.

Elias starrte wie gelähmt auf das, was einmal ein menschlicher Körper war. Der Gestank war unerträglich. Max warf den leeren Feuerlöscher zur Seite und riss Elias dessen Feuerlöscher aus den Händen.

»Tu was, verdammt noch mal!«, schrie Max ihn an, doch Elias war wie erstarrt.

»Hallo! Hilfe!« Katharinas Stimme riss ihn aus seiner Starre. Er drehte sich um und stürzte auf sie zu. Er rüttelte an den Ketten, um sie zu lösen, natürlich ohne Erfolg.

»Das Ding an meinem Hals! Machen Sie es weg! Das ist Phosphor!« Elias brauchte einen Moment, um zu verstehen, was Katharina ihm sagte, dann starrte er die braune Kugel an ihrem Hals an. Mit aller Gewalt riss er an der Kette, mit der die Kugel befestigt war, aber es war unmöglich, Katharina so davon zu befreien.

»Max! Schnell! Ich brauche eine Zange!«, rief Elias, aber Max schien ihn nicht gehört zu haben, er versuchte immer noch, den brennenden, mittlerweile jedoch leblosen, verkohlten Körper zu löschen.

»Max!«, schrie Katharina hysterisch und in Todesangst.

Dieser ließ endlich den zweiten leeren Feuerlöscher fallen und wandt sich zu Katharina und Elias um. Erst jetzt bemerkte er, wie Elias verzweifelt versuchte, die Kette von Katharinas Hals zu lösen. Entsetzt sprang er hinüber, aber auch zu zweit konnten sie nichts ausrichten. Auf einmal wurde Katharina ganz ruhig. Jeden Moment konnte sich die Kugel an ihrem Hals selbst entzünden und sie töten.

Plötzlich fielen Elias Phils Worte ein: ›Selbstentzündung bei 30 Grad‹.

»Weg!«, schrie er plötzlich und spuckte auf die Kugel auf Katharinas Hals. Max verstand und tat es ihm nach. So konnten sie Zeit gewinnen.

Im nächsten Moment wurde er zur Seite geschoben und ein Wasserschwall aus einer Trinkflasche traf Katharinas Hals und Brust. Katharina zuckte erschrocken zusammen und schrie auf. Der Co-Pilot stand vor ihr und trennte mit einem Seitenschneider die Kette auf. Er ließ die Phosphorkugel in das restliche Wasser in der Flasche fallen und warf diese vorsorglich in den Schatten, bevor er Katharina von den Fesseln befreite. Max hatte ihm geholfen, aber Elias stand daneben und war unfähig, sich zu bewegen.

Katharina sackte in sich zusammen, als sie zuletzt von den Handschellen befreit wurde, doch Max fing sie auf. Er nahm seine Exfrau auf die Arme und trug sie zum Helikopter. Der Co-Pilot forderte Elias auf, ebenfalls zum Hubschrauber zurückzugehen, damit Katharina schnellstmöglich ins Krankenhaus gebracht werden konnte. Er selbst wollte warten, bis die Feuerwehr und die Polizei eintreffen würde.

»Das war knapp«, sagte Max.

»Gut, dass sie das wenigstens nicht mit ansehen musste«, sagte Elias leise, während sich Ärzte hinter verschlossener Tür im Behandlungsraum um Katharina kümmerten.

Völlig erschöpft und von dem bestialischen Mord von Monika Dreesen noch immer geschockt, saßen Max und Elias schweigend im Flur und warteten auf einen Arzt, der ihnen etwas über Katharinas Zustand sagen konnte.

Hin und wieder ein aufmunternder Blick war alles, was sie von den Schwestern bekamen, die im Behandlungsraum verschwanden oder herauskamen.

Doch dann endlich kam Dr. Wagner, der Arzt, den sie schon vom Besuch bei Dr. Dreesen kannten, aus dem Behandlungsraum. Max und Elias sprangen auf und fragten durcheinander nach Katharina.

»Meine Herren, bitte. Es geht Frau König den Umständen entsprechend gut.« Und mit einem beruhigenden Lächeln fügte er hinzu: »Und bei ihr sind die Umstände nicht schlecht, würde ich sagen. Es ist erstaunlich, wie gut es ihr geht angesichts dessen, was sie durchgemacht hat.«

Max und Elias atmeten erleichtert auf.

»Sie hat wirklich großes Glück gehabt. Sie ist offenbar eine sehr starke Frau. Die Schürf- und Platzwunden haben wir gesäubert und versorgt. Zwei Mal mussten wir nähen. Ihr Fuß wurde ziemlich übel zugerichtet, aber es ist nichts gebrochen. Das CT und MRT haben keine inneren Verletzungen gezeigt, soweit ist sie stabil. Sie braucht nur Ruhe. Wir haben sie in ein Einzelzimmer gebracht und den psychologischen Dienst informiert. Ich befürchte, sie wird trotzdem psychisch noch eine ganze Weile an dieser Sache zu knabbern haben. Vielleicht sollte sie sich dann therapeutische Unterstützung suchen.«

»Das sind gute Nachrichten, Herr Doktor«, sagte Elias erleichtert.

»Dürfen wir zu ihr?«, fragte Max.

»Wir haben ihr ein Beruhigungsmittel gegeben und jetzt schläft sie erst mal. Gönnen Sie ihr bis morgen früh ein bisschen Ruhe. Dann schauen wir, wie es ihr geht. Hier können Sie im Moment nichts ausrichten. Gehen Sie nach Hause. Sie sehen auch aus, als könnten Sie ein bisschen Ruhe gebrauchen.«

Der Arzt wollte sich bereits abwenden, als Max noch etwas einfiel.

»Ach, Doc, wie geht es eigentlich Dr. Dreesen?«

»Hat man Ihnen denn nichts gesagt?«, fragte der Arzt überrascht mit ernstem Gesichtsausdruck.

Max und Elias schüttelten die Köpfe.

»Es tut mir leid. Herr Doktor Dreesen ist tot. Es ist tragisch. Er ist …« Der Arzt machte eine Pause. »Er hat sich furchtbar aufgeregt über irgendetwas. Da haben seine Vitalwerte vollkommen verrückt gespielt, ohne Vorwarnung, und das hat sein Herz nicht geschafft. Wir konnten leider nichts mehr für ihn tun. Aber ... Auf seinem Bett lag ein Mobiltelefon. Dort lief ein Video von einem brennenden Baum oder Wald. Die Polizei ermittelt noch«, berichtete der Arzt. »Haben Sie denn seine Tochter gefunden?«

»Oh mein Gott«, war alles, was Elias herausbrachte. Max wiederum ließ sich nichts anmerken und blieb ruhig.

»Ja, wir haben sie gefunden, aber leider zu spät. Er hat wohl mit angesehen, wie seine Tochter … umgekommen ist. Wie kam er denn an das Handy?«, wollte Max vom Arzt wissen.

»Das wissen wir noch nicht. Es ist nicht sein eigenes gewesen, so viel steht fest. Jemand muss es ins Zimmer geschmuggelt haben. Mehr kann ich Ihnen dazu nicht sagen. Es tut mir leid. Wir sehen uns morgen. Auf Wiedersehen.« Er verschwand in einem der anderen Behandlungszimmer.

»Aschenberg, dieser Teufel!«, fluchte Max. »Ich muss sofort nach Köln! Wir müssen dieses perfide Arschloch aufhalten. Diese Idioten in Köln ahnen gar nicht, zu was Aschenberg alles fähig ist. Wenn die wüssten, welche Katastrophe uns bevorsteht …«

»Hauen Sie schon ab, ich halte hier die Stellung« Elias klopfte ihm unbeholfen auf die Schulter.

»In Stralsund steht ab morgen früh ein Heli für Sie bereit. Sie sorgen dafür, dass Katharina gut zurück nach Köln kommt. Versprechen Sie mir das?«

»Ja! Ja, natürlich«, bestätigte Elias und sah dann Max hinterher, der schon zum Aufzug lief.

Zufrieden las Aschenberg auf seinem Handy: »Sind drin!«

»Und, alles okay?«, fragte Nadja, die nur mit einem kurzen Handtuch, das sie sich um die Hüften gewickelt hatte, aus dem großen Bad der Hotelsuite kam. Sie trat zu ihm ans Fenster und schlang von hinten ihre Arme um ihn. Ihre nackten Brüste presste sie dabei fest gegen seinen Rücken.

Andreas Aschenberg sah davon unbeeindruckt weiter durch einen Feldstecher hinüber zum Dom. Die Suite in dem Luxushotel auf der anderen Rheinseite bot einen perfekten Blick auf den Dom. Über die derzeit für Fußgänger gesperrte Hohenzollernbrücke fuhren nur noch vereinzelt Fernzüge. Am Rheinufer entlang erschien alles menschenleer. Sämtliche Kneipen und Restaurants waren bis Sonntagnachmittag geschlossen. Einige davon dienten den Sicherheitskräften als Kantinen oder Aufenthaltsräumlichkeiten zwischen ihren Schichten, aber sonst hatte niemand Zutritt.

»Ja, hier läuft alles nach Plan«, antwortete Aschenberg. Sein anderer Plan war leider nicht ganz so verlaufen, wie er sich das vorgestellt hatte. Seine Enttäuschung darüber, dass Katharina König im letzten Moment doch noch gerettet worden war, konnte er gar nicht in Worte fassen. Wütend hatte er sein Handy auf das Kingsize-Bett geschleudert, als er es im Livestream mitverfolgen musste. Er hatte sich in Bezug auf Max König getäuscht. Dieser war ihm näher auf den Fersen gewesen, als er gedacht hatte.

Wenigstens hier in Köln schien alles nach Plan zu laufen. Wenn nicht doch noch etwas dazwischen kam, brauchten seine Männer noch ziemlich genau zwei Stunden für die Installation. Er bedauerte es sehr, dass er den großen Knall nicht von hier aus miterleben konnte, aber es tröstete ihn, dass er die nächsten Tage und Wochen auf allen Sendern nichts anderes würde sehen können. Von diesem Schlag würde sich Europa – nein die ganze Welt – nicht erholen. Es würde nie wieder so sein wie zuvor. Die traumatischen Bilder der sterbenden Regierungschefs würden sich ins Gedächtnis der Menschen einbrennen, viel mehr noch als die des 11. September oder der Schüsse auf John F. Kennedy in Dallas. Er war sich sicher, dass die Menschen bis an ihr Lebensende noch genau wissen werden, wo sie im Moment des Attentats im Kölner Dom gewesen waren. Jeder würde die Bilder sofort vor Augen haben. Selbst wenn die Verantwortlichen die Liveübertragung sofort abschalten würden, wären dank der unzählbar vielen Kamerateams und Fotografen vor Ort und unzähligen Handys unkontrollierbar viele Bilder vorhanden, die sich dann unkontrollierbar über die Welt verbreiten werden.

»Ich sehe es schon vor mir«, schwärmte er Nadja vor, »wie die Regierungschefs aus dem Portal taumeln und dann auf der Domplatte tot zusammenbrechen. Das wird einen einzigen Leichenberg geben, so schnell werden sie verrecken. Niemand wird ihnen zu Hilfe kommen können, denn wer in die Nähe kommt, stirbt ebenfalls sofort.« Er lachte laut. »Auch im Dom werden sie sterben wie die Fliegen. Die Domplatte wird zum Schlachtfeld werden, meinem Schlachtfeld, von dem ich zu gegebener Zeit als siegreicher Feldherr hervorgehe. Und weißt du, was genial daran ist?«, fragte er Nadja. Sie schob ihren nackten Körper um ihn herum und sah zu ihm auf.

»Überall auf der Welt räumen sie die Ruinen weg und bauen noch größere Kapitalistenhochburgen wieder auf, doch der Dom wird als Mahnmal stehen bleiben, das ewige Symbol für die Revolution und auf alle Zeiten mit unserer Heldentat verbunden.«

Nadja spielte mit Andreas Aschenbergs Brusthaar. Sie wickelte sich die kurzen Locken um die Finger.

»Mein Held!«, lachte sie und zog ihn rückwärts auf das Bett.

Einhundertvierzehn Minuten später summte sein Handy.

»Mission erfolgreich!«

Sonntag

Das penetrante Klingeln hörte nicht auf. Elias hatte nach dem aufregenden Tag endlich wieder einmal gut schlafen können. Doch nun beendete das Handyklingeln seinen Tiefschlaf abrupt. Er schaute auf sein Display:

»05:21«

»Ja?«, meldete er sich verschlafen.

»Elias?«

Katharinas Stimme klang noch angeschlagen und schwach, aber er konnte sie trotz seiner Bedenken nicht von ihrem Vorhaben abbringen. Also fügte er sich, geahnt hatte er schon am Abend vorher irgendwie, dass es so kommen würde.

Elias hatte die Hotelangestellte mit einem großzügigen Trinkgeld dazu bewegen können, ihn in Katharinas Zimmer zu lassen, um ihre Sachen zusammenzupacken. Nicht mal eine dreiviertel Stunde nach Katharinas Anruf saß er im Auto und war auf dem Weg ins Krankenhaus.

Katharina wartete bereits auf einem der Stühle der Wartezone in der Eingangshalle. Alle seine Versuche, sie dazu zu überreden, dass sie sich die notwendige Erholung und ihrem Fuß ausreichend Zeit zur Heilung gönnen sollte, blockte Katharina ab.

»Lassen Sie das bitte meine Sorge sein, Elias. Ich möchte das nicht diskutieren«, war alles, was sie dazu sagte und so gab er es auf und rief wie gewünscht den Hubschrauberpiloten an, um ihren Abflug anzukündigen.

Um viertel vor sieben startete der Helikopter in Richtung Köln. Elias appellierte nochmals an Katharinas Vernunft und bat sie, sich auszuruhen, aber sie war nicht umzustimmen.

»Wir müssen Max helfen. Er schafft das nicht alleine«, entgegnete Katharina ihm.

»Hören Sie, Max ist nicht alleine, dort schwirren im Moment wahrscheinlich so viele BKA-Mitarbeiter rum wie noch nie und die verstehen was von ihrem Handwerk. Lassen Sie die doch ihren Job machen. Sie sind doch noch gar nicht fit.« Elias hatte keine Idee, was sie in Köln überhaupt würden erreichen können, was Max nicht schon versucht haben würde.

»Glauben Sie mir, Max braucht unsere Hilfe«, sagte Katharina überzeugt. »Max hat, sagen wir mal so, ein paar Probleme mit seinem Vorgesetzten. Es gab da in der Vergangenheit ein paar Vorkommnisse, die diesem Verhältnis nicht gerade förderlich waren. Ich befürchte, dass Dr. Gruninger, der Leiter vom BKA und Max' Chef, ihm nicht glauben wird«, erklärte Katharina.

»Und Ihnen wird er glauben?«, wollte Elias wissen.

»Ich habe immer noch sehr gute Kontakte und ja, ich denke, mir wird er wahrscheinlich eher glauben. Wir können in diesem Fall einfach kein Risiko eingehen un müssen alles versuchen. Stellen Sie sich vor, was passiert, wenn Aschenberg es schafft, das Tabun freizusetzen. Im Dom werden viele hundert Leute, Regierungschefs, Wirtschaftsbosse, Kirchenvertreter und wer weiß noch was für wichtige Leute sitzen. Sie werden sterben und die Welt wird in eine Krise stürzen, wie wir sie noch nie erlebt haben, wenn wir das nicht verhindern.«

Der Pilot unterbrach Katharina.

»Wo werden wir landen?«, fragte er. »Köln-Bonn ist komplett gesperrt. In einer Stunde landet da die Airforce One«, schob er als Erklärung hinterher.

»Fliegen Sie erst einmal, wir werden ein passendes Plätzchen finden. Wann werden wir in Köln ankommen?« Katharina gab sich unbekümmert.

»Etwa um zehn Uhr«, schätzte der Pilot.

»Wann geht der Gottesdienst los?«, warf Elias ein

»Um zehn«, antwortete Katharina.

In Köln hatte die große Abschlusspressekonferenz mit sieben ausgewählten Mitgliedern im Messezentrum begonnen. Die restlichen Teilnehmerländer gaben in Einzelinterviews ihre Statements ab und lobten die Atmosphäre beim Gipfel, die konstruktive Zusammenarbeit und natürlich die besprochenen und vereinbarten Ziele. Die sieben Gesamtvertreter sahen sich einer Meute von über dreihundert Pressevertretern gegenüber. Selbstverständlich zeigten auch sie sich äußerst zufrieden mit den Ergebnissen. Der französische Präsident hob die weiteren Schritte der Entwicklung Europas hervor, die englische Seite die besondere Bedeutung des Freihandels, Italien die beschlossenen Maßnahmen, um das Land von der Belastung der über das Meer kommenden Flüchtlinge zu entlasten. Russlands Präsident schließlich freute sich darüber, dass der Dialog zu der für den Frieden so wichtigen guten Beziehungen zwischen Russland und Europa weiter vorangekommen sei. Keiner dieser Ländervertreter erwähnte auch nur mit einem Wort, das zwischen den Unternehmen der teilnehmenden Länder Geschäftsabschlüsse über mehr als einhundertdreiundvierzig Milliarden Euro unterzeichnet worden waren. Der wirtschaftliche Erfolg tröstete bei den meisten Regierungschefs aber über die Enttäuschung hinweg, dass nicht alle politischen Ziele erreicht worden waren. Und es war wieder der französische Präsident, der öffentlich seine Enttäuschung kundtat, dass der amerikanische Präsident nicht am Gipfel teilgenommen hatte, sondern nur zum Abschlussgottesdienst eingeflogen wurde, um sich wichtig zu machen. Der Franzose konnte später seine Schadenfreude nicht verhehlen, als er erfuhr, dass kein jubelndes Volk am Flughafen gestanden hatte, um dem Amerikaner zuzujubeln, sondern dass nur einige wenige Journalisten und Fotografen dort gewesen waren, die aber mehr Interesse an der First Lady gezeigt hatten, als am vermeintlich mächtigsten Mann der Welt.

Während die Limousine noch vom Flughafen in die Stadtmitte unterwegs war, versammelten sich die Gipfelteilnehmer im Foyer des Messezentrums, um dann gemeinsam über die Rheinbrücke zum Dom zu spazieren. Die Bodyguards und Sicherheitskräfte sorgten mit einem besonders großen Aufgebot vor, hinter und neben den Gipfelteilnehmern für deren Sicherheit. Sogar unter der Brücke auf Booten und aus der Luft in Helikoptern sorgten sie dafür, dass sich alle sicher fühlen konnten. Während des gesamten Gipfels hatten die Reporter bei der Berichterstattung versucht, sich zu übertreffen. An diesem Sonntagmorgen liefen die Liveübertragungen in über einhundertfünfzig Ländern der Welt, selbst die Nationen, die keine oder zumindest keine wichtige Rolle beim Gipfel spielten, interessierten sich für die Abschlussveranstaltung im Dom.

Die Kolonne der amerikanischen Delegation traf zur selben Zeit am Rheinufer unterhalb der Philharmonie ein, zu der der Tross der Teilnehmer am Ende der Hohenzollernbrücke über ihnen ankamen. Gemeinsam legten sie dann das letzte Stück zum Hauptportal des Doms zurück, um dort vom Erzbischof begrüßt zu werden. Um viertel vor zehn betraten die ersten Volksvertreter den Dom.

Auf dem Pestalozzi-Platz südlich des Doms war aus zwei Reihen dunkelblauer Container der Bundespolizei eine kleine Containerstadt entstanden. Dort befanden sich das Melde- und Lagezentrum und die Einsatzzentralen der einzelnen Sicherheitskräfte. Es sah aus, als hätte jemand überdimensionierte Legosteine zusammengebaut. Es war nicht besonders schön, aber zweckmäßig und bildete das Herzstück der Sicherheit des Gipfels. Die Sicherheitsdienste arbeiteten von dort aus und überwachten, dass nichts und niemand ohne Berechtigung den Gipfelteilnehmern zu nahe kam.

Seit quälend langen dreißig Minuten saß Max König nun schon genervt alleine in einem der als Konferenzraum eingerichteten Büros des Lagezentrums. Er atmete tief ein und aus und versuchte sich zu beruhigen. Sein Ausraster kurz zuvor im Lagezentrum, als das Kommando zum Abbruch der Aktion erfolgt war, war bei den sowieso schon bis in die Haarspitzen nervösen Sicherheitsleuten nicht gut angekommen. Zwei Polizisten bewachten die Ausgangstür und verließen ihren Platz erst, nachdem alle Teilnehmer der Krisensitzung eingetroffen und Platz genommen hatten. Er war der einzige im Raum, der keinen dunklen Anzug und Krawatte anhatte und er hatte auch keinen dieser kreditkartengroßen Ausweise mit Strichcode und Foto an einem Band um den Hals baumeln. Der leuchtend rote Rand der Karte bedeutete, dass der Träger unbeschränkte Zugangsrechte und entsprechende Befehlsbefugnisse innerhalb der Sicherheitszone hatte. Max saß am Kopfende des großen Konferenztisches vor der großen Videowand. Links von ihm hatte die politische Fraktion Platz genommen, direkt neben ihm saß Frau Dr. Jung, die stellvertretende Oberbürgermeisterin, rechts von ihr Dr. Braase, der stellvertretender Leiter der Abteilung 2 des Verfassungsschutzes. Am gegenüberliegenden Tischende hatten sich Dr. Zimmermann, Staatssekretär im Bundeskanzleramt und der Polizeipräsident Peter Ullmann eingefunden. Ullmann leitete diese Sitzung als Hauptverantwortlicher. Die Kommandeure der Terrorspezialeinheit GSG 9 und des ATF-Teams der Feuerwehr Köln hatten an der linke Tischseite Platz genommen. Die Anwesenheit der ›Analytischen Task Force‹ und deren Sachverstand zu chemischen Kampfstoffen gaben ihm Hoffnung, dass seine Warnung zumindest nicht von allen als Hirngespinst abgetan wurde. Die Stimmung war angespannt und die Luft spürbar dick. Der BKA-Chef traf als letzter ein. Bis zu diesem Moment hatten die meisten hier im Raum sehr konzentriert die zwölf Monitore beobachtet, auf denen die strategisch wichtigsten Orte rund um und im Dom zu sehen waren. Vom Steuerpult der Überwachungszentrale im Container nebenan konnten über zweihundert Kameras angesteuert werden, sodass jede gewünschte Perspektive und jedes Detail hierher übertragen werden konnte.

»König, sind Sie total verrückt geworden? Ich hatte Ihnen doch klare Anweisung gegeben, dass Sie sich fernhalten sollen«, raunzte Dr. Gruninger Max an, noch während er die Tür schloss. »Da draußen läuft die gesammelte Elite der Weltgemeinschaft rum. Seit vier Jahren arbeiten wir an deren Sicherheit, heute sind fast zehntausend Beamte im Einsatz, darunter die besten Spezialisten der Welt! Und dann kommen Sie und lösen hier Terroralarm aus? Haben Sie vollkommen den Verstand verloren?« Er schaute den GSG 9-Kommandeur an, der daraufhin das Wort ergriff, während er sich neben den Polizeipräsidenten setzte.

»Herr König hat glaubhaft gemacht, dass dieses Terroristenpärchen auf dem Weg nach Köln sein soll und einen Anschlag mit alter Wehrmachtsmunition plant.« Er sprach nicht mit Max, sondern wandte sich an alle anderen Teilnehmer.

»Wehrmachtsmunition?«, fragte Gruninger ungläubig schnaubend.

»Tabun«, ergänzte Max erklärend und wunderte sich erneut, wie ruhig alle angesichts des teuflischen Zeugs blieben. Die Durchsuchung des Doms war ergebnislos geblieben, deshalb überlegte er, wie er sie doch noch überzeugen konnte. Auf der Leinwand hinter ihm erschienen die Fahndungsbilder von Andreas Aschenberg und Nadja Kulizhnikova. Düster und bedrohlich wirkte der stechende Blick von Aschenberg, während Nadja Kulizhnikova rebellisch wirkte. Einer der Polizeivertreter gab kurz die Vita der beiden Terroristen wieder.

»Die beiden gehören auf jeden Fall zu den gefährlichsten rechten Terroristen, die auf unseren Fahndungslisten stehen, auch wenn wir Aschenberg bisher noch nie etwas nachweisen konnten.«

Der BKA-Chef wurde ruhiger. Das Gesicht Aschenbergs war ihm durchaus aus diversen ungelösten Fällen bekannt, die ihm mehr als eine schlaflose Nacht bereitet hatten.

Schließlich berichtete Max in wenigen Worten, was auf Rügen passiert war, von dem leeren Tabun-Lager, der Entführung der Frauen, der Person Dr. Dreesen, dem grausamen Mord an dessen Tochter und dem daraus folgenden Freitod ihres Vaters.

Der Vertreter des Bundeskanzleramtes schaltete sich ein.

»Wie gefährlich ist dieses Tabun?«, fragte er.

Der Kommandeur der ATF beschrieb die tödliche Wirkung: »Bei Kontakt kleinster Tröpfen des Tabuns mit der Atmung oder der Haut ist der Betroffene kaum noch zu retten. Innerhalb weniger Minuten ist er tot. Bei so einer großen Menschenmenge auf einmal hätten wir keine Chance und sie den berühmtesten Leichenberg der Weltgeschichte auf der Domplatte. Und das live rund um die Erdkugel.« So bildlich und eindringlich war seine Schilderung, dass alle im Raum einen Moment verstummten.

Max witterte Rückendeckung. »Sie müssen den Dom umgehend evakuieren«, forderte Max und sprang auf. Er sah sich um. Es war immer noch still im Raum, alle machten ernste Gesichter, aber niemand glaubte ihm. »Aschenberg hat das Tabun! Ist Ihnen eigentlich klar, was ...?« Max brach seinen Satz entmutigt ab.

Auf dem zentralen Bildschirm konnte man sehen, wie der Bischof auf seinem Stuhl Platz nahm und der Dom sich nach und nach mit den Großen und Mächtigen dieser Welt füllte.

»Wie schätzen Sie die Lage aktuell ein?«, fragte der Polizeipräsident den Kommandeur der ATF-Einheit der Feuerwehr. Dieser berichtete, dass der Dom gleich nach dem Alarm von Max König von einer Hundertschaft mit Spürhunden und einem Analyseroboter durchsucht worden war. Allerdings sei dies aufgrund des zur Verfügung stehenden Zeitfensters nicht in der gewünschten Intensität möglich gewesen.

»Und?«, fragte Gruninger provokant, obwohl er die Antwort schon kannte.

»Negativ, absolut nichts. Der Dom ist sauber« versicherte der Feuerwehrmann.

Der Polizeipräsident schaltete sich ein. »Sie behaupten, dass dieses Tabun erst innerhalb der letzten achtundvierzig Stunden deponiert worden sei. Dann erklären Sie uns bitte, wie dass passiert sein soll. Der Dom ist seit Tagen hermetisch abgeriegelt, und jeder, der innerhalb der letzten sieben Tage den Dom und die unmittelbare Umgebung wie auch immer betreten hat, wurde mehrfach kontrolliert.« Er zeigte auf die Videowand, auf der jede Kamera neuralgische Punkte der Umgebung des Doms zeigte, die große Menge an Sicherheitsbeamten und die Scharfschützen auf den Dächern rund um den Dom.

»Schluss jetzt!«, beendete Ullmann die Diskussion. »Der Gottesdienst fängt gleich an, der Dom ist sicher, das wurde uns eben nochmals bestätigt. Ich kann hier keine Spinner gebrauchen, die Panik auslösen«, funkelte er Max wütend an.

»Sorgen Sie dafür, dass Sie Ihre Männer wieder im Griff haben«, sagte er an Dr. Gruninger gewandt. Wütend verließ er den Raum.

Gruninger leitete üblicherweise als BKA-Chef solche Einsätze und führte die Teams an. Dieses Mal hatte der Polizeipräsident diese Rolle dank guter Kontakte nach ganz oben an sich gerissen und Gruninger hatte die Entscheidung widerwillig akzeptieren müssen. Umso mehr wurmte ihn dieser Anpfiff. Diese Demütigung vor allen anderen ließ ihn innerlich schäumen. ›Das hatte Max König nicht umsonst gemacht!‹, dachte er. Wenn diese ganze Sache erst überstanden war, würde er persönlich dafür sorgen, dass dieser Störenfried endlich aus seinem Team verschwand oder nur noch im Keller Akten abstaubte.

»Wir sind noch nicht miteinander fertig!«, drohte Gruninger Max und verließ mit den anderen Konferenzteilnehmern den Raum. Max hatte seine Sachen gepackt und wollte den Raum ebenfalls verlassen, aber die zwei Polizisten verwehrten ihm den Durchgang.

»Sie bleiben hier«, informierte ihn einer der beiden Polizisten, machte Max die Tür vor der Nase zu und versperrte sie von außen.

Max hämmerte mit den Fäusten gegen die Tür. Aber niemand kümmerte sich um ihn. Er stieß einen wütenden Schrei aus und fegte mit einem Arm Gläser und Flaschen vom Tisch.

»Diese Idioten!« Seine Faust krachte auf dem Tisch.

Über die Videowand konnte Max sehen, dass im Dom der Gottesdienst begann.

»Im Namen des Vaters, des Sohnes und des Heiligen Geistes.«

Nach einem modernen Vorspiel der Hauptorgel erhob sich der Bischof mit ausgebreiteten Armen und begann vor dem Altar stehend mit der heiligen Messe.

Während im Dom alles nach Plan lief, war die Domplatte, ebenso wie der Bahnhofsvorplatz menschenleer. An den abgesperrten Zugängen waren bewaffnete Sicherheitskräfte positioniert. Zum Leidwesen der Sicherheitsverantwortlichen war vom Organisationsteam durchgesetzt worden, dass zum Abschluss des Gipfels nach dem Gottesdienst eine überschaubare Menge ausgewählter und vom Verfassungsschutz überprüfter Zuschauer auf die Domplatte gelassen werden sollten, um den Staatsgästen mit Europa- und Friedensfähnchen zuzuwinken.

»Ich bekenne Gott, dem Allmächtigen
und allen Brüdern und Schwestern,
dass ich Gutes unterlassen und Böses getan habe.
Ich habe gesündigt in Gedanken, Worten und Werken …«

Die Simultanübersetzung des Schuldbekenntnisses erfolgte für die ausländischen Gäste über einen Ohrhörer mit einem minimalen Zeitversatz. Einige strenge Moslems wollten zunächst der Feier fern bleiben, scheuten es dann aber, nicht auf den um die Welt gehenden Bildern mit den Mächtigsten der Welt zu sein. Die Kamera zeigte den amerikanischen Präsidenten in Großaufnahme, der bei diesen Worten des Bischofs ein kaltes Grinsen nicht unterdrücken konnte. Diese Bilder gingen um die Welt, denn die Bildregie schaltete zu spät zurück in die Totale.

Aschenberg lachte laut und leerte sein Glas Champagner.

»Gesündigt in Gedanken, Worten und Werken …«, wiederholte er die Worte. »Wohl wahr!«

Natürlich lief auch in der Suite des Luxushotels auf der anderen Rheinseite der große Flachbildfernseher und zeigte die Livebilder aus dem Gotteshaus. Andreas Aschenberg und Nadja Kulizhnikova verfolgten die Übertragung, während sie ihre Taschen packten. Kurz darauf verließen sie das Hotel mit dem Auto durch die Tiefgarage. Die Fahrzeug- und Personenkontrolle stellte für das Ehepaar Moreaux dank der neuen Schweizer Reisepässe kein Hindernis dar. Nur wenige Minuten später endete die Fahrt auf Deck 5 im Parkhaus der Köln-Arena, wo der Wagen abgestellt wurde.

»Dieser Schnauzer steht dir nicht, Andrej«, sagte Nadja und lachte ihn aus. Aschenberg fuhr sich spielerisch mit den Fingern durch den falschen Bart.

»Die blonden Haare stehen dir dafür umso besser«, gab er zurück. »Vielleicht gewöhne ich mich noch daran!«

Sie umarmten und küssten sich kurz, aber intensiv.

»Pass auf dich auf«, verabschiedete er sich. »Wir sehen uns in vier Wochen wieder.«

Nadja strich ihm kurz über die Wange, gab ihm einen weiteren Abschiedskuss und lief zum westlichen Treppenhaus. Drei Decks weiter unten stieg sie in einen grünen Opel, mit dem sie kurz darauf in Richtung Süden die Stadt verließ. Aschenberg warf seine Tasche auf die Rückbank eines dunkelblauen Audis, der in einer von den Kameras nicht einsehbaren Ecke für ihn abgestellt worden war. Er schaltete das Radio an. Als er die A3 in Richtung Leverkusen erreicht hatte, berichtete der Reporter im Radio mit leiser Stimme wieder über die aktuellen Ereignisse im bekanntesten Wahrzeichen Kölns. Im Hintergrund war die Stimme des Bischofs zu hören. Die Navigationsapp auf seinem Handy zeigte eine Strecke von vierundfünfzig Kilometer an, für die er knapp vierzig Minuten brauchen würde. Den Wagen wollte er in Ratingen abstellen, weil dort noch nicht überall Überwachungskameras jede Bewegung an jedem öffentlichen Fleck aufzeichneten. Von dort sollte es in einem Taxi weitergehen. Plötzlich wurde die Musik unterbrochen und ein Reporter meldete live ungewöhnliche Geschehnisse über dem Dom. Aschenberg drehte das Radio lauter.

Auf der Domplatte wurde es unruhig. Sicherheitskräfte liefen über den Platz und beobachteten mit gezogenen und entsicherten Maschinenpistolen den Himmel, denn das Sicherheitssystem hatte wenige Minuten zuvor einen Alarm ausgelöst. Die vorübergehend auf beiden Rheinuferseiten stationierten Luftabwehrsysteme hatten das Flugobjekt bereits im Zielradar erfasst. Vom Rhein herauf konnte man das lauter werdende Dröhnen eines Hubschrauberrotors hören. Der Offizier des Feuerleitstandes war ziemlich nervös. Ohne Freigabebefehl der Leitstelle durfte der Helikopter den Dom auf keinen Fall erreichen. Er funkte und fragte im Sekundentakt nach, erst fünf Sekunden vor dem letzten Abschusspunkt bekam der Hubschrauber ›grünes Licht‹. Der Offizier atmete erleichtert auf. Anders als die drei amerikanischen CIA-Agenten, die tobten und bedauerten, dass sie nicht selbst den Finger am Abzug gehabt hatten. Der Pilot hatte die streng geheime Kennung, die ihn zum Flug über die gesicherte Zone berechtigte, erst im allerletzten Moment durchgegeben. Die Frage, wer sich bei ihm an Bord des Hubschraubers befand, hatte er ignoriert.

»Danke Phil, das war wohl die richtige Kennung. Sie haben uns nicht abgeschossen.« Katharina schob das Handy in ihre Jackentasche zurück. »Das war ganz schön knapp, oder?«, fragte sie. Elias sah sie entgeistert an. Er schien keine Ahnung zu haben, wie knapp es tatsächlich gewesen war.

»Wo werden wir landen?« Elias sah aus dem Fenster auf den Dom.

»Vor der Tür«, antwortete Katharina kurz angebunden und im nächsten Moment schwenkte der Pilot die Maschine nach rechts, beschrieb einen engen Bogen über der Hohenzollernbrücke und schwebte langsam über das Dach der Philharmonie auf die Domplatte ein. Aus dem Hubschrauber sah Elias die Luftabwehrkanone auf dem Dach des Museums, die sie genau im Visier hatte und ihrem Flug exakt folgte.

Sicherheitskräfte rannten auseinander und bildeten einen großen Kreis, als der Helikopter auf dem Platz vor dem Museum landete, genau zwischen Dom und den Containern des Lagezentrums. Der Pilot stellte den Motor ab, in der Zwischenzeit zog sich der Kreis der bewaffneten Sicherheitskräfte um den Hubschrauber enger. Polizeipräsident Ullmann, Dr. Gruninger und der GSG 9-Kommandant, die das Geschehen am Monitor beobachtet hatten, wunderten sich nicht schlecht, als ein junger Mann einer Frau mit weißem Langstock aus dem Hubschrauber half und sie in Richtung der Leitstelle führte. Kaum waren Katharina und Elias außer Reichweite des Hubschraubers, hob dieser wieder ab und entfernte sich über den Rhein.

»Katharina König!«, rief der Polizeipräsident überrascht. Katharina war erleichtert, denn sie war sich nicht sicher gewesen, ob sie mit ihrem besonderen Auftritt ihren Ruf in der Stadt nicht überreizt hatte, schließlich war sie schon seit vier Jahren ›aus dem Geschäft‹. Zudem hatte sie schon zu oft feststellen müssen, dass die frühere berufliche Anerkennung von vielen ehemaligen Kollegen mittlerweile Mitleid gewichen war.

»Nochmal König, ich fasse es nicht!«, murmelte Dr. Gruninger, obwohl er früher ein Bewunderer von Katharina gewesen war. Er wollte auf sie zugehen, doch der Polizeipräsident hielt ihn am Arm zurück.

»Ich hoffe wirklich sehr, dass Sie einen sehr guten Grund für diesen spektakulären Auftritt haben«, begrüßte der Polizeipräsident Katharina. »Trotzdem schön, Sie zu sehen«, er nahm die Hand, die Katharina ihm hingestreckt hatte.

»Ich freue mich auch, auch wenn der Anlass ein sehr unschöner ist.« Sie drehte den Kopf ein wenig nach rechts und streckte die Hand aus. »Dr. Gruninger, wir haben uns lange nicht mehr gesehen?«

»Ja!«, knurrte dieser nur unwirsch und schüttelte kurz ihre Hand.

»Das ist mein Kollege Elias Bechstein. Er sieht, was mir entgeht«, stellte Katharina vor.

»Guten Tag, die Herren. Bitte glauben Sie ihr kein Wort, Frau König sieht ohne Augenlicht immer noch mehr als wir alle zusammen.« Elias war von dem ganzen Rummel gebührend beeindruckt und auch ein bisschen eingeschüchtert. »Bitte kommen Sie, Katharina. Herr Bechstein, wenn Sie mir bitte ebenfalls folgen. Sie müssen uns erklären, was das alles zu bedeuten hat.« Herr Ullmann fasste Katharina am Ellenbogen, um sie zum Konferenzraum zu führen.

Als Max hörte, wie die Tür aufgeschlossen wurde, wollte er schon wütend loslegen, aber dann sah er Katharina und Elias.

»Kyrie eleison«
»Christie eleison«
»Kyrie eleison«
»Herr erbarme dich«
»Christus, erbarme dich«

»Machen Sie das bitte mal leiser«, bat Ullmann einen der Beamten, der die Tür sicherte. Kurz darauf trafen die gleichen Teilnehmer der Konferenz wieder ein und setzten sich auf ›ihre‹ Plätze. Für Katharina und Elias wurden zwei Stühle ans Kopfende rechts und links von Max herbei geholt. Als alle ihren Platz eingenommen hatten, stellte er die beiden Neuankömmlinge vor und gab dann das Wort an Katharina. Elias bewunderte, wie sachlich Katharina ihren Bericht vortrug. Sie erzählte von ihren Nachforschungen und der Entführung und vor allem, was Aschenberg und seine Leute geplant hatten. Dabei machte sie sehr deutlich klar, in welcher enormen Gefahr sich die Menschen im Dom befanden und dass umgehend gehandelt werden müsste. Sie gab Elias ein Zeichen, worauf der auf seinem Handy die Bilder aufrief und das Gerät dann herumreichte.

»Das sind Fotos, die Herr König und ich am Freitag in dem Bunker unter Schloss Dwasieden auf Rügen gemacht haben. Hier lagerte seit Ende des Kriegs das Tabun.«

Sein Handy wanderte reihum um den Tisch und jeder wischte mit ernstem Gesicht auf dem Display hin und her.

»Haben Sie dort Tabun gefunden?«, fragte der Polizeipräsident angespannt.

»Nein«, antwortete Elias wahrheitsgemäß.

»Lagerte dort Munition, Granaten oder sonstiges militärisches Material?«, wollte ein anderer Teilnehmer wissen.

»Nein, es gab nur die Spuren von den Kisten und eindeutige Spuren am Boden«, gab Max kleinlaut zu.

»Spuren am Boden«, wiederholte Dr. Gruninger spöttisch. »Und wegen ein paar angeblicher Holzkisten in einem alten Bunker, die zudem niemand gesehen hat, sollen wir jetzt die versammelte Weltregierung aus dem Dom holen, ja?«

»Aber …«, wollte Elias widersprechen, doch Dr. Ullmann hob mahnend die Hand.

»Es reicht! Ich denke, wir haben genug gehört.«

Er befragte die anwesenden Spezialisten und bat sie um eine Risikoeinschätzung. Immerhin musste er eine unvorstellbar weitreichende und riskante Entscheidung treffen. Wenn er bei Max König noch skeptisch gewesen war, hatte ihn Katharinas Auftreten doch verunsichert. Er kannte sie als sehr besonnene Frau, die definitiv alle Aspekte abwog, bevor sie zum nächsten Schritt ging. Allerdings war es auf der anderen Seite einige Jahre her, seit er sie das letzte Mal gesehen hatte und er wusste nicht, ob der Anschlag und die Blindheit sie nicht übermäßig verängstigt hatten. Bei solch einem Event konnte er nicht die kleinste Verunsicherung gebrauchen. Nicht auszudenken, wenn er die falsche Entscheidung treffen würde!

Würde er den Dom evakuieren und sie nichts finden, wäre der Skandal, die Blamage in der Welt und die Folgen für ihn und seinen Führungsstab unabsehbar. Sie würden alle ihren Hut nehmen müssen. Über die Folgen in der Weltpolitik wollte er sich lieber erst gar keine Gedanken machen. Veranlasste er hingegen nichts und ein Anschlag würde, so unwahrscheinlich es erschien, doch stattfinden, wäre die Katastrophe noch viel unvorstellbarer. Einige der Anwesenden zeigten sich angesichts der schrecklichen Auswirkungen des Tabuns und der zumindest theoretischen Möglichkeit eines Anschlags doch zumindest verunsichert. Der GSG 9-Kommandeur unterstrich, dass es unmöglich sein könne, dass das Tabun in den Dom geschmuggelt worden war. Auch Dr. Gruninger hielt die Bedrohung für nicht existent und tat alles als das bedauerliche Hirngespinst eines wichtigtuerischen Beamten ab, zu seiner Verärgerung aus seiner eigenen Behörde. Alle sahen gespannt zu Dr. Ullmann.

»Welche Optionen haben wir?«, fragte Dr. Ullmann den Kommandeur der GSG 9. Dieser stand auf und schrieb eine Liste an das Flipchart in der Ecke:

1. Keine Aktion!
2. Durchsuchung!
3. Evakuierung!

»Evakuierung? Sind Sie verrückt«, rief Dr. Gruninger. »Wir blamieren uns vor den Augen der Welt! Es gibt nicht den geringsten Beweis dafür, dass die Bedrohung besteht. Niemand konnte das Zeug in den Dom bringen, das haben Sie eben selbst bestätigt! Niemand! Seit Tagen ist der Dom hermetisch abgeriegelt.«

Sein Ausbruch führte dazu, dass plötzlich alle durcheinander diskutierten.

»Wie wollen Sie durchsuchen, ohne dass es auffällt? Übrigens wird alles live in die ganze Welt übertragen, falls Sie das vergessen haben sollten«, spottete Gruninger.

Wieder redeten alle wild durcheinander. Dr. Ullmann hörte sich das eine Minute lang an.

»Meine Herrschaften, bitte!« Alle wurden still und sahen erneut Ullmann an.

»Was meinen Sie, Frau König?«, wandte er sich zur Überraschung der anderen Teilnehmer an Katharina.

»Eine Evakuierung halte ich für zu gefährlich. Gehen wir davon aus, dass Aschenberg dank all der Fernsehkameras ganz genau sieht, was hier geschieht. Ich denke, dass er die Bombe manuell auslöst, oder zumindest bei einem Zeitzünder zusätzlich diese Möglichkeit hat. Er sichert sich garantiert immer ab. Wenn er sieht, dass wir evakuieren, wartet er nicht ab. Ich schätze daher, dass eine unauffällige Suche die einzige Option ist.«

»Das ist doch unmöglich. Während des Gottesdienstes ›unauffällig‹ den Dom noch einmal zu durchsuchen. Das hatten wir zudem schon, als er noch leer war! Das ist doch Blödsinn!« Dr. Gruninger war völlig genervt und wollte gar nicht glauben, dass Ullmann überhaupt ernsthaft über diese Option nachdachte. »Ich bleibe dabei. Es gibt keine reale Bedrohungslage. Wir haben alles im Griff.« Der GSG 9-Kommandant sah zwar die theoretische Bedrohung, schätzte die Wahrscheinlichkeit aber auf unter 0,1 % ein. Der Kommandant der ATF stimmte ihm zu.

»Eine erneute Durchsuchung während des Gottesdienstes ist unmöglich und ohne entsprechende Geräte ist dies sowieso zwecklos.«

»Gut, meine Herrschaften, dann stimmen wir ab«, beschloss Ullmann. Die Spannung ließ die Luft in dem Container knistern. Nur das leise Rauschen der Klimaanlage nahm Katharina wahr. Sie flüsterte Elias zu.

»Elias, sagen Sie mir bitte, wer wann die Hand hebt.«

Bei der Option ›Evakuierung‹ blieben alle Hände unten. Für die unauffällige Durchsuchung waren, obwohl sie keine Vorstellung hatten, wie das machbar sein sollte, die Oberbürgermeisterin, der Staatssekretär und Dr. Braase vom Verfassungsschutz. Die anderen stimmten geschlossen für ›Keine Aktion!‹.

»Drei zu drei«, flüsterte Elias Katharina zu.

Alle Blicke richteten sich auf Dr. Ullmann, der nachdenklich auf die Videowand sah und überlegte.

»Dank sei Gott!«

Im Dom war die erste Lesung zu Ende gegangen und der Organist an der Hauptorgel spielte ein weiteres modern inspiriertes Stück als Einleitung für den Zwischengesang und die zweite Lesung. Passend zum Anlass trug der Lektor ein Kapitel aus der Bergpredigt vor.

»Aus dem heiligen Evangelium nach Matthäus.«

Der Lektor sah auf in die Gesichter der Regierungsvertreter.

»Ihr habt gehört, dass gesagt worden ist: Du sollst deinen Nächsten lieben und deinen Feind hassen.

Ich aber sage euch: Liebt eure Feinde und betet für die, die euch verfolgen, damit ihr Kinder eures Vaters im Himmel werdet.«

Weder der amerikanische noch der russische Präsident schienen sich besonders wohlzufühlen. Während der Lektor in seinem Text fortfuhr, verfinsterten sich auch die Gesichter mancher Konzernvorstände.

»Wenn ihr nämlich nur die liebt, die euch lieben, welchen Lohn könnt ihr dafür erwarten? Tun das nicht auch die Zöllner? Und wenn ihr nur eure Brüder grüßt, was tut ihr damit Besonderes? Tun das nicht auch die Heiden? Seid also vollkommen, wie euer himmlischer Vater vollkommen ist!«

Der Lektor sah erneut auf und war zufrieden mit der gewählten Textstelle, über die er mit dem Bischof nicht lange hatte diskutieren müssen.

Dr. Ullmann hatte seine Entscheidung getroffen. Während die anderen den Konferenzraum verließen, hatte er Katharina, Max und Elias ›gebeten‹, den Raum nicht zu verlassen. Zwei Polizeibeamte vor der Tür sorgten dafür, dass sie seiner ›Bitte‹ auch nachkamen.

»Wir müssen in den Dom«, sagte Katharina leise zu Elias und Max, die auf der Videoleinwand der Übertragung folgten. »Ich bin sicher, wir finden was.«

»Und wie wollen Sie hier rauskommen?«, fragte Elias. »Wir sitzen hier fest, keiner glaubt uns und ich befürchte, dass die zwei Polizisten an der Tür Ihrem Charme nicht erliegen werden.«

»Abwarten«, sagte Katharina.

Währenddessen war dank der vielen Kameras live mitzuerleben, dass der amerikanische Präsident sich offensichtlich bei manchen Äußerungen persönlich getroffen fühlte, was wiederum anderen Regierungschefs nicht entgangen war und die sich im Stillen köstlich amüsierten. Und einige andere waren von den vielen und langen Sitzungen während des Gipfels so erschöpft, dass ihnen für einen Moment die Augen zufielen.

Vor der Tür wurde es unruhig und Katharina, Max und Elias konnten hören, dass jemand Einlass verlangte. Die Tür wurde aufgeschlossen und die beiden wachhabenden Polizisten stellten sich einer Frau in den Weg.

»Special Agent Morrison, CIA!«, sagte die junge Frau im grauen Kostüm ernst und hielt einem der Beamten zuerst einen CIA-Ausweis, dann ein Papier mit dem Wappen des US-Präsidenten unter die Nase. Daran hing ein Legitimierungsschreiben des Bundeskanzleramtes.

»I have the order to take theese people to our headoffice, immediately!« Sie deutete auf Katharina und Elias. Agent Morrison warf Max König einen kurzen Blick zu und zuckte unauffällig mit den Schultern.

»In Ordnung!«, sagte der Polizist und kurz darauf half Elias Katharina die Gittertreppe vom Container hinunter. Bilder von Verhören aus seinen geliebten Agentenfilmen liefen in seinem Kopf ab. Ihm schwante nichts Gutes.

Am Fuß der Treppe zeigte Agent Morrison in Richtung des Museums.

»Please follow me this way.« Elias folgte der Frau über die fast menschenleere Domplatte, wobei er darauf achtete, dass er Katharina nicht verlor. Nur hier und da waren einige bewaffnete Polizisten zu sehen, ansonsten sah man nur grau in grau. Die gesamte graue Fläche um den Dom lebte an normalen Tagen von den Menschen, die sich Tag und Nacht auf diesem eintönig zugepflasterten Platz bewegten. Jeder trug auf seine

Weise zu dem üblicherweise lebhaften, bunten Bild bei. Nun war alles gesperrt und trotz des wolkenlosen Himmels wirkte es nun öde und trist.

Elias sah für einen Moment hinauf zum Dom. Die zwei mächtige Türme ragten weit hinauf in den Himmel.

»Come on, hurry up!«, forderte Agent Morrison ihn auf. Bei jedem Kontrollpunktwurden sie ohne Weiteres durchgelassen, sobald sie ihren Ausweis hochhielt und das runde Wappen mit dem Weißkopfadler zu sehen war.

Elias wunderte sich sehr, als sie den Eingang des großen Museums erreicht hatten, denn die junge Frau ging achtlos daran vorbei und direkt auf den Dom zu.

»Hier stimmt was nicht«, flüsterte Elias Katharina zu. Als er sie ansah, geriet er ins Stolpern, konnte sich aber gerade noch fangen, bevor er hinfiel und Katharina mit sich zog. Katharina war keineswegs beunruhigt, sondern hatte ein leichtes Lächeln auf den Lippen.

»Elias, konzentrieren Sie sich!«, ermahnte sie ihn.

»Was ist hier los. Sie wissen doch was?«

»Vertrauen Sie mir?«

»Blind!«

»Das ist gut!« Katharinas Antwort war auf merkwürdige Weise entspannt, was Elias vollends irritierte.

Sie waren an der Südseite des imposanten dunklen Kirchenschiffs an einer kleinen unscheinbaren Tür angekommen.

»Der Herr sei mit Euch.« –
»Und mit deinem Geiste.«
»Evangelium unseres Herren Jesus Christus.
Lob sei dir, Christus.«

Der Bischof wechselte hinüber auf die Kanzel und begann mit seiner Predigt. Wochenlang hatte er über diesem Text gesessen und nur hin und wieder seinen Adlatus um dessen Meinung gefragt. Die Auswahl der Passage aus der Bergpredigt hatte er für diesen besonderen Tag als bestens geeignet empfunden, aber bei den außergewöhnlichen Besuchern dieses Gottesdienstes im Dom hatte er auch der Verführung nicht widerstehen können, seiner Predigt einen politischen Anstrich zu geben. Der Bezug der Bergpredigt zu den großen Themen auf dieser Welt, Krieg, Hunger, Flucht und Klimawandel hatten ihm die Möglichkeit gegeben, diese Menschen, die die Geschicke fast der ganzen Welt leiteten, vielleicht für einen kleinen Moment aufzurütteln. An manchen Gesichtern konnte er durchaus eine Betroffenheit ablesen, andere wiederum schienen völlig unbeeindruckt.

Die Tür war von zwei Sicherheitskräften bewacht, die breitbeinig mit Maschinengewehren bewaffnet den Zugang versperrten.

»Stopp!«, forderte die Polizistin, während ihr Kollege seine MP in Stellung brachte.

»I am Special Agent Morrisson, CIA!«

Die Agentin hielt den beiden überraschten Beamten ihren Ausweis hin. Die Polizistin nahm die Ausweiskarte und begutachtete sie skeptisch.

»Der Gottesdienst läuft bereits. Hier kommt niemand mehr rein«, widersprach der Polizist. »Verlassen Sie bitte umgehend den Platz.«

Agent Morrison ignorierte den Mann und wandte sich an die nicht weniger entschlossen wirkende Polizistin, die gerade zu ihrem Funkgerät greifen wollte.

»Diese beiden sind wichtige Gäste«, informierte die Amerikanerin nun in Deutsch mit einem amerikanischen Akzent. Ihr Tonfall allerdings war klar und dominant.

»Der Präsident wird nicht begeistert sein, wenn ich ihm nachher berichten muss, warum sie nicht da waren. Ich hoffe sehr, Sie wissen, was Sie tun.«

»Interessiert mich nicht. Nur der Papst kommt hier noch rein, falls er zu spät kommt.« Der Sicherheitsmann lachte über seinen eigenen Witz und deutete mit der MP an, dass sie verschwinden sollten.

»Entschuldigen Sie bitte!« Katharina löste sich von Elias Arm, hielt den Langstock vor sich und machte zwei unsichere Schritte auf die zwei Beamten zu.

»Ich bin leider nicht so schnell. Es tut mir sehr leid.« Katharina wirkte ohne die Unterstützung ihres Begleiters plötzlich sehr unsicher und eingeschüchtert.

»Haben Sie Zutrittskarten?«, fragte die Polizistin dann doch etwas zugänglicher.

Katharina drehte den Kopf unsicher zur Seite. Elias sah fragend zur Amerikanerin. Er hatte es aufgegeben, die Vorkommnisse hier verstehen zu wollen und wartete einfach ab.

Agent Morris zückte erneut die beiden Schreiben mit den beeindruckenden Briefköpfen, welche von den beiden Beamten aufmerksam studiert wurden. Schließlich nickte der Polizist seiner Kollegin zu und diese öffnete vorsichtig und leise die kleine Tür, durch die die drei Nachzügler eintraten. Elias hatte nicht die geringste Erklärung, für das, was da gerade ablief.

»Aber ein Samariter, der auf der Reise war, kam zu ihm hin; und als er ihn sah, wurde er innerlich bewegt; und er trat hinzu und verband seine Wunden und goss Öl und Wein darauf; und er setzte

ihn auf sein eigenes Tier und führte ihn in eine Herberge und trug Sorge für ihn. Und am folgenden Morgen zog er zwei Denare heraus und gab sie dem Wirt und sprach: Trage Sorge für ihn!«

Agent Morrison wandte sich nach links. Elias und Katharina an seinem Arm folgten ihr. Morrison bat den Manager eines französischen Energiekonzerns in der letzten Reihe, ein wenig aufzurücken, um für Katharina und Elias Platz zu machen. Sie flüsterte Katharina noch etwas ins Ohr und verschwand dann.

»Danke, Phil«, flüsterte Katharina ihr hinterher.

›Phil?‹, schoss es Elias durch den Kopf. Er drehte sich um, doch sie war bereits wieder durch die kleine unscheinbare Tür verschwunden.

»Das war Phil?«, fragte er Katharina flüsternd.

Der Manager neben ihm warf ihm einen bösen Blick zu.

Katharina nickte nur, als wäre es dies selbstverständlichste Sache der Welt.

»Wo ist sie hin?«, fragte Elias verunsichert.

»Sie hält uns den Rücken frei«, vermutete Katharina.

»Und jetzt?«, flüsterte Elias, als der Bischof nach Beendigung seiner Predigt die Stufen wieder hinabstieg und von der Orgel das Vorspiel zum nächsten Lied ertönte.

»Lassen Sie mich einen Moment nachdenken«, bat Katharina und kurz darauf sagte sie.

»Geben Sie mir ihre Hand.«

»Shhhhhht!«, zischte es verärgert in der Reihe neben ihnen. Elias war irritiert. Das alles hier war eindeutig zu viel für ihn. Er war ein Jazzmusiker aus New York mit einem abgebrochenen Geschichtsstudium und kein Held in einem Triller.

Die Menge im Dom erhob sich mit trägem, dumpfen Rumpeln. Der Bischof begann mit dem Glaubensbekenntnis und die Menge setzte murmelnd mit ein.

»Ich glaube an Gott, den Vater, den Allmächtigen, den …«

»Ich hab's!«, hörte Elias Katharina plötzlich leise sagen.

»Amen.«

»Was?«

»Haben Sie nicht zugehört?«

Elias sah sie verwirrt an und zog eine verständnislose Grimasse.

»Hinabgestiegen in das Reich des Todes! … Sitzt zur Rechten Gottes … Aufgefahren in den Himmel … Von dort wird er kommen, zu richten die Lebenden und die Toten!«

»Ja, und?«

»Sie kennen Aschenberg nicht!«

Elias hatte keine Ahnung, wovon Katharina sprach.

»Elias, schauen Sie sich um. Entdecken Sie über uns irgendetwas Merkwürdiges. Etwas, was da nicht hingehört? Das Tabun wird von oben kommen. Es ist flüssig und damit schwerer als Luft. Und es muss sich zügig verteilen, wenn er in diesem riesigen Raum schnell viele Menschen umbringen will.«

Elias sah sich um. ›Flüssig, schnell verteilen?‹, dachte er, ›wie soll das denn funktionieren?‹

»Sieht alles normal aus«, stellt er fest. »Nur ein paar Scheinwerfer und Kameras, die sonst nicht da sind.«

»Okay, was genau sehen Sie? Beschreiben Sie mir bitte alles«, forderte sie ihn auf.

Elias beschrieb leise mit möglichst wenigen Worten alles, was er über sich sah: die herabhängenden Leuchter, die Säulen, die Kirchenfenster, die kleine Orgel, das Gewölbe im Langhaus und in den beiden Querhäusern, die vielen verschiedenen Figuren und Statuen, die Kanzel.

»Nichts Auffälliges«, schloss Elias enttäuscht. Dann entdeckte er doch etwas.

»Der Schlussring! Das ist doch eine Klappe, die man aufmachen kann, oder?«

Er sah hinauf zu der zentralen Stelle des Doms, an dem sich die Gewölbe der beiden Querhäuser, des Langschiffgewölbes und des Chorgewölbes trafen. Die Streben der Gewölbe endeten in einem großen, mit vier Wappenengeln verzierten Ring. Katharina konnte sich noch gut daran erinnern. Sie sah das Bild genau vor sich.

»Wenn es von da oben kommt?«, fragte Elias aufgeregt.

»Ja, das wäre theoretisch möglich, ist aber unwahrscheinlich. Der Dachstuhl ist gesichert, der Deckel im Schlussring ist wie auch die Deckel bei den kleineren Gewölben letzte Woche zugeschweißt worden, wie übrigens auch sämtliche Gitter im Boden, die teilweise zu den Katakomben darunter führen. Dort etwas unauffällig zu platzieren wäre kaum möglich gewesen«, erklärte Katharina. »Und wir reden ja nicht über einen Schuhkarton, das muss größer sein.«

Elias sah sich weiter um, aber es fiel ihm nichts mehr auf. »Also dann habe ich keine Idee, wie Aschenberg das Zeug in die Luft blasen will.«

Katharina drehte den Kopf und riss die Augen auf.

»Das ist es! Elias, Sie sind ein Genie!«

»Was?« Elias sah sie entgeistert an.

»Shhhhhht!«

»Die Orgel! Das Triforium!«

»Tri… was?«

»Sie wissen nicht, was ein Triforium ist? Haben Sie nicht Archäologie studiert?«

»Unter anderem, einige Semester, aber das ist schon eine Weile her. Und mein Fachgebiet war die Ägyptologie«, flüsteret Elias entschuldigend.

»Das Triforium, das ist der dort oben umlaufende Gang unterhalb der großen Fenster, mit den vielen kleinen Säulen, sehen Sie ihn?«

Elias sah erneut nach oben.

»Ja, sehe ich.«

»Und die Orgel, die da weit oben hängt?«

»Ja, sehe ich auch. Und?«

»Diese Orgel hat bis jetzt nicht gespielt, nur die Hauptorgel vorne neben dem Altar. Die Orgeln sind aber technisch miteinander verbunden. Der Organist kann von dort vorne die Langhausorgel sozusagen mit dazu schalten. Ich schätze, das erfolgt nachher beim Ausmarsch. Verstehen Sie?«

»Ähm …«

»Aschenberg bläst das Tabun über die Orgelpfeifen in die Luft, wenn alle gerade darunter hindurchlaufen. Er braucht nur einen kleinen Zünder, der das Tabun freisetzt! In der Luft verteilt wird es dann von der Luft in den Pfeifen, wenn der Organist diese Orgel zuschaltet.«

»Verdammt!«, fluchte Elias.

»Shhhhhht!« Elias bekam einen Stoß in die Seite von seinem französischen Sitznachbarn.

»Excusez-moi«, entschuldigte er sich bei dem Franzosen.

»Wir müssen da hoch«, sagte Katharina.

»Nur über meine Leiche!«

»Das kommt schneller, als uns lieb sein wird. Keine Diskussion jetzt, Elias! Wir müssen da hoch!«

»Ich kann nicht!«

»Jetzt! Sofort!«

Elias wurde schon schlecht, wenn er nur daran dachte, dass er gleich dort oben sein sollte. Bruce Willis im Nakatomi-Plaza war ja nur ein Film, aber diese Bedrohung war hier und jetzt real. Auf seiner Stirn bildeten sich kleine Schweißperlen.

»Wie weit ist es zu der kleinen Tür hinter uns, drüben in der Ecke des Nordturms?«, lenkte Katharina seine Aufmerksamkeit wieder auf sich.

Elias sah sich überrascht um und schätzte die Entfernung auf ungefähr zwanzig bis fünfundzwanzig Meter.

»Bewacht?«

»Nein.«

»Also los!« Schon war Katharina aufgestanden und pendelte mit dem Stock vor sich, ohne dabei mit der Spitze den Boden zu berühren. Elias rutschte aus der Bank, sprang hinter ihr her und nahm sie am Arm. Der Franzose sah seinen Kollegen kopfschüttelnd an und machte sich wieder breit.

»Gepriesen bist du, Herr, unser Gott, Schöpfer der Welt. Du schenkst uns das Brot, die Frucht der Erde und der menschlichen Arbeit. Wir bringen dieses Brot vor dein Angesicht, damit es uns das Brot des Lebens werde.«

»Wir müssen uns beeilen! Sie beginnen bereits mit der Eucharistiefeier«, bemerkte Katharina, während sie die enge steinerne Wendeltreppe emporstieg und dabei so schnell war, dass Elias ihr kaum folgen konnte. Mit der linken Hand strich Katharina an der Wand entlang, lediglich bei den kleinen Absätzen stockte sie einen kurzen Moment und dann erreichten sie eine sehr schmale und niedrige dunkle Holztür. Katharina tastete nach dem Türgriff und drückte die Tür langsam und vorsichtig auf. Elias erreichte sie, als sie bereits im Triforium stand, dem schmalen Gang, der das gesamte Kirchenschiff in luftiger Höhe umgab.

»Elias, gehen Sie vor. Geben Sie mir die Hand, ich ducke mich und folge Ihnen. Schnell!«

»Was? Wohin?« Elias traute sich nicht, nach unten zu sehen.

»Die Orgel ist jetzt links von uns, den Gang nach vorne in Richtung Altar und Querhaus, im zweiten Fenster.« Sie zeigte das Triforium entlang und ging los, ohne auf eine Antwort von Elias zu warten. An nur vier Metallstangen war die dreißig Tonnen schwere Domorgel an der Decke aufgehängt und schwebte vor dem großen Kirchenfenster des Langhauses wie ein Schwalbennest hoch über den Köpfen der Gläubigen.

Elias vermied jeden Blick nach unten.

»Ja, da ist sie.«

»Los, los!« Katharina schubste Elias an und sie liefen los, zuerst langsam, bis er sicher war, dass Katharina ihm gut folgen konnte. Der Gang war schmal, kaum breiter als seine Schultern. Immer wieder dirigierte er sie flüsternd um die kleinen gemauerten Torbögen, Säulen und Mauervorsprünge herum. Geschickt wich Katharina den Hindernissen aus. Aus Versehen warf Elias einen Blick hinunter in Richtung des Altars und des goldenen Schreins am anderen Ende des Kirchenschiffs. Obwohl dieser Blick wohl zu den spektakulärsten Perspektiven im Dom gehörte, konnte Elias ihn nicht genießen. Ihm wurde sofort übel, sein Gesicht verfärbte sich blassgrün und ihm wurde schwindelig. Er sah vor sich auf den Boden und konzentrierte sich darauf, einen Schritt nach dem anderen zu machen und so die Orgel zu erreichen. Er war nicht sicher, ob er darauf hoffen sollte, dass sie das Tabun fänden, oder es lieber nicht dort sein sollte. Für weitere Suchaktionen war dann aber keine Zeit mehr und sollte sich dieses Gift irgendwo anders im Dom befinden, war ihm klar, dass er und Katharina, ebenso wie die vielen Hundert Menschen hier im Gebäude, nicht überleben würden. Dann würde die Welt an diesem Tag ins Chaos stürzen.

»Reiß dich zusammen«, sagte er zu sich, um seine Übelkeit zu überwinden. Im gleichen Moment krachte Katharina mit der Schulter gegen einen Mauervorsprung und stieß einen leisen Schrei aus.

»Seht das Lamm Gottes, das hinwegnimmt die Sünde der Welt. Herr, ich bin nicht würdig, dass du eingehst unter mein Dach, aber sprich nur ein Wort, so wird meine Seele gesund.«

Der Bischof hob ein Stück der Hostie über der Schale mit dem Blut Jesu hoch.

»Weiter!«, flüstere Katharina Elias zu und rieb sich die Schulter. Kurz darauf erreichten sie die Orgel. Kunstvoll schwebte das Instrument aus hellem, fein verarbeiteten Holz über den hinteren Reihen des Langhauses. Die hängende Anbringung weit über den Köpfen der Betenden verlieh dem Instrument eine erhabene Erscheinung. Katharina hatte Recht gehabt, die Orgel war unbesetzt. Erst jetzt fiel Elias auf, dass sie in dem gesamten Rundgang keinen Polizisten oder anderen Sicherheitskräften begegnet waren. Wenn man keine Höhenangst hatte, und davon ging er bei diesen Leuten aus, hatte man von hier oben den perfekten Überblick. Ihre Abwesenheit war nicht zu erklären.

»Wir müssen uns die Orgel genauer ansehen. Es muss hier sein«, sagte Katharina und betrat die frei schwebende Orgel. Der Holzboden knackte und Elias zuckte zusammen.

»Ich gehe da nicht raus. Katharina, ich kann das nicht.« Elias Hände zitterten und ihm lief Schweiß über das Gesicht. Katharina hatte sich zur Orgel hingetastet. Sie saß mit angewinkelten Füßen auf der Bank des Organisten, damit sie kein Pedal berührte, und suchte nach irgendwelchen Klappen, Türen oder Verschlüssen.

Die Hauptorgel setzte ein und Elias zuckte zusammen. Unter ihnen traten die Gläubigen nacheinander aus den Bänken, um in Achterreihen vor dem Altar vom Bischof und den beiden Priestern die heilige Kommunion zu empfangen.

»Der Leib Christi«
»Amen«

»Immerhin dauert es eine Weile, bis da alle durch sind«, flüsterte Elias und dann hörte er ein Geräusch. Im Triforium oberhalb der Hauptorgel bewegten sich zwei schwarz gekleidete Gestalten in ihre Richtung. Bevor Elias sich hinter einer Säule verstecken konnte, entdeckten sie ihn und rannten los.

»Verdammt! Sie haben uns entdeckt. Ducken Sie sich, ich lenke sie ab«, raunte Elias Katharina zu und dann hörte sie, wie er in Richtung Nordturm davonlief.

Elias schlängelte sich auf der Nordseite, die beiden Verfolger auf der Südseite des Gotteshauses in Richtung der großen Türme. An Rennen war kaum zu denken, denn die gemauerten Durchgangsbögen war so schmal, dass man nur seitlich hindurch kam. Elias hoffte sehr, dass es am Nordturm eine Tür geben würde, durch die er verschwinden und seine Verfolger so von Katharina ablenken konnte.

Katharina rutschte von der Bank und ließ sich vorsichtig auf den Boden neben den Pedalen sinken, dabei versuchte sie, sich möglichst klein zu machen.

Elias sah die Tür in der Ecke des Gangs. Er riss sie erleichtert auf. Unglücklicherweise führte die schmale Wendeltreppe dahinter ein Stockwerk höher und nicht, wie er gehofft hatte, nach unten. Mit großen Schritten überwand er immer mehrere Stufen auf einmal. Hinter der nächsten Tür oben an der Treppe erwartete ihn eine mächtige Halle, die die gesamte Fläche des Nordturms einnahm. Der Raum war vollgestellt mit alten Möbeln, Kerzenständern und Baumaterialien. Eine mannshohe provisorische Holzwand trennte einen Teil der Fläche ab, der nicht einsehbar war. Elias sah sich kurz um. Die Wand konnte er nicht überwinden und da ihm seine Verfolger auf den Fersen waren, lief er weiter und entdeckte eine weitere graue Tür, die er öffnete, ohne nachzudenken und hinter sich wieder schloss. Dann drohte ihm das Herz stehen zu bleiben. Entsetzt trat er einen Schritt zurück und presse seinen Rücken gegen die Wand des Turms. Er befand sich auf dem äußeren Triforium. Der Wind blies ihm ins Gesicht. Seine Hände zitterten, seine Knie drohten unter ihm nachzugeben und er schwitzte, obwohl es dort oben ziemlich kühl war. Er sah nach oben. Er stand an der Westseite über dem Portal, direkt vor dem großen Westfenster zwischen den Türmen. Links und rechts von ihm ragten die Turmspitzen in den Himmel und unter ihm befand sich die menschenleere Domplatte. Er hob den Kopf und schaute zum Horizont, ein Trick, den er auch bei Seekrankheit nutzte, um Kreislauf und Magen wenigstens einigermaßen im Griff zu halten. Als er die Tür zur Halle quietschen hörte, sah er vorsichtig durch das kleine Fenster in der Außentür. Die zwei Männer standen mit gezogenen Pistolen im Raum.

Sie vermuteten, dass Elias sich zwischen den Möbeln oder in einem der Schränke versteckt haben könnte. Allerdings erfüllte sich Elias Hoffnung nicht, dass sie ihn dort ausgiebig suchen würden und er so entkommen konnte. Sie trennten sich. Während sich einer der Männer vorsichtig zwischen den Möbeln hindurchzwängte, kam der andere direkt auf ihn zu. Elias starrte auf den Boden direkt vor seinen Füßen, während er hinüber zum Südturm rannte. Sein Atem ging schwer und seine Schritte wurden immer größer. Er rannte weiter in Richtung Osten, möglichst weit weg von Katharina und der Orgel. Schon bald stieß er wieder auf eine kleine, schmale graue Tür, doch diese war verschlossen. Es war ein einziges Labyrinth. Perfekt, um Verfolgern abzuschütteln, aber ebenso perfekt, um eine Bombe zu verstecken. Nun befand er sich auf der Südseite des langen Kirchenschiffs. Hier war der Laufweg etwas breiter und offener. Er rannte, duckte sich mehrfach unter Gerüststangen hindurch. Wie immer war ein Teil des Doms eingerüstet, eine ewige Baustelle. Er sah sich um, blickte zwischen den vielen kunstvoll verschnörkelten Streben des südlichen Langhauses hindurch und sah einen der Verfolger aus der Tür kommen. Dieser hatte Elias ebenfalls entdeckt und schoss ohne Vorwarnung auf ihn. Elias duckte sich und die Kugeln schlugen über ihm ins Mauerwerk und die Steinstreben ein.

»Schalldämpfer!«, schoss es Elias durch den Kopf, weil er nicht den Schuss, sondern nur den Einschlag im Stein gehört hatte und damit war ihm klar, dass seine Verfolger definitiv keine Polizisten waren. Also mussten es Leute aus Aschenbergs Gefolge sein. Elias' Adrenalinspiegel schoß in die Höhe und er vergaß sogar seine Höhenangst, dachte in dem Moment nicht an die Gefahr, nicht an das Tabun, nicht einmal an Katharina. Er hatte nur noch Todesangst und rannte im Schutz der Balustrade, der Streben und des Baugerüsts weiter, stützte sich links und rechts ab, um nicht zu stürzen und sich in Sicherheit zu bringen. An der Ecke des Südquerhauses sah er sich um. Sofort krachte eine Kugel knapp über seinem Kopf ins Mauerwerk. Der Verfolger war ihm zu seinem Entsetzen näher gekommen.

Katharina hatte sich vorsichtig ein Stück aufgerichtet. Behutsam hatte sie zwei Teile der Holzvertäfelung wie Schranktüren aufklappen können. Doch dahinter hatte sie nichts Ungewöhnliches entdecken können. Allerdings wusste sie auch gar nicht, wie eine Kirchenorgel im Innern auszusehen hatte und genau genommen wusste sie nicht einmal, wie das aussah oder genauer, wie sich das anfühlte, was sie suchte.

›Immer wenn man mal einen Mann braucht, ist gerade keiner da‹, dachte sie. Sie überlegte, wo Elias gerade war und ob es ihm gelungen war, die Verfolger abzuschütteln. Sie hoffte, dass er gut auf sich aufpassen würde. Sie musste sich schließlich sehr auf ihre Hände konzentrieren, nachdem sie im Moment niemanden mehr hatte, der ihr beschrieb, wie es im Inneren der Orgel aussah. Ihre Finger tasteten den Innenraum der Orgel oberhalb der Manuale ab. Es roch nach Holz und aufgewirbeltem Staub. Sie spürte viele kleine Hebel, die zu den Tasten der Manuale darunter passten. Über lange dünnen Stäbe führten sie die Mechanik und die Bewegung des Tastendrucks weiter nach oben durch kleine Löcher in einem Zwischenboden. Sie tastete die Stäbe ab, versuchte mit einer Hand zwischen den Stäben hindurchzugreifen, doch es gelang ihr nicht. Hier war definitiv nichts manipuliert worden. Ob weiter oben etwas versteckt oder angebracht worden war, konnte sie nicht feststellen. Schließlich ragten die großen Orgelpfeifen, die erst oberhalb ihres Kopfes begannen, bist fast ganz nach oben ins Gewölbe und verdeckten ein ganzes Kirchenfenster. Soweit sie sich erinnerte, gab es hinter den Pfeifen keinen festen Raum. Für Reparaturen musste ein Steiger genutzt oder ein Gerüst aufgebaut werden. Im Moment war sie froh, dass sie sich früher immer wieder mal den Führungen durch den Dom angeschlossen hatte und nun noch so eine grobe Vorstellung hatte, wie es um sie herum aussah. Manchmal halfen solche Erinnerungen sehr. Sie schloss vorsichtig die Verkleidung über den Manualen wieder und setzte sich auf die Orgelbank. Vielleicht hatte sie sich doch geirrt. Hier oben in der Orgel war nichts. Nun wunderte auch sie sich, warum nicht Sicherheitskräfte im Triforium postiert waren. Von hier aus hatte man den perfekten Überblick und ein Sniper könnte jederzeit von hier aus zuschlagen. Sie war sich mittlerweile sicher, dass diese offensichtliche Sicherheitslücke ihre Vermutung bestätigte. ›Ich bin auf der richtigen Spur!‹, dachte sie und war sich ganz sicher. Bei anderen Verdächtigen hätte sie sich vielleicht täuschen lassen, nicht aber bei Andreas Aschenberg. Der war viel zu intelligent, als sich so einfach erwischen zu lassen. Sie traute ihm alles zu. Wie weit reichten seine Kontakte? Hatte er bei der Einteilung der Sicherheitskräfte vielleicht seine Finger im Spiel gehabt? Oder war das Triforium eine geschickt gelegte, falsche Fährte? Mit ihr konnte er nicht gerechnet haben, denn gemäß seinem Plan sollte sie ja schon längst auf Rügen verbrannt sein. Katharina schüttelte den Kopf, um diesen Gedanken abzuschütteln. Doch langsam verzweifelte sie, denn die Orgel hatte ihren Verdacht nicht bestätigt. Und offen würde eine Bombe oder etwas Ähnliches hier ja nicht herumstehen oder liegen.

Zwischenzeitlich bewegten sich die Menschen aus dem hinteren Drittel auf den Altar zu.

Über den schmalen Lochblechsteg der Dachgalerie, zwischen dem steilen Dach und der Balustrade, rannte Elias um sein Leben. Er hatte keine Zeit mehr, sich über seine Höhenangst Gedanken zu machen, sonst hätte er sich wahrscheinlich keinen Millimeter bewegen können. Kaum hatte er die kleine Tür erreicht, war auch sein Verfolger an der Ecke vom Querhaus angekommen und eine weitere Kugel schlug im Holzrahmen der Tür ein. Elias riss die Tür auf und sprang hindurch. Für eine Sekunde schoss ihm die Frage nach dem zweiten Verfolger durch den Kopf, aber vergaß das sofort wieder, denn er stand plötzlich im gewaltigen, hohen Dachstuhl des Doms oberhalb der Gewölbedecke, die Dombesucher von unten aus so bewunderten. Suchend sah er sich um, doch nirgends in der großen, von roten Stahlträgern durchzogenen Halle des Dachstuhls war jemand zu sehen.

»Hallo? Hilfe!«, rief er und rannte den Gang entlang an den einzelnen Feldern der Gewölbe vorbei, die von oben wie graue ineinandergeschobene Halbkugeln aussahen. Während er dort entlang ging, versuchte er, nicht daran zu denken, wie weit es darunter in die Tiefe ging. Plötzlich kam ihm ein Polizist mit gezogener Waffe entgegen.

»Gott sei Dank, bitte helfen Sie mir, ich werde verfolgt. Da hinten, der Mann ist bewaffnet«, deutete Elias erleichtert zur Tür.

»Bleiben Sie stehen und nehmen Sie die Hände hoch!«, brüllte der Polizist ihn unfreundlich an.

»Nein, Sie verstehen nicht.« Elias blieb stehen, nahm aber vorsorglich die Hände hoch.

»Ich werde verfolgt, das sind Terroristen, die einen Anschlag …«

Der Beamte schien sich nicht dafür zu interessieren, was Elias zu sagen hatte. Die Waffe auf ihn gerichtet, kam der Polizist vorsichtig auf Elias zu, dem klar wurde, dass ihm weder dieser Mann noch sonst irgendjemand glauben würde, selbst wenn er ausreichend Zeit hätte, seine Vermutung zu erklären.

»Stellen Sie sich dort an die Wand, aber so, dass ich Ihre Hände sehen kann und Beine auseinander«, befahl ihm der Polizist.

Hinter seinem Rücken konnte Elias hören, dass die Tür zum äußeren Triforium geöffnet wurde und dann knallten Schüsse.

Katharina war sich sicher. Es konnte nur dort sein. Niemand hätte die stehenden Pfeifen oberhalb der Orgel in irgendeiner Weise manipulieren können, geschweige denn dort eine Bombe mit Gasflaschen oder Ähnliches platzieren. Sie hatte sich auf der Orgelbank langsam gedreht und mit dem Rücken zu den Tasten hingesetzt, denn ihr war eingefallen, dass die Pfeifen der Schwalbennestorgeln in zwei Gruppen aufgebaut waren: einmal die Pfeifen genau über ihr und eine kleinere Einheit im Rücken des Organisten. Sie meinte sich erinnern zu können, dass diese über Schranktüren von der Bank aus zugänglich waren. Vorsichtig tastete sie sich an der Holzwand entlang.

Katharinas Hände fanden einen Griff. Als sie daran zog, ließen sich die Türen öffnen. Katharina setzte sich auf den Boden und nahm beide Hände zu Hilfe. Auch wenn sie immer noch keine Ahnung hatte, wonach sie letztlich suchte, war sie sich sicher, dass sie erkennen würde, wenn dort etwas nicht hingehörte. Noch einmal fuhren ihre Finger langsam und behutsam an vielen langen dünnen Drahtstangen entlang, die die Hebel und Klappen miteinander verbanden. Aber auch diesmal fand sie nichts. Frustriert zog sie die Hände zurück. Nun wusste sie nicht mehr weiter. Das Gemurmel unter ihr wurde wieder leiser und die Hauptorgel beendete das schöne Musikstück mit einem imposanten Finale. Danach hätte man eine Stecknadel fallen hören können, so still war es für einen Moment im Dom. Katharina saß auf dem Fußboden und war ratlos. Sollte sie sich wirklich so getäuscht haben? Wenn Aschenberg seine Rache bekam, würde er die Welt, die sie sie kannten, vernichten. Nichts wäre mehr so, wie es war!

Sie spürte, wie die Verzweiflung in ihr aufstieg, wie sie ihr den Hals zuschnürte. Es war das Gefühl, wie sie es auch an besonders schlechten Tagen hatte, wenn sie sich der Welt ausgeliefert fühlte, wenn irgendetwas nicht funktionierte, weil sie nichts sah, weil sie einsam und in sich selbst gefangen war. ›Was kann ich noch tun?‹, fragte sie sich. ›Haben wir verloren? Wir schaffen es nicht. Ich schaffe es nicht!‹ Mutlos griff sie in ihre Jackentasche und tippte in Gedanken eine Zahlenfolge in ihr Handy.

»Lasset uns beten!«

Die Menschen unter Katharina erhoben sich rumpelnd von ihren Plätzen.

»Barmherziger Gott, du hast uns alle mit dem Brot vom Himmel gestärkt. Erfülle uns mit dem Geist deiner Liebe, damit wir ein Herz und eine Seele werden.«

»Barmherziger Gott?«, wiederholte Katharina und ballte wütend die Fäuste. An diesen Gott, der angeblich so barmherzig sein wollte, aber Kriege, Hunger, Katastrophen zuließ, konnte sie schon lange nicht mehr glauben. An den Gott, der ihr das Augenlicht und ihrer Tochter das Bein genommen hatte und der jetzt zulassen wollte, dass in diesem Gotteshaus in wenigen Minuten das Chaos auf der Welt ausbrechen würde.

»Darum bitten wir durch Christus, unseren Herrn.«

Ein kräftiges »Amen« hallte durch den Dom.
»Amen«, wiederholte Katharina niedergeschlagen. »Katharina, denk nach!« Sie klopfte sich rhythmisch mit der Hand leicht an die Stirn. Das half ihr in Extremsituationen, sich zu konzentrieren und ihren Puls wieder herunterzufahren. Dann hatte sie plötzlich eine Idee.
»Natürlich! Wie konnte ich das vergessen?« Sie zog sich an der Orgelbank hoch und tastete sich zum Triforium, während von unten mit einer kristallklaren Stimme eines jungen Mädchens das Ave Maria von Bach erklang. Katharina hangelte sich verzweifelt den schmalen Gang zum Nordturm entlang. Sie pendelte mit ihrem Stock vor sich, immer darauf bedacht, damit den Boden nicht zu berühren, um nicht aufzufallen, und die andere Hand hielt sie zum Schutz vor ihren Kopf. Trotzdem stieß sie immer wieder schmerzhaft an Mauervorsprüngen an.
Als das Ave Maria endete, brandete Beifall auf, den der Bischof angesichts der bewegenden Aufführung lächelnd zuließ.

Die Schüsse verhallten zur selben Zeit im Dachstuhl. Elias hatte sich sofort auf den Boden geworfen, als die Schüsse fielen. Nun öffnete er die Augen wieder. Er war nicht tot, soviel stand fest und so wie es sich anfühlte, war er noch nicht einmal verletzt. Nichts brannte, nichts schmerzte, nirgends spürte er Blut. Elias stand auf und sah sich um. Der Polizist lag leblos am Boden. Aus einem kleinen Loch in seiner Stirn lief Blut. Ruckartig drehte er den Kopf, sah in die entgegengesetzte Richtung. Sein Verfolger lag ebenfalls am Boden, auch er war getroffen worden, aber er lebte noch, denn Elias konnte sehen, dass er sich den Oberschenkel hielt, während er nach der Waffe tastete. Elias war wie gebannt stehen geblieben, als der Verletzte in seine Richtung sah. Im selben Moment kam der zweite Verfolger durch die Tür. Dieser beugte sich kurz über seinen Komplizen und vergewisserte sich, dass dieser nicht ernsthaft verletzt war und dann lief er weiter in Elias' Richtung.

Die Waffe des Polizisten lag neben ihm. Elias dachte nicht lange nach, er bückte sich und hob sie auf. Im letzten Moment griff er sich auch die Handschellen, die aus der Hosentasche des toten Polizisten baumelten. Mit der Waffe in der Hand umkreiste er das große Gestell mit seinen mächtigen Rohren, das wie eine Spinne über dem zentralen Gewölbe stand und das Gewicht des Vierungsturms über sich trug. Als kleiner Junge hatte er sich immer gefragt, wie man wohl auf den kleinen dritten Turm des Doms gelangen konnte. Nun stand er vor der Gittertreppe, die weiter hinaufführte. Elias musste sich entscheiden, wohin er laufen sollte. Das Atmen fiel ihm schwer und die Angst ließ sein Herz bis unter die Schädeldecke pochen. Er konnte keinen klaren Gedanken fassen und sah sich hektisch um. Am Ende der beiden Querhäuser sah er keine Tür. Was, wenn es dort nicht weiter ginge? Das wäre sein Ende. Als eine Kugel mit einem ›Ping‹ in einen der Träger einschlug, rannte er die Treppe hoch. Immer wieder pfiffen Kugeln an ihm vorbei, während er hastig die Stufen überwand. Durch die Metallgitterroste der Stufen musste Elias immer wieder nach unten sehen. Er zwang sich weiter, denn einer seiner Verfolger hatte bereits das untere Ende der Treppe erreicht. Der andere hinkte zwar, hatte sich aber auch wieder aufgerappelt und kam langsam hinter ihm her.

Kurz dachte er an Katharina und die Gefahr, die auf sie lauerte, aber dann erreichte er die obere Plattform, von der eine kleine gusseiserne Wendeltreppe noch weiter hinaufführte, während lange Stege die vier Häuser des Doms entlang führten.

Elias sah, dass die Stege wieder nur aus Metallgitterrosten mit dünnen Geländerstangen bestanden. Die Wahl zwischen ›Pest und Cholera, Gitter mit freiem Blick nach unten oder noch weiter nach oben!‹, dachte er. Er ging zwei Schritte den Steg entlang und sah dann nach unten. Ein Riesenfehler, wie sein Körper ihm sofort spüren ließ. ›Also weiter nach oben!‹ von unten hörte er bereits wieder die Schritte seiner Verfolger.

Er nahm immer mehrere Stufen gleichzeitig und erreichte nach drei Wendelungen eine Art Blechkasten, der wie auf einem Schiff mit einer halbhohen Tür und einem nach oben zu klappenden Deckel den Zugang zum Vierungsturm sicherte. »Herr Gott, bitte lass das Ding nicht abgeschlossen sein«, betete er. Er drückte mit der Schulter dagegen, aber nichts bewegte sich. Er hörte, dass sich seine Verfolger stetig näherten. Es gab keinen Weg zurück. Sollte das hier sein Ende sein? Verzweifelt drückte er mit aller Macht gegen die Klappe und endlich öffnete sie sich und Elias konnte sie an zwei großen Scharnieren zur Seite nach oben klappen. Tauben flatterten aufgeschreckt davon. Dann zog er die niedrige Tür darunter auf und klettere auf die Plattform. Er ließ den Deckel wieder zufallen und zog die Tür darunter zu, doch verschließen konnte er sie von außen nicht.

Für den atemberaubenden Panoramaausblick über die gesamte Stadt hatte er weder Sinn noch Zeit. Elias starrte fest auf den Boden und atmete tief durch, um sein Schwindelgefühl im Griff zu halten und wieder zu Luft zu kommen. Hier war der Weg zu Ende. Auf dem Boden lag eine Eisenstange, die wohl normalerweise zum Abstützen von etwas diente. Mit der Stange in der Hand positionierte er sich schlagbereit hinter der Klappe. Er hörte unter der Klappe die sich nähernden Schritte. Langsam und vorsichtig öffnete sich der Deckel, Elias wartete den richtigen Moment ab. Als er die Hand mit der Pistole sah, die sich durch den Spalt schob, schlug er zu. Der Mann schrie laut auf, ließ die Pistole fallen und stolperte hörbar einige Stufen rückwärts die Treppe hinunter.

Elias schlug die Klappe zu und überlegte. Wenn er den Zugang irgendwie mit der Stange sichern könnte, wäre er zwar gerettet, aber was würde aus Katharina und den anderen werden? Hatte sie das Tabun gefunden und wenn ja, wie wollte sie es entschärfen?

Plötzlich wurde die Klappe mit Wucht wieder aufgestoßen und das kleine Törchen darunter aufgerissen. Der Angreifer sprang heraus und stürzte sich auf Elias. Er bekam seine Faust in den Magen und sackte zusammen, bevor er auch nur die Stange heben konnte. In seinem Bauch brannte es, als wäre ein Feuerwerk gezündet worden, einen Moment lang bekam er keine Luft und ihm drohte schwarz vor Augen zu werden. Aber auch sein Angreifer hatte einen Schmerzensschrei ausgestoßen und rieb sich die Hand, die Elias zuvor mit der Stange getroffen hatte. Dann handelte Elias instinktiv. Ein Adrenalinstoß jagte durch seinen Körper. Er wurde wütend, so derart wütend, dass er ohne nachzudenken nach der Waffe in seinem Hosenbund griff. Ein Schuss traf seinen Angreifer in der Schulter. Der sackte in sich zusammen und blieb regungslos liegen.

»Katharina braucht meine Hilfe, du Arschloch«, beschimpfte Elias den regungslos am Boden liegenden Mann, dann griff er in seine Hosentasche und zog die Handschellen heraus. In diesem Moment hörte er hinter sich ein Geräusch.

Die Glocken im Südturm begannen zu läuten, als Katharina endlich das Westwerk erreicht hatte. Ihr war eingefallen, dass vor einigen Jahren die Orgeln um zwei Einheiten erweitert worden waren. Allerdings waren diese Pfeifen nach britischer Bauart liegend links und rechts des Westfensters über dem großen Portal angebracht und hatten durch den besonders hohen Druck, mit der sie bespielt wurden, eher den Klang von Fanfaren. Im Normalfall wurden sie nur zu besonderen und feierlichen Anlässen mit ins Orgelspiel einbezogen. Ein Kölner Kolumnist hatte sie damals etwas spöttisch die ›Trompeten von Jericho‹ genanntund scherzhaft bemerkt, dass sie hoffentlich nicht wie in der biblischen Geschichte die Mauern zum Einsturz bringen würden.

Katharina hatte im Vorfeld des Gipfels die Berichte über die besondere Komposition, die für den Abschluss des Gottesdienstes arrangiert worden war, verfolgt. Es sollte wie ein Medley von internationalen Komponisten klingen, hierzu wurden Elemente von Bach, Händel, Chopin, Puccini, Tschaikowski, Debussy und Vivaldi verwendet. Selbst Gershwin wurde berücksichtigt, nachdem sich der amerikanische Präsident angekündigt hatte. Und in diesem Zusammenhang sollten zum Auszug aus dem Dom auch die ›Trompeten von Jericho‹ eingesetzt werden.

Das Stück begann mit einem Adagio auf der Hauptorgel und sollte sich mit den aus dem Dom laufenden Gästen des Gottesdienstes durch den Dom bewegen. Daher würde dann auch die über ihnen hängende Langhausorgel mit einbezogen werden. Und zum Finale, bevor Bischof und Regierungschefs das Portal erreichten, kamen die liegenden Orgelpfeifen zu Beethovens »Ode an die Freude« hinzu. Hinter dem Bischof würden die Staatsoberhäupter zur Europahymne direkt im Bogen des Portals auf dem Vorplatz des Doms zu einem letzten großen Gruppenbild Aufstellung nehmen.

›Die Fanfaren sind es!‹, dachte Katharina plötzlich. »Natürlich! Hoher Luftdruck, liegend und über dem Portal … Aschenberg, du verfluchter Bastard«, schimpfte sie leise. Widerwillig war sie aber auch beeindruckt, denn die Idee war genial. Nachdem sie in der Orgel nichts Verdächtiges gefunden hatte, soweit sie das überhaupt hatte feststellen können, war das die letzte und einzig verbleibende Möglichkeit.

Es war eine Herausforderung für Katharina, wieder ohne Hilfe durch den schmalen, engen Gang bis zu diesen Pfeifen zu gelangen. Wie gut hätte sie jetzt Elias gebrauchen können. Trotz der kurzen Zeit, die sie sich erst kannten, waren sie ein gut eingespieltes Team geworden und er hatte sehr schnell gemerkt, was er ihr beschreiben musste. Das wäre im Moment so hilfreich, dacht sie.

Sie hatte die große Führung im Dom damals mitgemacht und sich alles interessiert angehört. Aber das war schon Jahre her und damals hatte sie ja noch sehen können. Sie seufzte und tastete mit ihren Händen vorsichtig die Flächen vor sich ab, als sie das außergewöhnliche Orgelwerk endlich erreicht hatte. Sie versuchte sich genau daran zu erinnern, wie sie aussahen. Hinter den Pfeifen war ein großer grauer Holzkasten. Sie sah das Bild vor sich. Sie musste jetzt vor der Wartungsklappe auf der Rückseite stehen. Vorsichtig tastete sie den

Kasten ab. Katharina ging in die Knie, um den Verschluss für die Wartungsklappe zu suchen. Zaghaft drehte sie an dem Knauf. Genaugenommen hatte sie auch hier keine Ahnung, was sie erwartete, aber Nichtstun und abwarten war für sie noch nie eine Option gewesen. Vorsichtig streckte sie beide Hände nach vorne und strich mit den Fingern über das Innenleben des Instrumentes. Plötzlich spürte sie etwas! Es fühlte sich für sie nicht richtig an, irgendwie deplatziert. Da stand etwas schräg in der Kiste hinter dem Luftraum. Schräg, nicht wie alles andere rechtwinklig und gerade angeordnet. Ängstlich tastete sie sich weiter. Ihr ganzer Körper war angespannt. Sie konnte eine kleine Tastatur in einer Kiste oder einem kleinen Koffer ertasten, ein Display und einige Drähte, die zu den Orgelpfeifen führten.

»Verflixt, ich hatte recht!«, flüsterte sie.

Der Bischof begann gerade mit dem Segen, den letzten Worten, bevor die Orgel zum Auszug spielen würde. Es blieb Zeit mehr. Sobald die beiden Orgeln und das Fanfarenwerk zu spielen beginnen würden, wäre es zu spät. Angstschweiß lief ihr über das Gesicht und ihre Finger zitterten. Kurzentschlossen umfasste sie einige Kabel und zog zunächst vorsichtig daran, doch sie waren, wie bei Aschenberg zu erwarten war, sehr sicher und solide angebracht. Sie war fest entschlossen, die Kabel abzureißen, schließlich hatte sie nichts zu verlieren. Doch egal wie sehr sie daran riss, es gelang ihr nicht.

»Der Herr sei mit euch.«

»Und mit deinem Geiste.«

Es war hoffnungslos. Katharina zerrte und zog, doch es war sinnlos.

›Verdammt! In ein paar Sekunden wird alles vorbei sein‹, dachte sie resigniert und wütend. Ihre Hände begannen zu zittern und Tränen liefen ihr über die Wangen.

»Es segne euch der allmächtige Gott, der Vater und der Sohn und der Heilige Geist.«

»Amen.«

Die Hauptorgel begann mit einer virtuosen Ouvertüre des Stücks. Die schnellen Läufe über die Tasten und kurzen, schnell wechselnden Akkorde erinnerten an das Presto des Sommers von Vivaldi. Langsam leerten sich die ersten Reihen und die Menschen folgten dem Bischof den Gang entlang zum Portal.

Er sah auf die Armbanduhr, nachdem er den Gurt eingeklinkt hatte. Die Flugbegleiterin lächelte ihn an und schloss die letzten Handgepäckfächer über den Köpfen der Passagiere. Erst lächelte er kurz zurück und dann sah er erneut auf die Uhr. Es war ungewöhnlich, dass er nervös war. Und das lag ganz sicher nicht an dem bevorstehenden Transatlantikflug. In wenigen Augenblicken würde sich die Welt für immer verändern. Das Flugzeug rollte zur Startbahn und er lehnte sich zurück und schloss die Augen. In seinem Kopf sah er genau, wie sich die Ventile der in die Fanfarenpfeifen eingeschobenen Kartuschen öffneten und das Tabun durch den Luftdruck der Orgel versprüht wurde. Es musste jeden Moment soweit sein. Er fragte sich, ob der Pilot wohl darüber informiert werden würde. Sicher würde irgendeiner der Passagiere die Neuigkeiten über das Smartphone erfahren und diese würden sich dann wie ein Lauffeuer im Flugzeug und über die ganze Welt verbreiten. Es war sein Triumph.

Die Maschine hob vom Boden ab, er setzte sich den Kopfhörer auf und schaltete die Musik ein. ›Ich liebe diese Orgelmusik‹, dachte Aschenberg.

Seine Idee war genial, fand er. Der kräftige Luftdruck würde die tödliche Flüssigkeit in Millisekunden in kleinen Tröpfchen durch die Pfeifen in den Dom blasen und die Menschen darunter in wenigen Sekunden töten. Bis sie spüren würden, dass die Luft feucht war, würden die ersten bereits zusammenbrechen und die Domplatte nicht mehr erreichen. Die ausbrechende Panik würde jeden Hilfsversuch vereiteln, zumal niemand auf die Akutbehandlung eines chemischen Kampfstoffes vorbereitet war. Sämtliche Sicherheitsvorkehrungen waren auf Anschläge mit Sprengstoff, Handfeuerwaffen, Selbstmordattentäter oder Lkws als Waffe ausgerichtet.

Die Beschaffung dieses Kampfstoffes war so viel einfacher als angereichertes Uran zu bekommen. Es lag praktisch frei zugänglich im Meer herum. Und dann sogar in einem Keller einer Schlossruine. Niemand konnte feststellen, wenn sich jemand davon bediente, weil es unbewacht und nicht registriert war. Und alle Regierungen, die davon wussten, schwiegen es tot. Genau deshalb war es die perfekte Waffe, um die Führung der ganzen Welt mit einem einzigen Schlag zu vernichten.

Seine Gedanken wanderten zu Katharina König. Er war enttäuscht gewesen, als er am Handy hatte zusehen müssen, dass sie im letzten Moment noch befreit wurde. Er fragte sich, ob sie immer noch weiter versuchen würde, die Welt zu retten. Er musste laut lachen, als er daran dachte, dass sie offensichtlich immer noch glaubte, es mit ihm aufnehmen zu können. Wie würde sie wohl damit zurechtkommen, wenn sie endlich verstand, welch genialen Schachzug er geplant und durchgeführt hatte? Mit einem breiten Lächeln im Gesicht fielen ihm die Augen zu, noch bevor die 747 ihre Reisehöhe erreicht hatte.

Im Südturm begannen die Glocken zu läuten. Selbst der ›Große Pitter‹, die größte und mächtigste Kirchenglocke im Dom, setzte sich an diesem Tag in Bewegung und brachte die Turmspitze zum Schwingen.
Katharina hörte, wie sich die Leute nach und nach von den Kirchenbänken erhoben. Der Bischof schritt den langen roten Teppich entlang auf das Portal zu. Ihm folgten der Wichtigkeit nach zuerst die Staatsoberhäupter aus den vorderen Reihen. Dann schlossen sich von links die Konzernchefs und von rechts die prominenten Vertreter aus Kultur, Sport, Kirche und Medien an.

Der Organist beendete kunstvoll die modulierte Einleitung. Gleich würde die Schwalbennestorgel und die Fanfaren mit dem Hauptmotiv einsetzen. Sie würden alle sterben! Ein letztes Mal riss Katharina verzweifelt an den Kabeln. Tränen liefen ihr über die Wangen. Dann hörte sie eilige Schritte, die auf sie zukamen.

Elias drehte sich um, als er das Geräusch hörte. Er sah den Haarschopf des zweiten Angreifers, der sich mühsam die Stufen der Wendeltreppe hoch schleppte. Elias sprang zu der Öffnung und griff nach der Klappe. Als der andere sich an der Umrandung des Aufgangs hochziehen wollte, ließ Elias die Klappe auf seine Hände fallen. Der Schmerzensschrei hallte hinunter in den Dachstuhl des Doms. Sein Angreifer sah direkt in den Lauf der Waffe, als Elias die Klappe wieder hochzog.

»Los, hochkommen«, forderte Elias. Der Mann kam mit schmerzverzerrtem Gesicht auf die Plattform des Vierungsturms gekrochen.

»Da, rüber zu deinem Kumpel.« Elias deutete mit der Waffe die Richtung an. Das Bein des Terroristen blutete und seine Finger waren gebrochen, schimmerten bereits rot und blau.

»Los, am Geländer festmachen«, befahl Elias und zeigte mit dem Lauf der Pistole auf die Handschelle, die bereits am Handgelenk des angeschossenen Angreifers hing. Der zweite schob seine Hand durch das Gitter und versuchte mit der anderen den Ring zu schließen, aber er konnte seine Finger nicht krümmen. Elias bückte sich mit vorgehaltener Waffe und drückte die Metallringe fest zusammen.

»Bete, dass es noch nicht zu spät ist. Hier sollte dir das Beten ja am besten gelingen, Arschloch!«

Elias ließ die beiden nicht aus den Augen, bis er die Stufen so weit hinuntergegangen war, dass er die Klappe über sich schließen konnte. Dann rannte er los, so schnell er konnte.

Der Speisewagen des ICE nach Frankfurt war gut besetzt, als die Bahnmitarbeiterin Nadja einen Kaffee brachte. Sie war in Bonn-Siegburg zugestiegen und hatte den Wagen dort unauffällig geparkt. Unruhig versuchte sie erneut, ihren Freund zu erreichen.

»Verdammt noch mal, Andrej, geh endlich ran«, fluchte sie leise. »Warum meldest du dich denn nicht?« Sie sah auf die Uhr. Er dürfte noch nicht über dem Atlantik sein, daher müsste er doch sehen, dass sie schon mehrfach versucht hatte, ihn anzurufen. Sie trank ihren Kaffee, versuchte ein weiteres Mal, ihn anzurufen und war wieder erfolglos. Gleichzeitig beobachtete sie den Newsticker auf dem Handydisplay. Bisher gab es keine

›Breaking News‹. Nach einem erneuten Blick auf die Uhr suchte sie sich einen ruhigen Platz in einem leeren Abteil.

Katharina hörte plötzlich jemand ihren Namen rufen. Derjenige kam näher, erreichte sie, legte seine Hand auf ihre Schulter.

»Katharina? Ist alle okay?«, fragte die Stimme.

Sie war noch benommen von der Erschöpfung und der abfallenden Anspannung und spürte die Kälte des Steinbodens durch ihre Kleidung. Dann hörte sie die Orgelmusik und seinen schnellen, keuchenden Atem.

»Katharina?«

Sie erkannte Elias Stimme. Ihr Bewusstsein kehrte wieder zurück und sie öffnete die Augen. Ihr Kopf dröhnte. Sie saß auf dem Boden und lehnte an einer großen Holzwand.

»Elias, wo waren Sie, was ist passiert?«, stammelte sie, drehte den Kopf zu Elias, der nun schwer atmend neben ihr saß.

»Gott sei Dank, Sie sind noch da, ich dachte schon …«, japste er.

Elias sah sich um, sah die beiden offenstehenden grauen schrankgroßen Kisten hinter den Fanfaren. Dann lachte er laut los.

»Die Kabel ...! Die verdammten Kabel! Wie um alles in der Welt haben Sie das gemacht?« Er konnte sich gar nicht mehr beruhigen vor Freude, nachdem er gesehen hatte, dass in beiden Orgelwerken je ein Kabel durchtrennt war.

»Katharina, Sie haben es geschafft!«

»Ich? Was? Ich verstehe nicht.«

»Ich weiß nicht, wie Sie das gemacht haben, aber Sie haben hier die Drähte durchgeschnitten.« Er war maßlos erleichtert,

Katharina und auch alle anderen lebend vorgefunden zu haben.

»Phil!«, lachte sie. »Sie kam in letzter Sekunde. Und fragte mich dann ›Rot oder blau?‹ Der Klassiker, wie im Film!«

»Wie im Film«, wiederholte Elias lachend. Der gesamte Stress der letzten Tage fiel von ihnen ab.

»Und die Uhr blieb bei ›007‹ stehen, oder?«

»Habe ich nicht gesehen«, sagte Katharina und beide wollten gar nicht mehr aufhören zu lachen vor Glück und Erleichterung. Wäre es im Dom leise gewesen, hätte das Lachen bis hinüber zum goldenen Dreikönigsschrein am anderen Ende des Kirchenschiffs gehallt.

»Woher wussten Sie ...?«

»Ich kenne Aschenberg. Beim ersten Draht stand die Chance fifty – fifty. Beim anderen war ich mir dann sicher.«

»Und Phil, wo ist sie?«, fragte Elias.

»Sie musste verschwinden. Sie scheut die Öffentlichkeit, das ist ihre Lebensversicherung. Ein Wunder, dass sie überhaupt hier war.«

»Diesmal war sie unsere Lebensversicherung«, antwortete Elias dankbar.

Sie blieben stumm nebeneinander sitzen und hörten dem leiser werdenden Gemurmel der unter ihnen aus dem Dom ausziehenden Menge zu.

Katharina schüttelte ungläubig den Kopf. »Phil!«

Unten ihnen verließen bald darauf die letzten Besucher den Dom, so als wäre nichts passiert. Sie alle ahnten ja nicht, dass sie dem Tod in letzter Sekunde von der Schippe gesprungen waren. Das Gemurmel und die Rufe der Fotografen von draußen wurde leiser, als das Portal geschlossen wurde. Auf dem Vorplatz hatten sich die Regierungschefs auf einer kleinen Tribüne aufgestellt, damit das Heer von Fotografen seine Fotos schießen konnte. Die vielen Helfer warteten bereits darauf, dass das große Tohuwabohu ein Ende hatte, damit sie mit dem Abbau beginnen konnten.

Die Domschweizer in ihren roten Roben wandelten schon wieder durch den Dom, während vom Triforium über ihnen das laute Lachen durch das Kirchenschiff hallte.

Elias griff nach Katharinas Hand.

»Danke«, sagte er.

»Wofür?«

»Fürs Welt retten.«

»Gern geschehen, auch danke.«

»Wofür?«

»Fürs Leben retten.«

»Hallo? Was machen Sie denn da oben?«, rief einer der Männer in roter Robe von unten. Elias sah über die Brüstung und antwortete:

»Alles gut, wir kommen runter.«

Zwei Polizisten wollten hinaufstürmen, als jemand sie aufhielt.

»Schon gut, meine Herren. Die beiden gehören zu mir.«

»Und wer sind Sie?«, fragte einer der beiden Polizisten.

Er hielt ihm seinen Ausweis hin.

»Max König, BKA«

»Monsieur Moreaux?« Die Stewardess legte ihre Hand auf seine Schulter. Langsam öffnete er die Augen und sah ihr ins Gesicht. Das Licht der Business Class war angenehm gedimmt.

Die Strapazen der letzten Wochen waren mit dem Start der Maschine und dem Gefühl des Sieges von ihm abgefallen und hatten ihm die Augen zufallen lassen.

»Darf ich Ihnen das Abendessen bringen?«

»Abendessen?« Er schreckte hoch und sah auf seine Armbanduhr.

»18:45«

»Darf ich Ihnen etwas zu trinken bringen?«

Er ignorierte die nette Dame und erhob sich von seinem Sitz und schaute sich um. Alles um ihn herum war ruhig. Die meisten der Passagiere schliefen, einige unterhielten sich leise und die restlichen beschäftigten sich mit ihren Handys oder schauten einen der angebotenen Filme an.

›Alles ruhig!‹, schoss es ihm ungläubig durch den Kopf. Warum herrschte hier Ruhe? Panik stieg in ihm auf. Sein Herz begann zu rasen und auf seiner Stirn bildeten sich Schweißperlen. Er zückte sein Handy und überprüfte einige Nachrichtenseiten. Entsetzt ließ er sich in den komfortablen Sitz zurückfallen.

»Monsieur? Ist Ihnen nicht gut?«, fragte die Flugbegleiterin besorgt. Ihm ging es ganz und gar nicht gut.

Er sah auf sein Handy:

›Sophie Moreaux – 12 verpasste Anrufe‹

Wenige Tage später

»Wow!«

Elias stand sprachlos vor großformatigen Bildern, einige in bunten leuchtenden Farben, manche aber auch sehr düster, schwarz-weiß und grau.

Mal verliefen die Farben ineinander, mal waren sie wie an einer Linie gezogen akkurat voneinander getrennt oder ineinander verwoben. Sie ließen der Fantasie des Betrachters freien Lauf. Von Landschaften über eine aufgewühlte See unter schwarzen Orkanwolken bis zum bunten, lebendigen Straßendschungel oder einer Lichtung im Wald. Die Bilder erzählten Geschichten, die im Moment des Betrachtens erst entstanden und jedes Mal anders sein konnten.

Diese künstlerische Seite hatte er Katharina nicht zugetraut, sie nur als taffe Staatsanwältin gesehen, als mutige Frau, die ihr Schicksal angenommen hatte. Doch die Bilder offenbarten eine ganz andere Seite, dunkle Zeiten, Angst, Unsicherheit, Trauer, Schwäche, Verletzlichkeit. Sie waren ein intimer, offener, auch schonungsloser Blick in ihre Seele. Er stand vor einem Bild, das über dem großen Sofa hing. In einem schwarzen, mit viel Farbe aufgetragenen Hintergrund zuckten rote und feuriggelbe Risse, wie Flammen von der Seite über das Bild.

»Das Attentat, oder?«, fragte er.

Katharina antwortete nicht, drehte sich wortlos um.

»Kommen Sie auf die Terrasse, wenn Sie fertig sind.« Katharina klang nachdenklich und müde, sie ging voraus, setzte sich in einen der Gartenstühle und wartete.

Elias schlenderte noch etwas durch die Wohnung, deren moderne Gradlinigkeit und Aufgeräumtheit den Räumen eine fast unheimliche Kühle, aber auch Klarheit gab. Dann folgte er ihr, setzte sich neben sie auf einen der Stühle und nahm sich eine Kölsch-Flasche vom Tisch. Von dort oben hatten man einen großartigen Blick über die ganze Stadt.

»Auch eins?«

»Ja, gerne.«

Elias öffnete zwei, drückte ihr eine davon in die Hand. Beide tranken direkt aus der Flasche.

Katharina schien gedankenverloren auf den Dom zu blicken.

»Kein Wort davon in den Medien«, sagte Elias etwas zusammenhanglos. »Keiner hat was mitbekommen.«

»Gott sei Dank!«, sagte Katharina.

Elias trank einen weiteren Schluck. Katharina wollte offenbar nicht darüber reden. In den zwei Tagen nach dem unfreiwilligen Abenteuer waren sie beide verarztet worden und hatten sich etwas erholen können. Elias hatte viel geschlafen. Katharina hatte neben der medizinischen Versorgung auch das Gespräch mit ihrer Therapeutin gesucht. Es war ein Fehler gewesen, dass sie Elias' Angebot, Sonntagnacht bei ihr auf der Couch zu schlafen, abgelehnt hatte. In dieser Nacht hatte sie heftige Albträume gehabt. Die Entführung, der Tod von Monika und die Anspannung wegen des Anschlags hatten tiefe emotionale Wunden bei ihr hinterlassen. Es würde noch einige Zeit dauern, bis sie alles verdaut haben würde.

Sarah Kohn, die bereits vom Bundeskanzleramt informiert worden war, hatte zuerst Katharina angerufen und lange mit ihr gesprochen, danach hatte sie mit Elias telefoniert. Sie hatte sich erleichtert gezeigt, dass es beiden soweit gut ging und sich dafür entschuldigt, dass der scheinbar kleine Auftrag so ausgeufert war. Katharina wie auch Elias hatten beide das Gefühl gehabt, dass die Professorin trotzdem vorher schon mehr gewusst oder zumindest geahnt hatte. Doch sie sprachen nicht darüber.

Schweigend saßen sie eine Weile nebeneinander und hörten auf die Geräusche der Stadt. Elias sah hinüber zu den beleuchteten Türmen des Doms. Er dachte an das Lichtermeer des nächtlichen New Yorks. Bevor er an diesem Tag zu ihr gekommen war, hatte er das Flugticket nach Hause gebucht.

»Max hat übrigens angerufen. Das Tabun hätte ausgereicht, die halbe Altstadt innerhalb von einer Stunde zu töten. Die beiden Männer, die Sie auf dem Turm eingesperrt haben, haben zuerst nichts gesagt, aber nach einer kurzen Unterredung mit zwei CIA-Agenten und der Aussicht, dass Deutschland sie nach Amerika ausliefern könnte, haben sie sich entschlossen, doch lieber in Deutschland als Kronzeugen auszupacken. Das Tabun haben sie am Samstag in den Dom gebracht. Sie hatten den Wartungsauftrag für die Schwalbennestorgel an die Orgelbaufirma abgefangen, gefälscht und so konnten sie am Samstag in aller Ruhe die Orgelpfeifen manipulieren. Die haben sogar den Sicherheitsplan der Polizei so manipuliert, dass tatsächlich alle Sicherheitskräfte vom Triforium ferngehalten wurden. Aschenberg hatte ganze Arbeit geleistet.«

»Ja, aber nicht gut genug für uns. Irgendwie waren wir ja auch nicht schlecht, oder?«, versuchte Elias Katharina aufzumuntern.

»Aschenbergs Komplizin kam übrigens nicht weit. Sie war mit dem Zug unterwegs und wollte in Frankfurt in einen Flieger nach Asien verschwinden. Als sie am Bahnsteig im Flughafen ankam und man sie festnehmen wollte, kam es zu einem Schusswechsel, bei dem sie getötet wurde.«

Elias sagt einen Moment nichts. Dann fragte er weiter: »Und Aschenberg?«

»Weg, vermutlich Asien oder Südamerika. Der steht beim CIA jetzt ganz oben auf der Liste. Schließlich war das auch ein geplantes Attentat auf den amerikanischen Präsidenten. Da sind die ziemlich empfindlich. Ich glaube nicht, dass der so schnell wieder auftauchen wird.«

»Also ich will ja auch nicht kleinlich sein, aber irgendwie hätte ja doch mal jemand ›danke‹ sagen können, finden Sie nicht?«

Katharina zeigte eines ihrer seltenen Lächeln.

»Das hätte ich beinahe vergessen …« Katharina nahm ihr Handy und sprach hinein: »Mailbox, letzte Nachricht, abspielen.« Eine tiefe männliche Stimme dankte Katharina und Elias für ihren heldenhaften Einsatz. Er erwähnte ausdrücklich, dass der amerikanische, russische und französische Präsident diese Leistung sehr zu schätzen wüssten, aber dass man sich aus Gründen der internationalen Sicherheit geeinigt habe, die Öffentlichkeit nicht über ›diese Angelegenheit‹ zu informieren. Deshalb könne man sie leider nicht offiziell ehren. Aber man sei ihnen zu großem Dank verpflichtet. Zum Schluss bat er um Verständnis für diese Entscheidung und darum, die Nachricht nach dem Abhören zu löschen.

»Das war doch …?«, stotterte Elias.

»… der Bundespräsident.«

Elias nahm einen Schluck aus der Flasche.

»Das glaubt mir doch kein Mensch«, lachte er.

»Stimmt genau, und Sie werden es auch niemanden erzählen«, bekräftigte Katharina.

»Ja, ist schon klar. Da rettet man die Welt und keiner erfährt es. Das ist bitter.« Er lachte und nahm den letzten Schluck aus der Flasche.

Dann saßen sie schweigend und in sich versunken beisammen.

»Aber irgendwie auch schade. Das wäre doch die perfekte Vorlage für einen spannenden Roman oder sogar für einen Film. Definitiv ein Blockbuster«, meinte Elias nach einiger Zeit.

Wieder trat eine Pause ein. Dieser erlebte ›Blockbuster‹ steckte in jeder Faser ihres Körpers und beherrschte noch immer ihre Gedanken und Gefühle.

»Ich hätte ihr so gerne meine Bilder gezeigt«, sagte Katharina plötzlich leise.

»Monika Dreesen?«

Katharina nickte.

»Sie hätten ihr bestimmt gefallen«, versuchte Elias, sie zu trösten.

»Was denke Sie, warum sie den Anschlag geheim halten?«, fragte Katharina, um von ihren traurigen Gedanken abzulenken.

»Hm, damit die Leute keine Angst bekommen?«, versuchte Elias die Frage zu beantworten.

»Aber nein. Angst in der Bevölkerung mag eine Regierung. Dann regiert es sich leichter und das Wahlvolk versammelt sich hinter der beschützenden Regierung. Bush Junior hat das damals nach ›Nine Eleven‹ perfektioniert. Immer wenn seine Umfragewerte sanken, ließ er das CIA eine Terrorwarnung herausgeben, meist tatsächlich ohne konkreten Anlass. Innerhalb weniger Stunden waren seine Zustimmungswerte in den Umfragen wieder saniert. Wenn man Angst hat, braucht man jemand, der auf einen aufpasst«, erklärte Katharina.

»Sprechen wir gerade vom amerikanischen Volk oder über Sie?«, fragte Elias. Katharina stockte einen Moment, ging aber nicht weiter darauf ein.

»Es ist noch viel perfider. Wenn sie öffentlich machen würden, dass Aschenberg das Tabun einfach aus dem Meer hatte holen können, haben wir zukünftig alle paar Tage irgendwo in Europa einen Terroranschlag mit dem tödlichen Erbe der Nazis. Nord- und Ostsee sind ja quasi kostenlose Selbstbedienungsläden für chemische Kampfstoffe. Denken Sie an Helgoland! Vier Kilometer vor der Küste, nur fünfzig Meter tief, zwölftausend Granaten Tabun. Da gibt es noch mehr als genug, die nicht durchgerostet sind. Dafür braucht man ja nicht mal eine hohe technische Ausrüstung. Der öffentliche Druck würde so groß werden, dass sie endlich die Meere komplett davon befreien und das Zeug bergen müssten. Das stellt sich dann wieder die Frage, wer denn für das Zeug verantwortlich ist, denn das kostet Milliarden! Die Deutschen, weil sie es damals hergestellt haben? Oder die Alliierten, die das Zeug einfach ins Meer gekippt haben? Wenn es, was ja meist der Fall ist, außerhalb der 12-Meilen-Zone liegt, liegt es sozusagen im Niemandsland. Dann fühlt sich keiner dafür verantwortlich. Nur dumm, dass sich Fische und Strömung nicht an solche Grenzen halten, nicht?«

»Also geht es am Ende wieder nur ums Geld?«, fragte Elias.

»Geht es das am Ende nicht immer?«, konterte Katharina und ließ einen Schluck Kölsch die Kehle hinunterlaufen.

»Wie geht es jetzt bei Ihnen weiter?«, fragte Elias nach einer Weile.

»Ich weiß noch nicht, mal schauen. Vielleicht werde ich Dozentin an der Uni. Aber morgen treffe ich mich mit Max. Er fährt mit mir nach Ahrburg.«

»Anna?«

»Ja. Ich muss es versuchen, wissen Sie, diese … Sache hat mir gezeigt, wie schnell es vorbei sein kann und ich könnte es mir nicht verzeihen, wenn ich nicht alles versucht hätte«, sagte Katharina und ihre Stimme schwankte zwischen Hoffnung und Angst.

»Und was machen Sie?«, lenkte sie rasch ab.

»Ich fliege morgen zurück nach New York, rufe den Präsidenten an und lasse mir vom Weißen Haus eine Weltkarriere basteln«, lachte Elias.

Elias schaute über die Dächer hinüber zum Dom, Katharina hörte den Geräuschen der Stadt zu. Eine Weile saßen sie noch schweigend da und dann verabschiedete sich Elias von Katharina.

Am nächsten Morgen fuhr er zum Hauptbahnhof.

»12:48 – Frankfurt Flughafen – Gleis 8«, las er an der Anzeigetafel in der Bahnhofshalle. Sein Blick fiel durch die hohe Glasfront hinauf zum Dom. Auf dem Vorplatz herrschte schon wieder das gewohnte umtriebige Leben wie jeden Tag. Auf der breiten Treppe zum Dom saßen junge Mädchen und tippten auf ihren Handys herum, Männer in Anzügen zogen ihre Trolleys hinter sich her, ein altes Ehepaar schlenderte Hand in Hand über den Platz. Ein Mann verkaufte an seinem qualmenden Verkaufswagen heiße Maronen. In der Mitte des Platzes stand auf einem Sockel die Freiheitsstatue von New York. Ein kleiner Junge bekam von seiner Mutter eine Münze, warf diese in einen am Boden davor stehenden Teller. Daraufhin bewegte sich die Statue plötzlich und blickte zu ihm herunter. Der Straßenkünstler lächelte, blätterte für einen kurzen Moment in dem Buch in seiner Hand und winkte mit der Fackel dem Jungen nach, als dieser lachend seiner Mutter hinterherlief. Dann erstarrte die Freiheitsstatue wieder.

Elias blickte ein letztes Mal hinauf zu den beiden dunklen, mächtigen Türmen. Als er die Rolltreppe zu Bahnsteig 5 hinauffuhr, stand sein ICE bereits zur Abfahrt bereit.

Nur zwei Stunden später stieg er im Fernbahnhof am Flughafen Frankfurt aus. Er konnte den mit rot-weißen Bändern abgesperrten Bereich weiter vorne am Bahnsteig sehen. Zuerst dachte er sich nichts dabei, bis er die beiden Polizisten und die Männer in blauen Overalls sah, die den Boden schrubbten. Elias fröstelte.

Zügig fuhr er mit der Rolltreppe nach oben. Er durchquerte die Halle und stand, kurz nachdem er sein Gepäck aufgegeben hatte, auf dem langen Laufband, das ihn durch den Übergang zum Terminal brachte. Ein komisches Gefühl machte sich in ihm breit. Schon immer war er aufgeregt wie ein kleiner Junge, wenn er zu einer Reise aufbrach, aber dieses Mal mischte sich Erleichterung und auch etwas Melancholie mit darunter. Gleichzeitig freute er sich wieder auf New York. Er dachte an seine kleine armselige Bude, an ›Sam's Jazz and Soul‹, an den Straßenlärm, den Central Park und Times Square, es war eine ganz andere Welt. Rügen, der Dom und auch Katharina waren irgendwie in seinen Gedanken noch präsent und gleichzeitig schon wieder meilenweit weg. Ein Flug war immer ein Aufbruch und ein Abschied zugleich. Das Laufband war zu Ende und Elias sah auf. Er zuckte zusammen, als er die ältere elegante Dame vor sich erkannte.

»Hallo, mein lieber Neffe«, begrüßte sie ihn lächelnd. »Zeit für einen Kaffee?«

»Wir sind gleich da!«

Als sie die serpentinenartige Zufahrtsstraße zum Kloster hinauffuhren, spürte Katharina einen heftigen Druck auf der Brust. Ihr Hals schnürte sich zu und sie musste sich sehr anstrengen, um weiteratmen zu können.

»Halt an«, sagte sie.

»Was?«, fragte Max ungläubig.

»Halt sofort an!« Katharina rang nach Luft.

Max lenkte den Wagen auf den Grünstreifen am Rand der schmalen Straße und hielt an. Katharina öffnete die Tür, kaum dass er stand, und stieg aus. Sie lehnte sich gegen das Auto und sank zu Boden. Sie hielt sich die Hände vors Gesicht und stieß einen schmerzerfüllten, lauten Schrei aus, der durch das kleine Wäldchen hallte. Der ganze Schmerz, die ertragene Todesangst, die Anspannung, der Stress, die Trauer, all das brach auf einmal aus ihr heraus. Ihre Hände zitterten, sanken vom Gesicht zu Boden und krallten sich in das Gras. Sie hatte eine unbändige Angst. Was, wenn Anna sie wieder wegstoßen würde? Was sollte sie tun, wenn ihre Tochter ihr niemals verzeihen und sie noch immer so hassen würde? Max kam um den Wagen herum, kniete sich neben sie und legte beruhigend seine Hand auf ihre Schulter. Es dauerte eine ganze Weile, bis Katharina sich wieder gefangen hatte. Max half ihr auf, nachdem sie mit dem Kopf nickte und sie fuhren das letzte kurze Stück bis zum Parkplatz des Klosters Ahrburg. In der wunderschönen, gepflegten Klosteranlage war seit über vierzig Jahren ein angesehenes Internat untergebracht. Anna war direkt nach ihrer Reha hierher gezogen, sie hatte das damals noch gemeinsame Zuhause nicht mehr betreten. Seitdem hatte Katharina ihre Tochter nicht mehr gesehen.

Eine freundliche Mitarbeiterin führte Max und Katharina in einen großen, beeindruckenden Besucherraum. An den Wänden standen hohe Bücherregale, die bis zur Decke reichten. Das Mobiliar roch etwas muffig und war vermutlich seit Eröffnung des Internats nicht mehr erneuert worden. In einer Ecke stand ein breites Sofa und drei Sessel um einen niedrigen Tisch, in der anderen Raumhälfte ein runder Tisch mit sechs Stühlen. Auf einem dunklen Eichen-Sideboard standen ein Krug Wasser und Gläser.

Max führte Katharina an den Tisch und brachte ihr ein Glas Wasser. Sie trank einen Schluck und spielte dann nervös mit dem Glas zwischen ihren zitternden Händen.

»Wie gerne würde ich sie jetzt sehen können.« Das Warten erschien ihr ewig zu dauern.

Weitere Romane von Michael Paul auf
www.michael-paul.eu